LA CUARTA CRIPTA

LA CUARTA CRIPTA

Robert Doherty

ViaMagna
EDICIONES

Título original: *Area 51*
Traducción: Marta Mabres

© 1997 Robert Mayer. Reservados todos los derechos
© 2007 ViaMagna 2004 S.L. Editorial ViaMagna. Reservados todos los derechos.
© Marta Mabres por la traducción. Reservados todos los derechos.

Primera edición: Octubre 2007
ISBN: 978-84-96692-69-5
Depósito Legal: B-39.346-2007

Impresión: Novoprint S.L.

Impreso en España / Printed in Spain

Editorial ViaMagna
Avenida Diagonal 640, 6ª Planta
Barcelona 08017
www.editorialviamagna.com
email: editorial@editorialviamagna.com

*A Craig Cavanaugh por colaborar en la idea
y ser el primero en leer el manuscrito.*

Prólogo

Volvió a la vida sumido en la oscuridad. Se sintió más débil que nunca y se preguntó qué habría sido lo que lo había despertado. El tiempo era la primera prioridad. ¿Cuánto habría dormido? Su debilidad le dio la respuesta. Al dividir las medias vidas de su fuente de alimentación, calculó que desde la última vez en que estuvo consciente aquel planeta casi había realizado cincuenta vueltas alrededor de la estrella del sistema.

Revisó los datos de los sensores y le parecieron poco concluyentes. Cualquiera que fuera la señal que había disparado las alarmas y había activado la energía para emergencias, había sido intensa y vital pero se había desvanecido. Su grado de sueño había sido tan profundo que lo único que los datos registrados indicaban es que se había producido una señal. Sin embargo, la naturaleza y el origen de aquélla se habían perdido.

Los Hacedores no habían previsto tanto tiempo para realimentar la fuente de alimentación. Sabía que a su extensa vida no le quedaba mucho tiempo, puesto que a la fuente de alimentación le faltaba poco para rebasar el mínimo absoluto que lo mantenía funcionando por lo menos en estado de hibernación.

Había que tomar una decisión. ¿Era mejor desviar energía a los sensores por si la señal se repetía o volver al sueño profundo y así ahorrar energía durante un tiempo? Si, como indicaba el protocolo del sensor, la señal era vital, no le quedaba mucho tiempo.

Tomó la decisión con la misma rapidez con que surgió la pregunta. Se redistribuyó la energía. Así, los sensores obtenían más potencia y quedaban en estado de alerta para captar la repetición de la señal. Asignó a los sensores el plazo máximo de una órbita planetaria alrededor de la estrella del sistema tras el cual los sensores lo despertarían y reconsideraría la decisión.

Volvió a sumirse en un sueño, esta vez más ligero. Sabía que la decisión de derivar energía a los sensores durante una órbita le costaría casi diez órbitas de sueño cuando la energía disminuyera, pero lo aceptó. Era su trabajo.

1

Al abrir el buzón, la bolsa de la compra que Kelly Reynolds sostenía se rompió y, con el impacto, se abrió un paquete de doce latas de Coca-Cola *light* que se desparramaron por todas partes. Así había sido el día, pensó mientras recogía las latas. Había intentado entrevistar a algunos propietarios de los bares de la Segunda Avenida para un artículo que estaba escribiendo, y a dos de sus cinco citas nadie se presentó.

Colocó el correo en lo que quedaba de la bolsa y se encaminó a su apartamento. En cuanto llegó, arrojó todo aquel revoltijo en la mesa de su pequeña cocina. Llenó una taza con agua y la introdujo en el microondas, ajustó el temporizador y luego se apoyó contra el mármol para concederse dos minutos de relax mientras esperaba que sonara la señal acústica. Contempló su imagen reflejada en la ventana de la cocina, que daba a un callejón del barrio West End de Nashville. Kelly era baja, de poco más de un metro y medio, pero corpulenta. Se mantenía en forma gracias a una rutina matutina de abdominales y flexiones. No obstante, la combinación de corpulencia y falta de talla le daban el aspecto de una versión comprimida de una persona que debería haber medido unos centímetros más. Su cabello, grueso y castaño, en los últimos diez años se había ido chispeando de gris. Durante un año Kelly se había esforzado por conservar el color original, pero luego lo dejó estar y aceptó lo que el tiempo le había dado tras cuarenta y dos años en el planeta.

El microondas sonó. Sacó la taza y colocó una bolsita de té en ella para que el agua la empapara. Mientras esperaba, sacó el correo; le interesaba el sobre grueso de color marrón que ya le había llamado la atención cuando se desparramaron las latas. Al leer la dirección del remitente, sonrió: Phoenix, Arizona. Sin duda era Johnny Simmons, un viejo amigo de sus días en la Universidad de Vanderbilt. De hecho, más que un viejo amigo, pensó Kelly al detener su recuerdo en aquellos días que se remontaban ya a una década y media.

Johnny la había pillado de rebote después de que su primer marido la dejara. Durante unos meses ella ancló su psiquis en el puerto emocional que él le brindó. Cuando por fin volvió a sentirse algo más humana, se dio cuenta de que, pese a que Johnny le agradaba, no sentía por él aquella chispa que ella creía necesaria para una relación íntima. Johnny se lo tomó muy bien y se separaron; durante un tiempo no se hablaron, pero luego volvieron a acercarse y llegaron a paladear las mieles de la amistad.

Para Kelly aquella amistad se había consolidado al cabo de tres años, cuando Johnny regresó de El Salvador, donde había realizado un reportaje sobre las escuadras de la muerte ultraderechistas. Durante dos meses permaneció escondido en el apartamento de ella para recuperarse de aquella terrible experiencia. Ahora se llamaban por teléfono una vez por mes para ponerse al día sobre su vida; era un modo de saber que allí fuera había alguien. Lo último que sabía de él era que escribía artículos como periodista independiente para cualquier revista dispuesta a pagarle.

Abrió el sobre y se sorprendió al hallar entre las páginas una casete. Cogió la carta que la acompañaba y leyó.

«Hola Kelly:

»Al pensar a quién enviar una copia de esta casete, tu nombre fue el primero que me vino a la cabeza, sobre todo por lo que te ocurrió hace ocho años con aquel gracioso de la base aérea de Nellis en Nevada.

»La semana pasada recibí un paquete que contenía una carta y una casete, sin remitente y con matasellos de Las Vegas. Creo que sé quién me la envió. No será difícil localizarlo. Quiero que la oigas. Así que ve a buscar un *walkman* o pon en marcha tu radiocasete. No hagas copias de ella, no vas a ganar doscientos dólares, quédate esta carta para ti. Y quiero que lo hagas AHORA. Sé que todavía estás allí en pie. Ahora coloca la cinta, pero no la pongas en marcha todavía.»

Kelly sonrió mientras se dirigía hacia su cadena estéreo, precariamente colocada en un estante para libros hecho de ladrillos y tablas de madera. Johnny la conocía y tenía un buen sentido del humor, pero eso no pudo evitar la mala sensación que le provocó la referencia a la base aérea de Nellis. Aquel oficial de inteligencia de las Fuerzas Aéreas había destruido su carrera como cineasta.

Kelly dejó a un lado los pensamientos negativos, puso la casete y reanudó la lectura.

«Bien. Voy a darte la misma información que había en la carta que recibí con la cinta. De hecho, voy a darte una copia de la carta que la acompañaba. Mira la página siguiente, por favor.»

Kelly pasó la página y encontró una fotocopia de una carta escrita a máquina.

«Sr. Simmons:

»En este paquete encontrará una cinta que grabé durante la noche del 23 de octubre de este año. Estaba haciendo un barrido en la amplitud de onda UHF. A menudo escucho a los pilotos de la base aérea de Nellis cuando realizan maniobras. Cuando estaba haciéndolo capté la conversación que va a escuchar.

»Por lo que sé, se produjo entre un piloto de un F-15 (Víctor Dos Tres), la torre de control de Nellis, que recibe el nombre de Dreamland, y el comandante de vuelo del piloto del F-15 (Víctor Seis).

»El piloto participaba en las maniobras de Bandera Roja, unas maniobras cuerpo contra cuerpo de Nellis. Con estas prácticas, en las que se simulan combates, las Fuerzas Aéreas entrenan a sus pilotos. En el complejo de Groom Lake de la Reserva de Nellis disponen de un escuadrón completo de aviones de modelo soviético que se emplea para este tipo de entrenamiento.

»Saque sus propias conclusiones de lo que escuche en la cinta.

»Si desea hablar conmigo, venga a Las Vegas. Vaya al "Buzón". Si no sabe lo que es, pregunte y lo sabrá. Yo vendré a usted.

»*El Capitán.*»

Kelly pasó la página. Sonrió al leer.

«Escucha la cinta.»

Con el mando a distancia puso en marcha el radiocasete. Las voces se oían sorprendentemente bien, lo cual hizo que Kelly se preguntara por el equipo que se había empleado para grabar aquella cinta. No podía haber sido alguien con una grabadora delante de un altavoz de radio. Se oía con toda claridad el chasquido del ruido parásito al final de cada transmisión y, como indicaba la carta, se distinguían tres voces distintas.

«—Víctor Dos Tres, aquí control Dreamland. Está violando espacio aéreo de acceso restringido. Corrija inmediatamente la dirección a uno ocho cero.

»—Víctor Dos Tres, aquí control Dreamland. Repetimos, está violando espacio aéreo de acceso restringido. Corrija inmediatamente la dirección a uno ocho cero. Cambio.»

Intervino entonces una nueva voz que tenía al fondo el estruendo apagado de un reactor.

«—Víctor Dos Tres, aquí Víctor Seis. Obedezca inmediatamente a control Dreamland. Cambio.

»—Seis, aquí Dos Tres. Me iré de aquí en un instante. Cambio.

»—Negativo, Dos Tres. Aquí, control Dreamland. Obedezca nuestras órdenes de inmediato. Cambio.»

El comandante volvió a intervenir.

«—Slick, lo han pillado. Obedezca. Sabe que no podemos inmiscuirnos en espacios restringidos. Cambio.

»—Aquí Dos Tres, voy a... ¡Mierda! Tengo que... ¡Dios mío! ¿Qué es eso? Un duende a las tres y subiendo. Nunca he...»

La voz calmada e implacable del control Dreamland intervino.

«—Dos Tres, corte inmediatamente la transmisión, corrija la dirección a uno ocho cero y descienda para aterrizar en Groom Lake. Es una orden. Cambio.»

El piloto del F-15 estaba cada vez más nervioso.

«—¡Esta cosa no tiene alas! ¡Se está moviendo! ¡Viene hacia aquí! Sólo se vive una vez. Estoy...»

Se oyó ruido parásito.

«—¡Estaba cerca! [ruido parásito]. Encima de... [ruido parásito]. ¡Dios mío!... Está girando... [de nuevo, chasquidos]. ¡Oh! Es...»

La voz se interrumpió de pronto.

—Dos Tres. Aquí seis. ¿Cuál es su estado, Slick? Cambio.»

Silencio.

«—Cambio. Control Dreamland. Aquí, Víctor Seis. ¿Tiene a Dos Tres en su campo? Cambio.
»—Víctor Seis, aquí control Dreamland. Regrese inmediatamente al campo de aviación de Nellis. Las maniobras quedan canceladas. Se ordena a todos los aviones aterrizar inmediatamente. Quédense en el aparato hasta ser desalojados por el personal de seguridad. Cambio.
»—Quiero saber la posición de Dos Tres. Cambio.
»—Hemos perdido a Dos Tres de nuestro campo. Iniciamos operación de búsqueda y rescate. Cumpla las órdenes. Fin de las transmisiones. Corto.»

La cinta terminó. Kelly se quedó inmóvil en su asiento durante unos segundos, pensando en lo que acababa de escuchar. Conocía muy bien el nombre de Dreamland. Retomó la carta de Simmons.

«Sí, sé exactamente lo que estás pensando, Kelly. Podría tratarse de un engaño o una trampa como la que te tendieron a ti. Pero he hablado de ello con un amigo mío de las Fuerzas Aéreas. Me dijo que la mayor parte del cielo cercano a Nellis es uno de los espacios aéreos más restringidos del país, más incluso que el de la Casa Blanca. Me comentó también que durante las prácticas de Bandera Roja los pilotos intentan ampliar los límites de su zona de entrenamiento aéreo de la cordillera de Nellis atravesando la zona restringida para así obtener una ventaja táctica. Si ese piloto se atrevió a cruzar por el complejo de Groom Lake/Área 51 e intentó tomar un atajo, seguramente vio algo que no debería haber visto. Está claro que tropezó con *algo*.

»Ya me conoces. Voy a ir allí para echar un vistazo. Resulta tan interesante que incluso si no consigo saber nada del piloto, por lo menos podré escribir un par de artículos sobre el complejo Groom Lake. Es posible que *Technical* u otras revistas científicas de este tipo quieran comprármelos.

»Estaré allí la noche del día nueve. Mi plan es regresar a casa el día diez. No quiero estar más tiempo que el necesario. Pase lo que pase te llamaré el día diez a las nueve de la mañana. En caso de que no pueda llegar a casa a esa hora, cambiaré el mensaje de mi contestador a distancia antes de las nueve de la mañana del día diez.

»Sé que todo esto parece muy melodramático, pero cuando estuve en El Salvador, un lugar del que ya nadie se acuerda, me resultó útil tener a alguien esperando una llamada. Eso impidió que aquellos cabrones me golpeasen demasiado y que me retuvieran para siempre si me pillaban en lugares en los que no debía estar. Así que, si no recibes noticias mías a las nueve de la mañana del día diez, significará que me han cogido. En ese caso confío en ti para que hagas lo que creas necesario. ¡Me lo debes, compañera!

»Deséame suerte. Por cierto, si por casualidad ¡cha cháááán! las autoridades me hacen desaparecer, te envío una copia de la cinta y de la carta; también he adjuntado una llave de mi apartamento.

»Gracias.

»Besos.

»*Johnny.*»

Kelly no necesitó mirar el calendario. Era la tarde del día nueve. Sacó la cinta del aparato y la llevó, junto con las cartas, a su escritorio. Tomó la llave que llevaba prendida en el cuello y abrió el cajón del archivo. Sacó una carpeta titulada «Nellis» y la dejó sobre el escritorio.

La abrió de golpe. El primer documento que vio fue una carta escrita a máquina en el papel oficial de las Fuerzas Aéreas. La firma de la parte inferior mostraba que procedía del oficial encargado de las relaciones públicas de la base, el mayor Prague.

—Cabrón —dijo Kelly en voz baja al recordar aquel hombre.

Colocó la carta de Johnny Simmons y la cinta en el interior de la carpeta, volvió a colocarla en el archivo y lo cerró. Sobre la mesa sólo había un marco de plata con una fotografía en blanco y negro de un hombre joven vestido de militar. Llevaba una boina de color negro y una pistola ametralladora Sten colgada al hombro.

Se reclinó en el asiento y se quedó pensando mientras miraba la fotografía. «Parece que Johnny ha picado el anzuelo, papá. —Golpeó suavemente sus labios con un lápiz y suspiró—. Maldita sea, Johnny. Siempre estás causando problemas, pero esta vez creo que te has pasado.»

Cordillera de la Base Aérea De Nellis
cercanías de Groom Lake
144 horas

—Espere aquí —ordenó Franklin mientras frenaba el magullado Bronco II.

Las luces de freno no se encendieron. Antes de tomar aquel camino de tierra había quitado los fusibles. Johnny Simmons, sentado en el asiento del copiloto, se inclinó hacia adelante y escrutó la oscuridad. Era de suponer que Franklin conocía tan bien el trayecto que podía conducir por él sin faros. A pesar de que el camino se destacaba como una línea recta más iluminada en un terreno por lo demás oscuro, conducir en la oscuridad resultaba inquietante.

Simmons se frotó la frente. Llevaban ya varios metros de ascensión y sentía un ligero dolor de cabeza debido a la menor densidad del aire. Era un hombre alto y delgado, de piel pálida cubierta de pecas. Simmons no aparentaba para nada sus treinta y ocho años, y su mata de pelo pelirrojo despeinado le daba un aire todavía más juvenil.

Franklin fue a un lado de la carretera y desapareció en la oscuridad de la maleza durante unos minutos, luego su sombra cruzó la carretera y volvió a desaparecer unos minutos más. Al regresar sostenía cuatro varillas cortas de plástico verde.

—Son antenas para los sensores —explicó—. El mes pasado descubrí los sensores. Me preguntaba por qué los camuflados me descubrían tan rápidamente. Aparecían a los veinte minutos de tomar este camino. Luego llamaban al *sheriff* y había problemas.

—¿Cómo encontró los detectores? —preguntó Simmons mientras se aseguraba de que la micrograbadora de activación por la voz del bolsillo de su chaqueta se activaba.

—Utilicé un receptor que registra frecuencias de banda. Conduje por la zona y me paré cuando capté que algo estaba transmitiendo —dijo Franklin—. Exactamente a cuatrocientos noventa y cinco con cuarenta y cinco megaherzios.

—¿Para qué cuatro antenas? —preguntó Simmons— ¿No bastaría con dos?

—Están desplegadas en pares a cada lado del camino —repuso Franklin negando con la cabeza—. De este modo pueden saber en qué dirección vas según el orden en que se activan. —Franklin hablaba rápido, tenía ganas de impresionar a Simmons con sus conocimientos.

Esta simple lógica tranquilizó a Simmons por un momento. Por primera vez se preguntó si no se estaría excediendo en sus posibilidades. Al constatar que el Área 51 no se encontraba en ningún mapa topográfico y que todos los caminos que llevaban a la reserva de Nellis estaban señalizados con postes de acceso prohibido y advertencias en rojo, Simmons había buscado ayuda. Conoció a Franklin en Rachel, una localidad situada en la carretera 375 que circulaba por el noreste de la reserva de Nellis. Los expertos en ovnis habían coincidido en que Franklin era la persona capaz de llevarlo a echar un vistazo al Área 51, el lugar que el piloto de las Fuerzas Aéreas estaba sobrevolando cuando fue abordado por el control Dreamland y por aquel objeto desconocido que el piloto vio.

A Simmons no le sorprendió que Franklin fuera un joven con barba que más parecía estudiar poesía en la universidad que conducir a la gente a visitar instalaciones secretas del gobierno. Trabajaba en una pequeña casa destartalada desde la que publicaba un folleto informativo para aficionados a los ovnis. Se emocionó al ver las credenciales y el historial de publicaciones de Simmons. Por lo menos, alguien con cierta credibilidad y prestigio se ponía en el camino que había trazado, y prometió a Simmons llevarlo tan cerca como le fuera posible del Área 51, el nombre en clave con que se conocía el complejo de Groom Lake.

Simmons se preguntó si tal vez Franklin era el «Capitán» que le había enviado la cinta y la carta pero no lo creía. No parecía haber ninguna necesidad de subterfugios y Franklin parecía verdaderamente sorprendido de verlo. Veinte minutos antes habían pasado ante el Buzón del camino de tierra, donde había dos coches y una furgoneta aparcados. Los avistadores de ovnis saludaron cuando el Bronco pasó. El Buzón, un pequeño y desvencijado buzón metálico situado al lado del camino, era el último lugar seguro para observar el cielo del complejo de Groom Lake/Área 51. A Johnny le pareció que los avistadores no se sorprendían al ver pasar la furgoneta de Franklin. Éste puso de nuevo en marcha el vehículo y avanzó unos treinta metros.

—Los sensores captan vibraciones de los vehículos que pasan, pero no de las personas andando o los animales. Luego, transmiten la información a quienquiera que esté encargado de la seguridad del lugar. Sin las antenas no pueden transmitir. Ahora estamos fuera de cobertura. Vuelvo en un segundo

Bajó del vehículo y volvió a desaparecer durante unos minutos para atornillar de nuevo las antenas en los sensores.

Avanzaron unos tres kilómetros por el camino, luego Franklin salió de la carretera y aparcó al abrigo de una gran sierra que se erigía hacia el oeste como un muro negro, sólido e inclinado: la White Sides Mountain. Simmons descendió del vehículo siguiendo el ejemplo de Franklin.

—Va a hacer frío —dijo Franklin en voz baja mientras sacaba una pequeña mochila que se hallaba en la parte trasera de la furgoneta.

Simmons se alegró de haber cogido un jersey de más. Se lo puso y luego volvió a colocarse la chaqueta encima. En Rachel había hecho una temperatura agradable, pero tras la puesta de sol la temperatura se había desplomado.

Los dos se giraron al oír un gran estruendo procedente del este. El ruido era cada vez más fuerte. Franklin señaló el cielo con el dedo.

—Allí. ¿Ve esas luces que se mueven? —dijo mientras con la nariz hacía un ruido en señal de mofa—. Algunos de los que acampan por la zona del Buzón confunden las luces en movimiento de los aviones con ovnis. Cuando un avión está en su ruta final de vuelo, las luces parecen estar suspendidas en el aire, sobre todo cuando entra directamente por encima del Buzón.

—¿Es el 737 que me comentó? —preguntó Simmons.

Franklin se rió nervioso.

—No, no lo es.

El avión giró sobre sus cabezas y a continuación desapareció por encima de la White Sides Mountain para ir a aterrizar al otro lado. Al cabo de unos treinta segundos llegó otro avión igual al primero.

—Son aviones de transporte de las Fuerzas Aéreas, del tipo mediano, seguramente Hércules C-130. Se oyen los motores de turbopropulsión. Deben de estar transportando algo. Todo el equipo y las provisiones se llevan al Área 51 en avión.

El ruido de los motores aumentó, se prolongó durante unos minutos y luego volvió a reinar el silencio.

Franklin tendió la mano.

—La cámara.

Simmons dudó. La Minolta con teleobjetivo de largo alcance que colgaba de su cuello era parte de su indumentaria, como su jersey.

—Ése fue el trato —dijo Franklin—. Si el *sheriff* aparece, habrá muchos menos problemas. En mi oficina ya vio los negativos y las fotos que he tomado del complejo. Las tomé a la luz del día y con una cámara mejor que ésta. Son mejores que las que podría conseguir de noche incluso con una película especial y con una gran exposición.

Simmons se quitó la cámara, la pérdida del peso alrededor de su cuello le incomodó. No le gustaba la idea de tener que pagar a Franklin unas fotografías que podía tomar él mismo. Además, ¿qué pasaría si descubrían algo? Antes de partir había visto que Franklin ponía una cámara en la mochila. Simmons vio el truco: si ocurría algo, Franklin quería tener fotos en exclusiva y ganarse un sobresueldo vendiendo fotografías propias. Entregó la cámara al joven y éste la cerró en la parte trasera de la camioneta. Franklin sonrió y sus dientes brillaron con la luz de la luna que resplandecía sobre sus cabezas.

—¿Listo?

—Listo —dijo Simmons.

—Vamos allá.

Franklin tomó aire varias veces, luego se encaminó hacia un atajo situado en la escarpada falda de la montaña y empezó a avanzar de forma resuelta. Simmons lo seguía. El ruido de sus botas contra el terreno poco firme y pedregoso resultaba sorprendentemente fuerte en la oscuridad a medida que iba ascendiendo.

—¿Cree que nos habrán descubierto? —preguntó Simmons.

Franklin se encogió de hombros y su gesto se perdió en la oscuridad.

—Bueno, sabemos que los sensores no nos han captado. Si alguno de los vigilantes camuflados en la oscuridad ha visto avanzar mi furgoneta por la carretera, el *sheriff* estará aquí en media hora. Veremos las luces desde arriba. Los camuflados, que son los encargados de la seguridad del perímetro externo del complejo, vienen en coche por este lado de la montaña. Si ven que llevamos cámaras, es posible que vengan antes. Otra razón por la que no hay que llevarlas. El hecho de que no hayamos visto a nadie significa que es muy probable que no nos hayan descubierto. Si es así, podremos pasar toda la noche aquí arriba sin ser molestados.

—¿Las Fuerzas Aéreas no se cabrean con usted por inmiscuirse en sus instalaciones? —preguntó Simmons cuando Franklin reemprendió la marcha.

—No lo sé. —Franklin se rió de nuevo. El sonido era irritante para Simmons—. Imagino que sí, si supiesen que soy yo. Pero, como no lo saben, que se jodan. Todavía estamos en territorio civil y así nos mantendremos durante todo el camino —explicó Franklin deteniéndose un poco al ver que el paso de su invitado era más lento—. Pero si el *sheriff* aparece, confiscará de todos modos el carrete, así que es mejor no echar más leña al fuego. Además, tenemos una especie de acuerdo entre caballeros. Desde que el pasado año las Fuerzas Aéreas compraron la mayor parte de la sección noreste, éste es el único lugar dentro del territorio civil desde el que puede verse la pista. Muchos se quedan en el Buzón porque no quieren líos, pero no estamos haciendo nada ilegal subiendo esta montaña.

»Sin embargo, pronto no será legal venir aquí —prosiguió Franklin—. Las Fuerzas Aéreas pretenden obtener también este terreno. En cuanto lo consigan, el lago ya no podrá verse desde ningún punto del territorio público. Y apuesto algo a que no está permitido sobrevolar esta área. Durante este año han embargado unas cuantas tierras por aquella zona. —Señaló hacia el norte—. La oficina de gestión del territorio era la que las controlaba. A veces iba allí a observar. —Franklin tendió la mano a Simmons cuando llegaron al final del atajo y comenzaba propiamente la montaña—. Lo querían todo, pero la ley dice que a partir de cierto número de hectáreas ha de haber juicio, de forma que durante estos últimos años las Fuerzas Aéreas han ido embargando hasta el límite y probablemente lo hagan de nuevo este año, hasta que consigan lo que quieren, trozo a trozo.

A Simmons le habría gustado preguntar más cosas, pero estaba sin aliento para hacer otra cosa más que proferir una especie de gruñido.

—Todavía nos quedan otros doscientos cincuenta metros hacia arriba —dijo Franklin.

EL CUBO, ÁREA 51
143 horas, 37 minutos

La sala subterránea medía veinticuatro por treinta metros y sólo podía accederse a ella desde los grandes hangares recortados en la ladera de Groom Mountain mediante un ascensor de gran tamaño. Quienes trabajaban en ella, que, además de los miembros de Majic-12, es decir, el comité de control de todo el proyecto de Dreamland, eran los únicos que sabían de su existencia, la llamaban el Cubo. Este nombre resultaba más fácil para la lengua que el nombre oficial de la sala, centro de comando y control, cuya abreviatura oficial era CCC o C^3.

—Tenemos dos puntos calientes en el sector alfa cuatro —anunció uno de los hombres que controlaban el banco de monitores de ordenador.

Había tres filas de consolas con ordenadores. En la pared central había una pantalla de seis metros de ancho por tres metros de altura que dominaba la sala. En ella podía visualizarse toda la información que se quisiera, desde mapas del mundo hasta imágenes de satélite.

El jefe de operaciones del Cubo, el mayor Quinn, echó un vistazo por encima del hombro de su subordinado. Quinn era de estatura y complexión medianas. Tenía el pelo rubio y escaso y lucía unas grandes gafas de carey con lentes bifocales para ver de cerca y de lejos. Se pasó la lengua por los labios con nerviosismo y miró a la figura que se encontraba al final de la sala y que estaba sentada frente a la consola de control principal.

A Quinn le molestaba tener intrusos husmeando precisamente esa noche. Había muchas cosas planeadas y, lo más importante, el general Gullick, el comandante del proyecto, estaba allí, y su presencia ponía nervioso a todo el mundo. La butaca del general estaba situada sobre una tarima, de forma que podía ver desde arriba todo lo que ocurría abajo. Por detrás ella se abría una puerta que conducía a un pasillo, el cual desembocaba en la sala de conferencias, la oficina y las habitaciones de Gullick, las salas de descanso y una pequeña cocina. El ascensor estaba situado a la derecha de la galería principal. En la sala reinaba el ruido de los equipos y el leve silbido que hacía el aire filtrado que era enviado a la sala por los grandes ventiladores del hangar superior.

—¿Qué ha pasado con los sensores?— preguntó Quinn mientras hacía comprobaciones en su propio terminal portátil—. Detecto una avería en la carretera.

—Yo no sé nada de la carretera —informó el operador—. Pero están ahí —añadió apuntando a su pantalla—. Tal vez hayan venido andando para evitar los sensores.

Los perfiles brillantes de los dos hombres se distinguían perfectamente. El radar térmico situado en una montaña a seis kilómetros al este de la White Sides Mountain enviaba una imagen excelente a aquella habitación a sesenta y un metros por debajo de la Groom Mountain, una montaña que se encontraba a siete kilómetros y medio de donde estaban los dos hombres. En ese terreno el radar térmico era muy eficaz para detectar gente por la noche. El descenso rápido de temperaturas al anochecer hacía que la diferencia de calor entre los seres vivos y el terreno circundante fuera grande.

Quinn tomó aire. Algo no iba bien. Significaba que dos hombres habían traspasado el límite de seguridad externa constituido por la policía de seguridad de las Fuerzas Aéreas —los denominados «camuflados» por los locales—, de acreditación baja y con autorización para obligarlos a marcharse o para llamar al *sheriff*. Como la policía de seguridad de las Fuerzas Aéreas desconocía lo que realmente se hacía en el Área 51, el uso de ese cuerpo se restringía al perímetro externo. Quinn no quería avisar todavía al personal de seguridad interna porque ello exigiría informar de la intrusión al general. Por otra parte, algunos de los métodos que empleaba el personal de seguridad interna le resultaban cada vez más inquietantes.

Quinn decidió tratarlo con la máxima discreción posible.

—Avise a la policía de seguridad.

—Los intrusos se encuentran dentro del perímetro externo —protestó el operador.

—Lo sé —dijo Quinn en voz baja—. Pero vamos a intentar guardar el secreto. Podemos enviar una pareja de la policía de seguridad en tanto que los intrusos se mantengan a ese lado de la montaña.

El operador se volvió y dio las órdenes por su micrófono.

Quinn se enderezó en cuanto el general Gullick volvió la vista de la gran pantalla. En ese momento ésta presentaba la superficie del mundo en la forma de un mapa en el sistema Mercator.

—¿Situación? —preguntó bruscamente el general.

Tenía una voz grave que a Quinn le recordó a James Earl Jones. Gullick descendió los escalones metálicos de su sitio y avanzó hacia Quinn. El general medía casi dos metros y se mantenía todavía tan erguido como en sus tiempos de cadete en la academia de las Fuerzas Aéreas hacía treinta años. Los anchos hombros abarcaban por completo su uniforme azul y conservaba el abdomen tan plano como cuando jugaba de defensa en el equipo de rugby de la Academia. Los únicos cambios notables que los años habían dejado en él eran las arrugas en su rostro negro y la cabeza rapada, el ataque final contra su cuero cabelludo, que había empezado a volverse gris hacía una década.

Quinn pensó que parecía oler los problemas.

—Tenemos dos intrusos, señor —informó señalando a la pantalla. Luego apuntó la mala noticia—. Se encuentran ya en el sector alfa cuatro.

El general no preguntó por los sensores del camino. Esa explicación vendría después y no cambiaría para nada la situación actual. En la guerra del Vietnam el general se había ganado la fama de jefe duro de un escuadrón que pilotaba Phantoms F-6 de soporte a las tropas de tierra. Quinn había oído rumores sobre Gullick, el chismorreo habitual que circulaba incluso en aquella unidad militar tan secreta. Se decía que al general, cuando era un joven capitán, se lo conocía por haber lanzado, en su celo por aniquilar el enemigo, su artillería dentro de «la zona de peligro», esto es, dentro de la distancia de seguridad con respecto a las unidades de tierra amigas.

Si alguno de esos aliados resultaba herido durante la acción, Gullick argüía que de todos modos habría resultado herido en el combate en tierra.

—Avise a Landscape —dijo Gullick con brusquedad.

—Tengo a la policía aérea en camino... —comenzó a decir Quinn.

—Negativo —repuso Gullick—. Esta noche van a ocurrir cosas demasiado importantes. Quiero a esa gente fuera de aquí antes de que Nightscape se ponga en marcha.

A regañadientes, Quinn dio la orden para que Landscape actuara. Miró la pantalla principal. Justo encima de ella un visor digital mostraba 143:34 P. Se mordió por dentro el labio. No entendía por qué esa noche, a falta de menos de seis noches para la prueba de vuelo de la nave nodriza, lanzaban una misión de Nightscape. Eso sólo era una de las muchas cosas que ocurrían desde el año pasado y que Quinn no comprendía. El general no toleraba discusiones y, a medida que la cuenta atrás se aproximaba, su carácter era más irascible.

Quinn llevaba cuatro años trabajando en el Cubo. Era el hombre de mayor rango no perteneciente al consejo, esto es, Majic-12, que dirigía el Cubo y todas las actividades afines. De forma que él era el enlace entre todo el personal militar y civil y Majic-12. Cuando los miembros del consejo no estaban, y eso ocurría con frecuencia, Quinn era el responsable de las actividades diarias del Cubo y de todo el complejo del Área 51. Los subordinados de Quinn sólo sabían lo necesario para efectuar sus tareas específicas. En cambio, los miembros de Majic-12 lo sabían todo. Quinn se encontraba en un punto intermedio. Tenía acceso a mucha información confidencial, pero sabía también que había algo a lo que no se le permitía acceder. De todos modos, incluso él se daba cuenta de que algo estaba cambiando. Las prisas por la nave nodriza, las misiones de Nightscape y otros muchos sucesos se salían de la norma seguida durante sus tres primeros años de permanencia. El Cubo y todo lo que controlaba era bastante anormal de por sí.

A Quinn no le gustaba que Gullick y los de Majic-12 complicaran más las cosas.

El general Gullick levantó un dedo y Quinn se apresuró a acudir junto a él detrás de otro operador cuya pantalla mostraba un enlace vía satélite en directo también con una imagen térmica.

—¿Algo en el Punto de Apoyo a la Misión? —preguntó Gullick.

—PAM desocupado, señor.

Gullick miró a un tercer oficial cuya pantalla mostraba varias imágenes captadas en vídeo de grandes hangares con paredes de piedra, lo que tenían sobre sus cabezas.

—¿Estado del agitador número tres?

—Listo, señor

—¿Ha entrado ya el C-130? —preguntó Gullick mirando a Quinn.

—Aterrizó hace treinta minutos, señor —contestó Quinn.

—¿El Osprey?

—Listo para partir.

—Adelante.

Quinn se apresuró a hacer lo que le habían ordenado.

2

—*Sprechen Sie Deutsch?*[1]

Mike Turcotte se volvió con el rostro mudado hacia el hombre que le había hablado.

—¿Cómo dice?

El otro hombre se rió entre dientes.

—Sabía que venías del grupo antiterrorista de elite de Alemania. Me ha gustado esa respuesta. No sé nada, no procedo de ningún sitio. Está bien. Encajarás bien aquí.

El nombre de aquel hombre era Prague o, por lo menos, así es como se había presentado a Turcotte esa tarde, cuando se conocieron en el aeropuerto McCarren. Durante el encuentro Turcotte calibró físicamente al otro hombre. Prague era alto, delgado, tenía los ojos negros y un rostro tranquilo e inexpresivo. Su constitución contrastaba con la de Turcotte, que era de estatura media, de aproximadamente un metro setenta. El cuerpo de Turcotte no estaba constituido por músculos protuberantes, pero era sólido y fibroso de nacimiento y él nunca había dejado de cuidarlo, sometiéndolo durante años a ejercicio constante. Tenía la piel oscura, propia de su origen medio canadiense, medio indio. Se había

1. «¿Habla alemán?» *(N. de la T.)*

criado en los bosques de la parte norte de Maine, donde los mejores negocios eran la madera y la bebida fuerte. El tiro de salida de su ciudad fue una beca de rugby de la Universidad de Maine en Orono. Pero aquel sueño se desvaneció en el transcurso de un partido cuando era estudiante del segundo año por culpa de un par de espaldas defensivas de la Universidad de New Hampshire. Su rodilla fue reconstruida, pero su beca de estudios terminó.

Ante la perspectiva de tener que regresar a los campos de explotación forestal, Turcotte se alistó como auxiliar del teniente coronel al frente del programa ROTC[2] de la universidad. Un médico muy amable pasó por alto el problema de su rodilla y el ejército tomó el relevo en el punto en que el equipo de rugby lo dejó.

Turcotte se licenció en ciencias forestales y se graduó como oficial del ejército. Su primer destino fue en la Décima División de la infantería de montaña. La paz de Fort Drum resultó excesiva para él y, en cuanto tuvo la ocasión, se presentó voluntario para el programa del cuerpo de elite. Cuando el brigada encargado de la revisión médica para las fuerzas especiales vio las cicatrices de la rodilla, dio el visto bueno pensando que alguien suficientemente loco para querer entrar en el cuerpo de elite no dejaría que algo tan insignificante como una rodilla reconstruida lo detuviera.

No obstante, casi lo consigue. En el transcurso de las duras pruebas de selección y evaluación, la rodilla se hinchó y empezó a doler mucho. Sin embargo, Turcotte continuó adelante y llevó a cabo largas marchas en tierra con una mochila pesada a la espalda tan rápido como podía mientras sus compañeros iban cayendo. De los doscientos cuarenta hombres que habían comenzado el entrenamiento, al final sólo quedaron unos cien y Turcotte estaba entre ellos.

---

2. ROTC, Reserve Officer Training Corps. Cuerpo de entrenamiento de los oficiales de reserva. *(N. de la T.)*

A Turcotte le gustó estar en el cuerpo de elite y tuvo varios destinos hasta el último, que en su opinión, no resultó tan bien. Ahora lo habían escogido para esta unidad de la que no sabía nada, excepto que era extremamente confidencial y se llamaba Operaciones Delta, un nombre que hizo que Turcotte se preguntara si lo habrían escogido expresamente para que se confundiera con fuerza Delta, el cuerpo de elite antiterrorista de Fort Bragg con el que había trabajado en ocasiones cuando estuvo destinado en el destacamento A de Berlín: una unidad especial secreta encargada del control del terrorismo en Europa.

Jamás había oído nada sobre operaciones Delta, algo asombroso dada la pequeña comunidad que integraba las operaciones especiales. Esto podía significar dos cosas: o bien que nadie era destinado fuera de Operaciones Delta y, por consiguiente, no podía haber ningún rumor, o bien que los destinados fuera de allí mantenían su boca cerrada por completo, lo cual era lo más probable. Turcotte sabía que, aunque a los civiles les costara creerlo, la mayoría de los militares con los que había trabajado creían en la promesa de confidencialidad que hacían.

Sin embargo, lo que preocupaba a Turcotte era que esta misión tenía dos niveles. En lo referente a Prague y a Operaciones Delta, simplemente sabía que era un hombre acreditado y con experiencia en operaciones especiales. Sin embargo, al regresar a Nevada procedente de Europa, el comandante de DET-A le había ordenado verbalmente detenerse en Washington. En el aeropuerto fue recibido por una pareja de agentes del servicio secreto y escoltado a una sala privada de la terminal. Allí, mientras los agentes hacían guardia tras la puerta, se entrevistó con la doctora Lisa Duncan, una mujer que se identificó como asesora presidencial en temas científicos de algo llamado Majic-12. Ésta le explicó que el cometido verdadero era infiltrarse en Operaciones Delta, una fuerza encargada de proporcionar seguridad a Majic-12. Además le proporcionó un número de teléfono al que debía llamar para informar de lo que ocurriera.

Duncan fue evasiva a todas las preguntas de Turcotte. No podía decirle lo que se esperaba que hallara. Esto generó recelo en Turcotte, puesto que ella estaba en el consejo de Majic-12. Ni siquiera supo decirle por qué lo habían escogido a él. Turcotte se preguntó si eso tendría que ver con lo ocurrido en Alemania. Además de esas dudas, su desconfianza natural, que había cultivado en los años de trabajo en Operaciones Especiales, lo llevó a preguntarse si Lisa Duncan sería realmente quien decía ser, independientemente de su decorativa tarjeta de identificación. Podía tratarse de una prueba de lealtad por parte de las mismas Operaciones Delta.

Duncan le había dicho que no informara a nadie sobre aquel encuentro. Esto lo puso en un aprieto al encontrarse con Prague en el aeropuerto. No mencionar esa información significaba entrar en un sutil conflicto con su nuevo cuerpo, lo cual era, ciertamente, un buen comienzo. Turcotte no sabía qué era real y qué no. En el vuelo de Washington a Las Vegas decidió hacer lo que Duncan le había dicho, abrir bien los ojos y aguzar el oído, cerrar la boca y dejarse llevar por esa especie de montaña rusa en la que se había visto envuelto hasta formarse una opinión propia.

Turcotte creía que lo conducirían directamente a la base aérea de Nellis desde el aeropuerto. De hecho, eso era lo que decían sus órdenes. Pero, ante su asombro, tomaron un taxi hacia la ciudad y se registraron en un hotel. A decir verdad, no hubo tal registro, puesto que pasaron por delante de la recepción, tomaron el ascensor y se encaminaron directamente a una habitación que, en lugar de la cerradura habitual, tenía un teclado numérico. Prague tecleó el código.

Una vez hubieron entrado en la habitación, que estaba profusamente decorada, Turcotte expresó su inquietud por no haberse presentado en Nellis, pero Prague se limitó a encogerse de hombros.

—No te preocupes. Te llevaremos mañana. Por cierto, no vas a ir a Nellis. Ya lo verás, carnaza.

—¿Y qué hay de esta habitación? —preguntó Turcotte pensando en que lo había llamado «carnaza».

Ese nombre se utilizaba para los reemplazos de las unidades de combate que habían sufrido bajas. No resultaba adecuado para la situación en que se encontraba, por lo menos eso creía. El término también podía interpretarse como un insulto. Turcotte no sabía por qué Prague haría algo así, a no ser que quisiera comprobar su grado de tolerancia, una práctica muy común en los cuerpos de elite. La diferencia estaba en que normalmente ello implicaba pruebas de capacitación física o mental, no insultos. Por supuesto, Turcotte era consciente de que podía haber otra razón que explicase la actitud de Prague: tal vez supiera del encuentro en Washington y aquello había sido una prueba. O tal vez esa Duncan existía realmente y Prague sabía que Turcotte era un infiltrado. Al cabo de tanto pensar en móviles de móviles, Turcotte sintió dolor de cabeza.

Prague se tendió en el sofá.

—Tenemos todas estas habitaciones de forma permanente para descansar cuando venimos a la ciudad. Realmente nos cuidan bien siempre y cuando no la jodamos. Prohibido beber. Ni siquiera estando fuera de servicio. Tenemos que estar siempre dispuestos.

—¿Para qué? —preguntó Turcotte mientras dejaba caer al suelo su petate y se dirigía a la ventana para contemplar el panorama de neón de Las Vegas.

—Para lo que sea, carnaza —repuso Prague sin más—. Mañana por la mañana partiremos de McCarren con Janet.

—¿Janet? —preguntó Turcotte.

—Un 737. Va cada mañana al Área con los trabajadores civiles y nosotros.

—¿En qué consiste exactamente mi trabajo y...? —Turcotte se interrumpió cuando el aire se llenó de un pitido agudo y Prague sacó de su cinturón un buscapersonas, desactivó la alarma y miró el pequeño visor.

—Parece que estás a punto de saberlo —contestó Prague poniéndose en pie—. En marcha. Volvemos al aeropuerto. Adelante.

RESERVA DE LA BASE AÉREA DE NELLIS
143 horas

—Cómo será su factura de electricidad —susurró Simmons mientras contemplaba el lecho vacío del lago y el complejo iluminado en la falda de la Groom Mountain. Ayudado por los binoculares deslizó su vista por los hangares, las torres y las antenas, todo dispuesto a lo largo de una extensa pista de aterrizaje.

—Parece que ha venido en una buena noche —comentó Franklin mientras se sentaba reclinando su espalda en un peñasco.

Hacía diez minutos que habían llegado a la cima de la White Sides Mountain y se habían apostado en la parte más alta de la montaña para observar desde arriba el lecho del lago.

—Puede que sólo sea por los C-130 —comentó Simmons.

Los aviones de transporte estaban aparcados junto a un hangar especialmente grande y en ellos había bastante actividad. Enfocó los prismáticos.

—No están descargando —dijo—. Están cargando algo en los aviones, parece ser un par de helicópteros

—¿Helicópteros? —repitió Franklin—. Déjeme ver. —Tomó los binoculares y observó durante unos minutos—. Ya había visto este tipo de máquinas antes. Son de color negro. El grande es un Blackhawk UH-60. Los pequeños no sé qué son. Los UH-60 vuelan por aquí para seguridad. Un día, con la camioneta, en el camino del Buzón uno me siguió.

—¿Adónde cree que los llevan? —preguntó Simmons tomando de nuevo los binoculares.

—No lo sé.

—Algo está pasando —dijo Simmons.

Aeropuerto McCarren, Las Vegas
142 horas, 45 minutos

El 737 no llevaba otro distintivo que una amplia banda roja pintada en el exterior. Estaba aparcado tras una cerca que tenía unas tiras de color verde en los eslabones de la cadena para desanimar a los curiosos. Turcotte llevó su petate hasta el avión después de que Prague bromeara diciendo que en aquel vuelo podían llevar lo que quisieran porque no había control de equipaje.

En lugar de la azafata, en el interior del avión los esperaba un hombre de rostro duro vestido con un traje de tres piezas que controlaba el personal a medida que iban entrando.

—¿Quién es? —preguntó señalando a Turcotte.

—Carnaza —repuso Prague—. Lo he ido a recoger esta tarde.

—Permítame su identificación —pidió el hombre.

Turcotte sacó su tarjeta militar de identificación y el hombre escrutó la fotografía.

—Espere aquí.

El hombre se dirigió a lo que habría sido la cocina delantera y activó un pequeño teléfono móvil. Tras hablar durante un minuto, lo cerró y salió.

—He verificado sus órdenes. Está limpio.

Aunque su expresión no cambió, Turcotte relajó lentamente la mano derecha y pasó los dedos por la cicatriz que tenía en la palma.

El hombre le mostró un pequeño aparato.

—Sople.

Turcotte miró a Prague, quien cogió el aparato y sopló en él. El hombre comprobó la lectura, cambió rápidamente la tobera y se lo dio a Turcote, que hizo lo mismo. Tras mirar la lectura, el hombre hizo un gesto con el teléfono señalando el final del avión.

Prague dio un golpe fuerte en la espalda a Turcotte y lo condujo por el pasillo. Turcotte miró a los demás hombres que había a bordo. Todos tenían el mismo aspecto: duros, profesionales y competentes. Era el porte de todos los hombres con los que Turcotte había trabajado durante años en Operaciones Especiales.

En cuanto Prague estuvo aposentado junto a él y la puerta del avión se cerró, Turcotte decidió intentar averiguar qué estaba ocurriendo, especialmente ahora que parecía que estaban en alerta.

—¿Adónde nos llevan? — preguntó.

—Al Área 51 —respondió Prague—. Es una instalación de las Fuerzas Aéreas. Bueno, está en el terreno de las Fuerzas Aéreas, pero en realidad está controlada por una organización llamada Organización de Reconocimiento Nacional u ORN, que se encarga de todas las imágenes captadas desde el cielo.

Turcotte sabía que la ORN era una extensa organización que controlaba todas las operaciones de los satélites y los aviones-espía y que tenía un presupuesto de varios miles de millones. Él mismo había participado en algunas misiones en las que la ORN había colaborado.

—¿Exactamente de qué nos encargamos? —preguntó Turcotte mientras apoyaba las manos contra el respaldo del asiento que tenía delante y empujaba para destensar los hombros.

—Seguridad —contestó Prague—. Las Fuerzas Aéreas se encargan del perímetro externo, y nosotros hacemos el trabajo interno pues estamos acreditados por completo. De hecho —aclaró—, Operaciones Delta consta de dos unidades. Una recibe el nombre de Landscape y la otra es Nightscape. Landscape se encarga de la seguridad en tierra de las instalaciones del Área 51 y de controlar a las personas que hay allí. Nightscape, de la que ahora ya formas parte... —Prague se interrumpió—. Bueno, pronto lo sabrás, carnaza.

Turcotte había estado en suficientes unidades secretas como para saber cuándo debía dejar de hacer preguntas, así que calló y escuchó el ruido de los motores mientras se dirigían hacia el norte en dirección a su nuevo destino.

WHITE SIDES MOUNTAIN
142 horas, 26 minutos

Simmons cogió su mochila, sacó un estuche de plástico y lo abrió.

—¿Qué es eso?— preguntó Franklin.

—Son prismáticos de visión nocturna —respondió Simmons.

—¿De verdad? —dijo Franklin—. Los he visto en fotografía. Los camuflados de aquí los utilizan. Los llevan puestos mientras circulan por ahí sin luces. Te pueden dar un susto de muerte si se presentan en medio de la oscuridad con eso puesto y tú crees que estás solo en el camino.

Simmons activó el interruptor, y el interior del prismático se iluminó con una luz verde. Empezó a examinar evitando exponer el prismático a la iluminación intensa de la instalación, algo que podría sobrecargar el amplificador computarizado que llevaba incorporado. Inspeccionó la larga pista de aterrizaje. Con una longitud superior a cuatro kilómetros y medio, tenía fama de ser la más larga del mundo, aunque el gobierno negaba su existencia. Observó luego el resto del lecho del lago por si había algo de interés.

Captó un leve destello con los prismáticos y Simmons se volvió para saber qué lo había provocado. Miró hacia abajo y a la derecha y de nuevo advirtió un destello. Un par de vehículos todoterreno con tracción en las cuatro ruedas circulaba por la carretera llena de baches a unos siete kilómetros de allí. El destello era el reflejo de la luz de la luna en los faros apagados. Cada uno de los conductores llevaba unos prismáticos incorporados al casco.

Simmons dio una palmadita en la espalda de Franklin y le pasó los prismáticos.

—Ahí. ¿Ve esos dos tipos en los todoterreno?

—Sí. Ya los veo —asintió Franklin.

—¿Son los camuflados de los que me había hablado?

—Nunca los había visto conducir un todoterreno —repuso Franklin—, pero sí, son ellos. Y, por cierto, nunca los había visto en la parte interior de la montaña. Hasta ahora siempre llegaban desde el otro lado. —Le devolvió los prismáticos—. No pueden subir hasta aquí con estos vehículos. Lo más cerca que pueden llegar es a un kilómetro y medio.

—¿Había desconectado alguna vez los sensores del camino? —preguntó Simmons de repente.

Franklin no respondió y volvió a echar un vistazo a los dos todoterreno que se acercaban, luego apagó los prismáticos

—Nunca habías jugado con los sensores ¿verdad?

Franklin asintió de mala gana.

—Generalmente los chicos de seguridad externa nos detenían abajo. Venía el *sheriff* y nos confiscaba las fotografías. Luego, la mayoría de las veces, nos permitía subir aquí arriba.

—¿La mayoría de las veces? —preguntó Simmons.

—Sí. A veces, quizás en tres o cuatro ocasiones, nos mandaba a casa.

—Pensaba que habías dicho que esto era terreno público —replicó Simmons.

—Y lo es.

—Entonces ¿Porqué os marchabais?

—El *sheriff* nos dijo que si proseguíamos no podía responder de nuestra seguridad. —Franklin parecía muy molesto—.

Había una especie de código entre él y yo. Yo sabía que entonces debía regresar al Buzón y observar.

—¿Y qué ocurría durante esas noches? —preguntó Simmons. Como Franklin no respondía siguió hablando—: Eran las noches en que veías luces extrañas haciendo maniobras inexplicables en el aire al otro lado de la cima de la montaña. De esta montaña —dijo Simmons en un tono algo acalorado.

—Sí.

—Así pues, ésta es la primera vez que estás aquí arriba y ellos no lo saben. Podría ser que fuera una de esas noches en las que deberías regresar al Buzón.

—Sí.

Aquello explicaba por qué Franklin llevaba la única cámara. Si los descubrían, Franklin lo utilizaría como excusa, con la esperanza de que la profesión de Simmons lo beneficiaría ante las autoridades. Simmons tomó aire varias veces mientras valoraba las alternativas. Era peligroso pero existía la posibilidad de una gran historia.

—Bueno, será mejor ver qué ocurre.

Ambos giraron la cabeza al oír de nuevo el estruendo de los motores de avión a lo lejos.

—Es Janet —explicó Franklin al ver descender el 737 sobre sus cabezas y aterrizar en la pista. Parecía preocupado—. Es pronto. Normalmente no está aquí hasta las cinco cuarenta y cinco de la mañana.

Simmons miró por los prismáticos. Los dos todoterreno habían dado la vuelta y se marchaban. Pensó que aquello era incluso más extraño que el hecho de que el 737 llegara ahí más temprano.

El 737 se detuvo a unos quinientos metros de los dos C-130. Turcotte bajó detrás de Prague y se dirigió a un pequeño edificio contiguo al hangar. En la parte superior, contra la base de una gran montaña, había un grupo de edificios, varios hangares, lo que parecía ser un par de barracones y la torre de control de la pista.

—Pon tu petate ahí, carnaza —ordenó Prague.

Los demás hombres abrieron unas consignas que había en la pared, sacaron unos monos negros y empezaron a ponérselos. Prague acompañó a Turcotte a una sala anexa y empezó a darle el equipo. Lo primero fue un mono, luego un chaleco de combate, un pasamontañas negro, unos guantes negros de aviador y un juego de primásticos de visión nocturna, unos AN-PVS-9, el modelo más moderno del mercado.

Prague abrió un estuche metálico y extrajo un arma de aspecto sofisticado. Turcotte asintió en señal de reconocimiento. La ORN dotaba a sus muchachos con un equipo excelente. Turcotte cogió el arma y la comprobó. Era una metralleta Calico de 9 mm de empuñadura telescópica, con silenciador incorporado, recámara cilíndrica de cien balas y un visor láser incorporado.

—Hasta cien metros apunta el láser en trayectoria plana —le informó Prague—. A partir de ahí obtienes dos centímetros y medio por cada cincuenta metros. —Prague lo miró—. Supongo que llevas tu arma propia.

—Una Browning High Power —asintió Turcotte.

—Puedes llevarla, pero úsala sólo para emergencias. Nos gusta trabajar en silencio —explicó Prague mientras le daba unos auriculares con un micrófono incorporado—. Se activa con la voz. Tiene presintonizada la frecuencia de mi mando. Tenlo siempre activado y cargado —ordenó—. Si no puedo hablar contigo preferirás estar muerto a volver a verme u oírme.

Turcotte asintió y se lo puso mientras deslizaba la batería principal y el cable por el cuello.

Prague le dio un golpe en la espalda más fuerte de lo necesario.

—Cámbiate y en marcha.

Turcotte cerró la cremallera del mono, se colocó el chaleco de combate y llenó los bolsillos con recámaras extra para la Calico. Cogió también algunas granadas de explosión y destello, dos minigranadas muy explosivas, dos granadas CS y se las colocó también en los bolsillos. Sacó la Browning del petate y la colocó en la pistolera que llevaba en el muslo, debajo del chaleco. Para mayor seguridad tomó también algunos objetos que llevaba en el petate: una funda de cuero con tres cuchillos perfectamente equilibrados y muy afilados, hechos a mano para él por un artesano de Maine, que se ciñó en el hombro derecho, dentro del mono; una porra de alambre de acero enrollado, que encajaba perfectamente en el bolsillo del traje, y un machete afilado y de doble filo en funda, que deslizó por la parte exterior del extremo superior de su bota derecha.

Cuando se sintió completamente vestido para cualquier eventualidad que pudiera ocurrir, Turcotte se reunió con los demás hombres en las puertas del hangar. Eran veintidós hombres, y Prague parecía estar al mando.

—Esta noche vendrás conmigo, carnaza —anunció Prague señalando a Turcotte—. Harás lo que yo te diga. No hagas nada que no se te haya ordenado hacer. Vas a ver algunas cosas raras. No te preocupes. Está todo controlado.

«Si lo tenemos todo controlado, ¿para qué las armas?», se preguntó Turcotte, pero no dijo nada y miró lo que hacían los demás hombres en el exterior. Un helicóptero Blackhawk UH-60, con las palas abatidas, ya había sido colocado en el primer C-130. Dos helicópteros de ataque AH-6, que los pilotos llamaban «pajaritos», se estaban cargando en el segundo avión. El AH-6 era un helicóptero pequeño de cuatro plazas, con una minimetralleta montada en el patín derecho. Turcotte sólo conocía una unidad que emplease los AH-6: la Fuerza Operativa 160, una unidad secreta de helicópteros del ejército.

—Equipo alfa, en marcha —ordenó Prague.

Cuatro hombres con paracaídas colgados en la espalda se encaminaron por el asfalto hacia un Osprey V-22 que los esperaba y que hasta entonces había permanecido en la sombra, al abrigo de aquel gran hangar. Otra sorpresa. Turcotte había oído decir que el contrato gubernamental de los Osprey había expirado, pero esa máquina parecía muy operativa, especialmente cuando las grandes hélices empezaron a girar. Las hélices se hallaban al final de las alas, las cuales estaban dobladas hacia arriba, lo cual permitía al avión despegar como un helicóptero y luego, en cuanto las alas se doblaban hacia adelante, volar como un avión. El Osprey ya se estaba moviendo incluso antes de que la rampa posterior se hubiera cerrado y luego se elevó.

Turcotte sintió cómo le subía la adrenalina. El olor del carburante JP-4, el gas de los motores de los aviones, el ruido, las armas... todo le invadía los sentidos y le devolvía recuerdos, algunos buenos, otros malos, pero todos ellos ciertamente excitantes.

—¡En marcha! —ordenó Prague.

Turcotte siguió a los demás hombres a bordo del C-130 que iba a la cabeza. En su interior habrían cabido perfectamente cuatro coches. A los lados del avión, había una fila de asientos abatibles de lona roja dirigida hacia dentro. El fuselaje del avión no estaba aislado y el ruido de los cuatro motores de turbohélice reverberaba en el interior con una vibración que hacía castañear los dientes. Unas ventanillas situadas a la altura del pecho, pequeñas y redondeadas, eran las únicas ventanas al mundo exterior. Turcotte observó que había varios paquetes de material fuertemente atados en la parte central de la nave de carga. A bordo había otros hombres, unos vestidos con monos grises, y otros, con el típico traje verde del ejército.

—Los de gris son los intelectuales —le chilló Prague al oído—. Nosotros somos sus canguros mientras ellos hacen su trabajo. Los de verde son pilotos de helicóptero.

La rampa del C-130 se levantó lentamente y se cerró y se encendieron las luces rojas del interior para permitir a la tripulación la visión nocturna habitual. Turcotte miró el campo de aviación a través una de las ventanillas. Advirtió que el V-22 ya estaba fuera del alcance de la vista. Se preguntó dónde saltarían aquellos cuatro hombres. Con el rabillo del ojo vio un objeto grande y redondo que se desplazaba a unos diez metros por encima de la zona de vuelo, entre ellos y la montaña. Turcotte pestañeó.

—¿Qué coño...?

—Mantén la atención en el interior —ordenó Prague mientras lo cogía por el hombro—. ¿Tienes el equipo dispuesto?

Turcotte miró a su jefe y luego cerró los ojos. La imagen de lo que acababa de ver estaba todavía en su mente pero ésta ya la estaba cuestionando.

—Sí, señor.

—Bien. Como te dije, esta vez, por ser la primera, tendrás que aguantarme. Y no dejes que nada de lo que veas te sorprenda.

El avión dio una sacudida y luego empezó a moverse más lentamente. Turcotte asió la metralleta Calico y la colocó entre sus rodillas. Desmontó rápidamente sus componentes, levantó el martillo y lo revisó para asegurarse de que la boquilla no estuviera limada. Luego volvió a montar el arma y comprobó cuidadosamente cada parte para cercionarse de su funcionamiento.

—¿Qué cree que está ocurriendo? —preguntó Simmons nervioso, deseando tener una cámara.

El primer C-130 se desplazaba pesadamente hacia el final de la pista. El otro avión, más pequeño, había despegado como si fuera un helicóptero y había desaparecido en dirección norte.

—¡Mierda! —exclamó Franklin—. ¡Mira!

Simmons se volvió y quedó petrificado ante la visión que se le ofrecía. Franklin se había incorporado y corría, tropezando con las rocas, en dirección al camino por el que habían llegado. Simmons cogió la pequeña cámara Instamatic que se había guardado en secreto dentro de la camiseta y entonces el cielo de la noche se iluminó durante unos segundos y Simmons dejó de ver y sentir.

Cuando el morro se levantó y el avión despegó, Turcotte permaneció sentado, cogido a la red. Vio el fulgor de una luz intensa en un punto de las montañas. Miró a Prague y vio que tenía sus ojos negros e inexpresivos clavados en él.

Turcotte le devolvió la mirada con tranquilidad. Conocía ese tipo de personas. Prague era un hombre duro entre hombres que se consideran a sí mismos duros. Pensó que la mirada de Prague intimidaría a hombres con menos experiencia; sin embargo, Turcotte conocía algo que también Prague conocía: el poder de la muerte. Había sentido ese poder en la punta de los dedos, al arrojar un objeto que sólo pesaba un kilo y sabía lo fácil que era. En ese momento no importaba cuán duro uno se creyera.

Turcotte cerró los ojos e intentó relajarse. No hacía falta ser un genio para darse cuenta de que no lo conseguiría. Hicieran lo que hiciesen ya lo sabría al llegar. Y lo que fuera que se esperase de él cuando llegaran, lo sabría cuando se lo dijeran. Ciertamente era un modo complicado de organizar una misión. O Prague era un incompetente, o prefería deliberadamente no explicar nada a Turcotte. Y éste sabía que lo primero no era.

El Osprey V-22 describió un círculo por la orilla sur del lago Lewis and Clark a unos tres mil metros de altura. Atrás, el jefe del equipo oía por sus auriculares la radio por satélite que le informaba de la última orden procedente del Cubo.

—Phoenix Advance, aquí Nightscape Seis. Lecturas térmicas de personas negativas en PAM. Proceda. Corto.

El jefe del grupo se quitó los auriculares y se volvió hacia los tres miembros de su equipo.

—Vamos —ordenó y levantó el pulgar hacia al jefe de la tripulación.

Entonces la rampa posterior se abrió lentamente al brillante cielo nocturno. Cuando estuvo completamente abierta, el jefe de la tripulación hizo un gesto. El jefe de grupo se dirigió al borde y se dejó caer seguido de cerca por los demás hombres. Una vez que adquirió estabilidad con los brazos y las piernas flexionados, se tiró rápidamente de su cabo de desgarre. Miró el paracaídas cuadrado desplegado sobre su cabeza para comprobar que funcionara correctamente. A continuación deslizó los prismáticos de visión nocturna del casco y los activó.

Miró hacia arriba, más allá de su paracaídas, y vio a los otros tres miembros de su equipo suspendidos encima de él y en perfecta formación. Satisfecho, el jefe del equipo miró hacia abajo y se orientó. El punto de destino se distinguía fácilmente. Era una sección larga de orilla no iluminada. Mientras descendía comprobó el estado del terreno con los prismáticos y empezó a captar más detalles. Identificó un objeto sobresaliente, un telesilla abandonado, y en cuanto lo tuvo a la vista, tiró de las anillas para terminar rápidamente con el trayecto. Había un pequeño campo abierto donde años atrás los esquiadores novatos tropezaban al apearse del telesilla.

Al tirar de las dos anillas a menos de seis metros del suelo, el jefe de grupo retardó su descenso, de modo que cuando sus botas tocaron tierra no hubo más impacto que si hubiera bajado una acera. El paracaídas cayó detrás de él a la vez que él soltaba su metralleta. Los demás hombres aterrizaron, todos a seis metros. Aseguraron sus paracaídas y luego tomaron posición debajo del poste principal del telesilla, en el trozo de tierra más elevado en un área de seis kilómetros. Desde donde estaban podían controlar el kilómetro de terreno que había entre ellos y el lago.

A la zona se la denominaba Nido del Diablo y se decía que un siglo antes Jesse James[3] la había utilizado como guarida. Los hombres se encontraban exactamente en la zona donde la planicie de Nebraska se convierte de golpe en colina y montañas abruptas, la cual se prolonga hasta el final del lago artificial, resultado de la construcción de presas en el río Missouri unos seis kilómetros más abajo. Diez años antes, un promotor inmobiliario había intentado convertir la zona en un lugar turístico —de lo que daba prueba el telesilla—, pero la idea fue un fracaso. Sin embargo, aquellos hombres no estaban interesados en la maquinaria oxidada. Su preocupación residía en el centro de la zona, discurría por la cima de una montaña y se dirigía al lago.

El jefe de grupo cogió el auricular que le ofreció el hombre encargado de telecomunicaciones.

—Nightscape Seis Dos, aquí Phoenix Advance. La zona de aterrizaje está despejada. Zona despejada. Cambio.

—Aquí Seis Dos. Roger. Se espera a Phoenix en tres minutos. Corto.

En el aire Turcotte observó a Prague mientras hablaba a través de la radio por satélite y sus palabras se perdían en el barullo de los motores. Percibía el cambio de la presión a medida

3. Ladrón norteamericano de bancos y ferrocarriles que, junto a su hermano Jack, dirigía una banda de ladrones, uno de los cuales lo mató. Su fama se extendió incluso hasta Gran Bretaña y sobre él se escribieron historias y canciones.

que el C-130 descendía. Al mirar al exterior vio agua y luego una línea de costa. Los neumáticos del C-130 tocaron tierra y el avión empezó a circular. Se detuvo a una distancia sorprendentemente corta para un avión de su clase y, en cuanto el avión se giró para colocarse frente a la pista, se abrió la rampa trasera.

—¡Vamos! —gritó Prague—. A descargarlo todo.

Turcotte echó una mano para sacar los helicópteros y colocarlos al abrigo de unos árboles cercanos. Quedó impresionado ante la habilidad de los pilotos. La pista era poco menos que una expansión plana de hierba peligrosamente escoltada a cada lado por líneas de árboles.

En cuanto se hubo descargado el helicóptero y el equipo, el avión se deslizó de nuevo por la pista y, con la rampa todavía no cerrada del todo, el avión se elevó en el cielo de la noche. Al cabo de un minuto, el segundo avión aterrizó y el proceso se repitió. Unos minutos más tarde estaban en tierra los tres helicópteros y el personal.

En cuanto el ruido del segundo avión quedó amortiguado por la distancia, Prague empezó a dar órdenes.

—¡Quiero redes de camuflaje encima y todo bien cubierto! ¡Rápido, gente! ¡En marcha!

3

—No sé qué le pasa a este aparato —protestó el estudiante mientras tocaba botones y ajustaba los controles del aparato que tenía delante. El sonido de su voz aguda retumbó en las paredes de piedra y lentamente murió dejando una quietud en el aire.

—¿Por qué estás tan seguro de que está averiado? —preguntó el profesor Nabinger en un tono más tranquilo.

—¿Qué otra cosa, si no, podría estar causando esas lecturas negativas?

El estudiante abandonó los controles del equipo de resonancia magnética que habían llevado con gran esfuerzo hasta ahí abajo, el corazón de la gran pirámide.

El esfuerzo había sido doble: durante las últimas veinticuatro horas, el esfuerzo físico de acarrear la máquina por los estrechos túneles de la gran pirámide de Gizeh hasta la cámara inferior y, durante el último año, el complejo esfuerzo diplomático para obtener el permiso para introducir y activar ese moderno equipo en el mayor de los monumentos antiguos de Egipto.

Nabinger conocía lo suficiente de la política arqueológica para apreciar la oportunidad que se le había otorgado al usar aquel equipo allí. De las siete maravillas originales del mundo antiguo, las únicas que quedaban en pie eran las tres pirámides de la orilla oeste del Nilo y, ya en la antigüedad, se las consideraba las mejores. El coloso de Rodas, cuya existencia era cuestionada por muchos arqueólogos, los jardines colgantes de Babilonia, la torre de Babel, la torre de Faros en Alejandría y otras maravillas de la arquitectura primitiva habían ido desapareciendo con el correr de los siglos. Todas, menos las pirámides, construidas entre los años 2685 y 2180 antes de Cristo. Ya se erguían sobre la arena cuando aún faltaba mucho tiempo para que surgiera el Imperio Romano, continuaron allí cuando éste desapareció al cabo de varios siglos y todavía resistían, a las puertas del segundo milenio del nacimiento de Cristo.

Las fachadas originales de piedra caliza pulida a mano habían sido causa de pillaje, excepto en la parte superior de la pirámide central, pero su tamaño era tan grande que habían salido ilesas de los estragos de las guerras que se habían ido sucediendo alrededor. Las pirámides lo habían resistido todo, desde las invasiones de los hicsos por el norte en el siglo XVI antes de Cristo hasta el Octavo Regimiento Británico durante la Segunda Guerra Mundial, pasando por Napoleón.

En Egipto todavía había más de ochenta pirámides; Nabinger había visitado casi todas y había explorado sus misterios, pero siempre se sintió atraído por el famoso trío de Gizeh. Cuando uno se acercaba a ellas y las miraba, la pirámide de Chefren, situada en el medio, parecía la más grande, pero ello se debía sólo a que se hallaba sobre un terreno más alto. El faraón Khufu, conocido popularmente como Cheops, había sido el responsable de la construcción de la pirámide mayor, situada al noreste. Con una altura de más de ciento veintidós metros y una superficie que abarcaba algo más de treinta hectáreas era, con diferencia, el mayor edificio en piedra del mundo. La más pequeña de las tres era la pirámide de Micerino o Men-Kau-Ra, que medía sesenta y un metros de altura. Los lados de las pirámides estaban alineados con respecto a los cuatro puntos cardinales, y aquéllas se orientaban de noreste a suroeste, de mayor a menor. La gran esfinge se encontraba a los pies de la pirámide mediana, pero suficientemente alejada al este para hallarse también delante de la gran pirámide, que parecía continuarse en el hombro izquierdo de la esfinge.

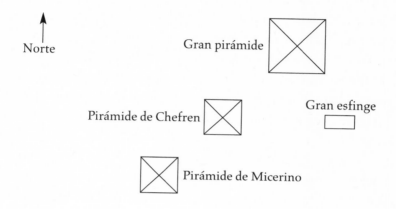

Las pirámides atraían a turistas, arqueólogos y científicos y despertaban la admiración de todos. Para los turistas, el tamaño y la antigüedad eran suficientes. Para los científicos, la construcción desafiaba la tecnología de la época en que se construyeron. Para los arqueólogos no sólo resultaba extraordinaria la construcción, sino que también ansiaban descubrir su propósito. Ésta era la cuestión que durante años había ocupado a Nabinger pues las respuestas ofrecidas por sus colegas no le satisfacían.

En general se decía que eran las tumbas de los faraones. El problema de esta teoría residía en que los sarcófagos que se habían descubierto dentro de las pirámides estaban vacíos. Durante años se había culpado del saqueo a los ladrones de tumbas, hasta que por fin se encontraron sarcófagos, cubiertos todavía con tapas y sellos no forzados, que también resultaron estar vacíos.

Otra buena teoría, evidentemente derivada de la primera, consistía en considerar las pirámides como cenotafios, es decir, monumentos funerarios recordatorios; por consiguiente, los cuerpos se habrían enterrado en otro lugar secreto para impedir que las tumbas fueran saqueadas.

Una teoría más reciente se orientaba en una dirección totalmente distinta. Había quienes creían que para los egipcios la pirámide finalizada no era tan importante como su construcción; creían que el propósito de su construcción no era otro que el deseo de los antiguos faraones de dar trabajo y reunir a su pueblo durante los tres meses anuales de la crecida del Nilo, cuando se detenían las faenas agrícolas. Unas manos quietas podían crear mentes aburridas, y éstas, generar pensamientos intolerables para los faraones. Si esa teoría era cierta, los faraones habían colocado bloques de piedra de diez toneladas en aquellas manos quietas.

Otra teoría, defendida por los tradicionalistas más optimistas, sostenía que el lugar del descanso final de los faraones en las pirámides todavía no se había descubierto y podría estar oculto bajo el lecho de rocas que sustentaba esas grandes estructuras de piedra.

Había muchas teorías, pero ninguna había podido demostrarse. Descubrir y demostrar el propósito de las pirámides llevaba a Peter Nabinger a acudir a ellas seis meses cada año. Este experto en el arte egipcio del museo de Brooklyn llevaba doce años visitándolas.

La especialidad de Nabinger eran los jeroglíficos: una forma de escritura mediante el empleo de dibujos u objetos para representar palabras o sonidos. Para Nabinger, el mejor modo de entender el pasado consistía en leer lo que la gente de aquella época había escrito sobre su propia existencia, y no lo que decía alguien después de excavar ruinas al cabo de miles de años.

Una de las cosas que Nabinger consideraba más excitante de las pirámides era que, a causa de la casi ausencia de referencias a ellas en los antiguos, escritos egipcios, si no hubieran estado allí, en el presente, expuestas a la vista de todo el mundo, nadie habría creído en su existencia. Era como si los historiadores egipcios de la antigüedad hubieran creído que todos conocerían las pirámides y que, por consiguiente, no había necesidad de mencionarlas. O incluso que, como sospechaba Nabinger, la gente de la época no hubiera sabido nada sobre ellas ni la razón por la que se habían erigido. Nabinger se preguntaba si tal vez se había prohibido escribir sobre ellas.

Aquel año intentó hacer algo distinto, además de su proyecto principal de recopilar todos los escritos y dibujos del interior de las paredes de la gran pirámide. Quería utilizar un equipo de resonancia magnética para comprobar las estructuras inferiores, allí donde la vista no podía penetrar y la excavación estaba prohibida. Sin duda, las ondas emitidas por el reproductor podrían traspasar las profundidades y revelar si había más maravillas enterradas. Por lo menos, ésa era la teoría. En la práctica, tal como su ayudante, el becario Mike Welcher, le estaba indicando, no se estaban cumpliendo las expectativas creadas.

—Parece como si... —Welcher se interrumpió y se rascó la cabeza—, como si alguna otra fuerza emisora nos bloqueara el acceso. Algo no muy potente, pero que se encuentra aquí.

—¿Por ejemplo? —preguntó Nabinger reclinado en las frías paredes de la cámara. A pesar del tiempo que había pasado en el interior de la pirámide durante tantos años, tenía una sensación de opresión, como si sintiera el inmenso peso de la piedra sobre la cabeza.

Nabinger era un hombre alto y corpulento que lucía una poblada barba negra y unas gafas con montura metálica. Iba vestido con un traje de explorador, el uniforme de los exploradores del desierto. A sus treinta y seis años era una persona joven en el campo de la arqueología y no tenía grandes hallazgos que afianzaran su reputación. Según admitía ante sus amigos en Brooklyn, una parte de su problema era que carecía de una teoría a la que dedicarse. Lo único que tenía era su sistema favorito de trabajo: buscar nuevas escrituras e intentar descifrar los jeroglíficos que todavía quedaban por traducir. Estaba dispuesto a aceptar cualquier cosa que éstos depararan, pero hasta el momento sus esfuerzos habían resultado infructuosos.

Posiblemente Schliemann tenía la certeza de que Troya había existido y por ello dedicó toda su vida a encontrarla, pero Nabinger no tenía ese tipo de convicciones. Su trabajo en las pirámides consistía en describir lo que encontraba en ellas y en buscar una explicación de sus hallazgos en una zona que era probablemente una de las más estudiadas en el campo de la arqueología. Tenía la esperanza de encontrar algo mediante el equipo de resonancia magnética, algo que los demás hubieran pasado por alto, pero no tenía ni idea de qué podría ser. Deseaba que fuera otra cámara repleta de nuevos documentos todavía no leídos.

—Si no fuera porque es imposible —advirtió Welcher tras analizar las lecturas—, diría que estamos sufriendo interferencias de alguna radiación residual.

—¿Radiación? —Nabinger se lo temía. Echó un vistazo al grupo de trabajadores egipcios que habían ayudado a acarrear el equipo. El jefe del grupo, Kaji, los miraba atentamente con su rostro arrugado en el que no podía adivinarse ningún pensamiento. Lo último que Nabinger necesitaba era que los trabajadores los abandonaran por temor a las radiaciones.

—Sí —dijo Welcher—. Al prepararme para este trabajo estuve trabajando con un equipo de resonancia magnética en un hospital, y en alguna ocasión obtuve lecturas como éstas. Se producían cuando la lectura resultaba afectada por rayos X. Finalmente, el técnico se vio forzado a trazar un plan para las máquinas de forma que no estuvieran en marcha a la vez, incluso si se encontraban en plantas distintas del hospital y ambas completamente blindadas.

Aunque no era una información muy difundida, Nabinger había leído informes de otras expediciones que habían empleado un bombardeo de rayos cósmicos a fin de buscar cámaras ocultas y pasillos en la gran pirámide y sus informes coincidían: dentro de la pirámide había cierto tipo de radiación residual que impedía esas pruebas. La información no había trascendido porque no existía una explicación para ello, y los científicos no escriben artículos sobre cosas que no pueden explicar. A menudo Nabinger se preguntaba cuántos fenómenos no se habrían dado a conocer porque, a falta de una explicación racional de sus hallazgos, sus observadores no querían quedar en ridículo.

Nabinger confiaba en tener más suerte con la resonancia magnética porque funcionaba con una amplitud de banda distinta a la de los emisores de rayos cósmicos. La naturaleza exacta de la radiación residual nunca se había detallado de forma que no era posible saber de antemano si el aparato de resonancia magnética también se vería bloqueado.

—¿Has comprobado el espectro completo del aparato? —preguntó.

Llevaban ya cuatro horas allí abajo mientras Nabinger dejaba que Welcher manejara el aparato, su especialidad. Nabinger había aprovechado ese tiempo para fotografiar a conciencia las paredes de aquella cámara, la inferior de las tres de la gran pirámide. Pese a estar exhaustivamente documentados, algunos de los jeroglíficos de las paredes nunca habían podido descifrarse.

El cuaderno de notas que tenía sobre sus rodillas estaba repleto de garabatos y se había concentrado totalmente en su tarea, excitado ante la posibilidad de que existiera una relación lingüística entre algunos de esos paneles de jeroglíficos y otros recién encontrados en México. A Nabinger no le preocupaba el cómo de esa relación, simplemente quería descifrar aquellos jeroglíficos. Hasta el momento, había obtenido, palabra por palabra, un texto muy extraño. La importancia de la resonancia magnética iba disminuyendo a medida que se adentraba en los escritos.

Un año antes, Nabinger había hecho un descubrimiento fantástico que había guardado para sí. Siempre se había admitido que en algunos yacimientos egipcios había varios paneles que no contenían los clásicos jeroglíficos, sino que parecían pertenecer a un lenguaje ideográfico anterior llamado runa superior. Si bien esos yacimientos eran demasiado escasos para constituir una base de datos que permitiera el intento científico de traducirlos, eran suficientes para despertar el interés. Nabinger había encontrado por casualidad runa superior parecida en un yacimiento de Sudamérica. Tras un año de duro trabajo en las pocas muestras encontradas y después de compararlas con las egipcias, se creía capaz de descifrar un par de docenas de palabras y símbolos. Sin embargo, necesitaba más ejemplos para cerciorarse de que su interpretación de lo poco que había encontrado era válida. Existía la posibilidad de que su traducción fuera errónea por completo y de que hubiera trabajado en un galimatías.

Kaji dio una orden en árabe, los trabajadores se pusieron en pie y se marcharon por el pasillo. Nabinger soltó una palabrota y dejó caer su cuaderno de notas.

—Mire, Kaji, he pagado...

—Está bien, profesor —dijo Kaji levantando una mano endurecida por el trabajo de toda una vida.

Hablaba un inglés casi perfecto, con cierto deje británico; algo sorprendente para Nabinger, quien a menudo se exasperaba ante la táctica egipcia de evitar trabajar alegando ignorancia del inglés.

—Les he dado una pausa para salir fuera. Volverán en una hora —explicó Kaji. Miró el aparato de resonancia magnética y sonrió. En el centro de su boca brilló un diente de oro—. No tenemos suerte ¿verdad?

—No, no tenemos —dijo Nabinger.

—En mil novecientos setenta y seis el profesor Hammond tampoco tuvo mucha suerte con esta máquina —comentó Kaji.

—¿Trabajó con Hammond? —preguntó Nabinger.

En los archivos del Royal Museum de Londres había leído el informe de Hammond, el cual no se había publicado debido a que no se había hallado nada. Naturalmente, por entonces Nabinger ya se había dado cuenta de que Hammond había descubierto algo. Había detectado una radiación residual inexplicable dentro de la pirámide.

—He estado aquí muchas veces —repuso Kaji—. En todas las pirámides. También he estado en el valle de los Reyes. Pasé muchos años en el desierto del sur antes de que las aguas de la presa lo cubrieran. He dirigido muchos equipos de trabajadores y he observado muchas cosas extrañas en algunos yacimientos.

—¿Hammond tenía alguna idea de por qué su aparato no funcionaba? —preguntó Nabinger.

—¡Oh! No. —Kaji suspiró y deslizó su mano sobre el panel de control del aparato de resonancia magnética, llamando la atención de Welcher—. Este aparato es caro ¿verdad?

—Sí, es... —Welcher se detuvo al ver que Nabinger negaba con la cabeza, adivinando dónde llegaría todo aquello.

Kaji sonrió.

—¡Ah! El aparato de Hammond no tenía lecturas. El técnico también habló de radiaciones, pero Hammond no le creyó. La máquina no mentiría ¿no le parece? —Miró a Welcher—. Su máquina no mentiría ¿verdad?

Welcher no contestó.

—Si la máquina no miente —intervino Nabinger—, entonces algo debe estar causando esas lecturas.

—Tal vez sea algo que alguna vez estuvo aquí lo que causa esas lecturas —sugirió Kaji. Se volvió y se encaminó hacia el otro lado de la cámara, donde yacía un gran sarcófago de piedra.

—Cuando se rompieron los sellos, el sarcófago estaba intacto pero vacío —repuso Nabinger bruscamente refiriéndose a la primera expedición que había llegado a esa cámara en 1951.

El descubrimiento de la cámara había producido una gran excitación, en particular por el sarcófago encontrado dentro con su tapa, todavía intacta y sellada. Entonces se creía que el misterio de las pirámides estaba a punto de resolverse. Es fácil imaginar la consternación al constatar que en la caja de piedra no había nada.

El interior de la gran pirámide constaba de tres cámaras. Se podía entrar en ella por la entrada del norte constituida a tal efecto o por la que hacía siglos un califa había abierto con explosivos por debajo de la primera. Ambas daban a un corredor que penetraba en la piedra y descendía hasta la parte inferior de la pirámide. Ese corredor desembocaba en una intersección cortada en la piedra de la que partían dos túneles. Uno conducía a la cámara secundaria y a la gran escalera, que llevaba a la cámara principal. El otro túnel, descubierto más recientemente, seguía por debajo de la piedra y conducía a la cámara inferior. Precisamente en esta cámara era donde Nabinger y su equipo estaban trabajando.

LA GRAN PIRÁMIDE

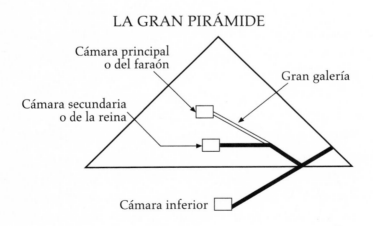

—Estuve aquí en mil novecientos cincuenta y uno —dijo Kaji—. Y sí, para entonces, el sarcófago ya estaba vacío.

—¿Para entonces? —repitió Nabinger.

Había trabajado antes con Kaji en otros yacimientos y éste

siempre había sido noble. Tiempo atrás, antes de que Nabinger lo contratara por primera vez, Nabinger había hecho algunas comprobaciones, y las recomendaciones que obtuvo de Kaji fueron excelentes.

—Hammond me tomó por un viejo loco y yo entonces era joven —dijo Kaji—. Ahora soy mayor. Intenté hablar con él pero no quiso. —Kaji pasó levemente los dedos de una mano sobre la palma de la otra.

Nabinger comprendió. Como ya había sospechado, evidentemente Kaji quería cobrar por la información. El profesor pensó con rapidez. Había alquilado el equipo portátil de resonancia magnética. El contrato estaba estipulado por día de uso, y él disponía de fondos suficientes del museo para ocho días. Si lo enviaba por avión al día siguiente, se ahorraría cinco días de pago. Eso era bastante dinero, por lo menos desde el punto de vista egipcio. El único problema sería cómo explicar sus formas de pago y factura a la administración de la universidad. Sin embargo, no tenía mucho sentido empeñarse en emplear un aparato donde no podía proporcionar información. Pensó también en las runas que había descifrado en esa cámara. Sólo eso ya hacía rentable la expedición. Al fin y al cabo, la resonancia magnética había sido una prueba arriesgada.

—Ve a tomarte un descanso —indicó Nabinger a Welcher.

Welcher abandonó la cámara dejando a los dos hombres solos.

—Diez mil libras —ofreció Nabinger. Al observar el rostro inexpresivo de Kaji rectificó—: Doce mil. Es todo lo que tengo. —Sabía que era más de un año de salario para un egipcio medio.

Kaji extendió la mano. Nabinger hurgó en el bolsillo y sacó un fajo de billetes, el salario semanal de los trabajadores. Tendría que ir al banco y sacar dinero de la cuenta de la expedición para pagarles.

Kaji se sentó en el suelo con las piernas cruzadas. El dinero ya había desaparecido entre los pliegues de su vestimenta.

—Estuve aquí en mil novecientos cincuenta y uno con la expedición de Martin, cuando abrieron esta cámara, pero ésa no fue la primera vez que estuve aquí.

—¡Eso es imposible! —exclamó Nabinger con brusquedad—. El profesor Martin tuvo que derribar tres paredes para entrar aquí. Eran antiguas y estaban intactas. Los sellos del sarcófago eran los originales, marcados con la marca de cuatro dinastías...

—Podrá parecerle imposible —continuó Kaji con la misma voz tranquila—. Pero le digo que yo estuve aquí antes de mil novecientos cincuenta y uno. Me ha pagado por mi historia. Puede escoger entre escuchar o discutir, a mí no me importa.

—Lo escucho —repuso Nabinger pensando que acababa de malgastar bastante dinero del museo y preguntándose si podría arreglarlo de algún modo, sacándolo de alguna otra partida. En su mente empezó a calcular la tasa de cambio de la lira al dólar.

Kaji parecía satisfecho.

—Fue nueve años antes de la expedición de Martin, durante la Segunda Guerra Mundial. En mil novecientos cuarenta y dos, los británicos controlaban El Cairo, pero no todos estaban satisfechos con ello. Los nacionalistas egipcios estaban dispuestos a cambiar un grupo de autoridades por otro, con la esperanza de que los alemanes serían mejores que los británicos y nos garantizarían la libertad. En realidad, nuestra participación en el proceso fue mínima. Rommel y el Africa Korps se encontraban en el oeste, en el desierto, y muchos confiaban en que llegarían a la ciudad antes de fines de año.

»Todo comenzó en enero de ese año, cuando Rommel inició su ofensiva. En junio, Tobruk ya había caído y los británicos estaban en retirada. Empezaron a quemar documentación en las oficinas principales del Octavo Regimiento de El Cairo, preparándose para marcharse. Todos tenían miedo. Rommel se acercaba. El ejército británico se replegó en El Alamein.

»Yo trabajaba en El Cairo —continuó Kaji pasándose una mano por la cabeza—. Incluso en medio de una guerra había quienes querían contemplar monumentos antiguos. Las pirámides han visto muchas guerras. Para mucha gente la guerra fue una buena oportunidad de viajar y ganar dinero. Yo hacía rutas aquí. Y, a veces, cuando alguien pagaba lo suficiente para sobornar a los guardas, los llevaba dentro. Muchos querían ver la gran galería —dijo, refiriéndose al gran pasillo que se alzaba a varios metros sobre sus cabezas, con un techo de ocho metros y medio de altura y que conducía al centro de la pirámide y a la cámara principal. Kaji abrió las manos y prosiguió—. A mí no me importaba quién gobernara en El Cairo. Las pirámides han visto muchos gobernantes y verán muchos más en el futuro. Y las pirámides y los otros yacimientos son mi vida.

»Los alemanes se encontraban ya sólo a unos doscientos cuarenta kilómetros y parecía que nadie podía detenerlos. A principios de julio el general Auchinleck fue destituido y Churchill nombró como sustituto a un general llamado Montgomery. Aquí nadie le dio importancia. Se daba por hecho que los británicos se retirarían a Palestina, donde bloquearían el canal con barcos hundidos y que los alemanes llegarían a El Cairo.

»Fue entonces cuando vino a mí un grupo que quería entrar en la pirámide. Hablaban de un modo extraño, pero pagaban bien y, al fin y al cabo, eso era lo que contaba. Soborné a los guardas y entramos de noche por la entrada del califa, algo que me pareció extraño.

»Recorrimos el pasillo que conduce hacia abajo hasta que llegamos al que asciende a la gran galería. Pero no quisieron ir hacia arriba ni tampoco a lo que ahora llamamos la cámara secundaria y que entonces se conocía como la inferior. Llevaban consigo papeles con dibujos. No pude verlos muy bien, pero la escritura se parecía mucho a la de estas paredes —Kaji señaló con el dedo las paredes—. Los símbolos que no pueden leerse. —Volvió la vista hacia el cuaderno de notas que Nabinger tenía sobre las rodillas—. ¿Tal vez usted está empezando a comprender esos símbolos?

—¿Quiénes eran esas personas? —preguntó Nabinger cerrando el cuaderno.

—Alemanes —repuso Kaji.

—¿Alemanes? ¿Cómo habían podido llegar a El Cairo? Los británicos todavía controlaban la ciudad.

—Bueno, eso era fácil —replicó Kaji—. Durante la guerra, El Cairo fue uno de los mayores centros de espionaje, y allí iba y venía todo tipo de gente con total libertad. —La voz de Kaji se iba exaltando a medida que recordaba—. Durante la Segunda Guerra Mundial, El Cairo era el mejor lugar donde estar. Todas las putas trabajaban para un bando o para el otro, y la mayoría, para ambos. Cada bar tenía sus espías, y la mayoría trabajaba también para ambos bandos. Había británicos que espiaban a alemanes que espiaban a americanos que espiaban a italianos y así sucesivamente. —Kaji se rió—. Se hicieron grandes fortunas en el mercado negro. No era un problema para los alemanes enviar a esos hombres a El Cairo. Especialmente aquel julio, cuando todo el mundo estaba más ocupado en preparar la huida o en cómo congraciarse con los invasores que en grupos extraños de hombres moviéndose en la oscuridad.

—¿Dónde habían conseguido los dibujos los alemanes? —preguntó Nabinger.

—No lo sé. Sólo me utilizaron para entrar. A partir de entonces ellos tomaron el mando.

—¿Sabían leer lo que tenían? —Nabinger preguntó lo que más le afectaba.

—No lo sé —volvió a decir Kaji—, pero uno de ellos algo entendía, eso seguro. Eran doce. Descendimos por la pendiente, allí donde el túnel hace un giro y se dirige a la gran galería y nos detuvimos. Se pusieron a buscar algo y luego a cavar. Yo me asusté y me sentí molesto. Los guardias me culparían pues me conocían y sabían que yo llevaba a ese grupo. Estaban destruyendo mi sustento.

»El alemán que estaba a cargo —Kaji se detuvo con la mirada perdida— era una mala persona. Se percibía a su alrededor y, especialmente, en su mirada. Cuando me quejé, me miró y supe que me mataría si abría de nuevo la boca. Así que callé.

»Cavaron rápido. Sabían exactamente lo que estaban haciendo porque al cabo de una hora habían terminado. ¡Había otro pasillo! A pesar del miedo, yo estaba excitado. Ni en mi vida ni en las anteriores a mí había ocurrido algo semejante. El pasillo se dirigía hacia abajo, hacia el suelo que se encuentra debajo de la pirámide. Nadie había pensado en ello antes. Nadie había pensado jamás en la posibilidad de un pasillo en el suelo. Siempre habían buscado caminos hacia arriba.

»Entraron y yo los seguí. No entendía lo que decían, pero era fácil darse cuenta de que también estaban emocionados. Fuimos bajando por el túnel —Kaji señaló detrás de él—, tal como lo hemos hecho usted y yo hoy. Tres paredes obstruían el pasillo. Vi las escrituras de las paredes y supe que estábamos en un lugar que no había sido visto por ninguna persona en más de cuatro mil años. Los alemanes derribaron rápidamente los muros y dejaron los escombros tras de sí.

»El túnel terminaba en una roca, pero los alemanes no se detuvieron, e hicieron lo mismo que con las otras tres paredes. Utilizaron los picos y entraron. Y entonces llegamos aquí. El sarcófago estaba ahí, tal como se ve en las fotografías de la expedición de Martin, con la tapa y los sellos intactos. En el aire se notaba la presencia de...

Kaji se detuvo y Nabinger pestañeó. La voz de aquel hombre mayor lo había impresionado, y el efecto resultaba mayor al encontrarse en la misma cámara de la que estaba hablando.

Kaji dirigió la mirada al suelo, donde antes había estado el sarcófago.

—Los alemanes no eran arqueólogos. Seguro. Lo demuestra el modo en que rompieron las paredes. Y también el modo en que rompieron los sellos y levantaron la tapa. En mil novecientos cincuenta y uno, Martin necesitó seis meses antes de que sus hombres abrieran la tapa y detalló con sumo cuidado cada paso de la operación. Los alemanes lo hicieron en menos de cinco minutos. Sólo estaban interesados en el sarcófago. No eran las escrituras de las paredes, ni los sellos. Nada. Sólo la caja de piedra.

—¿Estaba vacía?

—No.

Nabinger esperó pero no pudo resistirse por más tiempo.

—¿Encontraron el cuerpo del faraón?

—No. —Kaji suspiró y toda aquella energía pareció escurrirse de su cuerpo—. No sé qué encontraron. Dentro de la piedra había una caja, una caja de metal negro. Un metal que no había visto antes y que no he vuelto a ver. —Hizo ademanes con las manos, describiendo un rectángulo de un metro de longitud por medio metro de ancho y fondo—. Así de grande.

—Es un buen cuento, Kaji —dijo Nabinger negando con la cabeza—. Pienso que se ha quedado con mi dinero a cambio de una historia que es una mentira.

—No es mentira. —La voz de Kaji era tranquila.

—He visto las fotografías que tomó Martin. Todas las paredes estaban intactas. También los sellos del sarcófago, y eran los originales. ¿Cómo se explica si esos alemanes hicieron lo que dice? ¿Cómo se levantaron de nuevo las paredes? ¿Y cómo se volvieron a colocar los sellos? ¿Tal vez por arte de magia? ¿El fantasma del faraón? —concluyó Nabinger, enfadado.

—No estoy seguro —admitió Kaji—. Pero sé que los norteamericanos y los británicos precintaron la gran pirámide durante ocho meses en mil novecientos cuarenta y cinco, cuando la guerra estaba terminándose. Nadie podía entrar. Es posible que lo pusieran todo de nuevo en su sitio. Parece difícil pero es posible. Cuando bajé con Martin todas las paredes estaban en pie, como usted dice. Quedé maravillado, pero sabía que antes las había visto totalmente rotas.

—¿Por qué no se lo dijo a Martin? —quiso saber Nabinger.

—Por aquel entonces yo sólo era un peón. No me habría creído, como tampoco usted me cree.

—¿Porqué me cuenta todo esto?

—Porque a usted le interesa esa escritura especial que nadie comprende —repuso Kaji apuntando con el dedo al cuaderno de notas de Nabinger—. Los alemanes tenían papeles con esa escritura. Así es como encontraron la cámara.

—Eso no tiene sentido —exclamó Nabinger—. Si los alemanes hubieran entrado aquí y hubieran saqueado la cámara, ¿por qué los americanos y los británicos los encubrirían? ¡Ah! —continuó Nabinger al ver que Kaji no respondía. Levantó sus manos en señal de enfado—. En primer lugar, aquí no entraron los alemanes. ¿Cuántas veces has vendido esta historia, Kaji? ¿A cuántos has robado antes? Te lo advierto, no voy a permitir que te libres de ésta.

—No he mentido. Estuve aquí. —Hurgó entre los pliegues de su vestimenta y sacó una daga.

Nabinger se asustó. Por un segundo pensó que tal vez se había excedido con aquel anciano. Sin embargo, Kaji tenía la daga cogida por la hoja y le ofrecía el mango. Nabinger lo cogió con cuidado.

—Robé esta daga a uno de los alemanes que vinieron. Todos las llevaban.

Nabinger se estremeció al ver el mango. En el extremo había una miniatura, una calavera muy realista hecha de marfil, y en el mango, de hueso, había cruces esvásticas grabadas junto con el relámpago que dibujaban las infames SS. Se preguntó de qué animal procedería el hueso, pero decidió que era mejor no saberlo. Nabinger miró detenidamente el acero brillante, profusamente decorado. —Había algo escrito. En un lado se leía una palabra: «THULE», y en el otro, un nombre: «VON SEECKT».

Nabinger había oído hablar de Thule. Era un lugar de leyenda que Ptolomeo y otros geógrafos de la antigüedad habían descrito como un sitio inhabitable en el norte, al norte de Gran Bretaña. No sabía qué tenía ello que ver con los nazis o las pirámides.

—¿Quién era Von Seeckt? —preguntó Nabinger.

—Era el raro del grupo —repuso Kaji—. Diez de los doce eran asesinos. Lo sé porque lo decían sus ojos. Los otros dos eran distintos. Uno era el hombre que interpretaba los símbolos e indicaba el camino. Dos de los asesinos lo custodiaban constantemente. Como si no estuviera allí por voluntad propia.

—El segundo hombre, Von Seeckt, a quien le robé, era también distinto. Se puso muy nervioso cuando encontraron la caja negra. Fue entonces cuando pude cogerle la daga. Le dieron la caja a él y se la puso en la mochila. La llevaba consigo cuando se fueron. Parecía que pesaba mucho pero era un hombre fuerte.

—¿Eso es todo lo que querían? —preguntó Nabinger—. ¿Sólo esa caja negra?

—Sí. En cuanto la tuvieron nos marchamos. Tenían una camioneta esperándolos y se marcharon hacia el norte. Yo me fui corriendo y me escondí. Sabía que los guardias me buscarían al encontrar las paredes rotas y la cámara vacía. Pero nunca me buscaron. Nunca oí un comentario. También fue algo extraño.

—¿Cómo puedo saber que no la conseguiste en el mercado negro? —preguntó Nabinger levantando la daga—. Esto no demuestra que tu historia sea cierta.

Kaji se encogió de hombros.

—Yo sé que es verdad. No me importa si usted cree o no que es cierta. Estoy en paz con Alá. Le he dicho la verdad. —Señaló el equipo de resonancia magnética—. Recordé esta historia porque, cuando los alemanes abrieron el sarcófago y sacaron la caja, el hombre a quien le robé la daga tenía una de esas... —Kaji se interrumpió buscando la palabra— maquinitas, que hacía ruido cuando apuntaba con ella a la gran caja negra. Chirriaba como una langosta.

—¿Un contador Geiger? —preguntó Nabinger.

—Sí. Así es como la llamaban.

—¿La caja negra era radiactiva? —dijo Nabinger más para sí mismo que para Kaji. Miró al egipcio y éste le devolvió la mirada sin perder la compostura. Aunque no había un motivo lógico para creer a aquel anciano, algo hacía que Nabinger le creyese. ¿Qué había estado sellado en el sarcófago? ¿Qué tenían los antiguos egipcios que fuera radiactivo? Era indudable que el aparato de resonancia magnética había detectado algún tipo de radiación residual.

Nabinger ordenó la historia en su mente. Sólo había una pista. El nombre escrito en la daga, Von Seeckt. ¿Quién era? O, posiblemente mejor, ¿quién había sido?

—¿Qué hace? —preguntó Kaji al ver que Nabinger se ponía la daga en el cinturón.

—Me la quedo —contestó Nabinger—. Le he pagado por la historia y ésta es la única prueba.

—Eso no lo habíamos acordado —protestó Kaji.

—¿Quiere que les cuente a sus hombres algo sobre sus negocios? ¿Sobre el dinero que acabo de darle? —preguntó Nabinger—. Ellos querrán su parte.

Los ojos de Kaji empequeñecieron. Luego se levantó y se encogió de hombros.

—Puede quedársela. Está maldita. Debí desprenderme de ella hace tiempo.

4

«Habla Johnny. Estoy fuera de la ciudad por unos días. Vuelvo el diez. Deja un mensaje al oír la señal. Adiós.»

Kelly colgó lentamente el teléfono sin molestarse en dejar un mensaje. Eran más de las nueve de la mañana del día diez.

—Johnny, en buena te has metido —murmuró para sí.

Estaba completamente segura de que Johnny Simmons estaba en apuros. Tenía un extraño sentido del humor, pero sería incapaz de enviarle la cinta y la carta como una broma. Sabía que era muy serio cuando emprendía una tarea. En cuanto él había comenzado a contarle lo ocurrido en El Salvador, ella comprendió perfectamente su seriedad. En su carta había escrito tres veces las nueve de la mañana. Seguro que no lo había olvidado ni lo había dicho sin más. Por lo menos, habría cambiado el mensaje a distancia, como se había comprometido.

Se volvió a su ordenador y entró en su servicio en línea. Para encontrar a Johnny tenía que seguirlo, y la información era el mejor modo de comenzar.

Tenía que seguir dos líneas de investigación. Sabía que, antes de partir, Johnny las habría consultado. Lo primero era obtener información sobre el Área 51 y la base aérea de Nellis. Lo segundo, más específico, consistía en observar el fenómeno de los ovnis en relación con el Área 51.

Kelly estaba muy bien documentada sobre ovnis; además de la amistad que los unía, ése era el motivo por el que Johnny le había enviado el paquete. Su problema, hacía ocho años, con la Fuerzas Aéreas en la base de Nellis tenía que ver con el tema y había destruido por completo una prometedora carrera en el periodismo documental. Lo que entonces a Kelly le había parecido una excelente oportunidad se convirtió en un desastre.

Kelly tomó el paquete que Johnny le había enviado, volvió a leerlo de nuevo y fue anotando las palabras clave en un bloc. Cuando terminó leyó sus anotaciones: «Matasellos de Las Vegas; el Capitán; transmisiones el 23 de octubre, base aérea de Nellis, Bandera Roja, F-15; "Buzón"; Dreamland; Groom Lake».

Kelly accedió a su base de datos en línea y accionó un buscador de palabras clave. Comenzó con la fecha en cuestión, la combinó con «Base aérea de Nellis» y no hubo resultado. Añadió las fechas, veintitrés y veinticuatro de octubre, y buscó alguna noticia referida a aviones F-15. Esta vez tuvo un resultado: un artículo del Tucson Citizen, fechado el día veinticuatro de octubre:

«UN F-15 SE ESTRELLA. EL PILOTO FALLECE. Los oficiales de la base aérea de Davis-Montham confirmaron la pasada noche que un avión de combate F-15 del escuadrón de entrenamiento táctico 355 se desplomó durante los ejercicios de ayer en la reserva de la base aérea de Luke. El piloto, cuya identidad no se ha facilitado pues todavía no se ha contactado con sus familiares, falleció en el impacto. El avión se desplomó en una zona rocosa y se han iniciado ya las operaciones de rescate. (En el momento de la edición no se disponía de más información.)»

Kelly comprobó que en el periódico del día siguiente no aparecía ninguna información más, algo que resultaba raro. Desplegó un atlas. La base aérea de Luke estaba en Arizona, a cientos de kilómetros de la cordillera de la base aérea Nellis. Pulsó la tecla para borrar. No tenía nada que ver con lo que estaba buscando.

Pero entonces se detuvo. ¿Y si así fuera? ¿Con qué frecuencia se estrellan los F-15? No era algo que ocurriese cada día. ¿Era sólo coincidencia? Kelly no creía en coincidencias. Se le hizo un nudo en el estómago. ¿Con qué tipo de asunto había tropezado Johnny? Si aquel F-15 era el F-15 de la cinta, las Fuerzas Aéreas se habían tomado muchas molestias para señalar a otra dirección que no fuera Nellis y el Área 51. Y no sólo se informaba de que el avión se había estrellado, además el piloto había fallecido. En cambio, en la cinta parecía estar bien vivo.

A continuación Kelly intentó combinar «Buzón» con «ovni». Ello arrojó tres resultados que identificaron el «Buzón» como uno existente en un camino de tierra a las afueras del complejo Groom Lake, donde los aficionados a los ovnis se reunían para ver naves extrañas circular encima de las montañas. Evidentemente, el hombre que había enviado a Johnny la cinta —el Capitán— era uno de ellos. Por lo menos, ahora sabía que, si lo precisaba, podría encontrar esa pieza del rompecabezas.

Al probar con «Dreamland» y «Groom Lake» dio con una gran cantidad de historias sobre aquel paraje. Luego los relacionó con el Área 51, que era otro de los muchos nombres de un lugar cuyos objetivos eran desconocidos y cuya existencia oficialmente era desmentida.

Había varias teorías y Kelly conocía muchas de ellas. Había quien afirmaba que el gobierno había contactado con alienígenas en aquel lugar y que estaban intercambiando información y tecnología. Los teóricos más radicales, por su parte, decían que los seres humanos permitían que los alienígenas efectuaran mutilaciones al ganado y a otro tipo de fauna, y algunos incluso afirmaban que secuestraban seres humanos para experimentos oscuros. Kelly sacudió la cabeza. Eran historias de las que se convertían en titulares de los tabloides que se vendían en el supermercado, nada que interesase a periodistas de verdad.

Otra teoría postulaba que el Área 51 era el lugar donde el gobierno probaba un avión supersecreto y que el avión de combate F-117 había realizado pruebas de vuelo en aquel lugar. El último avión secreto que supuestamente se iba a probar se llamaba Aurora, tenía una aspecto desconocido, se desplazaba entre Mach 4 y Mach 20 y era capaz de ascender hasta colocar satélites en órbita.

La versión oficial del gobierno era que el complejo Área 51 del Groom Lake no existía, una posición muy interesante si se consideraba que en los últimos cinco años las Fuerzas Aéreas se habían apoderado repentinamente de todos los terrenos circundantes.

En vista de la información que tenía ante sí, Kelly concluyó que evidentemente algo ocurría en el Área 51. Sabía que Johnny habría hecho la misma búsqueda, posiblemente más profunda, y que habría decidido que merecía la pena ir allí y comprobar si la cinta que le habían enviado era una trampa o, dado que Johnny conocía la experiencia que ella había tenido en Nellis, un montaje.

Al echar un vistazo a los artículos, destacó dos nombres: el de Mike Franklin, un supuesto experto en el Área 51 de la ciudad de Rachel, situada justamente en la parte exterior del complejo de la base aérea de Nellis, y el de Steve Jarvis, un científico que decía haber trabajado en el complejo Groom Lake/Área 51 y haber visto naves de alienígenas con las que el gobierno efectuaba pruebas de vuelo. Seguro que Johnny había visto los dos nombres.

Kelly levantó el auricular del teléfono y preguntó al servicio de información el número de teléfono de Franklin. Lo marcó y esperó a que sonara cinco veces. Cuando estaba a punto de colgar, alguien habló al otro lado del aparato. Era una voz de mujer y parecía triste.

—¿Sí?

—Me gustaría hablar con Mike Franklin. Soy Kelly Reynolds.

—Mike ya no está aquí —dijo la mujer.

—¿Sabe cuándo volverá?

—Ya no está aquí —repitió la mujer.

—Estoy trabajando en un artículo sobre ovnis para una revista importante —explicó Kelly, acostumbrada a que de vez en cuando le dieran la espalda—. Me gustaría hablar con...

—Le he dicho que ya no está aquí —la interrumpió bruscamente la mujer. Y, acto seguido, empezó a sollozar—. Mike ha muerto. Murió en un accidente la noche pasada.

La mano de Kelly se asió con fuerza al auricular.

—¿Dónde ocurrió el accidente?

—En la carretera 375, a unos veinticuatro kilómetros de la ciudad.

—¿Iba solo?

—¿Cómo dice?

—¿Iba solo en el coche?

—Sí. La policía dice que posiblemente se salió de la calzada, tal vez intentando esquivar un ciervo. Se comportaron como si hubiera bebido. Pero Mike nunca bebía tanto. No le gustaba. Alguien estuvo hojeando sus papeles aquí, en casa. Lo noté en cuanto entré esta mañana, y eso que habían intentado dejarlo todo en su sitio. Tengo miedo de que ellos vuelvan otra vez.

—¿Quiénes son ellos? —preguntó Kelly.

La mujer soltó una risa aguda.

—Ellos. Ya sabe.

—No. No lo sé —dijo Kelly—. ¿A quién se refiere?

—Olvídelo —replicó la mujer—. Mike no debería haber hecho lo que hacía. Se lo advertí.

—¿Cómo se llama usted?

—No quiero hablar con nadie. Voy a marcharme de aquí. No sé qué estaba haciendo Mike y tampoco quiero saberlo.

El teléfono enmudeció y Kelly bajó lentamente el auricular.

—Johnny, Johnny —dijo dulcemente—. Diste de lleno en el clavo y éste era más duro de lo que creías.

Kelly se levantó y miró la pizarra blanca donde anotaba sus citas y encargos para las semanas siguientes. Con unas cuantas llamadas, no había nada que no pudiera posponerse por un tiempo.

Tras hacerlas marcó el teléfono de una agencia de viajes y reservó un vuelo, que salía al mediodía, para Nashville, en Las Vegas. Luego llamó al servicio de información telefónica y le dieron el teléfono de Steve Jarvis en Las Vegas. Le respondió una voz masculina.

—¿Diga?

—¿Es usted Steve Jarvis?

—¿Quién llama?

—Soy Kelly Reynolds. Soy una periodista independiente que escribe un artículo sobre...

—Mi tarifa por una entrevista es de quinientos dólares —la interrumpió Jarvis—. Eso le da derecho a una hora.

—Señor Jarvis, sólo pretendo encontrar...

—Quinientos dólares la hora —repitió—. En efectivo o por giro postal. No acepto cheques. No hay preguntas gratis.

Kelly calló para intentar contener sus emociones.

—¿Podría verlo hoy?

—En el bar Elefante de Zanzíbar. Esté allí a las siete en punto.

—¿Cómo lo reconoceré?

—Yo la reconoceré a usted — repuso Jarvis —. Lleve algo rojo. Algo sexy. Pida un trago al camarero.

Kelly apretó los dientes.

—Oiga. Soy una profesional y voy a Las Vegas para hacer un trabajo serio. No necesito...

—Evidentemente —la interrumpió de nuevo Jarvis—, no necesita entrevistarme. Ha sido un placer hablar con usted, señora Reynolds.

Kelly aguardó. Él no colgaba, y ella, tampoco. Habían llegado a un punto muerto.

—¿Tiene el dinero? —Finalmente fue Jarvis quien habló—. ¿Quinientos dólares en efectivo?

—Sí.

—Bien. Pregunte sin más al camarero. Él le indicará. Estaré ahí a las siete.

Kelly colgó el auricular, una sombra de duda cruzó su mente. ¿Estaría exagerando la situación?

Se agachó un poco y sacó el archivo de Nellis de su escritorio. Se quedó mirándolo durante unos minutos mientras pensaba. Hubo un tiempo en que había ido tras aquella pista. Pero esta vez era distinto. Ella no iba simplemente tras una historia. Se trataba de Johnny, que estaba en algún lugar y Kelly esperaba que estuviera vivo.

Pero eso no significaba ir a ciegas. Revisó de nuevo el artículo sobre Jarvis y comprobó un detalle. Luego levantó el auricular del teléfono e hizo otra llamada.

EL CAIRO, EGIPTO
134 horas, 40 minutos

Peter Nabinger también estaba intentando responder a algunas preguntas, pero no entendía la información que le mostraba la pantalla del ordenador que tenía delante. Se hallaba en el departamento de investigación de la Universidad de El Cairo utilizando su base de datos para verificar la historia de Kaji. Estaba contento de disponer de un sistema tan sofisticado como el ordenador de la universidad, pues gran parte de lo que buscaba sólo se había publicado en revistas académicas y científicas o se encontraba en libros descatalogados, y aquel ordenador contenía cientos de miles de aquellos resúmenes. Además, el sistema tenía la ventaja de contener prácticamente toda la información recogida sobre Egipto y El Cairo.

No había indicio alguno de alemanes en la gran pirámide durante la Segunda Guerra Mundial, aunque tampoco confiaba en encontrar algo. Sin embargo, al buscar en los artículos de la prensa local de 1945 descubrió que, durante varios meses de aquel año, el acceso a la gran pirámide había estado cerrado y que, como Kaji le había dicho, alrededor del edificio se habían producido extrañas actividades militares de los aliados.

Al hacer una búsqueda cruzada de las palabras «Thule» y «nazismo», obtuvo un resultado sorprendente. Nabinger conocía el significado de la palabra Thule en la mitología antigua: era una región deshabitada del norte. Sin embargo, los nazis habían pervertido esa idea, como tantos otros mitos y leyendas, para sus propios fines y se habían servido de la ciencia de la arqueología para crear un fundamento de sus reivindicaciones.

Muchas personas que no eran arqueólogos conocían la existencia de la piedra Rosetta, hallada en 1799, cuando el ejército de Napoleón invadió Egipto.

Esa piedra fue, en muchos sentidos, la llave que abrió el estudio del antiguo Egipto; cuando Champollion logró descifrar por fin el código de los jeroglíficos egipcios tradicionales, se desveló gran cantidad de información.

Pese a sus estudios universitarios, la información que Nabinger leía era nueva para él. Nadie le había explicado que, en 1842, el rey de Prusia había encabezado una expedición a Egipto que representó un avance en la descodificación de los textos y marcas antiguos del antiguo Egipto. Un egiptólogo alemán, llamado Richard Lepsius, acompañó al rey y se quedó allí durante tres años, haciendo planos y mediciones de las tres pirámides.

En el transcurso de los años que siguieron, los alemanes invirtieron bastante tiempo y energía en el estudio de las pirámides, los jeroglíficos y la runa superior. Evidentemente, si la historia de Kaji era cierta, todos aquellos esfuerzos habían dado su fruto.

En la década que siguió a la Primera Guerra Mundial, varios grupos alemanes se basaron en los mitos y la arqueología para tejer una extraña y complicada doctrina que favorecía su filosofía racista y antisemítica. La cruz esvástica, un símbolo que había sido utilizado por varios pueblos antiguos, resucitó. List, una influencia temprana de Hitler, se sirvió de su propio sistema de descifrado de la runa superior para justificar sus creencias.

Nabinger detuvo el avance de pantallas en el ordenador y se rascó la barba. A pesar de que el descifrado de la piedra Rosetta había ayudado mucho a la comprensión de los jeroglíficos, no había servido para descifrar la runa superior, que él creía más antigua que los jeroglíficos.

Nabinger recordó que Kaji había dicho que los alemanes se habían servido de una especie de mapa con dibujos para encontrar el camino. ¿Qué habrían descubierto? ¿Tal vez un modo de descifrar la runa superior que continuaba siendo desconocido para el resto del mundo? ¿Utilizaron un documento antiguo o, tal vez, algo dibujado por Lepsius en el siglo XIX? O, más fácil, ¿habían empleado un mapa copiado de algún otro sitio y continuaban sin entender la runa superior?

Nabinger conocía la fascinación de los alemanes por el mito del santo grial y por la búsqueda de la lanza que supuestamente se había empleado contra Jesús tras su crucifixión, pero sus profesores de la universidad habían tachado a los nazis de aficionados en el campo de la arqueología por estar más interesados en la propaganda que en la ciencia. Sin embargo, Nabinger se preguntaba si habría habido otras búsquedas con mejores resultados. Pensó en su propia hipótesis de la conexión entre la runa superior de América del Sur y Central con la de las pirámides. Tenía la certeza de que tampoco nadie se lo tomaría en serio si intentaba publicar sus conclusiones.

Nabinger continuó leyendo. A finales de la Primera Guerra Mundial, muchos grupos secretos surgidos en Alemania antes de la guerra tomaron fuerza aprovechando el profundo y amargo descontento de la población por la derrota y la paz impuesta a su país. El nombre de Thule se empleó como tapadera para esos grupos.

Nabinger se irguió. En 1933 en Alemania se publicó un libro titulado *Bevor Hitler kam* («Antes de la llegada de Hilter»). Al parecer, trataba acerca de la conexión entre el movimiento nacional socialista de Hitler y el movimiento Thule. Lo interesante era que, tras la publicación, el autor había desaparecido en circunstancias misteriosas y que todos los ejemplares del libro existentes en Alemania se habían destruido. El autor de aquel libro era el barón Rudolf von Sebottendorff.

Nabinger se sorprendió al comprobar que el ordenador guardaba un resumen del libro. Sebottendorff había tomado el antiguo mito de la Atlántida y el de Thule y los había reinventado de acuerdo con sus oscuras motivaciones.

En opinión de Sebottendorff, Thule había sido el centro de una gran civilización que, finalmente, había sido destruida por una gran inundación. Esta opinión se basaba en una teoría anterior postulada por la Sociedad Teosófica. Nabinger rogó que el ordenador le permitiera hacer una referencia cruzada en cuanto solicitara datos sobre esta última información.

La Sociedad Teosófica había sido fundada en 1875 en Nueva York por una mujer llamada madame Helena Blavatsky. Según la teoría de esta mujer, los habitantes de la Atlántida, o Thule, como la denominaban los nazis, pertenecían a la cuarta raza, la única línea auténtica de hombre, algo que, naturalmente, los nazis consideraron muy conveniente para su teoría sobre la raza aria. Según el resumen del libro, los habitantes de Thule se parecían mucho a las figuras esculpidas en piedra de la isla de Pascua. Nabinger pasó la mano por la barba. ¿Cómo esa mujer había podido hacer tal conexión?

Nabinger creyó que estaba perdiendo el hilo, pero continuó leyendo. La degeneración de la verdadera línea de hombre, los atlantes o thuliantes, se había producido al mezclarse con seres inferiores. Por consiguiente, la raza superior necesitaba pureza, concepto que encajaba muy bien con la teoría de la raza superior de los nazis.

¿Los nazis se habían interesado por la Atlántida? ¿Qué tenía eso que ver con Egipto? Se reclinó en la silla y cerró los ojos. Unas ideas inquietantes acudían a su mente mientras revisaba lo que ya sabía y lo que acababa de descubrir. ¿Por qué los nazis habían destruido el libro? ¿Qué le había ocurrido a Sebottendorff? Excepto por la palabra «Thule» inscrita en la daga, no parecía haber otra relación directa con la historia de Kaji; no obstante, Nabinger estaba acostumbrado a profundizar intelectualmente del mismo modo que lo hacía en la tierra. Tal vez hubiera más de lo que parecía haber en realidad.

Nabinger abrió los ojos y volvió al resumen del libro. Al parecer, el libro y la información sobre él habían sido destruidos porque Hitler quería que el pueblo pensara que las ideas eran suyas, que no se había aprovechado de otras fuentes.

Nabinger decidió profundizar un poco más en la línea de investigación actual. Al buscar «Atlántida», obtuvo una larga lista de entradas, más de tres mil. Evidentemente, los alemanes no eran los únicos interesados. Nabinger fue mirando los títulos hasta que encontró uno que parecía dar una visión general de la historia del continente legendario.

A menudo la Atlántida se consideraba un mito mencionado originariamente sólo por Platón. Muchos historiadores creían que el filósofo había creado el mito de la Atlántida para subrayar una idea y que sólo había sido un recurso literario. Entre quienes pensaban que representaba un lugar real, los dedos apuntaban en direcciones opuestas. Había quien creía que era la isla de Thera en el Mediterráneo, destruida por una erupción volcánica. El cráter del volcán Santorini había sido examinado en búsqueda de indicios por oceanógrafos reputados. Otros la situaban en el centro del océano Atlántico. Se mencionaban también las islas Azores: en la isla de São Miguel, el lago de las Siete Ciudades es un gran volumen de agua dentro de un cráter volcánico. A la capital de la Atlántida se la situaba sumergida en aquel lago o, por lo menos, así lo afirmaban quienes apoyaban aquella teoría.

Nabinger avanzó hacia el final del artículo para no tener que leer el cuerpo central del artículo y poder averiguar cuáles eran las últimas teorías. Unos años antes, el descubrimiento de grandes piedras ensambladas en el litoral de las islas Bimini, en las Bahamas, había provocado cierta excitación, pero el misterio de su creación y emplazamiento nunca pudo aclararse de forma adecuada. Esto hizo recordar a Nabinger una cosa. En el transcurso de una conferencia de arqueología a la que había asistido el año anterior, una conferenciante de Bimini había hablado del lugar. Creyó recordar que allí también había runa superior que tampoco se había descifrado.

Nabinger puso sobre la mesa, junto al ordenador, su maletín y hurgó en él. Cuando cruzaba el océano por motivos de trabajo, siempre llevaba consigo una carpeta con información imprescindible. En la última parte había varias páginas con protectores de documentos, cada uno diseñado para contener doce tarjetas. Allí encontró la que Helen Slater, la conferenciante de Bimini, le había dado. La sacó de la carpeta y se la puso en el bolsillo de la camisa.

Nabinger pulsó la tecla F3 para imprimir el artículo y pasó a otro que hablaba sobre un congresista norteamericano del siglo XIX, Ignatius Donelly, que había publicado un libro titulado *Atlantis: The Antediluvian World*, («La Atlántida: el mundo antidiluviano»), que tuvo un gran éxito en aquel tiempo. La hipótesis de Donelly se basaba en las similitudes entre las civilizaciones precolombinas de América y Egipto. A Nabinger le pareció estar leyendo el comienzo de su propio artículo no publicado sobre la runa superior. Las dos culturas habían tenido pirámides, embalsamamientos, un calendario de 365 días y una leyenda sobre una antigua inundación. Las teorías de Donelly fueron rebatidas por los científicos de su época, algo que no sorprendió a Nabinger. La misma conexión había sido establecida por gente del siglo XX y había obtenido también una fría recepción, una razón poderosa de que el artículo de Nabinger no se hubiera publicado todavía.

Al terminar de leer aquel artículo, decidió regresar a lo que le había llevado hasta ahí: la referencia cruzada entre «nazismo» y «La Atlántida». Durante la Segunda Guerra Mundial, los nazis enviaron expediciones a los desiertos helados de los dos extremos del planeta en búsqueda de La Atlántida, Thule y reliquias como la del santo Grial. Y también estuvieron en Centroamérica, donde había pirámides, ciertamente no tan grandes ni del mismo diseño que las de Egipto, pero también con runa superior.

Nabinger se tocó la barba. ¿Qué habrían encontrado los nazis que los condujera de nuevo a la gran pirámide y a la cámara que se había mantenido inaccesible durante más de cuatro mil años? ¿Habrían descifrado el código de la runa y encontrado una información importante? ¿Había algo escrito sobre pirámides en los demás yacimientos? Si la historia de Kaji fuera cierta, por lo menos habrían encontrado una información que los habría conducido hasta la cámara inferior.

Nabinger despejó la pantalla y volvió a la búsqueda por palabras. Lentamente escribió el nombre que Kaji le había dado: «Von Seeckt».

Un acierto. Nabinger abrió el archivo. Era un artículo sobre el cincuenta aniversario del lanzamiento de la bomba atómica sobre Hiroshima. En él se detallaba el desarrollo de la bomba atómica durante la Segunda Guerra Mundial. Nabinger avanzó por las pantallas. El nombre de Von Seeckt se encontraba en una lista de físicos que habían colaborado en el desarrollo y la comprobación de la bomba.

Pero, según Kaji, Von Seeckt había estado con los alemanes. ¿Cómo pudo llegar a América durante la guerra? ¿Por qué los alemanes habían llevado a un físico nuclear al interior de la gran pirámide? Y, sobre todo, ¿qué había descubierto y sacado Von Seeckt de la cámara inferior en 1942?

Los dedos de Nabinger se detuvieron sobre el teclado al recordar algo que había escrito ese mismo día, mientras se hallaba en la gran pirámide. Tomó su mochila y sacó su cuaderno de notas. Había estado trabajando en el panel de la cámara inferior que se encontraba sobre el lugar donde había estado originariamente el sarcófago. Había escrito en lápiz el texto de la runa parcialmente descifrada: «Poder, sol; prohibido; lugar origen (???), nave (???), nunca más (???); muerte a todos los seres vivientes».

Las maldiciones contra intrusos en los monumentos del antiguo Egipto eran bien conocidas. ¿Acaso aquella maldición estaba relacionada con lo que Von Seeckt había sacado de la pirámide? ¿Por qué razón los aliados habían ocultado toda la información sobre la infiltración de la pirámide y el descubrimiento de una cámara inferior? Sin duda se trataba de algo mucho más importante que un simple hallazgo arqueológico.

Había un modo de saberlo todo. Al final del artículo se decía que Von Seeckt todavía estaba vivo y que residía en Las Vegas. Nabinger apagó el ordenador y se puso en pie. Al diablo el presupuesto del museo, ahí había un misterio y él era el único que estaba sobre la pista. Abandonó la biblioteca de la universidad y entró en la primera agencia de viajes que encontró para encargar un vuelo de regreso a Estados Unidos aquella tarde con una parada en ruta en Bimini para visitar a Slater.

En cuanto supo la hora de llegada, llamó al servicio telefónico de información de Nebraska. Efectivamente existía un tal Werner von Seeckt y Nabinger anotó el teléfono. Tras marcar el número tuvo que dejar un mensaje en el buzón de voz. En cuanto sonó el pitido, Nabinger dejó el mensaje siguiente: «Profesor Von Seeckt, me llamo Peter Nabinger. Trabajo en el departamento de egiptología del museo de

Brooklyn. Me gustaría hablar con usted sobre la gran pirámide, en la que creo ambos tenemos interés. Acabo de descifrar algunas palabras de la cámara inferior en la que me parece que usted estuvo hace tiempo. Son las siguientes: "poder sol; prohibido; lugar origen, nave, nunca más; muerte a todas los seres vivientes". Es posible que usted puda ayudarme con la traducción. Le ruego me deje un mensaje en mi buzón de voz para saber cómo contactar con usted». A continuación Nabinger indicó su número de teléfono.

5

Las Vegas, Nevada
133 horas

—Sin tratamiento, un año, aproximadamente; pueden ser seis meses más, seis menos. Con tratamiento, tal vez medio año más.

El anciano no pestañeó ante el anuncio del doctor Cruise. Asintió con la cabeza, cogió un bastón negro con una empuñadura de plata con su mano izquierda marchita y se levantó.

—Gracias, doctor.

—Podemos iniciar el tratamiento mañana por la mañana, profesor Von Seeckt —añadió nerviosamente el doctor Cruise, como para dulcificar sus palabras.

—Está bien.

—¿Quiere algo que...? —el doctor Cruise se interrumpió al ver que el anciano levantaba la mano.

—Estaré bien. No estoy sorprendido. Este año, cuando me hospitalizaron, me informaron de que probablemente ocurriría. Sólo quería confirmarlo y creo también que merecía el respeto de que fuera usted quien me lo dijera. Mi escolta me llevará a casa.

—Lo veré esta mañana en la reunión —dijo el doctor Cruise irguiéndose ante la indirecta implícita en las palabras de Von Seeckt.

—Buenos días, doctor.

Y con ello Werner von Seeckt se dirigió al vestíbulo del hospital, donde fue flanqueado inmediatamente por dos hombres en cazadora negra y pantalones de uniforme, con la mirada escondida detrás de unas gafas de sol.

Lo introdujeron en un coche que los esperaba y se dirigieron a la pista de la base aérea de Nellis, donde un pequeño helicóptero negro aguardaba para conducirlo en dirección noroeste. En cuanto el helicóptero despegó, Von Seeckt se reclinó en el asiento levemente acolchado y contempló el terreno que se desplegaba por debajo. El desierto norteamericano era su casa desde hacía ya más de cincuenta años, pero su corazón todavía suspiraba por las laderas cubiertas de árboles de los Alpes de Bavieria donde había crecido. Siempre esperó poder volver a ver su patria antes de morir, pero ahora sabía que ya no podría. Nunca le permitirían marcharse, aunque hubieran pasado tantos años.

Desplegó una hoja de papel en la que había escrito el mensaje que había encontrado en su buzón de voz mientras esperaba en la consulta del doctor Cruise: «poder sol; prohibido; lugar origen; nave, nunca más; muerte a todos los seres vivientes». Recordó la gran pirámide.

Von Seeckt se reclinó en el asiento. Todo regresaba otra vez, como en un gran círculo. Su vida volvía a estar donde la había dejado cincuenta años antes. La pregunta que había de hacerse a sí mismo era si había aprendido algo y si ahora estaba dispuesto a actuar de otro modo.

EL NIDO DEL DIABLO, NEBRASKA
132 horas

Debajo de la red de camuflaje que Turcotte había ayudado a tender durante la oscuridad, los mecánicos dejaron los helicópteros listos para volar: habían desplegado los rotores y los habían ajustado en su sitio. Los pilotos iban de un lado para otro haciendo las comprobaciones previas al vuelo.

Turcotte se encontraba tendido boca abajo en el perímetro de la primitiva pista de despegue, mientras realizaba una guardia de cuatro horas en la que controlaba la única carretera de asfalto que llevaba a la pista. La carretera estaba en mal estado. Entre las grietas habían crecido plantas y hierbas y parecía obvio que aquel lugar había sido abandonado hacía tiempo. Evidentemente, eso no significaba que no fuera posible que alguien subiera ahí arriba con un vehículo todoterreno y tropezara con ese punto de apoyo a la misión. Por ello, las órdenes de Turcotte eran detener a cualquiera que se acercase por la carretera.

La cuestión que todavía quedaba por responder —aunque Turcotte no la había pronunciado en voz alta— era el tipo de misión a la que aquel punto iba a prestar apoyo. Prague había dado órdenes durante toda la noche, pero eran de tipo inmediato, dirigidas a la seguridad de ese lugar, sin que revelaran en ningún momento qué harían en cuanto el sol se ocultara y fuese de noche.

EL CUBO, ÁREA 51
130 horas, 30 minutos

La sala de reuniones se encontraba a la izquierda del centro de control según se salía del ascensor. Estaba insonorizada y diariamente se rastreaba la presencia de micrófonos ocultos. El Cubo nunca había sufrido un incidente de seguridad y el general Gullick estaba decidido a mantener intacto ese récord.

Una gran mesa rectangular de caoba rodeada por doce butacas de piel ocupaba el centro de la sala. Gullick ocupaba la presidencia de la mesa y esperaba en silencio que se ocuparan las demás sillas. Observó cómo Von Seeckt entraba cojeando y se sentaba en la butaca del otro extremo de la mesa. Gullick ya sabía por el doctor Cruise que el estado terminal de Von Seeckt se había confirmado. Para Gullick aquello era una buena noticia. Aquel anciano hacía tiempo que había dejado de ser útil.

Gullick dirigió su atención a la persona más joven de la sala, sentada inmediatamente a su derecha. Era una mujer de escasa estatura y cabello negro, cara delgada y vestida de forma sobria con un traje gris. Era la primera reunión a la que asistía la doctora Lisa Duncan y, a pesar de que una de las dos prioridades del orden del día era informarle sobre el proyecto, para Gullick aquello no era prioritario. De hecho, en la coyuntura tan importante en que se encontraba el proyecto, le disgustaba tener que malgastar tiempo en poner al corriente a una persona nueva.

También se daba la circunstancia de que la doctora Duncan era la primera mujer que tenía acceso a aquella sala. Sin embargo, dado que ocupaba la silla reservada al asesor presidencial, por lo menos debía darse la impresión de respeto. Gullick se pasó los dedos de la mano izquierda por la cabeza rapada, acariciando la piel como si quisiera tranquilizar al cerebro que cubría. ¡Había tanto que hacer en tan poco tiempo! ¿Por qué habrían sustituido al asesor anterior? El predecesor de la doctora Duncan era un profesor de física, tan fascinado por lo que hacían arriba en el hangar, que nunca había causado problemas.

La semana anterior Kennedy, el representante de la CIA, había informado a Gullick del nombramiento de la doctora Duncan y de su visita. Gullick ordenó al hombre de la CIA buscar en el pasado de Duncan. Era una amenaza, Gullick estaba convencido de ello. Su repentino nombramiento y aquella primera visita no podían ser una coincidencia.

—Buenas tardes, señores y... señora —añadió Gullick con una inclinación de cabeza—. Les doy la bienvenida a esta reunión de Majic-12. —El brazo de su silla llevaba incorporadas unas teclas. Gullick pulsó una de ellas y la pared situada detrás de él se iluminó con una imagen computerizada a gran escala. La misma imagen apareció en la consola horizontal que se hallaba en el extremo de la mesa, ante la vista exclusiva de Gullick:

«Presentación de la asesora presidencial. Estado actual de los agitadores. Estado actual de la nave nodriza. Proyecto de prueba de la nave nodriza».

—Éste es el orden del día de hoy. —Gullick miró a los presentes en la mesa—. Lo primero, ya que tenemos un nuevo miembro, es presentarse. Empezaré por mi izquierda y seguiremos en el sentido de las manecillas del reloj.

—Señor Kennedy, vicedirector de operaciones, de la Agencia Central de Inteligencia. Nuestro contacto con el servicio secreto.

Kennedy era el hombre más joven de la sala. Llevaba un elegante traje de tres piezas. Gullick pensó que si no fuera porque estaban a quinientos metros bajo tierra, llevaría gafas de sol. No le gustaba Kennedy por su edad y por su actitud agresiva, pero sin duda era necesario. Kennedy lucía un poblado pelo rubio y un bronceado intenso que parecía estar fuera de lugar ante los otros hombres que se hallaban en la mesa de reuniones.

—General de división Brown, vicedirector de personal, Fuerzas Aéreas. Las Fuerzas Aéreas tienen la responsabilidad global de la administración y la logística del proyecto y de la seguridad externa. General de división Mosley, vicedirector de personal, Ejército —siguió diciendo Gullick—. El Ejército proporciona personal de ayuda a la seguridad.

»Contraalmirante Coakley, vicedirector, inteligencia naval. La Marina se encarga del contraespionaje. Doctor Von Seeckt, director del consejo científico, Majic-12. El doctor Von Seeckt es la única persona de esta sala que ha estado en el proyecto desde el principio —explicó—. Doctora Duncan, nuestro último miembro, asesora presidencial en Majic-12 en ciencia y tecnología.

»Señor Davis, coordinador de proyectos especiales, Organización de Reconocimiento Nacional. La ORN es la agencia a través de la cual se dirigen nuestros fondos. Doctor Ferrell, profesor de física, Instituto de Tecnología de Nueva York. Nuestro jefe del consejo científico responsable de las tareas de ingeniería invertida. Doctor Slayden, psicólogo del proyecto, Majic-12 —siguió presentando Gullick—. Doctor Underhill, de aeronáutica, laboratorio de propulsión. Nuestro experto en vuelos. Doctor Cruise, médico. —Gullick dio por terminadas las presentaciones.

»Me complace dar la bienvenida a nuestro grupo a la doctora Duncan. —La miró—. Sé que ya le han entregado la documentación confidencial informativa sobre la historia del proyecto Majic-12, así que no voy a aburrirla con esa información; de todos modos, me gustaría repasar algunos puntos clave de nuestra operación tal como se encuentran en la actualidad.

»En primer lugar, todo detalle relacionado con el proyecto es estrictamente confidencial, con acreditación Q y de nivel 5. Es el nivel máximo posible de clasificación. Majic-12, que es el nombre oficial con que se designa el grupo de personas que se encuentran en esta mesa, existe desde hace cincuenta años. Durante estos años jamás hemos sufrido un incidente de seguridad.

»Nuestra misión principal es doble: primero aprender a volar con los agitadores y rediseñar a la inversa su sistema de propulsión. —Pulsó una tecla y apareció la fotografía de nueve discos plateados, alineados en un hangar inmenso. Aunque era difícil distinguirlo claramente en la fotografía, parecía que cinco discos fueran idénticos entre sí, mientras que los otros cuatro eran algo distintos—. Llevamos treinta y tres años volando con los agitadores y su tripulación la integran dos pilotos, que son los que conocen su funcionamiento. Sin embargo, no hemos logrado conocer su sistema de propulsión. —Echó un vistazo a los asistentes y arqueó una ceja.

—Estoy al corriente de esta investigación —intervino Duncan. Gullick asintió.

—Seguimos volando con los agitadores para mantener en forma las tripulaciones de vuelo y también para proseguir con las pruebas del sistema de propulsión y sus características de vuelo. Tenemos varios prototipos del motor del agitador, pero todavía no hemos podido crear uno que funcione correctamente —dijo, sin mencionar los grandes problemas con que habían topado durante los años y aliviado por poder pasar precipitadamente los errores del pasado y encararse al futuro—. Nuestro segundo objetivo, la nave nodriza, es una historia totalmente distinta.

En la pantalla apareció un objeto con una forma semejante a la de un gran puro negro alargado, colocado también en un hangar de paredes de piedra. Aunque era imposible determinar la escala de la nave, incluso en esa proyección de dos dimensiones daba la impresión de ser inmensa.

—Durante todos estos años la nave nodriza ha desafiado a nuestros mejores científicos, pero por fin creemos disponer de suficiente conocimiento del sistema de control para activar el sistema de propulsión. En la actualidad ésta es nuestra prioridad número uno del proyecto. Será...

—Será un desastre poner en marcha la nave nodriza —interrumpió Von Seeckt mirando a la doctora Duncan—. No tenemos la menor idea de cómo funciona. Sí, claro, estos locos le dirán que entendemos el sistema de control, pero eso no tiene nada que ver con la mecánica y la física del motor en sí. Es como invitar a una persona a ver la cabina de un bombardero nuclear y creer que podrá manejarlo pues, al fin y al cabo, sabe conducir un coche y los controles del bombardero y los del coche son muy parecidos. Es de locos.

El párpado izquierdo de Gullick se agitó nervioso pero el tono de voz era tranquilo.

—Gracias, Von Seeckt, pero ya lo hemos discutido. Nunca entenderemos la nave nodriza si no intentamos examinarla. Éste es el sistema que empleamos con los agitadores y...

—¡Y todavía no comprendemos su sistema de propulsión! —agregó Von Seeckt.

—Sin embargo, podemos volar con ellos y los estamos utilizando —apuntó el doctor Ferrell, el físico—. Y cada día estamos más cerca de entenderlos.

—¡Pero es peligroso jugar con juguetes que no entendemos! —exclamó Von Seeckt.

—¿Esta prueba es peligrosa? —preguntó la doctora Duncan muy tranquila en comparación con la voz exaltada de Von Seeckt.

Gullick la miró. Antes de la reunión había estudiado el archivo confidencial que Kennedy le había dado sobre ella. Posiblemente, él sabía sobre ella más de que lo que ella misma recordara. Treinta y siete años, dos veces divorciada, un hijo en una universidad privada en Washington, un doctorado en biología médica en Stanford, una carrera de éxitos en el mundo de los negocios y ahora, gracias a su amistad con la Primera Dama, un cargo político, tal vez el más delicado de la administración. Por supuesto, Gullick sabía que el Presidente no alcanzaba a entender la importancia de Majic-12. Y eso revelaba el callejón sin salida al que conducía el secretismo que rodeaba el proyecto. Como realmente no podían decir a nadie lo que estaba ocurriendo, a menudo eran apartados del sistema. Pero existían modos de evitar aquello y los miembros de Majic-12 llevaban mucho tiempo perfeccionándolos.

—Señora —dijo Gullick, adaptando la fórmula militar para dirigirse a una mujer—, todo es peligroso, pero las pruebas de vuelo posiblemente son las tareas más peligrosas del mundo. A lo largo de mi carrera he volado aviones experimentales. En el transcurso de un año, en la base aérea de Edwards, ocho de los doce hombres de mi escuadrón murieron asesinados al quitar micrófonos ocultos de un nuevo fuselaje de avión. En este caso nos enfrentamos a tecnología alienígena. No diseñamos esta nave, pero tenemos una cosa a nuestro favor —añadió—: empleamos una tecnología que funciona. El mayor peligro que debía superar como piloto de pruebas era hacer que el equipo fuera a una velocidad que le permitiera funcionar. En este caso sabemos que esta nave vuela. La cuestión es saber cómo lo hace. —Gullick giró levemente su butaca y apuntó a la nave nodriza, que reposaba en una plataforma hecha con vigas de acero—. Ahora nos encontramos a unas ciento treinta horas para la primera prueba de vuelo. Sin embargo, antes de intentarlo simplemente hemos de ponerla en marcha y ver qué pasa.

»Éste es el motivo por el que esta reunión se celebra hoy: podrá ver por sí misma que no hay peligro. Utilizando la analogía del doctor Von Seeckt, pero en sentido propio, simplemente colocaremos a nuestro hombre en el asiento del piloto y haremos que ponga en marcha los motores y luego los desconecte. La nave no irá a ningún sitio. Nuestro hombre no es un niño. Hemos reunido a los mejores cerebros del país para trabajar en este proyecto.

Von Seeckt profirió un bufido de enojo.

—Teníamos las mejores mentes del país en el ochenta y nueve, entonces...

—Ya basta, doctor —interrumpió bruscamente Gullick—. La decisión ya está tomada. Ésta es una reunión informativa, no de toma de decisión. A las trece horas, hora local de hoy, los motores de la nave nodriza se pondrán en marcha y luego se desconectarán inmediatamente. La decisión ya se ha tomado —repitió—. Bueno, ¿proseguimos con el orden del día?

La pregunta no admitía más respuesta que el asentimiento.

Durante los treinta minutos siguientes, la reunión se desarrolló como estaba programada, sin interrupciones. Gullick la dio formalmente por concluida.

—Doctora Duncan, si lo desea, puede dar una vuelta por el hangar y por las demás instalaciones y estar presente en el

momento en que llevemos a cabo la prueba en la nave nodriza.

—Me gustaría mucho —contestó ella—, pero primero de-
searía hablar un momento a solas con usted.

—Caballeros, si nos disculpan —dijo Gullick y añadió—:
Personal señalado, por favor, esperen fuera.

—Hay varias cosas que no logro entender —dijo Lisa
Duncan en cuanto la sala se desocupó.

—Hay varias cosas que no logramos entender —la corrigió el general Gullick—. La tecnología con la que trabajamos
va por delante de nuestro tiempo.

—No me refiero a la tecnología —replicó Duncan—. Me
refiero a la gestión de este programa.

—¿Algún problema con ello? — preguntó Gullick en un
tono gélido.

La doctora Duncan fue franca.

—¿Por qué ese secretismo? ¿Por qué razón ocultamos
todo esto?

Gullick se relajó ligeramente.

—Hay muchas razones para ello.

—Dígamelas, por favor —dijo la doctora Duncan.

Gullick encendió un puro sin atender a los avisos de «NO
FUMAR» prendidos en las paredes de la sala de reuniones del
Cubo. La burocracia del gobierno llegaba incluso a los lugares
más secretos.

—Este programa se inició durante la Segunda Guerra
Mundial, y por esta razón al principio se consideró confidencial. Luego siguió la guerra fría y, con ella, la necesidad de
mantener esa tecnología, o lo que sabíamos de ella, fuera del
alcance de los rusos. De hecho, un estudio llevado a cabo por
nuestro personal revelaba que si los rusos hubieran descubierto entonces que disponíamos de esta tecnología, la balan-
za del poder se habría desequilibrado y tal vez se hubieran
lanzado a una guerra nuclear preventiva. Yo diría que es una
buena razón para mantener este secreto.

La doctora Duncan sacó un cigarrillo del bolso y, señalando con el dedo el cenicero, preguntó:

—¿Le importa? —No esperó la respuesta y encendió el cigarrillo—. La guerra fría terminó hace más de media década, general. Continúe enumerando razones.

El músculo derecho de la mandíbula de Gullick se crispó.

—La guerra fría habrá terminado, pero existen todavía misiles nucleares de países extranjeros que apuntan a este país. Trabajamos con una tecnología que podría cambiar el curso de la civilización. Esto es suficiente...

—¿Y no podría ser —interrumpió la doctora Duncan— que todo esto sea confidencial porque siempre lo ha sido?

—Entiendo lo que dice. —Gullick intentó una sonrisa conciliadora pero no funcionó. Pasó un dedo sobre la carpeta que contenía el informe de Kennedy sobre Duncan y tuvo que frenar el impulso de tirárselo a la cara—. Sería más sencillo entender el secretismo que rodea a Majic-12 simplemente como un resto de la guerra fría, pero aquí existen implicaciones más profundas.

—¿Como cuáles? —Duncan no esperó la respuesta—. ¿Una de esas implicaciones más profundas tal vez podría ser que este proyecto se creó de forma ilegal? ¿O quizá que la importación de gente como Von Seeckt para trabajar en él, que constituye una violación frontal de la ley y también de un decreto presidencial vigente en aquel tiempo, además de otras actividades realizadas desde entonces expondrían al personal implicado en este programa a sufrir persecución criminal?

Los números rojos brillantes incorporados a la mesa, junto a la pantalla del ordenador, señalaban 130 horas, 16 minutos. Eso era lo único que importaba a Gullick. Ya había hablado con algunos sobre cómo tratar a la doctora Duncan. Era el momento de empezar con lo que habían acordado.

—Lo que ocurriera hace cincuenta años no es asunto nuestro —dijo—. Nos preocupa el impacto que tendrá entre la población el conocimiento público de este programa.

El doctor Slayden, el psicólogo del programa —continuó—, forma parte del personal por este motivo. De hecho, vamos a mantener una reunión informativa con él, a las ocho de la noche en el despacho número doce. Él le explicará mejor el asunto, pero basta con decir que las implicaciones sociales y económicas de revelar al público lo que tenemos en el Área 51 son asombrosas. Tanto que, desde la Segunda Guerra Mundial, cada Presidente ha acordado el secretismo más absoluto acerca de este proyecto.

—Bueno, tal vez este Presidente —dijo la doctora Duncan— no piense igual. Los tiempos están cambiando. Se ha invertido gran cantidad de dinero en este proyecto y los beneficios han sido mínimos.

—Si logramos que la nave nodriza vuele —repuso Gullick—, habrá merecido la pena.

La doctora Duncan apagó el cigarrillo y se puso en pie.

—Eso espero. Buenos días, señor. —Se giró sobre sus altos tacones y se encaminó hacia la puerta.

En cuanto se hubo marchado, los hombres de Majic-12 vestidos de uniforme y los representantes de la CIA y la ORN volvieron a entrar. La actitud de Gullick distaba mucho de ser cordial.

—La doctora Duncan está husmeando. Sabe que aquí pasa algo más.

—El doctor Slayden debe darle datos sobre las implicaciones de la revelación del proyecto —dijo Kennedy.

—Le he hablado de la reunión con Slayden y ya tiene su informe por escrito —replicó Gullick—. No, no; está buscando algo más.

—¿Cree usted que puede saber algo de Dulce? —preguntó Kennedy.

—No. Si hubiera alguna sospecha sobre ello ya lo sabríamos. Estamos conectados con todos los sistemas de espionaje del país. Tiene que haber algo más.

—¿La operación Paperclip? —preguntó Kennedy.

—Ha dicho que Von Seeckt y otros habían sido reclutados de forma ilegal. —Gullick asintió—. Sabe demasiado. Si tiran de la manta demasiado fuerte podrían desenmarañarlo todo.

—Podemos ser más duros con ella, si es preciso —dijo Kennedy señalando el informe.

—Es la representante del Presidente —advirtió el general Brown.

—Necesitamos tiempo —sentenció Gullick—. Creo que la charlatanería psicológica del doctor Slayden la mantendrá ocupada. Si no... —Gullick se encogió de hombros—, podremos ser más duros. —Miró la pantalla del ordenador y, cambiando de tema, preguntó al director de la inteligencia naval—: ¿Cuál es el estado de Nightscape 96-7?

—Todo parece ir bien —respondió el contraalmirante Coakley—. El PAM está seguro y todos los elementos, en su sitio.

—¿Y qué hay de la infiltración del periodista y el otro tipo la noche pasada? —quiso saber Gullick.

—Ya está todo limpio y, además, hemos obtenido un beneficio adicional de la situación —informó Coakley—. El apellido del otro era Franklin. Un aficionado a los ovnis. Fue una persona molesta durante mucho tiempo con sus publicaciones desde su casa en Rachel. Ya no tenemos que preocuparnos por él. Está muerto y tenemos una historia verosímil que lo cubre.

—¿Cómo lograron penetrar en el perímetro externo? —exigió Gullick todavía no satisfecho.

—Franklin desatornilló las antenas de los sensores de cada lado de la carretera —respondió Coakley—. Lo sabemos por la grabadora que llevaba el periodista.

—Quiero que el sistema sea sustituido. Es anticuado. Hay que utilizar sensores láser en todos los caminos.

—Sí, señor.

—¿Y el periodista?

—Ha sido trasladado a Dulce. Era un periodista independiente. Estamos trabajando en una historia que explique su desaparición.

—No volverá a ocurrir —dijo Gullick en un tono de voz autoritario.

—No, señor.

—¿Y qué hay de Von Seeckt? —preguntó Kennedy—. Si sigue causando problemas, la doctora Duncan empezará a hacer más preguntas.

—Está resultando muy molesto —admitió Gullick, frotándose la sien—. Lo único que podemos hacer es acelerar un poco su reloj biológico. Encargaremos la misión al buen doctor y nos aseguraremos de que no vuelva a causar problemas. Hace tiempo que ha dejado de ser útil a este programa. Hablaré con el doctor Cruise.

EL NIDO DEL DIABLO, NEBRASKA
130 horas

—¿Qué es eso? —preguntó Turcotte al hombre vestido con un traje gris de vuelo.

—Un sistema de rayos láser —respondió sin más, cerrando la caja metálica donde se encontraba el sofisticado aparato que había llamado la atención de Turcotte.

Nunca había visto un aparato de láser que pudiera reducirse al tamaño de una maleta, pero el técnico no parecía dispuesto a hablar de tecnología. Una pregunta más que queda sin respuesta.

—Duerme un poco. Vas a necesitar el descanso —dijo Prague apareciendo de repente a sus espaldas—. Estaremos dispuestos para partir en cuanto oscurezca y luego no podrás dormir. —Prague sonrió—. Duerme bien, carnaza —añadió en alemán.

Turcotte se quedó mirándolo durante unos segundos y luego se dirigió hacia el lugar donde dormitaban los hombres de seguridad fuera de guardia, al abrigo que ofrecían varios árboles. Cogió un saco de dormir de Gore-Tex y se metió en él, cerrando la cremallera alrededor de su barbilla. Durante unos minutos pensó en todo lo que había visto hasta ese momento, preguntándose qué le habrían dicho a Prague de él. Finalmente, decidió que no sabía qué estaba ocurriendo, ni lo que Prague sabía y entonces desconectó el cerebro.

En cuanto se durmió, otras escenas ocuparon su mente. Las últimas palabras de Prague en alemán resonaban en su cerebro y Turcotte se sumió en un sueño con el eco de un arma y voces en alemán gritando de miedo y de dolor.

EL HANGAR, ÁREA 51
129 horas, 40 minutos

Lisa Duncan había leído las cifras y estudiado las fotografías secretas, pero éstas no fueron suficientes para emprender el alcance real de la operación. Mientras volaba hacia el Área 51 a bordo de uno de los helicópteros negros, había quedado impresionada por la larga pista y las instalaciones de la base en el exterior, pero eso no fue nada comparado con lo que vio oculto en su interior.

Tras tomar el ascensor para subir desde el Cubo, ella y su escolta de científicos entraron en una gran sala cavada dentro de la roca de la Groom Mountain. Era el hangar que tenía más de un kilómetro de longitud y medio de ancho. Tres de las paredes, el suelo y el techo, a cientos de metros sobre sus cabezas, eran de roca. El otro lado estaba formado por una serie de puertas correderas camufladas que se abrían hacia el extremo norte de la pista.

El tamaño real del hangar sólo podía apreciarse en ocasiones especiales, como ahora, cuando todos los espacios divisorios estaban abiertos y se podía mirar hacia adelante de un extremo a otro. La doctora Duncan se preguntó si lo habrían hecho para impresionarla. Si era así, lo habían conseguido.

Todavía estaba preocupada por su discusión con el general Gullick. Había sido informada de su misión por el asesor de seguridad nacional del Presidente e incluso él parecía no estar seguro de lo que se hacía en Majic-12. De todos modos, a la doctora Duncan esto no la impresionaba. Cuando trabajaba con las empresas médicas a menudo había tenido que manejarse con la burocracia y le parecía que era una masa ingente de estructuras que se autopropagaban y que se servían sólo a sí mismas. Como Gullick le había dado a entender, Majic-12 existía hacia cincuenta y cuatro años. Lo que no había dicho era que el Presidente para el que trabajaba la doctora Duncan llevaba allí sólo tres. Sabía que eso significaba que los miembros de Majic-12 se creían implícitamente más legitimados que las autoridades elegidas para supervisar el proyecto.

La CIA, la Agencia Nacional de Seguridad, el Pentágono... todo eran sistemas burocráticos que habían sobrevivido a numerosas administraciones y cambios en los aires políticos. Majic-12 era otro más, sólo que más secreto. La cuestión, sin embargo, era ¿por qué Gullick y los demás tenían tanta prisa para que la nave nodriza volase? Aquella cuestión y otros rumores inquietantes acerca de las operaciones de Majic-12 habían llegado a Washington, y ése era el motivo por el que ella se encontraba ahí. El programa ya tenía alguna mancha, como le había indicado a Gullick, pero era una mancha del pasado, había repuesto él. La mayoría de los hombres implicados en la operación Paperclip hacía tiempo que habían muerto. Debía averiguar qué estaba ocurriendo. Para hacerlo tenía que prestar atención, así que, cuando su guía habló, ella dejó a un lado sus preocupaciones.

—Este hangar lo construimos en mil novecientos cincuenta y uno —explicó el profesor Underhill, el experto en aeronáutica—. Con los años lo hemos ido ampliando. —Señaló con el dedo las nueve naves plateadas que yacían en sus respectivas plataformas—. Usted dispone de toda la información sobre cómo y dónde se encontraron los agitadores. En la actualidad funcionan seis de ellos.

—¿Y qué hay de los otros tres? —preguntó ella.

—Son los que estamos examinando actualmente. Sacamos los motores para ver si podemos descubrir el modo en que fueron diseñados. Intentamos entender el sistema de control y de vuelo así como otro tipo de sistemas.

Ella asintió y siguió caminando a su lado por la parte posterior del hangar. Había trabajadores en cada nave, haciendo cosas cuyo propósito no resultaba evidente. Había estudiado la historia de aquellas naves, que al parecer habían sido abandonadas sin más en distintos lugares en algún momento del pasado. Considerando las condiciones de los emplazamientos donde se habían encontrado, se calculaba que de ello haría unos diez mil años. Sin embargo, las naves no parecían haber envejecido.

En la documentación había muy pocas respuestas sobre el origen, el propósito o los propietarios originales de la nave. Parecía que eso no les importaba mucho. A ella, por el contrario, le preocupaba, porque le gustaba hacer analogías y se preguntaba cómo se sentiría si dejaba su coche aparcado en algún lugar y al regresar a buscarlo se encontraba con que había sido robado y que alguien le estaba quitando el motor. Si bien los agitadores habían sido abandonados durante mucho tiempo, los siglos podían ser sólo un día o dos en la escala relativa del tiempo de los propietarios originales.

—¿Por qué todos los llaman agitadores? —preguntó—. En la documentación se los denomina «naves atmosféricas de propulsión magnética», «NAPM» o, simplemente, «discos».

Underhill rió.

—Utilizamos NAPM para los científicos que precisan un nombre bonito. Nosotros los llamamos «discos» o «agitadores». La razón de este último nombre..., bueno, espere a verlos volar. Cambian la dirección muy rápidamente. La mayoría de las personas que los han visto piensan que los llamamos agitadores porque, cuando cambian de dirección, parecen chocar contra una pared invisible y así lo logran de forma rápida. Pero si habla con los pilotos que los condujeron en la primera prueba, sabrá que los llamaron agitadores por las fuertes sacudidas que sufrieron en su interior durante aquellas maniobras tan bruscas. Nos costó bastante acostumbrarnos a la tecnología y a los parámetros de vuelo para que los pilotos no resultaran heridos cuando la nave iba rápido. —Unterhill señaló una puerta metálica de la pared trasera e indicó—: Por aquí, por favor.

La puerta se abrió cuando se aproximaron. Dentro había una vagoneta para ocho pasajeros montada en un raíl eléctrico. Duncan subió al vehículo junto con Underhill, Von Seeckt, Slayden, Ferrell y Cruise. El coche se puso en marcha inmediatamente y pasaron por un túnel muy iluminado.

Underhill continuó haciendo las veces de guía.

—Hay algo más de seis kilómetros y medio hasta el hangar dos, donde encontramos la nave nodriza. De hecho, ésta es la razón por la que la base se encuentra aquí. La mayoría de la gente cree que escogimos este lugar porque se encuentra aislado pero, en realidad, eso fue simplemente un beneficio añadido.

»Esta parte de Nevada en principio se consideró como base para las primeras pruebas nucleares a principios de la Segunda Guerra Mundial, pero entonces los topógrafos descubrieron que las lecturas de algunos instrumentos se veían afectadas por un gran objeto metálico. Localizaron el lugar, excavaron y encontraron en el hangar dos lo que hoy llamamos nave nodriza. Quien fuese que dejó esta nave aquí, tenía la tecnología para crear un lugar suficientemente grande, dejarla y luego cubrirla.

La doctora Duncan no pudo evitar que se le escapara una exclamación de asombro en cuanto la vagoneta salió del túnel y penetró en una gran caverna de unos dos kilómetros y medio de longitud. El techo, de piedra perfectamente pulida, se levantaba a unos ochocientos metros sobre sus cabezas. Estaba salpicado por la luz brillante de un foco. Sin embargo, lo que llamaba la atención era el objeto negro y cilíndrico que ocupaba casi todo el recinto. La nave nodriza medía más de mil quinientos metros y unos cuatrocientos metros del bao al centro. Lo que resultaba más extraño era que la superficie de la nave estaba totalmente pulida y era de un metal negro y brillante que durante años se había resistido al análisis.

—Tuvimos que esperar cuarenta y cinco para poder determinar la composición del recubrimiento —explicó Ferrell, el físico, cuando bajaron del vehículo—. De hecho, aún no podemos reproducirlo, pero por fin sabemos lo suficiente como para, por lo menos, atravesarlo.

Lisa Duncan observó el andamio cercano a la parte frontal, si es que aquélla era la parte delantera y no la posterior, de la nave nodriza. Ésta descansaba en una compleja plataforma de puntales hechos del mismo material negro que el recubrimiento. Los lados rocosos de la caverna también estaban pulidos, y el suelo, totalmente plano.

Anduvieron a lo largo de los puntales, que parecían pequeños ante la enorme masa de la nave que sostenían. Underhill señaló con el dedo el centro cuando pasaron por él.

—La llamamos nave nodriza no sólo por su tamaño, sino también porque en el centro tiene espacio suficiente para contener todos los agitadores y una docena más. En el interior hay plataformas colgantes que tienen exactamente el tamaño necesario para sostener los agitadores. Creemos que los agitadores llegaron a la Tierra de este modo, pues, de hecho, no pueden abandonar la atmósfera con su propia energía.

—Sin embargo, todavía no hemos podido abrir las puertas exteriores de la nave de transporte —intervino Von Seeckt por primera vez—. Y vosotros pretendéis poner en marcha los motores —añadió en tono acusador mirando a Underhill.

—Bueno, Werner, ya hemos hablado de este tema —dijo Underhill.

—Nos ha llevado cuarenta y cinco años simplemente entrar —dijo Von Seeckt—. He estado aquí durante todos esos cuarenta y cinco años. Y ahora, en el transcurso de unos pocos meses, pretendéis probarlo y hacerlo volar.

—¿Por qué le preocupa tanto eso? —preguntó la doctora Duncan. Había leído el archivo sobre Von Seeckt y, personalmente, dado el pasado de aquel hombre, no le preocupaba mucho. Sus constantes quejas no ayudaban a remediar aquella impresión.

—Si yo supiera qué es lo que me preocupa, estaría aún más preocupado —respondió Von Seeckt—. No sabemos nada sobre cómo funciona esta nave. —Se interrumpió para coger aire. Los otros miembros del grupo, a unos tres cuartos del camino hacia la proa, también lo hicieron. Luego Von Seeckt prosiguió—. Creo que parte del sistema de propulsión de esta nave funciona por gravedad. En ese caso, la gravedad de nuestro planeta. ¿Quién sabe lo que provocará al ponerse en marcha? ¿Quiere ser responsable de dañar nuestra gravedad?

—Ésa es mi especialidad —intervino Ferrell—. Puedo asegurarle que no habrá problemas.

—Menudo consuelo —replicó Von Seeckt.

Una voz procedente de megafonía retumbó en la caverna: «Diez minutos para la ignición. Todo el personal debe estar en lugares de protección. Diez minutos».

—Señores, ya basta —ordenó Underhill. Se encontraban en la base del andamio—. Más tarde veremos el interior; ahora tenemos que irnos de aquí. —Se encaminó hacia una pequeña puerta situada en una pared de hormigón. Una escotilla metálica se cerró tras ellos y quedaron dentro de un búnker—. Tenemos dos hombres a bordo, en la sala de control. Lo único que harán será encender el motor, dejarlo en marcha durante diez segundos y luego apagarlo. No activarán el mecanismo de propulsión. Es igual que poner en marcha el motor de un coche sin tocar los otros mandos.

—Esperemos que así sea —murmuró Von Seeckt.

«Cinco minutos», se oyó por megafonía.

—Esto que vamos a ver será historia —anunció Underhill a la doctora Duncan.

—Hemos instalado todo tipo de instrumental de control aquí —añadió Ferrell—. Confiamos en que ello nos proporcione todos los datos que necesitamos para comprender el funcionamiento del motor.

La doctora Duncan miró a Von Seeckt, que estaba sentado en una de las sillas plegables de la pared trasera del búnker. No parecía muy interesado por lo que estaba ocurriendo.

«Un minuto.»

Se inició la cuenta atrás, y la doctora Duncan recordó los lanzamientos espaciales que había presenciado cuando era más joven.

«Diez, nueve, ocho, siete, seis, cinco, cuatro, tres, dos, uno, cero. Iniciación.»

La doctora Duncan sintió que la invadía una sensación de náusea. Se tambaleó, luego se inclinó y sintió salir fuera de ella el desayuno que había tomado en Las Vegas. Cayó sobre las rodillas y vomitó en el suelo de cemento. Luego, todo cesó, con igual rapidez.

«Todo despejado. Todo despejado. El personal puede abandonar la zona de protección», anunció la megafonía.

La doctora Duncan se puso en pie con el sabor amargo todavía en la boca. Los hombres estaban también pálidos y debilitados pero ninguno había vomitado.

—¿Qué ha ocurrido? —preguntó la doctora Duncan.

—Nada —le respondió Ferrell.

—Maldita sea. —Duncan replicó con brusquedad—. Lo he notado. Ha pasado algo.

—El motor se ha puesto en marcha y luego se ha apagado —repuso Ferrell—. En cuanto al efecto que hemos sentido, tendremos que analizar los datos. —Señaló hacia una pantalla de televisor—. Si mira la repetición verá que no ha ocurrido nada—. Y, efectivamente, en la pantalla la nave nodriza estaba totalmente inmóvil mientras la lectura digital en la esquina inferior derecha avanzaba en la cuenta atrás.

La doctora Duncan se pasó una mano por la boca y volvió a mirar a Von Seeckt, que todavía estaba quieto en su asiento. Se sintió incómoda por haber vomitado, sin embargo, la respuesta de Ferrell ante su breve malestar parecía un poco indiferente. Por primera vez se preguntó si aquel anciano no estaría tan loco como parecía.

En la sala de reuniones, Gullick y el estrecho círculo de Majic-12 habían observado la prueba por vídeo, pese a que no habían podido ver nada. La nave nodriza se había quedado allí sin más, pero los datos indicaban que en efecto se había puesto en marcha y que la nave parecía funcionar perfectamente.

Gullick sonrió, y por un momento desaparecieron las arrugas de preocupación de su rostro y de su cuero cabelludo.

—Señores, la cuenta atrás continúa como estaba planificado.

6

Los datos fueron captados antes de que estuviera totalmente consciente. La señal procedía del noreste. La lectura de la potencia no era suficientemente detallada para indicar la distancia de la perturbación. Al verificar rápidamente el tiempo, constató que no había pasado mucho desde la última vez que despertó.

Sin embargo, esta vez sabía qué había causado la perturbación. Los datos de los sensores comprobaron la información en su memoria. La naturaleza de la señal era clara y sabía de dónde procedía.

Había que emprender una acción. Sería preciso gastar una energía preciosa. En cuanto tomó la decisión, inició la ejecución. Dio la orden. La próxima vez que esto ocurriera, estaría dispuesto y tendría unidades en el lugar.

7

—¿Steve Jarvis?

El camarero sonrió y le señaló un reservado situado al fondo de la sala. Mientras Kelly se encaminaba hacia él, estudió al hombre que estaba sentado allí. Aunque odiaba tener que admitirlo, lo cierto es que no tenía el aspecto que había esperado. Jarvis tenía el cabello negro y liso y llevaba gafas de montura de acero. Iba bien vestido en un traje deportivo y corbata. No era precisamente lo que cabía esperar por el tema y la conversación que habían mantenido por teléfono. La miraba mientras ella se iba acercando y ella notó su decepción. «Seguramente esperaba que fuera más alta y con más curvas», pensó.

Se levantó.

—¿Llevas la pasta?

«La primera impresión es la que vale», pensó Kelly. Sacó un sobre y se lo dio. Ahora Johnny realmente estaba en deuda con ella. Jarvis miró el sobre, pasó un dedo por los billetes y luego se sentó haciendo una señal a la camarera.

—¿Quieres tomar algo?

—¿Es mi ronda o la tuya? — replicó Kelly.

Jarvis rió.

—La tuya, por supuesto.

—Tomaré un refresco de cola —dijo a la camarera mientras Jarvis pedía «lo de siempre».

—¿Qué quieres saber? — preguntó Jarvis tras apurar de un sorbo la bebida que tenía ante sí.

—Área 51 —dijo Kelly.

Jarvis volvió a reírse.

—¿Y? Ocurren muchas cosas ahí. ¿Quieres algo en concreto?

—¿Qué tal si empiezas y ya te diré algo en concreto mientras continúas? — replicó Kelly.

—Bien —asintió Jarvis—. Así que, lo normal. Primero, claro está, querrás saber cómo sé algo del Área 51 ¿No es así? —No esperó la respuesta—. Bueno trabajé allí entre mayo de 1991 y marzo de 1992. Estuve contratado por la ORN, la Organización de Reconocimiento Nacional. Trabajaba en sistemas de propulsión, intentando realizar el diseño a la inversa... —se detuvo—. Bueno, deja que me desvíe un poco. ¿Sabes lo que tienen en Groom Lake? ¿No?

—¿Por qué no me lo cuentas tú?

—Nueve naves espaciales extraterrestres —dijo Jarvis—. Se encuentran en un hangar cavado dentro de la montaña. El gobierno puede volar con algunas de ellas, pero no sabe cómo funcionan los motores. Por consiguiente, tampoco pueden copiarlos. Por esto me llamaron.

—¿Dónde consiguió el gobierno estas naves? —preguntó Kelly.

—Me has pillado —repuso Jarvis, encogiéndose de hombros—. No lo sé. Hay quien dice que se negoció por ellas, como si fuera una especie de lote interestelar de coches usados, pero no lo creo. Tal vez simplemente las encontraron. Tal vez cayeron. De todos modos, las que yo vi parecían estar intactas y no mostraban señales de haber sufrido una caída.

—¿Para qué te contrataron?

—Para averiguar el diseño de los motores. Mi tesis doctoral en el Instituto de Tecnología de Massachussets versaba sobre la posibilidad de propulsión magnética. De hecho, ya empleamos imanes en cosas como trenes de alta velocidad, y el ejército lleva tiempo trabajando en el diseño de un arma magnética. Sin embargo, todos estos sistemas generan un campo magnético propio, que precisa gran cantidad de energía. Mi teoría consistía en que si se conseguía manipular y controlar el campo magnético existente en el planeta con un motor, se dispondría de una fuerza ilimitada de energía para una nave en la atmósfera.

—¿Así que el gobierno te escoge porque sí y te lleva a una instalación secreta?

—No, no me escogieron porque sí. Yo ya había trabajado para el gobierno antes, en White Sands. Un contrato de colaboración con el laboratorio de propulsión aeronáutica, por el que estudié la posibilidad de emplear una larga pista magnética inclinada en un lado de la montaña para poner satélites en órbita.

—No hay muchas montañas precisamente en White Sands —dijo Kelly.

—¿Estás comprobando mi credibilidad? —preguntó Jarvis sonriendo.

—Te he pagado quinientos dólares —repuso Kelly—. Soy yo quien hace las preguntas.

—Vale. Tienes razón —admitió Jarvis—. Es verdad que no hay muchas laderas en White Sands. Nosotros simplemente trabajamos en un plano teórico, en pequeña escala. En el mejor de los casos jamás superamos un modelo de uno treinta. Eso puede hacerse en una duna de arena.

—Así que luego te enviaron al Área 51 —interrumpió Kelly, tomando nota en un pequeño cuaderno.

—Sí. Fue bastante raro. Me presenté para trabajar en el aeropuerto McCarren de aquí, en Las Vegas, y nos pusieron en ese 737, que nos sacaba de ahí. Yo tenía una acreditación Q por mi anterior trabajo, así que todo resultaba perfecto. Sin embargo, tenían el sistema de seguridad más alto que he visto en mi vida. No podías tirarte un pedo sin que alguien te estuviera observando. El personal de seguridad daba realmente miedo, siempre husmeando con esas cazadoras negras, las gafas de sol y las metralletas.

—¿Te quedabas a dormir en el Área 51?

—No. Nos traían y llevaban cada día en el 737. Por lo que sé, las únicas personas que vivían allí eran los militares. Todos los científicos y las abejas obreras... todos íbamos en aquel avión.

—¿Ese avión sale cada día?

—Cada día laborable. Es un 737 sin marca con una banda roja en la parte baja del lado.

—Volvamos al Área 51 —dijo Kelly, pasando una página—. ¿Cómo era?

—Como te he dicho, estaba tremendamente vigilada. Todo estaba oculto. Los platillos estaban dentro de un gran hangar. Tenían tres de ellos parcialmente desmontados. Estuve trabajando en ellos. Tenían un diámetro de unos nueve metros. Un revestimiento de metal plateado. Parte baja, plana. Unos tres metros de los extremos a la parte superior del platillo, hemisférico hasta convertirse en un semicírculo plano de dos metros y medio de diámetro. —Jarvis finalizó su bebida y pidió otra antes de continuar.

»Lo jodido de trabajar en los motores era que realmente no había ninguno. Eso era lo que inquietaba a los militares. Ya sabes cómo está diseñado un avión: básicamente consiste en un gran motor con un pequeño sitio para que el piloto pueda sentarse. Bueno, pues esos discos estaban prácticamente vacíos en su interior. Había unas depresiones del tamaño de una persona en el centro. Supongo que era donde se sentaba la tripulación.

»Pero dejémoslo. Volvamos al tema de los motores inexistentes. Ya te he contado mi teoría: una propulsión magnética que funciona a partir de un campo de energía ya existente. La mayoría de los motores convencionales ocupan mucho sitio porque tienen que producir energía. Los motores de los discos simplemente tenían que redirigirla. Disponían de unas bobinas a lo largo del borde del disco, que estaban incorporadas en los bordes y también en el suelo. —Jarvis hizo una pausa y sonrió—. Eso explica también por qué tienen forma de platillo o de disco. Las bobinas son circulares y tienen que estar en orden para poder redirigir la energía en cualquier dirección.

Kelly empezó a caer en el embrujo de Jarvis. Sus palabras tenían sentido, la segunda sorpresa con que había tropezado en el día. Tuvo que recordarse a sí misma lo que había sabido por la llamada de teléfono esa misma mañana antes de partir hacia el aeropuerto.

—La configuración de las bobinas es relativamente sencilla. —siguió diciendo Jarvis —. El problema es que no podíamos copiarlas. Ni siquiera podíamos describir el metal de que estaban hechas. De hecho, no era metal, sino más bien... —Jarvis se detuvo—. Basta con decir que era distinto y que nuestros mejores cerebros no podían descomponerlo.

—¿Por qué finalizó tu contrato? —preguntó Kelly.

—Como ya he dicho, no logramos descubrir nada, así que no había necesidad de tenernos por ahí. Supongo que llevaron ahí otro tipo de personal.

—¿Qué sabes de un nombre llamado Mike Franklin?

—¿El chalado de Rachel?

—Ha muerto —dijo Kelly mirando atentamente a Jarvis.

—Pues aún les ha llevado un buen tiempo—. Fue su única respuesta mientras tomaba otra bebida.

—¿A quién le ha llevado un buen tiempo? —preguntó Kelly.

—Al gobierno. —Jarvis se recostó—. Por lo que sé, Franklin era un fisgón. Llevaba gente arriba, en la White Sides Mountain, para que vieran el complejo de Groom Lake. Lo pillaron una vez y le dijeron que no volviera pero él insistió. ¿Qué se pensaba?

—No parece que te interese mucho cómo murió —replicó

Kelly—. Parece que das por sentado que fue el gobierno quien le mató.

—A lo mejor tuvo un infarto —Jarvis se encogió de hombros—. Me importa una mierda.

—¿Y no te preocupa que el gobierno vaya por ti? Parece que tú eres un peligro mayor que Franklin.

—Por eso estoy hablando contigo —respondió Jarvis—. Por eso asistí a aquel programa de entrevistas el año pasado. Por eso estoy siempre en el punto de mira del público.

—Pensé que era por los quinientos dólares —respondió Kelly con sequedad.

—Sí, el dinero ayuda. Pero realmente lo hago para mantener alejados de mi culo a los agentes secretos. El gobierno no me matará porque ello levantaría muchas preguntas y, de hecho, daría verosimilitud a mi historia. Pero han conseguido joderme bien jodido. No consigo ningún puesto de investigación en ningún lugar, así que tengo que ganarme la vida del mejor modo posible.

—Pensaba que tal vez lo hacías porque nunca lograste graduarte en el Instituto de Tecnología de Massachussets —dijo Kelly.

—Ya casi ha terminado nuestra hora —anunció Jarvis, colocando cuidadosamente su bebida en la mesa.

—Todavía no —repuso Kelly tras mirar su reloj—. Efectivamente, tú trabajaste en White Sands, pero los registros dicen que se trataba de la construcción de una instalación de investigación, no en la misma instalación. De hecho, no hay constancia de que hayas recibido ningún tipo de título superior al de diplomado en ciencias por la Universidad estatal de Nueva York de Albany en 1978.

—Si tienes más preguntas, mejor hazlas antes de que termine tu tiempo.

—¿Has hablado con un hombre llamado Johnny Simmons?

—Este nombre no me suena.

Kelly le describió a Johnny, pero Jarvis sostuvo su desconocimiento. Decidió continuar con el ataque.

—Lo comprobé con Lori Turner, que te entrevistó el año pasado para la televisión por cable. Dice que la mayor parte de tu pasado no puede comprobarse. Eso me hace dudar de tu historia. Esto significa que o bien eres un mentiroso, o bien eres un cebo para dar información falsa. En cualquier caso, esto me dice que tu historia sobre el Área 51 es una pura mierda.

Jarvis se puso en pie.

—Ya es la hora. Encantado. —Se dio la vuelta y fue hacia la barra.

—Fantástico —se dijo Kelly para sí misma. Necesitaba un modo de entrar en el Área 51 y ciertamente Jarvis no lo era. Acababa de gastarse quinientos dólares y no había llegado a ningún sitio. Su esperanza era que Johnny hubiera contactado con Jarvis.

Miró las notas que había tomado durante la entrevista. ¿Qué habría hecho su padre en esa situación? Él siempre decía que el mejor modo de superar un obstáculo era acercarse a él del modo menos esperado. También decía que si uno se encontraba en un lugar protegido, no había que acercarse a él por el lugar más débil, sino por el más fuerte, porque era el modo menos esperado.

¿Qué era lo más destacable del Área 51 de lo que Jarvis y la investigación decían? «La seguridad», se dijo contemplando todavía las notas. Tenía que haber personas empleadas en seguridad. Si se fuera con el coche a Groom Lake contactaría sin duda con el personal de seguridad, pero eso era lo que había hecho Johnny y ahora había desaparecido.

Hizo un círculo alrededor del 737 que había anotado en su libreta. Eso era. Por la mañana iría al aeropuerto para ver si alguien descendía del avión. Si así era, lo seguiría y entonces decidiría qué hacer. Y si eso no funcionaba por la mañana, entonces, siempre quedaba la noche.

8

El Nido del Diablo, Nebraska
119 horas

—Luz verde —anunció Prague a los hombres que lo rodeaban en la oscuridad—. Nos comunican que el objetivo está despejado. Quiero los tres pájaros en el aire en dos minutos. En marcha. —Prague se encaminó hacia uno de los pequeños helicópteros AH-6 e hizo un gesto hacia Turcotte—. Tú, conmigo, carnaza. En el asiento de atrás.

Turcotte hizo una mueca de disgusto. La expresión carnaza le estaba hartando, pero aquél no era el momento de intimidar con la mirada. Siguió a Prague y se reunió con él en el helicóptero. Prague ocupó el asiento delantero, junto al piloto, mientras Turcotte disponía para sí de todo el asiento trasero. Las puertas estaban abiertas y el aire frío de la noche se colaba en el interior. Turcotte se arrepintió de no haberse puesto ropa interior larga. Deberían haberle informado mejor de lo que iba a pasar. Se subió la cremallera de su chaqueta negra de Gore-Tex por encima del mono, tomó los auriculares que estaban colgados del techo y se los colocó encima del pequeño audífono, que ya tenía en un oído para captar la frecuencia FM del equipo.

Como iba en el mismo pájaro que Prague, el jefe de la misión, en cuanto se elevaron en su ruta hacia el suroeste, por encima de los campos de Nebraska, Turcotte recibió conexión inmediata con la línea segura de comunicaciones por vía satélite de la misión.

—Nightscape Seis, aquí Cubo Seis. Situación. Cambio.

—La voz al otro extremo le sonó familiar a Turcotte, pero no acertaba a reconocer con exactitud quién era Cubo Seis.

—Aquí Nightscape Seis —respondió Prague desde el asiento delantero—. En ruta hacia Papa Romeo Oscar. Nos detendremos allí. Cambio.

Turcotte entendía la terminología militar. PRO significaba punto de reunión para el objetivo, el último lugar en que las fuerzas amigas se detienen antes de atacar un objetivo. Lo extraño en aquel caso era que Turcotte todavía no tenía ni idea de cuál era el objetivo, ni estaba impresionado por la amistosidad de las fuerzas que lo rodeaban, si es que Prague podía considerarse un ejemplo de ellas.

La otra voz, muy grave, continuó.

—Roger, aquí Cubo Seis. Corto. Agitador número tres. ¿Situación? Cambio.

Una nueva voz salió al aire.

—Aquí, Agitador número tres. En el aire y en ruta. Cambio.

—Roger. Aguarden mis órdenes. Cubo Seis, corto.

El piloto del AH-6 examinaba los campos de maíz mientras el Blackhawk UH-60 lo seguía a mayor altura. El otro AH-6 volaba en la cola. Los maizales se convertían enseguida en pastos, sobre los que se desperdigaba el ganado en todas las direcciones, mientras los helicópteros lo sobrevolaban; luego, el terreno volvió a cubrirse con maizales. Turcotte nunca había visto tantos campos, ni siquiera en Alemania. Parecía como si todo Nebraska se hubiera convertido en un gran tablero de damas hecho de cultivos y haciendas. Con los prismáticos de visión nocturna distinguía de vez en cuando grupos de árboles alejados; a veces se colaba una luz entre ellos, eso indicaba que allí vivían agricultores y ganaderos. Turcotte se preguntaba qué estarían buscando por ahí.

El piloto tiró hacia atrás el mando y redujo la velocidad. Turcotte vio que Prague comprobaba su situación con un GPR, un aparato que servía para la localización en tierra. Prague hizo una señal al piloto.

—Cubo Seis. Aquí Nightscape Seis. En Papa Romeo Oscar. Solicito autorización final. Cambio.

—Aquí Cubo Seis. Zona despejada en un radio de doce kilómetros. Se cierra la comunicación. Proceda. Repito. Proceda. Corto.

—Roger. Corto. —Prague señaló hacia adelante y de nuevo se desplazaron por el oscuro cielo—. Fase uno iniciada. Inicie la guardia.

EL CUBO, ÁREA 51
118 horas, 30 minutos

—Señor, tenemos una sombra sobre el agitador número tres.

—Una ¿qué? —Gullick se giró sobre su butaca de control—. ¿Qué quiere decir con una sombra?

El mayor Quinn señaló la pantalla.

—Tenemos un duende detrás del número tres. No hemos podido captarlo porque es muy pequeño, pero algo que está siguiendo al agitador número tres. He comprobado las grabaciones y seguramente ha estado aquí desde que el número tres abandonó el hangar. Tiene que haber estado cerca cuando el número tres despegó.

—¿Qué es? —preguntó Gullick.

—No lo sé, señor. Sólo podemos captarlo con el satélite de rastreo y el sistema de infrarrojos.

El Cubo estaba conectado con el centro de aviso de misiles de la comandancia espacial estadounidense, que se encontraba dentro de la montaña Cheyenne, fuera de los saltos del Colorado. La comandancia espacial se encargaba del sistema de satélites del programa de soporte a la defensa. Esos satélites rastreaban toda la superficie de la tierra, desde una altura de aproximadamente treinta mil kilómetros, en órbitas geosincrónicas. Originariamente, el sistema había sido diseñado para lanzamientos de misiles balísticos intercontinentales durante la guerra fría. En la guerra del Golfo había captado todos los lanzamientos de los SCUD y había resultado ser tan efectivo que el ejército perfeccionó el sistema a fin de que fuera suficientemente efectivo para avisar en tiempo real a los comandantes locales del nivel táctico, un sistema valioso que los del Cubo podían emplear. A través de los miembros de Majic-12, Gullick tenía acceso a sistemas como aquél y muchos otros.

Cada tres segundos el sistema de satélites enviaba un mapa infrarrojo de la superficie de la tierra y del espacio aéreo circundante. La mayoría de los datos simplemente se guardaban en cintas en el centro de aviso, excepto que el ordenador detectase un lanzamiento de misil o, como en este caso, una agencia autorizada solicitase una línea directa y codificara un área de destino específica para poder obtenerla en tiempo real.

—¿Es un Far Walker? —preguntó Gullick empleando el nombre en clave de fuentes de infrarrojos válidas no identificadas, que de vez en cuando el sistema detectaba y que no tenían una explicación lógica.

—Sin duda es un duende, señor. No concuerda con nada de los archivos. Es demasiado pequeño incluso para ser un avión.

¿Qué era aquella pequeña nave dotada de suficiente velocidad para seguir al agitador número tres, que se desplazaba a más de cinco mil kilómetros por hora en dirección hacia Nebraska?

—Póngalo en pantalla —ordenó Gullick, haciendo girar su butaca hacia la pantalla principal. Se pasó la mano por el lado derecho de la cabeza, luego se la contempló. Temblaba levemente. Gullick se asió a su asiento para calmarla.

Quinn transfirió la información a la gran pantalla de la parte frontal de la sala. Había un pequeño punto brillante, justo detrás del punto de mayor tamaño que indicaba el agitador número tres.

—¿A qué distancia se encuentra del agitador número tres?

—Es difícil de decir, señor. Probablemente esté a unos dieciséis kilómetros.

—¿Han informado a número tres?

—Sí, señor.

Gullick habló por el micrófono inalámbrico que llevaba ante los labios y pulsó el botón de comunicación que llevaba incorporado a su cinturón.

—Agitador número tres, aquí Cubo Seis. ¿Algún contacto visual del duende? Cambio.

—Aquí Tres. Negativo. No vemos nada. Sea lo que fuere, está demasiado lejos. Cambio.

—Aquí Seis. Hagan alguna maniobra evasiva. Cambio.

—Procedo —respondió el piloto de Tres—. Un momento. Cambio.

En la pantalla, el punto que representaba el agitador número tres se lanzó de repente hacia la derecha, al norte de Salt Lake City. El punto más pequeño lo siguió a igual velocidad. Las series rápidas de zigzags no consiguieron despistar al duende.

—¿Ordeno cancelar la operación, señor? —preguntó Quinn.

—No —repuso Gullick—. Continuaremos. Ponga al Aurora en alerta. Quiero estar encima de este duende. —Tecleó en la radio—. Tres, aquí Seis. Olvídelo. Continúen la misión. A partir de ahora me encargaré de la situación. Corto.

—¿Informo a Nightscape Seis, señor? —La preocupación de Quinn era evidente.

—Negativo, mayor. —replicó Gullick irritado—. Que esa gente haga su trabajo y deje que yo me ocupe de este duende. Y permítame pensar e informar. ¿Lo ha comprendido? —Gullick escrutó al joven oficial.

—Sí, señor.

—Captamos muchas señales térmicas a la izquierda —anunció el piloto del AH-6 mientras se dirigía de inmediato en esa dirección.

—¡Cázalas, *cowboy*! —exclamó Prague por el intercomunicador mientras se colocaba los prismáticos. Buscó en el asiento trasero, cerca de las rodillas de Turcotte, y sacó un rifle. En cuanto tuvo el brazo bien asido, Prague sacó su cuerpo fuera del helicóptero de forma que el arnés de seguridad que llevaba le impedía caer. Turcotte se inclinó hacia fuera y miró la misma escena que Prague estaba siguiendo: ganado desperdigándose por todas las direcciones a causa del ruido de los helicópteros.

Prague se puso el rifle al hombro y miró a través del visor nocturo que llevaba montado en el arma. Disparó dos veces y dos de las vacas cayeron inmediatamente

—Sustancia nerviosa —dijo mirando a Turcotte sobre su hombro—. Las mata y no deja huellas. Luego recuperamos el dardo.

El AH-6 se elevó y adoptó una posición estática a cien metros de los dos animales. El Blackhawk UH-60 quedó prácticamente suspendido sobre los dos cuerpos, y Turcotte vio cómo caían unas sogas del Blackhawk y cuatro hombres con mochilas descendieron rápidamente.

Los cuatro hombres se arremolinaron alrededor de los cuerpos. De vez en cuando se producía un brillo de luz mientras manipulaban las vacas.

—¿Tiempo de despiece? —preguntó Prague.

—Seis minutos, treinta segundos hasta que el agitador número tres esté en el sitio.

—De acuerdo —dijo Prague—. Vamos bien.

—¿Qué están haciendo? —preguntó Turcotte por fin.

Prague se volvió hacia atrás, con una mirada de demonio

metálico y una amplia sonrisa que asomaba bajo el bulto protuberante de los prismáticos de visión nocturna.

—Allí abajo están cortando unos filetes de primera. ¿Te gustaría el corazón? ¿O los ojos? ¿Qué tal unos ovarios de vaca? Regresamos con todo tipo de buena comida. Disponen de unos rayos láser quirúrgicos ultramodernos que permiten hacer cortes limpios. También tienen equipos de succión que eliminan la sangre. Lo único que queda es un par de vacas muertas con partes específicas del cuerpo seccionadas quirúrgicamente y sin rastro de vehículos en la zona. Y sin sangre, algo inquietante. Nadie puede explicarlo, así que nadie lo investiga suficientemente, pero para nuestro propósito resulta efectivo.

«¿Qué propósito?», se preguntó Turcotte. Había oído hablar de mutilaciones del ganado. Era bastante habitual en la prensa. ¿Por qué efectuar una operación tan complicada sólo para eso? ¿Era por eso que Duncan lo había enviado allí? ¿Para averiguar que la gente del Área 51 estaba detrás de las mutilaciones de ganado?

El Blackhawk se había apartado mientras los hombres trabajaban. Ahora regresó y dejó caer dos arneses en cabrestante, uno a cada lado. Los dos primeros hombres subieron, con su carga ensangrentada, en treinta segundos. Luego los otros dos.

—Inicien fase dos —ordenó Prague y prosiguieron la marcha hacia el suroeste.

—¿Has oído eso? —preguntó Billy Peters.

—Mmmm... —respondió Susie, con la mente en otras cuestiones. Con el brazo de Billy alrededor de sus hombros y su cabeza reposada sobre su amplio pecho, podía oír el latido del corazón de él, eso seguro.

—Parecen helicópteros o algo así —murmuró Billy. Con la mano del brazo que tenía libre, frotó el vaho del limpiaparabrisas delantero de su furgoneta Ford 77 e intentó mirar fuera. Llevaban ahí parados mucho rato, desde justo antes de que oscureciera, pero había mucho por decir. Susie iba a irse de su casa y Billy se encontraba en una disyuntiva: no estaba muy seguro de invitarla a vivir en su caravana en Columbus, o dejar que siguiera con el plan original de ella de marcharse a casa de su hermana en Omaha.

Había elegido ese solitario lugar porque estaba seguro de que allí nadie los molestaría; sin embargo, ahora casi se alegraba de la interrupción porque sabía que esa noche no tomaría una decisión, no con ella abrazada a él tal como estaba. ¿Cómo alguien podía pensar tranquilamente en esa situación?

—Alguien viene hacia aquí —dijo Billy mirando fuera de la ventana en el suelo nocturno.

EL CUBO, ÁREA 51
118 horas, 4 minutos

Gullick examinaba el gran mapa. El duende todavía iba detrás del número tres. Los dos puntos estaban ahora cerca de la conjunción de las fronteras de Wyoming, Colorado y Nebraska.

—¿Situación del Aurora? —preguntó Gullick.

—En la pista, listo para despegar.

—Dele la salida.

—Sí, señor.

—¿Tiempo de la fase dos?

—Ochenta y seis segundos —respondió Quinn.

Gullick pulsó un interruptor en la consola que tenía ante sí y miró la información de vídeo obtenida desde la torre de control en la superficie. Un avión de forma extraña empezaba a moverse hacia adelante. Tenía la forma de un pez manta ondulado; las características más llamativas de aquel avión de reconocimiento biplaza eran sus grandes tomas de admisión situadas debajo de la cabina frontal y los grandes tubos de escape localizados en la parte trasera de los motores. Al poder lograr Mach 7, y avanzar a más de ocho mil kilómetros por hora o, a la máxima velocidad, más de dos kilómetros por segundo podía alcanzar un objetivo rápidamente.

El Aurora, sucesor del famoso Blackbird SR-71, había hecho su vuelo de prueba en 1986. Como cada avión costaba mil millones de dólares, sólo había cinco y se empleaban únicamente cuando los demás sistemas se agotaban. Para el público que los había pagado, no existían. Era uno de los secretos mejor guardados de las Fuerzas Aéreas, y Gullick tenía uno a su disposición siempre que quisiera, lo cual indicaba la importancia de ese proyecto para las Fuerzas Aéreas.

Cuando el Aurora alcanzó la potencia suficiente, se elevó de repente y aceleró mientras ascendía en un ángulo de setenta grados, luego giró de forma brusca en dirección al noreste y desapareció de la pantalla.

CERCANÍAS DE BLOOMFIELD, NEBRASKA

El AH-6 de Turcotte aguardó a unos sesenta metros a que el Blackhawk los pasase y volviera a su posición estática sobre un maizal situado delante, a la izquierda de Turcotte. El otro AH-6 se separó y guardó una distancia de seguridad de cuatrocientos metros en la dirección opuesta. El Blackhawk descendió lentamente hasta quedar a veinticinco metros del suelo, la distancia mínima necesaria para que el remolino de los rotores no causara daños permanentes a las cañas de maíz.

Un haz de luz brillante irradió de la zona de transporte del Blackhawk, apuntó a la parte final del campo, atravesó el maíz y quemó la tierra.

—El láser está controlado por ordenador —explicó Prague por el intercomunicador, orgulloso de sus hombres y de sus juguetes—. Crea un círculo perfecto. Eso confunde a los intelectuales que vienen y se rascan la cabeza durante el día. Cabrones... Se imaginan que está relacionado con la muerte de las vacas del campo vecino, y es verdad —dijo sonriendo—, pero no saben de qué modo y nunca podrán averiguarlo.

«¿Y qué?», se preguntó Turcotte. ¿Por qué Prague quería confundir a esa gente?

—Nightscape Seis, aquí agitador número tres. Tiempo previsto de llegada, cuarenta y cinco segundos. Cambio.

—Roger. Corto. —Prague se volvió hacia Turcotte—. El último acto de esta obra te encantará. Mira hacia el sur.

Turcotte comprobó de nuevo la Calico. Todo era muy raro, pero lo que más le inquietaba era el modo en que Prague le enseñaba las cosas que antes no le había explicado. Turcotte se preguntaba qué sabría Prague de él.

—Dios mío, Susie ¡Mira eso! —exclamó Billy frotando enérgicamente el limpiaparabrisas en cuanto el haz de luz asomó en el campo, a unos cuatrocientos metros a su izquierda.

—¿Qué es eso? —preguntó Susie dejando de lado por un momento sus problemas vitales.

—No lo sé, pero yo me largo. —Billy activó el contacto y el motor del Ford se puso en marcha.

—He detectado un punto de calor en los árboles que hay al suroeste —anunció el piloto del otro helicóptero—. Es el motor de un vehículo.

—¡Mierda! —exclamó Prague.

Un haz de luz brillante procedente del sur se asomó en el horizonte; Turcotte jamás había visto algo moverse tan rápidamente. Avanzaba majestuosamente y en silencio, seguido de cerca por otro punto más pequeño y brillante.

—¿Qué hay detrás del agitador número tres? —preguntó a gritos Prague, perdiendo la compostura por primera vez desde que Turcotte lo conocía. Turcotte estaba sorprendido ante las dos naves que avanzaban. Cada segundo que pasaba, el escenario era más raro.

Turcotte observó cómo el gran disco, que Prague había denominado agitador número tres, hacía un movimiento brusco hacia la derecha y, en una fracción de segundo, cambiaba de dirección a menos de 180 grados de modo que, antes de dirigirse al suroeste, cruzó la pequeña ciudad de Bloomfield.

—¡Lléveme a ese punto de calor! —ordenó Prague. El piloto del AH-6 cumplió la orden apuntando el morro hacia el grupo de árboles. Luego añadió—: Los demás, regresen de nuevo al PAM.

El Blackhawk cambió de dirección y regresó al norte, al área de seguridad del Nido del Diablo, seguido por el otro AH-16. Turcotte levantó el seguro de la Calico mientras se dirigían a la línea de árboles. Fuera lo que fuese que estaba ocurriendo, Turcotte tenía claro que las cosas no marchaban según los planes de Prague.

EL CUBO, ÁREA 51

—Pase completo, el número Tres regresa a casa —anunció Quinn.

Todos los ojos estaban fijos en la pantalla. El duende todavía iba detrás del número tres. Prosiguió así durante un minuto y luego, de repente, el segundo punto se separó en dirección hacia el noreste, por donde había venido.

—¡Que el Aurora persiga al duende! —ordenó Gullick.

CERCANÍAS DE BLOOMFIELD, NEBRASKA

—Tenemos que atrapar a esa gente —ordenó Prague mientras el helicóptero se acercaba a la camioneta, que avanzaba a gran velocidad.

—Son civiles —protestó Turcotte, sacando el cuerpo por la puerta y observando la camioneta.

—Han visto demasiado. No podemos permitir que cuenten que han visto helicópteros volando por ahí. Dispare a la parte delantera de la furgoneta —ordenó Prague al piloto. Éste volvió el helicóptero sobre un lado de modo que el morro, y también el arma prendida al patín, apuntaron contra el vehículo.

Una ráfaga de balas cruzó por delante de los faros de la camioneta y las luces de los frenos se iluminaron.

—¡Maldita sea! —exclamó Turcotte— ¿Se ha vuelto loco?

—Situémonos sobre la carretera, frente a ellos —ordenó Prague haciendo caso omiso de Turcotte.

—¿Quiénes son, Billy? —chillaba Susie—. ¿Por qué nos disparan?

Billy no perdió el tiempo en explicaciones. Dio un golpe brusco al volante para cambiar la dirección en cuanto el helicóptero se posó delante de ellos, cegándolos con la luz de los focos y con el polvo y los escombros que levantaba.

Los neumáticos traseros de la furgoneta se deslizaron por la cuneta de drenaje de la carretera. Cuando Billy intentó poner la primera marcha, se levantó una gran polvareda, pero no consiguió mover el vehículo.

Cuando los patines del helicóptero tocaron tierra, Prague se apeó, esta vez sin el rifle, pero con la Calico. Turcotte descendió inmediatamente después. Su mente intentaba entender lo que había ocurrido y lo que estaba ocurriendo. —Manos arriba y fuera de la camioneta —ordenó Prague. Las puertas se abrieron y bajó un hombre, luego una mujer, que intentaba esconderse detrás de aquél.

—¿Quiénes son ustedes? —preguntó el hombre.

—Ponles las esposas —ordenó Prague a Turcotte.

—Son civiles. —Y se quedó quieto.

—Ponles las esposas —repitió Prague apuntando con el cañón de su Calico a Turcotte.

Turcotte miró el arma y a Prague, luego sacó dos esposas de su chaqueta y ató las manos de aquella gente por detrás de la espalda.

—¡Déjeme ver su identificación! —exigió el hombre—. Ustedes no pueden hacer esto. No estábamos haciendo nada malo. Ustedes no son policías.

—Subid al helicóptero —ordenó Prague dirigiéndose hacia el AH-6.

—¿Adónde nos llevan? —preguntó el hombre un poco antes de llegar al helicóptero, parándose testarudo en el centro de la carretera con la chica protegiéndose a su lado.

Turcotte miró a Prague. Observó la posición de su cuerpo y vio cómo ponía su dedo en el gatillo, un signo inequívoco de que iba a disparar. Turcotte había sido entrenado igual que Prague: la única seguridad era el dedo fuera del gatillo.

Turcotte se colocó rápidamente en medio.

—Limitaos a hacer lo que se os dice. Ya solucionaremos esto cuando lleguemos a la base. Ha habido un accidente —añadió poco convincente—. Soy Mike —dijo dando una palmadita en el hombro del hombre y señalando al helicóptero, un repentino gesto humano que confundió por un momento a la pareja.

El hombre miró a Turcotte.

—Billy. Ésta es Susie.

—Bueno, Billy y Susie —dijo Turcotte, empujándolos con suavidad hacia el helicóptero—, parece que este señor quiere llevaros de paseo.

—Cállate, carnaza —gruñó Prague, haciendo un gesto con el arma.

Subieron al helicóptero y el piloto emprendió vuelo.

En la pantalla aparecía un tercer punto al este de Nevada, que se dirigía casi frontalmente contra el agitador número tres, que estaba regresando a la base. Gullick sabía que se trataba del Aurora, que se dirigía a interceptar el duende.

—El duende va a zafarse de la persecución, señor —notificó Quinn. El duende estaba dando la vuelta y se dirigía al objetivo de Nightscape.

—Redirecciona el Aurora hacia Nebraska —ordenó Gullick. Quinn cumplió la orden—. ¿Tiempo previsto de llegada del Aurora al objetivo?

—Diez minutos —anunció Quinn.

No era un mal tiempo considerando la distancia que debía recorrer, pero en este caso podría llegar nueve minutos demasiado tarde, reflexionó Gullick al ver el símbolo que representaba el duende próximo al punto de destino. Consideró brevemente ordenar el regreso del agitador número tres, pero eso excedía el alcance de su autoridad. Gullick golpeó con el puño la mesa que tenía delante, dejando atónitos a los demás en el Cubo.

Cercanías de Bloomfield, Nebraska

El AH-16 agitó las ramas de los árboles situados en el límite de un campo y regresó hacia el norte. Turcotte había sujetado al hombre y a la mujer en el asiento trasero y se había colocado junto a ellos. Prague estaba vuelto sobre el asiento delantero derecho y apuntaba hacia atrás con el cañón de su Calico, aunque mantenía el dedo fuera del seguro del gatillo.

Turcotte miró la boca del cañón y luego a Prague.

—Le agradecería que no apuntara esa cosa contra mí —le dijo a través del micrófono.

Turcotte estaba asustado. No tanto porque el arma apuntara hacia él, aunque eso era ciertamente un problema, sino porque el hombre que sostenía el arma estaba actuando de un modo irracional. ¿Qué pensaba Prague hacer con aquellos dos civiles?

—Me importa una mierda lo que tú me agradezcas —respondió Prague por el intercomunicador—. Me has cuestionado durante una misión. Eso está prohibido, carnaza. Voy a joderte vivo.

—Son civiles —volvió a decir Turcotte. La pareja asistía ignorante a la conversación, pues no llevaba cascos.

—Para mí ahora sólo son carne muerta —repuso Prague—. Han visto demasiado. Tendrán que ser trasladados a la instalación de Dulce y allí serán sometidos.

—No sé qué mierda está haciendo, ni de lo que habla —replicó Turcotte—, pero ellos... —Se detuvo en cuanto el helicóptero maniobró bruscamente hacia la derecha y luego empezó a perder altura.

—¿Qué estás haciendo? —gritó Prague al piloto mientras mantenía su atención en el asiento trasero.

—¡Tenemos compañía! —respondió, también a gritos, el piloto. Una esfera brillante, de aproximadamente un metro de diámetro, apareció en el centro del parabrisas. El piloto hizo un descenso rápido y apretó hacia adelante el mando a modo de maniobra de evasión, pero la esfera bajó con ellos y fue a estrellarse contra la parte frontal del helicóptero. El plexiglás se rompió y Turcotte agachó la cabeza.

—¡Prepárense para una colisión! —dijo el piloto por el intercomunicador—. Vamos a...

La frase se interrumpió cuando el morro del helicóptero chocó contra el suelo. Las hojas siguieron girando en la tierra blanda y se soltaron, milagrosamente hacia fuera, sin atravesar el fuselaje.

Turcotte sintió un dolor agudo en su costado derecho, luego todo quedó en silencio. Levantó la cabeza. Susie tenía la boca completamente abierta y emitía algún sonido. Billy tenía los ojos abiertos y parpadeaba, intentando ver en la oscuridad.

Turcotte hurgó por debajo y desabrochó el cinturón del asiento de Billy, luego sacó su machete y les liberó las manos.

—Salid —les dijo, empujándolos hacia la puerta izquierda antes de dirigir su atención al asiento delantero.

El piloto colgaba de su arnés, con el brazo derecho doblado en un ángulo poco natural. Prague empezaba a moverse. Su Calico había desaparecido con el impacto de la nave.

El olor del combustible del helicóptero se expandía con rapidez. En cuanto topara con una superficie metálica caliente, como el tubo de escape del motor, el helicóptero ardería como en un infierno.

Sujeto por el cinturón del asiento, Prague se movía con torpeza. Turcotte se inclinó hacia adelante, entre los dos asientos delanteros, sin hacer caso del agudo dolor que ese movimiento causaba en su costado derecho. Con la mano derecha, Prague abrió la tapa de la funda de su pistola.

—Que no escapen —dijo a Turcotte. Ya había sacado el arma y apuntaba hacia Billy, el cual estaba ayudando a Susie a salir por la puerta.

Turcotte reaccionó cogiendo a Prague por el cuello con su mano izquierda; sintió cómo la garganta cedía bajo la presión de sus dedos. Con su mano derecha asestó un golpe en la mano con que Prague sostenía el arma y oyó el crujido de los huesos del antebrazo al romperse contra el borde del asiento. Los ojos de Prague se abrieron de dolor e intentó decir algo con su garganta destrozada.

Turcotte siguió a Billy y Susie por la puerta izquierda trasera del helicóptero.

—¡No os paréis! —les ordenó mientras los empujaba.

En algún punto de la parte trasera del helicóptero se encendió una llama. Turcotte se dirigió hacia el asiento delantero y desató al piloto. De repente la mano de Prague se movió y rasgó el cuerpo de Turcotte con una navaja. El filo le cortó la chaqueta de Gore-Tex y le causó una herida en el brazo derecho.

Turcotte sujetó con la mano derecha la izquierda de Prague, se inclinó sobre el piloto y cogió a Prague de nuevo por el cuello con la mano izquierda. Esta vez no se detuvo y apretó con todas sus fuerzas. La garganta se rompió por completo y Prague dejó de respirar.

Turcotte se echó el piloto a la espalda y se alejó corriendo del helicóptero en cuanto éste estalló en llamas.

9

—Nightscape Seis ha caído, señor —anunció Quinn—. Capto un punto de emisión localizadora. No hay comunicación por radio.

—Envíe una unidad de recuperación de accidentes convencional a ese punto —ordenó el general Gullick. Tenía la vista clavada en el punto que representaba el duende. Ahora se movía lentamente en las cercanías del punto de emisión de Nightscape Seis. Ahora el Aurora se acercaba a la frontera de Nebraska y Colorado.

Cercanías de Bloomfield, Nebraska
117 horas, 42 minutos

—¡Largaos de aquí! —gritó Turcotte a Susie y a Billy, que se habían quedado mirando el helicóptero en llamas.

Turcotte había abierto el traje de vuelo del piloto y estaba comprobando sus signos vitales; primero la respiración, luego, si había hemorragias y, por fin, los huesos rotos. El piloto respiraba bien y no presentaba hemorragias, sólo algunas heridas y cortes. Tenía una fractura evidente en el brazo.

Aunque no podía afirmarlo, Turcotte supuso, dada la gran

abolladura en el casco del hombre y su estado inconsciente, que el piloto había sufrido una lesión en la cabeza y él no estaba formado ni equipado para curarlo. Todo lo que podía hacer era dejarle el casco puesto y confiar en que éste detuviera la lesión hasta conseguir auxilio médico. El piloto estaba inconsciente y, por su estado, no parecía que fuera a recuperar la conciencia pronto, algo que convenía a Turcotte. Le inmovilizó el brazo lo mejor que pudo.

—Pero... —dijo Billy confundido—. ¿Qué...?

—Ningún pero, ninguna pregunta, ningún recuerdo —dijo Turcotte bruscamente levantando la vista del cuerpo del piloto—. Olvidaos de lo que ha ocurrido esta noche. No se lo digáis a nadie porque, si lo hacéis, nadie os creerá y luego unas personas que no quieren que habléis vendrán a buscaros. Dejadlo así e idos.

Billy no necesitó más ruegos. Tomó a Susie por el brazo y se marcharon rápidamente por la oscuridad hasta la carretera más cercana.

Turcotte se examinó a sí mismo. Perdía sangre por el lado derecho de su chaqueta de Gore-Tex y por su manga derecha. Primero se ocupó del antebrazo. Se hizo un vendaje con su chaqueta de combate sobre la piel abierta de forma que logró parar la hemorragia. Con los dedos se palpó cuidadosamente por debajo de la chaqueta y dejó escapar una exclamación de dolor al tocarse la piel desgarrada. Turcotte abrió con cuidado su chaqueta y el mono. Tenía una herida de unos tres centímetros de longitud en el tórax. Se vendó la herida lo mejor que pudo.

Turcotte levantó la vista hacia el cielo. Podía ver aquel pequeño objeto brillante a unos doce pies sobre su cabeza. Se movía perezoso, como si estuviera comprobando el resultado de sus acciones. Miró durante unos momentos pero no parecía haber ningún peligro inminente. De todos modos, si hubiera existido algún peligro, Turcotte creía que no habría tenido mucho tiempo para reaccionar, dada la forma en que se había movido aquella cosa.

Luego miró hacia el horizonte. Pronto vendrían los demás. ¿Y luego qué? Aquélla era la gran pregunta. Había matado a Prague en un acto reflejo. En vista de lo que lo había visto hacer aquella noche, no se arrepentía, pero la situación era muy confusa y Turcotte no estaba completamente seguro de cuál debía ser su siguiente movimiento.

¿Acaso Prague sabía que él era un infiltrado? Eso explicaría algunas de sus acciones, pero no todas. Y si Prague no sabía que era un infiltrado, entonces aquel hombre estaba totalmente loco, a no ser que hubiera otra explicación a cuanto acababa de ser testigo. Turcotte conocía las acciones, pero no su motivo.

Era consciente de que nada de todo ello sería beneficioso para él, excepto que pudiera acudir a la doctora Duncan con lo que acababa de ver y hacer lo posible por desembarazarse de la gente de Nightscape. El estado inconsciente del piloto le daría algún margen de tiempo en cuanto los cogieran. Sólo contarían con la versión de Turcotte, así que empezó a pensar qué les diría.

EL CUBO

Gullick tenía una conexión telemétrica completa con el Aurora y podía oír al piloto y al oficial de sistemas de reconocimiento mientras hablaban entre sí.

—Sistemas activados. Estaremos en destino en setenta y cinco segundos —anunció el oficial de reconocimiento.

Gullick activó su micrófono.

—Aurora, aquí Cubo Seis. Quiero una buena fotografía en destino. Tendrán que procurar conseguirla a la primera. Seguramente no habrá una segunda oportunidad.

—Roger, Cubo Seis —dijo el oficial—. Cincuenta segundos.

—Descendiendo —notificó el piloto—. Estable en Mach dos punto cinco. La visibilidad será buena —le dijo al oficial de reconocimiento. Luego le indicó una dirección para orientar los sofisticados sistemas de reconocimiento de la nave.

—Desplegando la cápsula —anunció el oficial de reconocimiento mientras el marcador de velocidad iba bajando.

Gullick sabía que ahora que el avión iba a menos de tres mil kilómetros por hora, la cápsula de vigilancia podía desplegarse. Hacerlo a mayor velocidad habría destruido la aerodinámica del avión y provocado su rotura y explosión. Incluso ahora, según el telemétrico, la temperatura del recubrimiento de la nave era de ochocientos grados Fahrenheit.

—Veinte segundos. Luz verde.

—Nivelando altura. Estable en Mach dos.

—Todos los sistemas activados.

Gullick alzó la mirada hacia la pantalla grande, situada en la parte frontal de la sala. El triángulo rojo que representaba al Aurora se acercó y adelantó el pequeño punto que señalaba el duende. Entonces el duende aceleró.

Gullick habló por el micrófono.

—Aquí Cubo Seis. El duende se marcha. Vector uno nueve cero grados. Persíganle.

El Aurora era rápido pero no ágil. Gullick observó que el triángulo rojo iniciaba un gran giro que abarcaría la mayor parte de Nebraska e Iowa antes de tomar la dirección. El pequeño punto iba en dirección suroeste y ahora se encontraba sobre Kansas.

—¿Velocidad del duende? —preguntó el general Gullick.

—El ordenador calcula un desplazamiento de Mach tres punto seis —respondió el mayor Quinn.

Cuando el duende traspasó la pequeña franja de territorio de Oklahoma que penetra en Nebraska, el Aurora concluía su vuelta por la parte sur de Nebraska.

—Lo alcanzará —dijo Gullick.

Los dos puntos continuaban avanzando y el Aurora iba acortando cada vez más la distancia.

—El duende está en el espacio aéreo mexicano —informó

Quinn. Dudó por un momento, pero su deber le obligaba a hablar—. ¿Autoriza que el Aurora continúe la persecución?

—Mierda —exclamó Gullick—. Los mexicanos no se enterarán de que está ahí. Vuela demasiado alto y rápido. Y en caso de que captaran una interrupción momentánea en el radar, tampoco podrían hacer nada al respecto. Es preciso continuar con la persecución.

En menos de doce minutos atravesaron la superficie de México, el Aurora se encontraba a menos de mil seiscientos kilómetros del duende y se acercaba con rapidez.

—Intercepción en ocho minutos —anunció Quinn.

Cercanías de Bloomfield, Nebraska

Turcotte oyó los helicópteros mucho antes de que llegaran. El Blackhawk aterrizó en el lado opuesto de la colisión y descargó un escuadrón de hombres con extintores. Turcotte sabía que con la luz del día en aquel campo no habría nada más que algunas cañas de maíz carbonizadas. El otro AH-6 aterrizó al lado de Turcotte.

—¿Dónde está el mayor Prague? —preguntó el hombre que salió corriendo del helicóptero.

—Murió en el impacto —informó Turcotte señalando el lugar del accidente.

El hombre se arrodilló junto al piloto.

—¿Cuál es su estado?

—Un brazo roto. Creo que sufre una conmoción cerebral. No le he quitado el casco para mantener la presión en caso de que se haya fracturado el cráneo.

El hombre hizo una señal para que el piloto fuera colocado a bordo del Blackhawk. Hizo un gesto hacia Turcotte.

—Tú vienes conmigo. Te quieren ver de vuelta en el Cubo.

—Señor, el Aurora ya tiene una fotografía del duende —dijo Quinn—. ¿Qué quiere que hagan cuando lo atrapen?

El Aurora era un simple avión de reconocimiento. Montar cualquier tipo de sistema de armamento, incluso misiles, hubiera destrozado su forma aerodinámica y reducido drásticamente su velocidad.

—Quiero saber de dónde procede —dijo Gullick—. Así, luego podremos enviar otros para que resuelvan el problema.

Las dos señales de la pantalla indicaban el principio oriental del océano Pacífico.

Gullick escuchó la voz del oficial de reconocimiento en su oído.

—Cubo Seis, aquí Aurora. Solicitamos que preparen combustible para nuestro vuelo de regreso. En quince minutos habremos superado el punto de no retorno. Cambio.

—Aquí Cubo Seis. Roger. Enviamos de forma urgente algunos aviones-cisterna hacia ustedes. Prosigan la persecución. Corto. —Gullick hizo una señal a Quinn que también estaba controlando la radio.

—Me encargaré de ello, señor —dijo Quinn.

Ya hacía rato que habían dejado atrás la línea de la costa mexicana. Gullick sabía que el océano Pacífico, en la parte alejada de la costa de América central y del Sur, al contrario que la zona del canal, era un lugar muy solitario. Continuaban en dirección sur.

—Estamos cerca —anunció el piloto—. Se encuentra a unos trescientos kilómetros delante de nosotros. Voy a reducir la marcha para ponerme encima de él con cuidado.

Gullick observaba el control telemétrico. Recordó cuando, siendo piloto de pruebas, había estado en soporte en tierra. Podía leer los mismos indicadores que el piloto pero no tenía las manos sobre los controles. Cuando el avión llegó al Mach dos punto cinco, el oficial de reconocimiento amplió la cápsula de vigilancia y activó sus sistema de televisión de bajo nivel de luz. Inmediatamente Gullick obtuvo ante sí la imagen en pantalla emitida vía satélite. Aquélla no era una televisión normal. La cámara ampliaba tanto la luz como la imagen de forma que permitía mostrar una imagen incluso de noche y, a la vez, con un aumento superior a cien veces. El oficial de reconocimiento empezó a rastrear hacia adelante; para localizar exactamente el duende se servía de la información que le facilitaban los satélites.

—Ciento veintiocho kilómetros —anunció el piloto.

—Noventa y siete

—¡Lo tengo! —exclamó el oficial de reconocimiento.

En la pantalla pequeña de televisión Gullick vio un punto diminuto. Entonces, el punto se desplazó de repente hacia la derecha, se levantó una gran ola de agua y desapareció.

Gullick se reclinó en su asiento y cerró los ojos mientras sentía en su frente un intenso dolor.

—Cubo Seis, aquí Aurora. El duende se ha hundido. Repito. El duende se ha hundido. Transmitiendo coordenadas.

10

El general Gullick se sirvió una taza de café y ocupó su butaca en la presidencia de la mesa de reuniones. Sacó de su bolsillo un par de pastillas analgésicas y se las tragó ahogándolas con un sorbo de café muy caliente. Poco a poco empezaron a llegar informes.

—El Aurora regresa —informó Quinn—. Tiempo previsto de llegada, veintidós minutos. Tenemos el punto exacto en que el duende se hundió en el océano.

Gullick recorrió con la mirada el estrecho círculo de Majic-12 que se encontraba en la sala. Cada hombre conocía su área de responsabilidad y, mientras se emitían las órdenes, cada uno ejecutaba la acción correspondiente

—Almirante Coakley, el duende se encuentra ahora dentro de su área de operaciones. Quiero que cualquier cosa que tenga flotando cerca de ahí se desplace exactamente encima de ese punto ya. Esté listo para una inmersión y para recuperar esa cosa.

—Señor Davis, transmita toda la información recogida por Aurora al mayor Quinn. Quiero saber qué era eso.

—Ya estamos trabajando en la transmisión digital —respondió Davis—. Tendré una copia de la grabación obtenida por la cápsula en cuanto el avión aterrice.

Gullick estaba enojado por todo lo que había pasado, pero le resultaba muy difícil pensar con claridad.

—¿Cuál es la situación del lugar del accidente?

Quinn llevaba un audífono en el oído derecho que le proporcionaba información directa del hombre al mando en el suelo de Nebraska.

—El fuego está extinguido. El equipo de salvamento está de camino y llegará a la base en veinte minutos. Los presentes en la escena de Nightscape están haciendo tareas de desescombro y seguridad. Todavía no se ha producido una respuesta de los locales. Creo que lo limpiaremos bien.

Gullick asintió con la cabeza. Si conseguían eliminar todos los restos del helicóptero antes de que despuntara el día sin ser descubiertos, la misión de Nightscape habría sido un éxito. El duende era una cuestión totalmente distinta que él deseaba resolver en breve.

—¿Qué hay de los supervivientes del accidente del helicóptero? ¿Están ya aquí? —preguntó el general Gullick.

—Al piloto lo están operando en el hospital de Las Vegas —repuso Quinn tras obtener la información en su ordenador—. El mayor Prague falleció en el accidente. El tercer hombre, un tal capitán Mike Turcotte, sufrió heridas leves pero está aquí, señor.

—Hágalo pasar.

Unos quinientos metros más arriba, Turcotte, sucio y magullado, llevaba media hora esperando. Su chaqueta de Gore-Tex estaba parcialmente rota, y él estaba negro de hollín y suciedad. El vendaje de urgencia que se había aplicado en el brazo en Nebraska estaba empapado de sangre, pero la hemorragia parecía haberse detenido. No estaba dispuesto a sacarse el vendaje para comprobarlo hasta que estuviera en un lugar donde tuviera una adecuada asistencia médica.

El helicóptero había aterrizado en la pista exterior, lo había depositado ahí y luego había continuado con el piloto hacia Las Vegas, donde el programa tenía un hospital, situado cerca de las instalaciones sanitarias de la base aérea de Nellis. Dos hombres de seguridad habían recibido a Turcotte y lo habían conducido hasta el interior del hangar.

Las puertas interiores estaban cerradas, pero cerca de la puerta del ascensor había un agitador. Turcotte estudió la nave y la reconoció como hermana de la que había visto volar antes en Nebraska, pensó incluso que podía tratarse de la misma. No hacía falta ser un genio para relacionar las mutilaciones de ganado, la firma falsa de aterrizaje grabada en láser en el maizal y esas naves para advertir que allí se estaba llevando a cabo una operación de camuflaje de grandes proporciones. Sin embargo, Turcotte no comprendía cómo encajaban las piezas. La misión que acababa de ver en Nebraska parecía de muy alto riesgo y no adivinaba un objetivo claro para ella. A no ser que se tratara de atraer la atención fuera de ese lugar, pero eso no acababa de encajar.

Una cosa era cierta. Ahora sí tenía algo de que informar. Encajar las piezas sería tarea de otro. Estaba contento de haber salido de todo aquello de una sola pieza. Miró su mano derecha. Los dedos le temblaban. Aunque no era la primera vez que mataba, matar a Prague le pesaba tremendamente. Volvió la mano y contempló por un momento la cicatriz.

Turcotte tuvo que hacer un gran esfuerzo para dirigir su atención de nuevo a la situación actual. Todavía no lo veía claro. Estaba seguro de que el cuerpo quemado de Prague no suscitaría preguntas. Sabía que las demás tripulaciones de los helicópteros regresarían más tarde, por la mañana o incluso al día siguiente, en cuanto hubieran finalizado de limpiar por completo el lugar del accidente en Nebraska. En cuanto se hicieran los informes, saldría a la luz la detección de los dos civiles por parte de la otra tripulación del AH-6. Entonces se harían muchas preguntas que él no podría contestar de forma adecuada. La marcha atrás de su carrera profesional ya se había activado; sin embargo, al contemplar la nave alienígena, Turcotte supo que en aquel asunto había implicadas cuestiones más importantes que la pensión. Sabía también que la reacción de los mandos cuando supieran que había soltado a los dos civiles podría significar algo peor que una carta de reprimenda en sus informes oficiales. Aquella gente jugaba muy fuerte y, al matar a Prague, él había entrado en el terreno de juego. Sólo deseaba poder salir de ahí y que luego Duncan le cubriera las espaldas.

Las puertas del ascensor se abrieron y el guarda que había dentro hizo un gesto para que entrara. Turcotte así lo hizo. El suelo parecía desplomarse mientras ambos descendían rápidamente. Las puertas se abrieron de nuevo y Turcotte entró en la sala de controles del Cubo. Echó un vistazo, pero los guardas los condujeron por aquella sala a un pasillo que había detrás. Luego entró en una sala de reuniones iluminada con luces muy tenues. Había varias personas sentadas en la sombra, cerca del extremo de la mesa. Turcotte se acercó al general de mayor rango.

No hizo siquiera el gesto de querer saludar; su brazo no se lo permitía.

—Capitán Turcotte a sus órdenes, señor. —Leyó el nombre que llevaba prendido en el pecho «Gullick».

—¿Qué ha ocurrido? —preguntó Gullick, tras devolver el saludo rápidamente.

Esa voz... Era la misma que le había dado órdenes a Prague por la radio. Entonces Turcotte recordó dónde la había oído antes: el grupo de interrogadores que habían investigado lo ocurrido en Alemania. Esa voz era una de las seis que le habían interrogado a través de un altavoz en la zona de seguridad de Berlín. Turcotte tomó aire y vació su mente de todo menos de la historia que tenía que contar. Más adelante ya habría tiempo para tratar otras cuestiones.

Turcotte procedió a describir los hechos ocurridos la noche anterior obviando, naturalmente, momentos decisivos como la interceptación de la camioneta con dos civiles y el asesinato de Prague. A Gullick le interesaba sobre todo el ataque por parte de aquella esfera pequeña, pero Turcotte no tenía mucho que decir al respecto puesto que cuando chocó contra el helicóptero él no estaba mirando hacia adelante.

Gullick oyó la historia y luego señaló hacia los ascensores.

—Irá al hospital por la mañana. Queda destituido.

«De nada», se dijo Turcotte al abandonar la sala. Gullick había sido el más franco al alabar su actuación en Alemania, una alabanza que había confundido y molestado a Turcotte. Pero, evidentemente, los acontecimientos de la pasada noche no eran del mismo tipo. Turcotte no tenía duda alguna de que si hubiera matado a aquellos dos civiles y hubiera presentado sus cuerpos como trofeos, habría recibido un palmarazo afectuoso en la espalda.

Las puertas del ascensor cerraron la sala de control de la vista de Turcotte mientras iniciaba su regreso a la superficie. Ahora ya podía escapar de todo aquello.

El mayor Gullick esperó a que las puertas del ascensor se hubieran cerrado tras el capitán del ejército. Luego dirigió su atención de nuevo al mayor Quinn.

—Eso no ha servido de nada. Quiero informes completos de todo el personal cuando regresen del PAM. ¿Ha analizado ya los datos del Aurora?

—Sí, señor. Tenemos algunas buenas tomas del duende.

—Ponga una en pantalla —ordenó el general Gullick.

La pantalla del ordenador de Gullick mostró una pequeña bola brillante.

—¿Escala? —preguntó Gullick

Alrededor de los extremos de la pantalla aparecieron unas reglas.

—Mide aproximadamente un metro, señor —dijo Quinn.

—¿Sistema de propulsión?

—Desconocido.

—¿Análisis espectral?

—La composición de su recubrimiento ha resistido todas las pruebas de...

—Por lo tanto, desconocido. —Gullick dio un golpe sobre la mesa, escrutando la fotografía como si pudiera penetrarla—. ¿Qué coño sabemos de eso?

—Mmm... —Quinn se paró y tomó aire—. Bueno, señor, hemos constatado lo siguiente.

—¿Qué?

Como respuesta Quinn dividió la pantalla; a la izquierda se veía una fotografía del duende tomada por el Aurora y, a la derecha, en blanco y negro, un objeto idéntico.

—Dígame, Quinn —refunfuñó Gullick—. Dígame.

—La fotografía de la derecha se... —Quinn se detuvo de nuevo y se aclaró la garganta con una tos nerviosa—. La foto de la derecha se tomó en un Thunderbolt P-47 el día veintitrés de febrero de mil novecientos cuarenta y cinco, sobre el río Rhin en Alemania.

Los hombres de Majic-12 sentados alrededor de la mesa se movieron nerviosos.

—¿Un caza Fu? —preguntó Gullick.

—Sí, señor.

—¿Qué es un caza Fu? —quiso saber Kennedy.

Gullick se quedó en silencio, mientras digería aquella revelación. Con la mirada puesta en la información que había mostrado en su pantalla del ordenador, Quinn prosiguió la explicación para los demás de la sala que desconocían su historia de la aviación.

—El objeto de la derecha recibió el nombre de «caza Fu». Durante la Segunda Guerra Mundial hubo numerosos avistamientos de estos objetos por parte de las tripulaciones. Como al principio se creyeron armas secretas niponas y germanas, toda la información referente a ello se consideró confidencial. Los informes sobre los cazas Fu se remontan a finales de mil novecientos cuarenta y cuatro. Se describen como esferas metálicas o bolas de fuego de un metro aproximado de diámetro. La información se tomó en consideración porque las tripulaciones de los bombarderos que informaron de ello eran habitualmente veteranos y, en ocasiones, las cámaras de los cazas de escolta lograron registrarlos, lo cual dio un soporte táctico a aquellas suposiciones.

Quinn estaba en su elemento. Antes de ser asignado al proyecto había colaborado en el Proyecto Libro Azul, un grupo de estudio de las Fuerzas Aéreas sobre ovnis, informes de naves no identificadas distintas a las que se guardaban en el Área 51. El Libro Azul había sido también una cortina de humo para el proyecto del Área 51 y un proveedor de desinformación para llevar a error a investigadores serios. Los cazas Fu se encontraban consignados en los archivos del Libro Azul y muchos aviadores habían oído hablar de ellos.

—La cantidad de avistamientos y los reportajes sobre cazas Fu en la prensa —prosiguió Quinn— impidieron ocultarlo por más tiempo; se llegaron a mencionar incluso en algunos libros sobre ovnis. Sin embargo, lo que no llegó a trascender fue que con los cazas Fu perdimos doce aparatos. Cada vez que uno de nuestros cazas o bombarderos intentaba acercarse a uno de ellos o dispararle, al fin y al cabo eran enemigos, los cazas Fu se volvían y chocaban contra el atacante, dejando el aparato indefenso ante la colisión. Es lo mismo que le ocurrió a Nightscape Seis. A causa de esos encuentros, la comandancia superior de las Fuerzas Aéreas emitió una orden confidencial para dejar de lado los cazas Fu. Al parecer, la medida funcionó pues dejaron de emitirse informes sobre ataques.

»Después de la guerra, cuando el servicio de espionaje pudo examinar la información de los japoneses y los alemanes, descubrió que también ellos habían chocado contra cazas Fu y experimentado los mismos resultados. Por lo que encontramos, sabemos que no eran de ellos. De hecho, por la información recogida, ellos pensaban que aquellas esferas eran nuestras armas secretas. Merece especial atención un incidente que todavía está clasificado como confidencial en grado Q, nivel cinco. —Quinn dudó, pero Gullick le hizo un gesto para que prosiguiera—. El día seis de agosto de mil novecientos cuarenta y cinco, cuando el *Enola Gay* volaba en su primera misión atómica contra Hiroshima, fue acompañado durante todo el camino por tres cazas Fu. La misión estuvo a punto de ser abortada, pero el comandante en tierra en el aeropuerto de despegue de Tinian decidió proseguir. No hubo ninguna acción hostil por parte de los cazas Fu; al cabo de unos días, durante la misión contra Nagasaki, aquella situación se repitió.

—Von Seeckt estuvo en el aeropuerto de Tinian cuando el *Enola Gay* despegó con aquella bomba, ¿no es así? —intervino Kennedy.

—Sí, señor. Von Seeckt estuvo allí —respondió Quinn.

—Y todavía no sabemos nada sobre esos cazas Fu, ¿no es verdad?

—Así es, señor.

—¿Los rusos? —preguntó Kennedy.

—¿Cómo dice, señor? —preguntó Quinn, mirándolo sorprendido.

—¿No podían ser los rusos? Esos hijos de puta nos vencieron con el Sputnik. Tal vez ellos construyeron esas cosas.

—¡Oh, no, señor! No creo que hubiera ningún signo de que fueran los rusos —respondió Quinn—. Cuando la guerra terminó, durante un tiempo dejaron de producirse informaciones sobre cazas Fu.

—¿Durante un tiempo? —repitió Kennedy.

—En mil novecientos ochenta y seis un control espacial captó un duende en la atmósfera y se le siguió la pista —informó Quinn—. El objeto no se ajustaba a ningún parámetro de nave conocida.

Quinn pulsó una tecla y en la pantalla apareció una nueva imagen. Parecía el dibujo de garabatos de un niño alocado con un rotulador verde. Había una línea que zigzagueaba por la pantalla y giraba sobre sí misma varias veces.

—Es la ruta de vuelo del duende captada en el ochenta y seis que volaba a unas alturas que oscilaban entre uno y cincuenta y cinco mil metros. —Quinn pulsó otro botón—. Éste es el patrón de vuelo de nuestro duende de anoche superpuesto al del ochenta y seis. —Ambos eran muy similares—. Hay algo más, señor.

—¿De qué se trata? — preguntó Gullick.

—Poco después hubo otra serie de avistamientos inexplicables. La Marina, y el departamento de inteligencia llevaron a cabo una operación llamada Proyecto Aquarius. Se trataba, humm..., bueno, lo que estaban haciendo...

—Suéltelo ya, hombre —ordenó Gullick.

—Estaban experimentando la utilización de personas con poderes extrasensoriales para intentar localizar submarinos.

—¡Dios mío! —murmuró Gullick—. ¿Y? —preguntó en tono de hastío.

—Aquellas personas lo estaban haciendo bastante bien. Una tasa de aproximadamente el sesenta por ciento de aciertos al indicar la longitud y la latitud aproximadas de submarinos sumergidos, sentados sin más en una sala del Pentágono y utilizando la imagen mental de una fotografía de un submarino concreto. Sin embargo, de vez en cuando ocurría algo inesperado. Alguna de esas personas con poderes extrasensoriales captaba la imagen de algo distinto en las mismas coordenadas que los submarinos. Había algo que se encontraba situado sobre el emplazamiento del submarino.

—Permítame que lo adivine —lo interrumpió Gullick—. No sabemos qué cosa era ésa. ¿Estoy en lo cierto?

—La vigilancia espacial captó... —Quinn escribió en el teclado y dejó que un esquema de ruta de vuelo hablara por sí mismo: otro patrón extraño de vuelo.

—¿Alguien logró explicar alguno de estos avistamientos? —preguntó Gullick.

—No, señor.

—Así que ahora tenemos un ovni de verdad en nuestras manos, ¿no? —dijo Gullick.

—Uhmm..., sí, señor

—Bueno, esto está jodidamente bien —dijo Gullick con brusquedad—. Es todo lo que necesito por ahora. —Escrutó al admirante Coakley—. Quiero recuperar esa cosa y averiguar qué demonios es.

Cuando los hombres abandonaron la sala, Kennedy se paró ante el general Gullick y se sentó junto a él.

—Tal vez deberíamos consultar con Hemstadt en Dulce sobre estos cazas Fu —dijo—. Es posible que haya alguna información sobre ellos en la Máquina.

Gullick levantó la vista por encima de la mesa y miró fijamente los ojos de Kennedy.

—¿Quieres ir a Dulce y conectarte a la Máquina?

Kennedy tragó saliva.

—Pensé que simplemente podríamos llamar y preguntar. Es posible que la Máquina esté controlando...

—Piensas demasiado —lo cortó Gullick poniendo fin a la conversación.

11

Johnny Simmons se despertó en la oscuridad. Por lo menos, creyó estar despierto. No podía ver nada ni oír nada. Al intentar moverse el pánico se apoderó de él. Sus extremidades no le respondían. Tenía la terrible sensación de estar despierto pero dormido, incapaz de conectar su mente consciente con el sistema nervioso para moverse. Se sentía desprendido de su cuerpo y de la realidad. Era una mente flotando en un vacío oscuro.

Luego le sobrevino el dolor. Al no ver ni oír, el dolor estalló en su cerebro y le ocupó todo su pensamiento y todo su mundo. Surgía de cada uno de sus nervios y desembocaba en unos pinchazos hirientes como garfios, que le provocaban un dolor más allá de cualquier cosa que hubiera considerado posible.

Johnny chillaba y lo peor de todo era que no podía oír su propia voz.

12

LAS VEGAS, NEVADA
112 horas, 30 minutos

A las cinco y media de la mañana Las Vegas se detenía levemente. Las luces de neón brillaban todavía y había gente por
las calles, la mayoría de camino hacia sus habitaciones para
unas pocas horas de sueño antes de reemprender el juego.
Kelly Reynolds hacía lo contrario: empezaba el día tras tres
horas de sueño en la habitación de un motel. Lo primero que
hizo cuando sonó la alarma fue llamar al apartamento de
Johnny con la leve esperanza de que estuviera allí o hubiera
cambiado el mensaje.

Miró cómo alzaba el vuelo hacia el horizonte un avión de
los que cubren grandes distancias. «Camina hacia el rugir de
los aviones», se dijo parafraseando a Napoleón. Había alquilado un coche en el aeropuerto. Ahora necesitaba aire fresco y
tiempo para pensar.

«Esto es lo que papá hubiera hecho: buscar la conexión
más fuerte.» Ese pensamiento le dibujó una sonrisa triste en
el rostro. Su padre y sus historias. La mejor época de su vida
pasó para él antes de cumplir veinte años. Kelly pensó que era
un modo terrible de pasar el resto de la vida.

La Segunda Guerra Mundial. La última gran guerra. Su
padre había servido en la OSS, la Oficina de Servicios Estraté-
gicos, precursora de la CIA. Durante el último año de la gue-

rra se había infiltrado en Italia y colaborado con los partisanos. Corría por las laderas de las montañas con una banda de renegados con licencia para matar alemanes y tomar por la fuerza todo lo que necesitasen. Luego, al acabar la guerra, había trabajado en Europa, ayudando en los procesos por crímenes de guerra. Mucho de lo que había visto allí le hizo detestar el género humano.

La paz nunca volvió a ser la misma. Se dejó matar lentamente por la bebida y vivió para sus recuerdos y sus pesadillas. La madre de Kelly se refugió en su mente y se cerró al mundo exterior. Todo aquello hizo que Kelly madurase. Se preguntaba cómo habría acabado el asunto de Nellis si su padre aún hubiera estado vivo, si su hígado hubiera aguantado un poco más. Posiblemente ella le habría pedido consejo. Por lo menos, habría tenido en cuenta su opinión en lugar de crearse ella misma su vía de destrucción. Seguramente, él no habría caído tan fácilmente en las redes de Prague. Le habría aconsejado acercarse al cebo muy lentamente y vigilar el anzuelo.

El único legado que tenía de su padre eran sus historias. Pero ella misma era también su legado, algo más de lo que ella, a sus cuarenta y dos años, podía decir de sí misma. No tenía hijos y tampoco una carrera profesional que lo compensara. Mientras se dirigía hacia el aeropuerto, Kelly se sintió algo deprimida. La única cosa que la hacía continuar era Johnny. Él la necesitaba.

Se detuvo en una tienda abierta las veinticuatro horas y compró dos paquetes de cigarrillos y un encendedor.

ÁREA 51

Turcotte se abrochó el cinturón del asiento del avión e intentó ponerse cómodo. Desde que había abandonado la sala de control subterránea, hacía dos horas, había permanecido solo, esperando en una pequeña sala del hangar, hasta que pusieron la escaleras del 737 que volaba para Las Vegas y recogía a los trabajadores del turno de día. Se alegraba de marcharse de ahí. Lo primero que haría en Las Vegas después de que le cosieran la herida sería llamar a la doctora Duncan al número que había memorizado. Quería sacarse todo lo que llevaba en su interior. Luego esperaba poder dejar todo aquello atrás.

Observó a un anciano que subía a bordo acompañado por dos hombres jóvenes, cuya actitud hacía pensar que se trataba de guardaespaldas del hombre mayor. Pese a ser los únicos pasajeros, el anciano escogió un asiento delantero del avión situado en la fila opuesta a la de Turcotte. Los guardaespaldas, al parecer satisfechos de que no hubiera peligros inmediatos, se sentaron unas filas más atrás en cuanto la puerta del avión fue cerrada por el mismo hombre de expresión dura que cuarenta horas antes había recibido a Turcotte con el analizador de sangre. El hombre desapareció en la cabina.

—Están locos —murmuró el hombre en alemán con sus manos nudosas asidas a un bastón de puño de plata.

Turcotte no le hizo caso y miró por la ventana la base de la Groom Mountain. Incluso a esa distancia tan corta, menos de doscientos metros, era casi imposible adivinar el hangar que había en la ladera de la montaña. Turcotte se preguntó cuánto dinero se habría destinado a esa instalación. Por lo menos varios miles de millones de dólares. Pero, considerando que el gobierno de los Estados Unidos tenía un presupuesto para fondos reservados de entre treinta y cuatro y cincuenta mil millones al año, aquello era sólo una gota dentro del presupuesto.

—Todos morirán, como ocurrió la otra vez —dijo el anciano en un alemán perfecto, mientras meneaba la cabeza en señal de desaprobación.

Turcotte se volvió sobre su hombro. Uno de los guardaespaldas estaba dormido. El otro estaba enfrascado en la lectura de un libro de bolsillo.

—¿Quién morirá? —preguntó Turcotte en el mismo idioma.

El anciano miró sorprendido a Turcotte.

—¿Es usted uno de los hombres de Gullick?

—Lo fui —repuso Turcotte mientras levantaba la mano derecha dejando ver el vendaje empapado de sangre.

—¿Y ahora quién es usted? —siguió el viejo en alemán.

Primero Turcotte pensó que había entendido mal la pregunta, pero luego se dio cuenta de que era eso exactamente lo que el anciano había preguntado. Él mismo le había estado dando vueltas a aquel interrogante en el transcurso de las horas negras de aquella mañana.

—No lo sé, pero aquí ya he terminado.

—Eso está bien. —El anciano pasó a hablar en inglés—. Éste no es un buen sitio donde estar, no con lo que tienen planeado. De todos modos, creo que ninguna distancia será suficiente.

—¿Quién es usted?

—Werner von Seeckt —se presentó el anciano, inclinando su cabeza—. ¿Y usted?

—Mike Turcotte.

—Llevo trabajando aquí desde mil novecientos cuarenta y tres.

—Hoy es mi segundo día —dijo Turcotte.

Von Seeckt lo encontró divertido.

—No ha esperado mucho para meterse en líos —dijo—. ¿También va al hospital?

—Sí —asintió Turcotte—. ¿Qué ha dicho antes? ¿Que vamos a morir todos?

El ruido del motor aumentó cuando el avión llegó al final de la pista.

—Esos locos —dijo Von Seeckt haciendo un gesto hacia la ventana—. Juegan con fuerzas que no entienden.

—¿Los platillos volantes? —preguntó Turcotte.

—Sí, los platillos. Nosotros los llamamos agitadores —explicó Von Seeckt—. Pero hay más, hay otra nave. ¿No ha visto la grande? ¿Verdad?

—No. Sólo he visto las que hay en este hangar.

—Hay otra mayor. Mucho mayor. Están intentando descubrir cómo volar con ella. Creen que si la ponen en marcha podrán ponerla en órbita y luego regresar. Y entonces ya no habrá ninguna necesidad de transportadores espaciales. Y, todavía peor, creen que se trata de una nave interestelar de transporte y que con llevar esa nave nodriza podremos saltarnos siglos de evolución. Se imaginan que podremos llegar a las estrellas sin tener que hacer descubrimientos tecnológicos para ello —Von Seeckt suspiró— o, quizás eso sea lo peor, sin la evolución social necesaria.

Los dos últimos días Turcotte había visto lo suficiente como para admitir que Von Seeckt estaba hablando en sentido literal.

—¿Qué hay de malo en hacer volar esa cosa? ¿Por qué cree que eso pondrá en peligro el planeta?

—¡No sabemos cómo funciona! —exclamó Von Seeckt dando un golpe en la moqueta con su bastón—. El motor es incomprensible. No saben ni siquiera cuál de los dispositivos que lleva es el motor. Es posible incluso que haya dos motores, dos sistemas de propulsión. Uno que sirva para el interior de un sistema solar o para la atmósfera del planeta y otro para cuando la nave se encuentre fuera, que podría tener un efecto importante en la gravedad de los planetas y las estrellas. Sencillamente, no lo sabemos. ¿Qué pasaría si nos equivocáramos y pusiéramos en marcha el equivocado?

»Quizá las naves interestelares crean sus agujeros propios a través de los que se impulsan. Tal vez. Así pues, podría ocurrir que hiciésemos un agujero en la Tierra. Algo fatal. ¿Y si surca por las ondas gravitatorias? ¿O si, al surcarlas, las afecta de algún modo? Imagínese lo que podría provocar eso. ¿Qué pasaría si perdiésemos el control? ¿Y quién puede asegurar que el motor funciona perfectamente todavía? Es una falacia de la lógica inductiva decir que, como los agitadores funcionan, la nave nodriza también lo hará. De hecho, ¿qué pasaría si estuviera averiada y al ponerla en marcha se provocara su autodestrucción? —Von Seeckt se inclinó hacia adelante y dijo en voz baja—: En mil novecientos ochenta y nueve estábamos trabajando en uno de los motores de los agitadores. Lo habíamos extraído de la nave y lo habíamos colocado en un soporte. Los hombres que trabajaban en él comprobaban las tolerancias y los parámetros de funcionamiento.

»¡Y vaya si dieron con las tolerancias! Lo pusieron en marcha y se soltó del soporte que lo sostenía. No habían reproducido correctamente el sistema de control y no pudieron desactivarlo. Se precipitó contra la pared y mató cinco hombres. Cuando por fin se detuvo, había penetrado unos veinte metros en la roca dura. Se precisaron dos semanas para perforar aquella roca y extraerlo. No estaba dañado para nada.

»Ya lo he visto otras veces. Nunca aprenderán. Yo lo comprendí la primera vez. Estábamos en guerra. Entonces era necesario tomar medidas extremas de precaución. Pero ahora no hay guerra. ¿A qué viene todo este misterio? ¿Por qué? ¿Para qué ocultamos todo eso? El general Gullick dice que es porque la gente no lo entendería, y sus compinches elaboran todo tipo de estudios psicológicos para justificarlo, pero yo no lo creo. Lo esconden porque lo han escondido durante tanto tiempo que ya no pueden revelar todo lo que han estado haciendo sin decir que el gobierno ha estado mintiendo durante años. Lo esconden porque el conocimiento es poder y los agitadores y la nave nodriza son el poder máximo. —Mientras Von Seeckt hablaba, el avión tomaba velocidad y se desplazaba por la pista—. Antes todo tenía sentido. Pero algo ha cambiado durante este año. Todos actúan de un modo extraño.

Turcotte había advertido algo que Von Seeckt había dicho antes.

—¿Qué quiere decir con «la primera vez»?

—Llevo mucho tiempo trabajando para el gobierno de Estados Unidos —dijo Von Seeckt—. Tenía ciertos... —Von Seeckt se interrumpió— conocimientos y experiencia de lo que necesitaban y ellos me, bueno, reclutaron a mediados del cuarenta y dos. Y me vine a Occidente, a Los Álamos, en Nuevo México.

—La bomba —dijo Turcotte.

—Sí —asintió Von Seeckt—. La bomba. En el cuarenta y tres estuve en Dulce, en Nuevo México. Allí es donde se efectuaba el trabajo verdadero. En Los Álamos vivían del trabajo que nosotros les facilitábamos. Era muy, muy secreto. Estaba todo muy compartimentado. Fermi había construido ya la primera pieza, incluso antes de aprovechar los conocimientos que yo aporté. Su experimento de reacción en cadena les dio la materia prima. Yo les proporcioné la tecnología.

—¿Usted...? —preguntó Turcotte. El avión iba ganando altura—. ¿Cómo podía saber...?

—Tal vez haya otra ocasión para esa historia —repuso Von Seeckt levantando el bastón—. Trabajamos sin parar hasta mil novecientos cuarenta y cinco. Pensábamos que lo teníamos todo controlado, igual que ellos piensan que entienden la nave nodriza. La diferencia es que entonces había una guerra. Y, aun así, hubo quien argüía que no debíamos probar la bomba. Sin embargo, los del poder estaban cansados. Entonces murió Roosevelt. No habían informado ni siquiera al vicepresidente Truman. El secretismo extremo casi les costó el puesto. El secretario de Estado tuvo que presentarse ante él y contarle lo de la bomba al día siguiente de la muerte del Presidente.

»Cuando comprendió la importancia de lo que se le estaba explicando, Truman autorizó la prueba. No creo que le informaran por completo de las probabilidades de un desastre, igual que ahora mantienen desinformado al Presidente. Entonces aprovechamos la oportunidad.

Von Seeckt musitó algo en alemán que Turcotte no pudo entender y luego continuó en inglés.

—En el comité Majic hay una asesora presidencial, pero hay muchas cosas que no se las dicen. Sé que no le han dicho nada de las misiones Nightscape. Creen que esta operación, y tantas otras cosas secretas del gobierno, trasciende el alcance de los políticos, que pueden desaparecer a los cuatro años.

Turcotte no respondió. Hacía tiempo que había llegado a la conclusión de que el país era conducido por burócratas que se mantenían en sus posiciones acomodadas durante décadas, y no por los políticos que iban y venían. Por lo menos ahora empezaba a entender por qué la doctora Duncan lo había enviado para infiltrarse en Nightscape.

—El dieciséis de julio del año mil novecientos cuarenta y cinco —siguió diciendo Von Seeckt—, a las cinco y treinta de la mañana estalló la primera arma atómica hecha por el hombre. La colocamos en una torre de acero del desierto, a las afueras de la base aérea de Alamogordo. Nadie sabía a ciencia cierta qué iba a ocurrir. Había quien creía, entre ellos algunos de los cerebros más privilegiados de la humanidad, que sería el fin del mundo. Que la bomba iniciaría una reacción en cadena que no pararía hasta haber consumido el planeta. Otros pensaban que no ocurriría nada. Todo fue más arriesgado de lo que la historia nos hace creer. ¡Estábamos jugando con una tecnología que no habíamos desarrollado!

Eso confundió a Turcotte. Siempre había creído que los Estados Unidos habían desarrollado la bomba atómica desde cero. No pudo detenerse en ello porque Von Seeckt continuó hablando.

—Éramos como niños que jugaban con algo que creían conocer. ¿Qué habría ocurrido si se hubiera producido un error? ¿Si hubiésemos conectado el cable rojo donde tenía que ir el azul? Aun en el caso de que funcionara, no sabíamos dónde estaban los límites. ¿Sabe lo que Oppenheimer dijo que pensó aquella mañana? —Von Seeckt no esperó la respuesta—. Pensó en un dicho hindú: «Me he vuelto muerte, el destructor del mundo». Y lo conseguimos. Todo funcionó tal como habíamos planeado. Logramos controlar la muerte, porque la bomba no inició una reacción en cadena y su efecto sólo se produjo en aquella torre sin mayores repercusiones. Funcionó.

—¿Por qué me cuenta todo esto? —preguntó Turcotte.

—Porque, como ha dicho, aquí ya ha terminado. Yo estoy muriéndome y ya no me queda nada. —Von Seeckt calló durante unos minutos mientras el avión se desplazaba por la oscuridad de las primeras horas de la mañana—. He vivido en la ignorancia y el miedo durante toda la vida, pero ahora ya no temo nada. Aunque me ve, yo ya estoy muerto; sólo ahora, al mirar atrás desde una perspectiva distinta, veo que he estado muerto durante todos esos años —se volvió—. Usted es joven y tiene la vida por delante, y allí abajo ellos actúan como dioses y alguien tiene que detenerlos. Faltan cuatro días para que intenten poner en marcha la nave nodriza a la máxima potencia. Cuatro días. Cuatro días para la destrucción.

Turcotte hizo varias preguntas pero Von Seeckt no quiso responder. El resto del viaje transcurrió en silencio.

Aeropuerto McCarren, Las Vegas

Todavía estaba oscuro. Kelly esperaba en la terminal, mirando la pista. Un avión pasó ruidoso por encima de su cabeza; las luces de la pista le permitieron distinguir la franja roja pintada en el fuselaje. El avión tocó tierra, pero no se dirigió hacia la terminal. Fue hacia una zona situada a poco menos de quinientos metros de distancia, oculta tras una verja hecha con tablillas verdes. Hora de llegada.

Kelly corrió por la terminal principal esquivando turistas y salió al exterior en una estampida. Subió al coche alquilado que había dejado sobre el bordillo y se metió en el bolsillo el papel que había en el limpiaparabrisas. Siguió la ruta de servicio del aeropuerto y discurrió en paralelo por la verja verde; al aproximarse a una puerta se detuvo. Apagó el motor y las luces. En el horizonte se levantaba el leve resplandor del amanecer.

—¿Y ahora qué? —se preguntó. Abrió una cajetilla de tabaco que había comprado y encendió un pitillo. La primera calada fue terrible para su garganta. Sintió náuseas y malestar. La segunda fue mejor.

—En tres años, al hoyo —musitó.

Un autobús se acercó a la puerta y ésta se abrió para que entrara. Kelly abrió la puerta de su coche y apagó el cigarrillo. Justo antes de que la puerta se cerrase, salió una camioneta de cristales oscuros.

—Mierda —dijo Kelly saltando de nuevo al coche. En cuanto la camioneta dobló la esquina logró poner en marcha el coche y seguirla. La camioneta giró en Las Vegas Boulevard y avanzó en dirección norte. Pasaron el Mirage, el Caesars Palace y otros casinos famosos que adornaban la calle. Al llegar al final de la ciudad, la camioneta torció hacia la derecha para entrar en la puerta principal de la base aérea de Nellis.

Kelly tomó una decisión rápida y se sumió en el flujo intenso de tráfico de las primeras horas de la mañana en el lugar. El guarda le hizo una señal para que se detuviera, como Kelly ya esperaba, pues en su coche de alquiler no llevaba un adhesivo de acceso. Pero estaba preparada.

—¿Podría decirme cómo puedo llegar al oficial de relaciones públicas? —preguntó mostrando la tarjeta de prensa mientras la línea de coches se apelotonaba detrás de su coche. Todavía distinguía la camioneta.

El guarda se lo indicó rápidamente y le dio paso para mantener el tráfico fluido. Kelly vio la camioneta y la siguió hacia donde se dirigía.

Le sorprendió verla aparcada delante de un edificio situado junto al hospital. Kelly pasó por delante, hizo un cambio de sentido y luego aparcó delante de una clínica dental que había al otro lado de la calle.

La puerta lateral de la camioneta se abrió y de ella se apearon dos hombres vestidos con cazadora, un anciano apoyado en un bastón y un hombre que llevaba un anorak sucio y roto.

Los cuatro desaparecieron tras la puerta. Kelly se reclinó y practicó lo que su padre le decía que era la cualidad más importante que debía tener una persona: la paciencia.

Dentro del anexo al hospital el hombre de la bata blanca fue breve y conciso

—Soy el doctor Cruise. Por favor, profesor Von Seeckt, tome asiento en la consulta número dos. Usted —dijo señalando a Turcotte—, sígame.

Los guardas se quedaron en la sala de espera.

Turcottte siguió al médico a la consulta número uno. Turcotte calculó que el doctor Cruise tendría unos cincuenta años. Lucía un pelo canoso muy bien cuidado y unas gafas caras. Parecía estar en buena forma y era eficaz y frío en su trato con los enfermos.

—Desnúdese hasta la cintura —ordenó Cruise.

Turcotte recordó el apodo que Prague le había dado, carnaza. Empezaba a creer que lo había hecho a propósito. Mientras observaba al doctor Cruise que preparaba una inyección con un calmante, Turcotte se dijo que si tuviera acceso al equipo médico apropiado, preferiría coserse la herida él mismo. En los ejercicios de entrenamiento había sufrido heridas más graves.

—¿Ha visto al piloto que resultó herido? —preguntó Turcotte mientras el doctor Cruise le aplicaba la inyección en el costado.

—Sí.

Turcotte esperó unos segundos pero el médico no continuaba.

—¿Cómo está?

—Fractura craneal. Algún coágulo en el cerebro. Tuvo

suerte de que quien fuera que estuviese con él no le quitara el casco, si no no hubiera llegado aquí con vida.

«La suerte no tiene nada que ver», pensó Turcotte, pero sólo dijo:

—¿Ha recobrado la conciencia?

—No. —El doctor Cruise apartó la jeringuilla y tomó una aguja quirúrgica. Parecía tener otras preocupaciones. Turcotte miró distraídamente cómo el doctor Cruise empezaba a coser los extremos del desgarro de su costado. Consideró su situación. Si Prague había sospechado de él, esa sospecha no había pasado a mayores pues obviamente los guardaespaldas estaban para Von Seeckt. Esto significaba que estaría libre en cuanto hubiera terminado allí.

—Espere aquí —le ordenó el doctor Cruise cuando acabó de colocarle un vendaje en el brazo, y se marchó a la oficina de la puerta siguiente.

Se oyó el portazo, pero la puerta no se cerró por completo de modo que quedó ligeramente entreabierta. A través del espejo que había sobre la camilla, Turcotte podía ver la oficina. El doctor Cruise estaba ante el lavamanos, limpiándose las manos. Cuando terminó, apoyó las manos en el borde del lavabo y se miró al espejo mientras se decía algo a sí mismo.

A Turcotte eso le pareció extraño. Acto seguido, el doctor Cruise hurgó en su bata y sacó una jeringa con una cubierta de protección de plástico sobre el extremo. Miró la aguja, sacó la caperuza, tomó aire y salió del despacho por otra puerta situada más lejos, llevando la jeringuilla con mucho cuidado.

Turcotte saltó de la camilla y abrió lentamente la puerta del despacho del doctor Cruise. Miró alrededor. Había algunos papeles en el escritorio. Entonces vio una carpeta con el nombre de Von Seeckt en la etiqueta. La abrió.

El primer documento era un certificado de defunción firmado por el doctor Cruise con la fecha del día en el bloque de la derecha. Causa de la muerte: fallo respiratorio.

Turcotte tomó el tirador de la puerta de la consulta número

dos y entró violentamente. El doctor Cruise se quedó petrificado con la aguja a unos pocos centímetros del brazo del anciano.

—¡No se mueva! —le ordenó Turcotte sacando su Browning High Power de 9 mm de la funda de su cintura.

—¿Qué cree que está haciendo? —exclamó altanero el médico.

—Deje esa jeringa —ordenó Turcotte.

—Informaré de ello al general Gullick —dijo el doctor Cruise colocando cuidadosamente la jeringa en la mesilla.

—¿Qué ocurre? —preguntó Von Seeckt en alemán.

—Lo sabremos en un segundo —dijo Turcotte mientras, apuntando con el cañón de la pistola al doctor Cruise, se acercaba y cogía la jeringuilla.

—¿Qué hay aquí? —preguntó.

—Su tratamiento —repuso el doctor Cruise con los ojos clavados en la inyección.

—Entonces, no puede hacerle ningún daño a usted ¿verdad? —preguntó Turcotte con una sonrisa terrorífica, al tiempo que dirigía la punta a la garganta del médico.

—Yo, bueno, no, pero... —El doctor Cruise se quedó paralizado al sentir la punta en la piel.

—¿Esto no podría causar un fallo respiratorio? ¿Verdad?

—No —contestó el doctor Cruise con los ojos abiertos y mirando el metal reluciente y el tubo de cristal.

—Entonces, no pasa nada si le inyecto una dosis —dijo Turcotte mientras introducía la punta en la garganta del médico.

El rostro del doctor Cruise se empapó de sudor cuando el pulgar de Turcotte se posó sobre el émbolo.

—¿Ningún problema, verdad doctor?

—No, por favor, no lo haga —musitó el doctor Cruise.

—¿Qué pasa, doctor Cruise? —Von Seeckt no parecía sorprendido. Se estaba colocando la camiseta—. Mi amigo, el de la jeringa, ha tenido una mala noche. Yo no lo provocaría haciendo alguna imprudencia.

—Es insulina.

—Y ahora dígame, por favor, lo que me habría provocado —solicitó Von Seeckt.

—Una sobredosis haría que su corazón dejara de funcionar —dijo el doctor Cruise.

—Su certificado de fallecimiento está ya cumplimentado en la mesa de este buen doctor —dijo Turcotte mirando a Von Seeckt—. Ya lo ha firmado. Lo único pendiente era la hora de la muerte, pero la fecha es de hoy.

—Después de tantos años... —Von Seeckt hizo un signo de desaprobación con la cabeza—. Y usted se dice médico —añadió negando con la cabeza frente al doctor Cruise—. Sabía que el general Gullick era perverso, pero usted lo supera. Usted juró preservar la vida.

—¿Ha sido orden de Gullick? —preguntó Turcotte.

El doctor Cruise estuvo a punto de asentir con la cabeza pero, con la jeringa clavada en el cuello, lo pensó mejor.

—Sí.

Turcotte extrajo la aguja, pero antes de que el médico pudiera suspirar de alivio le propinó un golpe en la sien con el codo. El doctor Cruise cayó al suelo inconsciente.

—Gracias, amigo —dijo Von Seeckt. Se puso la chaqueta y tomó el bastón—. ¿Y ahora?

—Ahora hay que largarse de este infierno. Sígame.

Abrió la puerta y entró en la sala de espera con la pistola por delante. Allí sólo había un guarda leyendo una revista. Levantó la mirada y se quedó muy quieto.

—Las llaves de la camioneta —le ordenó Turcotte—. Con la izquierda. —El guarda sacó lentamente las llaves del bolsillo—. Déjalas en la mesa y ponte de rodillas, cara a la pared. —El hombre lo hizo—. Cójalas, profesor —dijo Turcotte. Fue hacia la puerta con su arma en guardia—. ¿Dónde está tu compañero?

El hombre no dijo nada, algo que Turcotte en su lugar también hubiera hecho. Con la empuñadura de la pistola,

Turcotte asestó un golpe en la parte posterior de la cabeza del hombre y éste cayó al suelo.

—Vámonos.

Turcotte abrió cuidadosamente la puerta exterior y miró hacia fuera. Los cristales tornasolados le impedían ver si el otro guardia estaba dentro de la camioneta aparcada. Turcotte introdujo la mano con el arma en el bolsillo de su anorak. Salió con Von Seeckt directamente hacia la camioneta y abrió la puerta lateral. No había nadie.

—Entre.

Al otro lado de la calle, Kelly observó a los dos hombres que entraban en la camioneta; el más joven llevaba un arma en la mano. Fijó la vista y vio al otro hombre, el guarda que había salido a fumar hacía unos minutos, que se volvía y avanzaba hacia la parte delantera del edificio.

Turcotte hizo girar la llave y no pasó nada. Lo intentó de nuevo.

—Mierda —musitó.

Von Seeckt se inclinó hacia adelante y señaló un pequeño aparato situado debajo del volante.

—Protector electrónico antirrobo —explicó—. Aquí se coloca un pequeño elemento conductor. Sin él, no hay energía eléctrica. Lo empezaron a instalar...

—Está bien, está bien —lo interrumpió Turcotte. No había observado que el conductor lo quitara y no estaba en el llavero. Miró hacia atrás, a la puerta de entrada a la clínica. Una sombra cruzó su visión periférica: el otro guarda volvía por la esquina del edificio.

Entonces todo se vino abajo. La puerta delantera se abrió y salió el otro guarda, disparando, con los ojos desencajados de furia.

Turcotte abrió la puerta del conductor con un golpe.

—¡Fuera! —gritó a Von Seeckt. Hizo tres disparos rápidos, a una altura expresamente alta de forma que los dos guardas se echaron al suelo.

—¡Dios mío! —Kelly tiró el cigarrillo por la ventana y puso en marcha el motor.

El hombre que acababa de disparar se giró y la miró, su vista se le clavó desde unos seis metros, luego se dio la vuelta y volvió a disparar contra los hombres de las cazadoras negras. «Demasiado alto», pensó Kelly. Eso la decidió.

Salió del aparcamiento con un chasquido de neumáticos. Se colocó junto a la camioneta, frenó bruscamente y se paró.

—¡Suban! —exclamó mientras se inclinaba para abrir la puerta de los pasajeros.

El hombre del arma ayudó al anciano a subir al coche e inmediatamente lo hizo él.

—¡Vamos! ¡Vamos! —le dijo a la mujer.

Kelly no necesitaba el consejo. Salió derrapando de la zona de aparcamiento. Los dos hombres salieron a la calzada disparando. Un grupo de pilotos apostados fuera de la clínica dental corrieron a refugiarse.

Cuando las balas hicieron impacto en el maletero se oyeron varios chasquidos. Kelly giró en la esquina siguiente, sin levantar el pie del acelerador. Estaban ya fuera del alcance de los dos hombres armados. La puerta principal de la base se hallaba sólo a cuatro manzanas.

—Pasa por la puerta tranquilamente —dijo el hombre de la pistola—. No queremos llamar la atención.

—No me fastidies, Sherlock —respondió Kelly.

13

—Díganme, señor Mike Turcotte y profesor Werner von Seeckt, ¿son ustedes los buenos o los malos? —preguntó Kelly. Fue a encender un cigarrillo—. No les importa ¿verdad? —preguntó señalando el cigarrillo.

—Si fuera joven, me fumaría uno —dijo Von Seeckt. Estaban sentados en la habitación del hotel de ella, haciendo las presentaciones.

—¿Por qué nos seguías? —preguntó Turcotte—. No irás a decir que simplemente estabas en aquel aparcamiento.

—No os diré nada hasta que me digáis quiénes sois y por qué esos tipos os disparaban —repuso Kelly.

Von Seeckt sacó un trozo de papel de su abrigo y lo observó.

—Para responder a la primera pregunta, como dicen ustedes los norteamericanos, nosotros somos los buenos.

—Y los tipos de Nellis —dijo Kelly—. ¿Son ésos los malos? ¿Quiénes son?

—El gobierno —intervino Turcotte—. Mejor dicho, una parte de nuestro gobierno.

—Lo intentaremos de nuevo —dijo Kelly—. ¿Por qué les han disparado?

Turcotte dio una breve explicación de los acontecimientos de las últimas veinticuatro horas, del Área 51 al Nido del Diablo, pasando por el Cubo, el edificio anexo al hospital y el intento de asesinato de Von Seeckt a manos del doctor Cruise.

—¡Venga ya! —dijo Kelly cuando él finalizó— ¿Esperas que me trague eso?

—Me importa una mierda lo que tú te creas —repuso Turcotte.

—Oye, no te pongas chulo conmigo —advirtió Kelly—. Te acabo de salvar el pellejo.

—Eso es tan cierto como lo que acabo de contarte —repuso Turcotte.

Para su sorpresa Kelly se echó a reír.

—Bien dicho.

—Bueno, ya te he explicado nuestra historia —dijo Turcotte—. ¿Qué hacías ahí?

—Estoy buscando a un amigo que desapareció cuando intentaba infiltrarse en el Área 51, y vosotros acabáis de salir del avión transportador que viene de aquel sitio. No tenía la intención de meterme en un tiroteo. ¿Habéis oído algo de un periodista llamado Johnny Simmons, que fue descubierto al intentar entrar en el Área 51 hace dos noches?

—Aquella noche hubo mucho movimiento —dijo Turcotte. Miró a Von Seeckt.

—Si ha desaparecido intentando entrar en el Área 51, o está muerto o ha sido conducido a las instalaciones del gobierno en Dulce, Nuevo México —afirmó Von Seeckt.

Turcotte recordó que Prague había mencionado ese lugar.

—No creo que esté muerto —dijo Kelly—. El hombre que iba con él, un tipo llamado Franklin, se dijo que había muerto en un accidente de tráfico aquella noche. Si quisieran asesinar a Johnny les habría resultado muy fácil colocarlo en el coche con Franklin. Creo que todavía está con vida. Esto significa que tenemos que ir a Nuevo México.

—Un momento... —empezó a decir Turcotte mientras Von Seeckt asentía con la cabeza.

—Sí, tenemos que ir a Nuevo México. En Dulce hay algo

que todos necesitamos. ¿Podría conducirnos allí con el coche?

—Sí. Conozco un sitio en Phoenix donde podemos hacer un alto en el camino —dijo Kelly.

Turcotte se sentó en el sofá y se restregó la frente. Tenía mucho dolor de cabeza y notó que iba empeorando. Su costado le dolía y se sentía cansado.

—No. No iremos a ningún sitio —dijo.

—Puedes quedarte aquí —repuso Kelly—. Yo voy a buscar a Johnny.

—Tenemos que estar juntos —dijo Von Seeckt en alemán.

—¿Por qué? —le respondió Turcotte en el mismo idioma.

—¡Oye! —exclamó Kelly—. Nada de alemán en mi presencia.

—Le decía a mi amigo que tenemos que estar juntos —explicó Von Seeckt.

—No. Estoy harto de todo esto —se opuso Turcotte—. Yo ya he cumplido con mi deber y ahora es el momento de que alguien se encargue de nosotros. —Descolgó el teléfono.

—¿A quién vas a llamar?

—No es asunto tuyo —dijo Turcotte. Empezó a marcar el número de teléfono que la doctora Duncan le había dado. Al marcar el octavo número, la línea se cortó. Al levantar la vista vio a Kelly con el cable en la mano; lo había desenchufado de la pared.

—Es mi teléfono —dijo.

—¡Esto no es un juego! —exclamó Turcotte colgando el teléfono con brusquedad.

—¡Ya sé que no es un juego! —respondió Kelly también en voz alta—. Me acaban de disparar. Mi mejor amigo ha desaparecido. Él —señaló a Von Seeckt— estuvo a punto de ser asesinado. ¡No creo que nadie en esta habitación piense que esto es un juego!

—Vuelve a enchufar el teléfono —dijo Turcotte muy lentamente.

—No.

Cuando Turcotte empezaba a incoporarse, Kelly levantó una mano.

—Escucha. Antes de que alguien de nosotros haga algo vamos a ponernos al día.

—De acuerdo —dijo Von Seeckt.

—¿Quién dijo que íbamos a votar? —preguntó Turcotte. Cruzó la habitación y abrió la puerta.

«Que se jodan», pensó. Estaba cansado y herido y no quería hacer otra cosa que olvidarse del Área 51 y de todo aquel embrollo. Había cumplido con su tarea y eso casi le cuesta la vida. No podían pedirle más.

Bajó a la recepción y entró en la primera cabina de teléfonos. Llamó al número de la doctora Duncan con su tarjeta telefónica. Sonó tres veces y luego descolgaron, pero la respuesta no fue la que esperaba.

Se oyó una voz pregrabada. «El número marcado ha sido dado de baja. Compruebe el número y vuelva a marcar.»

Turcotte volvió a marcar los diez números. Estaba seguro de que eran los correctos. Y obtuvo la misma respuesta.

—¡Mierda! —exclamó mientras colgaba furioso el aparato. Una mujer que telefoneaba dos cabinas más atrás lo miró con reprobación.

Fue al ascensor. ¿Acaso el número era falso? ¿Le habían colgado cuando entró la llamada? ¿Qué estaba ocurriendo?

Abrió la puerta. Kelly apenas levantó la vista. La tenía clavada en Von Seeckt.

—Pero ¿cómo consiguió el gobierno esos agitadores? ¿Por qué los esconden y esparcen esta mierda de engaños? ¿Qué era aquella pequeña esfera que provocó el accidente en el helicóptero de Turcotte? ¿Por qué intentan matarlo si usted es uno de ellos, uno de Majic-12?

—Porque se les ha ido de las manos —explicó Von Seeckt—. Se les está yendo de las manos. —Se corrigió—. En cuatro días habrán traspasado la línea.

—¿Qué línea? —preguntó Kelly.

—Bienvenido, joven amigo —saludó Von Seeckt—. ¿Has decidido quedarte con nosotros?

—No he decidido nada —musitó Turcotte. Se dejó caer en una de las sillas que había junto a la ventana.

—Ésta es la historia más fascinante que ha habido en años —admitió Kelly.

—Y si la proclamas, tu amigo morirá. —Turcotte no pudo evitar decirlo.

—Esa llamada de teléfono no parece que te haya animado —dijo Kelly.

Turcotte no dijo nada.

—Tenemos que hacerlo por nuestra cuenta —dijo Von Seeckt.

—¿Hacer qué? —preguntó bruscamente Turcotte.

Von Seeckt miró el papel que tenía en la mano y leyó:

—Poder sol; prohibido; lugar origen, nave, nunca más; muerte a todos los seres vivientes.

—¿Qué? —Turcotte estaba totalmente confundido.

—¿Me permite utilizar el teléfono, por favor? —preguntó Von Seeckt a Kelly.

—Por supuesto.

—¿Cómo le permites hacer una llamada? —preguntó Turcotte.

—Ha dicho por favor —respondió Kelly.

—Espere un momento —dijo Turcotte a Von Seeckt reteniéndolo con una mano—. Al igual que ella, estoy bastante perdido en este asunto. Pero todos estamos metidos en la misma mierda. Sé lo que pasó en Nebraska. Y vi lo que intentaron hacerle a usted en el edificio adjunto al hospital. Y he visto lo que tienen en esos hangares en el Área 51, pero no sé qué coño está pasando. Antes de hacer ninguna llamada de teléfono, díganos lo que está pasando.

—El día quince de este mes van a intentar activar la unidad de propulsión de la nave nodriza. Temo que cuando el motor se ponga en marcha se producirá una catástrofe.

—Ya sé que... —Turcotte empezó a decir.

—¿La nave nodriza? —interrumpió Kelly.

Eso requirió una breve descripción por parte del profesor Von Seeckt.

—¿Por qué poner en marcha el motor puede ser catastrófico? —preguntó Kelly.

—No lo sé exactamente —admitió Von Seeckt—, pero hay una persona que tal vez lo sepa. Por eso necesito utilizar el teléfono. —Miró a Kelly—. Dígame la dirección donde estaremos en Phoenix. —Kelly se la dio y Von Seeckt llevó el teléfono a la habitación y cerró la puerta tras de sí.

Turcotte frunció el entrecejo pero tuvo que ceder ante la situación.

—Gracias por recogernos con el coche.

—Más vale tarde que nunca —dijo ella.

—¿Qué?

—Olvídalo —señaló hacia el dormitorio—. ¿Está en sus cabales?

—Tanto como yo —respondió Turcotte.

—Fantástico.

EL CUBO, ÁREA 51

El general Gullick hizo crujir los dedos y miró a los asistentes sentados alrededor de la mesa de reuniones. El doctor Cruise sostenía una bolsa de cubitos contra la sien. Los demás miembros del círculo también estaban ahí. Naturalmente, la doctora Duncan no había sido informada de la reunión.

—Prioridades —dijo Gullick—. Uno. La puesta en marcha de la nave nodriza y del sistema de propulsión. ¿Ferrell?

—Según el programa —dijo el doctor Ferrell—. Estamos analizando los datos derivados de la puesta en marcha.

—¿Qué hay del efecto físico que indicó la doctora Duncan?

—No lo sé —Ferrell negó con la cabeza—. Fue la única que resultó afectada. El único cambio de las variables es que ella es mujer.

—¿Y qué? —dijo Gullick.

—Tal vez el efecto de las ondas del motor afecte a las mujeres de forma distinta.

—¿Es algo significativo? —preguntó Gullick.

—No, señor.

—¿Algún problema previsible?

—No, señor.

—Dos —continuó Gullick—. El caza Fu. ¿Almirante Coakley?

—Tengo tres barcos en ruta hacia el punto donde se sumergió. Uno es el USS *Pigeon,* un barco de rescate de submarinos. Está preparado para enviar un minisubmarino al fondo de esa zona.

—¿Tiempo previsto de llegada y hora de rescate? —quiso saber Gullick.

—La llegada está prevista para dentro de unas seis horas. El rescate, si lo encuentran y está intacto, en el plazo de veinticuatro horas —respondió Coakley.

—¿Qué significa «si lo encuentran»?

—Es un objeto pequeño, general —explicó Coakley—. Ha desaparecido en aguas profundas y no estamos seguros de que continúe estando allí.

—Lo encontrarán —afirmó Gullick.

—Sí, señor.

—Señor... — Quinn calló.

—¿Qué? —dijo Gullick bruscamente.

—¿Y si aquel caza Fu no fuera el único? Los informes que tenemos de la Segunda Guerra mundial señalan avistamientos múltiples. Hubo tres que volaron con el *Enola Gay.*

—¿Y qué ocurriría si no fuera el único? — repitió Gullick.

—El patrón que hemos observado con este que se hundió en el océano Pacífico indica que estaba esperando en algún punto de las cercanías y que interceptó al agitador número tres al salir del área.

—¿Y? —dijo Gullick.

—Bueno, señor, podría ser que hubiera otro de estos cazas Fu por las cercanías e interceptara la prueba de vuelo de la nave nodriza. Obviamente, de algún modo los cazas Fu están informados de nuestras operaciones.

El general Gullick consideró esa posibilidad. Había dedicado mucho tiempo a la prueba de vuelo de la nave nodriza. Aquélla era una situación nueva; había que buscar un modo de hacerle frente.

—¿Tiene alguna sugerencia, mayor?

—Creo que deberíamos inspeccionar y comprobar si hay algún otro en las cercanías. El último reaccionó con un vuelo del agitador. Si hubiera algún otro por aquí, es posible que reaccionara ante otro vuelo del agitador, con la diferencia de que esta vez estaríamos más preparados.

—Bien —asintió Gullick—. No podemos permitirnos que el día quince algo vaya mal. Prepararemos una misión para esta noche. La diferencia es que esta vez tendremos dispuestos dos agitadores. Uno como cebo, el otro para seguirlo e interceptar. También prepararemos zonas de peligro por si aparece una de esas cosas y pica el anzuelo.

—Sí, señor.

—Tres —prosiguió Gullick. Miró al doctor Cruise y luego al general Brown, el responsable de la seguridad. El lado derecho del rostro de Gullick se crispó—. La movida de esta mañana.

—Von Seeckt ha huido —dijo Brown—. Hemos puesto vigilancia en su apartamento de Las Vegas por si aparece por ahí. Hemos...

—Von Seeckt es un viejo y es una verdadera molestia, pero no es precisamente un estúpido —dijo Gullick—. Si yo hubiera sabido que ustedes iban a joder una simple ejecución, habría permitido que la naturaleza siguiera su curso. Habría escuchado toda esa mierda que dice durante cinco meses más y luego lo habría dejado morir. Ahora tenemos a ese bocazas libre con todo lo que sabe.

—No puede haberse ido muy lejos —afirmó el general Brown.

—La palabra que me viene a la mente —dijo Gullick mirando al doctor Cruise— es diarrea mental. ¿Cómo se le ocurrió teclear el certificado de muerte antes de matarlo?

—Señor, yo...

Gullick acalló al doctor con un gesto con la mano y continuó hablando:

—¿Qué hay de ese... —bajó la vista a su pantalla de ordenador— capitán Turcotte?

—Era nuevo, señor. —Brown tenía su carpeta abierta—. Llegó a tiempo para la misión Nightscape de la noche pasada. —Hizo una pausa—. Después del suceso de esta mañana he pedido informes a los demás miembros supervivientes de la misión Nightscape del PAM a través de SATCOM. Parece que se produjo un contacto con civiles justo cuando el agitador número tres apareció en el objetivo de Nebraska y fue interceptado por el caza Fu. El capitán Turcotte iba a bordo del helicóptero del mayor Prague. El helicóptero de Prague se quedó para encargarse de los civiles.

—No hubo informes sobre civiles. Nada de nada —dijo Gullick—. Interrogué personalmente a Turcotte sobre lo ocurrido y no mencionó nada sobre aquello. —Se quedó perplejo—. Me mintió.

—No sabemos quiénes eran los civiles, pero no ha habido ningún informe de las autoridades locales sobre las actividades de la noche —dijo Brown.

—Claro que no —dijo Gullick—. Turcotte les diría que mantuvieran la boca cerrada. —Volvió a mirar la pantalla del ordenador—. ¿Qué sabemos sobre su pasado?

—Infantería, luego el cuerpo de elite. Lo reclutamos al salir de DET-A en Berlín.

—Ahora le recuerdo. —Gullick dio un golpe sobre la mesa

de reuniones—. Estuvo implicado en aquel incidente en Düsseldorf con el IRA. Nunca lo vi. Nos encargaron la investigación después de la acción por conexión telefónica segura, pero ahora reconozco el nombre. Estuvo ahí. ¿Por qué nos está mintiendo y colaborando en la huida de Von Seeckt? ¿Es un infiltrado?

—No lo sé, señor —repuso el general Brown moviendo la cabeza.

—Podría serlo —intervino Kennedy. Las demás personas de la mesa volvieron sus miradas hacia el hombre de la CIA.

—Explíquese — ordenó Gullick.

—Al hacer nuestras investigaciones sobre el pasado de la doctora Duncan, mi gente tuvo noticias de que estaba trabajando con alguien de nuestra organización o bien que iba a enviar a alguien para infiltrarse entre nosotros. La NSA le proporcionó una conexión telefónica para hablar con ese agente. Hace cuarenta minutos, esa línea se activó. Mis hombres ya la han desconectado.

—¿Sabe quién llamaba?

—No sin atraer la atención de la NSA —dijo Kennedy—. Pero quien fuera que estaba llamando por esa línea, y, en vista de lo ocurrido, estoy convencido de que era Turcotte, no logró contactar.

—¿Por qué no fui informado? —quiso saber Gullick.

—Pensé que podía encargarme de ello —repuso Kennedy—. Avisé al mayor Prague para que estuviera atento y examinara con cautela a todo el personal nuevo.

—¡Está claro que todo funcionó perfectamente! —explotó Gullick, tirando por el aire una carpeta llena de papeles—. ¿Hay alguien aquí que me informe de lo que pasa antes de que continuemos jodiendo más asuntos?

Los hombres del círculo de Majic-12 se intercambiaron miradas interrogantes, sin estar seguros de qué hacer ante aquella pregunta. Con la misma brusquedad con que había explotado, Gullick se calmó.

—Quiero todo lo que tengan sobre Turcotte. —Comprobó la pantalla del ordenador—. ¿Quién es la mujer del coche alquilado?

—Hemos comprobado el número de matrícula que copiaron los guardas. La mujer que alquiló el coche es Kelly Reynolds. Una periodista independiente.

—Fabuloso —Gullick levantó los brazos—. Justo lo que necesitábamos.

—Estoy intentando obtener una fotografía de ella así como su pasado.

—Localícelos. Ponga un aviso confidencial por los canales de la CIA a las redes de policía. Que nadie se les acerque. Debemos atraparlos nosotros. ¡Rápido!

—También tenemos un informe de Jarvis —prosiguió Kennedy—. Esa mujer, Reynolds, lo entrevistó ayer por la tarde. Jarvis le contó la historia habitual pero resultó estar mejor preparada y consiguió quebrar su tapadera. Preguntó específicamente por el periodista que capturamos la pasada noche en la Whites Sides Mountain.

—Me pregunto por qué habrá ayudado a Turcotte y Von Seeckt —dijo Quinn.

—Encuéntrela —dijo Gullick poniéndose en pie—. Entonces lo sabrá. Mientras tanto localicen a Turcotte y a Von Seeckt y acaben con ellos. Luego ya no tendremos que preocuparnos de los porqués.

14

—¿A quién ha llamado? —preguntó Turcotte secándose el cabello con una toalla.

Mientras Von Seeckt telefoneaba, Turcotte se había dado una ducha y se había aseado. Entretanto, Kelly había salido a la calle a comprarle unos pantalones y una camiseta que sustituyeran al mono desgarrado y cubierto de hollín. Ahora se sentía más humano. Los puntos que el doctor Cruise le había cosido aguantaban bien.

—He dejado un mensaje al profesor Nabinger. —Von Seeckt mostró un trozo de papel arrugado que tenía en la mano—. Es posible que él tenga la clave para entender la nave nodriza.

—¿Quién es Nabinger? —preguntó Kelly.

—Un arqueólogo del museo de Brooklyn.

—Bueno, ¡ya está bien! —exclamó Turcote—. Creía que empezaba a entender todo este asunto. Ahora vuelvo a estar perdido.

—Cuando descubrieron la nave nodriza —explicó Von Seeckt—, encontraron también unas tablas escritas en lo que se conoce como runa superior. Nunca logramos descifrarlas, pero parece que el profesor Nabinger, sí. —Los dedos de Von

Seeckt se deslizaron por el puño de su bastón—. El único problema es que tenemos que llegar a las tablas para poder enseñárselas al profesor.

—No vamos a regresar al Área 51 —aseguró Turcotte en tono terminante—. Si regresamos allí, Gullick nos atrapará. Y seguramente pronto nos localizarán aquí.

—Las tablas no están ahí —repuso Von Seeckt—. Están guardadas en las instalaciones de Majic-12 en Dulce, Nuevo México. Por eso he dicho que tenemos que ir allí.

Turcotte se sentó en una silla y se frotó la frente.

—Así que usted está de acuerdo con Kelly y dice que tenemos que ir a Dulce. Me imagino que se trata de una instalación totalmente secreta. Sólo tenemos que introducirnos en ella, rescatar a ese periodista llamado Johnny Simmons, coger las tablas, descifrarlas, y después, ¿qué más?

—Anunciar el peligro —dijo Von Seeckt. Miró a Kelly.

—Ésa será tu tarea.

—¡Oh! ¿Me contrata?

—No; creo que, como yo, te has prestado voluntaria —dijo Turcotte con una risa sarcástica—, como durante la Primera Guerra Mundial, cuando se empleaba a voluntarios para cruzar la tierra de nadie. ¿Nunca te dijo tu madre que no recogieras autoestopistas?

La voz de Von Seeckt fue grave.

—Nadie en esta habitación tiene otra elección. O nos exponemos a lo que intentan hacer en el Área 51 de aquí a cuatro días y lo paramos o nosotros, como tantos otros, moriremos.

—No estoy convencido del peligro que entraña esa nave nodriza —replicó Turcotte.

—Esto confirma mis suposiciones —dijo Von Seeckt blandiendo el papel que contenía el mensaje de Nabinger.

Turcotte miró a Kelly y ella le devolvió la mirada. Por lo que sabían, Von Seeckt podía ser un chiflado. La única razón por la que Turcotte empezó a creer en el anciano fue el que el doctor Cruise hubiera intentado asesinarlo. Eso significaba que alguien se lo tomaba suficientemente en serio para querer librarse de él. También era posible que intentaran matarlo por ser un chiflado, pero Turcotte pensó que era mejor guardar esa idea para sí mismo. No se sentía en suelo firme; al fin y al cabo, su llamada de teléfono había sido a un número desactivado, así que su historia no tenía más solidez que las de las otras dos personas de la habitación.

Von Seeckt le dijo que la doctora Duncan estaba en el Cubo. Podía estar legitimada o no. La experiencia de Turcotte le indicaba que cuando no se disponía de suficiente información, había que tomar la mejor opción posible. Ir a Dulce le pareció un buen modo de, por lo menos, acumular más información, tanto de Von Seeckt como de Kelly.

—Muy bien —aceptó Mike Turcotte—. Basta de cháchara. Vámonos.

BIMINI, LAS BAHAMAS
108 horas, 50 minutos

Situadas a menos de ciento sesenta kilómetros al este de Miami, las islas que configuraban las Bimini se desparramaban por el océano en forma de pequeños puntos verdes. Fue en aquellas aguas azules y brillantes que rodeaban esos puntitos donde se habían encontrado grandes bloques de piedra que dispararon las conjeturas acerca de que la Atlántida se hubiera encontrado allí.

Peter Nabinger no tenía tiempo para bucear y observar esos bloques. Por otra parte, ya había visto fotografías de ellos. Había ido hasta allí para visitar a la mujer que había tomado las fotografías y que luego se quedó para proseguir su estudio.

Mientras recorría el corto trayecto que separaba el pequeño aeropuerto de pista de tierra del pueblo donde vivía Slater,

Nabinger recordó la única ocasión en que había visto a aquella mujer. Fue en una conferencia arqueológica en Charleston, en Carolina del Sur. Slater presentó una ponencia sobre las piedras que se habían hallado en las aguas poco profundas de la isla donde vivía. No fue bien recibida, no porque su trabajo preliminar o su investigación fueran incorrectos, sino porque algunas de las conclusiones que proponía atentaban contra la tendencia predominante en el mundo de la arqueología académica.

Lo que fascinó a Nabinger fue que algunas diapositivas de Slater mostraban formas de runa superior grabadas en los bloques de piedra sumergidos. Consiguió las copias de las diapositivas, y éstas lo ayudaron a descifrar unos cuantos símbolos más de runa superior. Sin embargo, la glacial y hostil acogida que tuvo la presentación reafirmó a Nabinger en su actitud de mantener ocultos sus propios estudios.

Nabinger se secó el sudor de la frente y se ajustó la mochila. Durante la conferencia Slater no pareció especialmente molesta por los ataques contra sus teorías. Sonrió, recogió sus cosas y regresó a su isla. Su actitud parecía decir que, por ella, podían creerlo o no creerlo. Hasta que alguien propusiera una idea mejor y pudiera justificarla, ella se mantendría en la suya. A Nabinger le impresionó esa actitud de seguridad. Naturalmente, ella no tenía un consejo de dirección de un museo o un consejo de evaluación académica mirando por encima de la espalda, así que podía permitirse el lujo de mantener las distancias.

Miró la tarjeta que ella le había dado en aquel congreso cuando le pidió fotocopias de las diapositivas; un pequeño mapa fotocopiado indicaba el camino hacia su casa.

—En mi isla las calles no tienen nombre —le dijo—. Si no sabe adónde quiere ir no lo encontrará jamás. Pero no se preocupe, puede ir a pie a cualquier lugar, tanto desde el aeropuerto como desde el muelle.

Nabinger distinguió una melena de cabellos blancos en un

jardín de plantas verdes que rodeaban una pequeña vivienda campestre. Cuando la mujer se giró, reconoció a Slater. Ella puso una mano sobre los ojos a modo de visera y lo observó llegar. Slater, que había rebasado los sesenta años, se había acercado tarde a la arqueología, tras retirarse de su carrera como abogada especializada en derechos mineros y geológicos que representaba a varios grupos ecologistas; ése era otro motivo por el que podía permitirse seguir su propio camino, algo que también resultaba irritante para la vieja guardia de la arqueología.

—Buenos días, joven —dijo en voz alta en cuanto él se acercó.

—Señora Slater, soy...

—Peter Nabinger, del museo de Brooklyn —lo interrumpió ella—. Puede que sea vieja y decrépita, pero todavía tengo memoria. ¿Se equivocó de dirección al cruzar el Nilo? Si no recuerdo mal, ésa es su especialidad.

—Acabo de llegar aquí procedente de El Cairo, luego he tomado el avión de Miami —repuso Nabinger.

—¿Té frío? —preguntó Slater desde la puerta haciéndole un gesto con la mano para que entrara.

—Gracias.

Entraron en la sombra fresca de la casa. Era un pequeño bungaló muy bien decorado, con libros y papeles apilados por todas partes. Sacó una pila de papeles de una silla plegable.

—Siéntese, por favor.

Nabinger se sentó y tomó el vaso que ella le ofreció. Slater se sentó en el suelo apoyando la espalda contra un diván cubierto de fotografías

—¿Y qué lo ha traído hasta aquí, señor Egipto? ¿Quiere más fotos de los grabados de las piedras?

—Recordé la ponencia que presentó en Charleston el año pasado —empezó a decir Nabinger sin saber cómo conseguir lo que necesitaba.

—Eso fue hace once meses y seis días —replicó Slater—.

Quiero pensar que su cerebro funciona un poco más rápidamente, si no, nos espera un día muy largo. Por favor, señor Nabinger, usted ha venido aquí por alguna razón. No soy su profesora del colegio. Puede hacerme preguntas, aunque le parezcan estúpidas. He hecho muchas preguntas estúpidas en mi vida y nunca me he arrepentido de ninguna. En cambio, sí me arrepiento de las veces que cerré la boca cuando tendría que haber hablado.

Nabinger asintió.

—¿Conoce algo sobre el culto de los nazis a Thule?

—Sí —Slater bajó lentamente el vaso y se quedó pensativa un momento—. ¿Sabe usted que hace unos diez años hubo una gran controversia entre la comunidad médica por utilizar algunos datos históricos para estudiar la hipotermia? —No esperó una respuesta—. Los mejores datos documentados sobre la hipotermia los aportaron los médicos nazis, pues zambullían a los prisioneros de los campos de concentración dentro de cubas de agua helada y luego medían las constantes vitales, que iban disminuyendo hasta desaparecer. A algunos los sacaban del agua antes de que se murieran e intentaban reanimarlos calentándolos de distintos modos, que nunca funcionaban. No es precisamente lo que un investigador médico típico debe hacer, pero es realista si lo que interesa es la exactitud.

»La decisón que tomó la comunidad médica norteamericana fue que los datos obtenidos de este modo tan brutal e inhumano no debían emplearse, incluso aunque ello impidiera el avance de la ciencia médica actual y salvar vidas. No sé qué le parece eso. Yo misma no sé qué pensar. —Slater hizo una pausa y sonrió—. Bueno, ahora soy yo la que divaga. Pero tiene que entender la situación. Naturalmente, he leído los papeles y la documentación disponible sobre el culto de Thule y la fascinación de los nazis por la Atlántida. Forma parte de mi área de estudio. Pero hay quien se opondría violentamente a emplear ese tipo de información por lo que, por muy excéntricas que parezcan mis teorías, he tenido que mantener esa particular fuente de información fuera de mis ponencias y presentaciones.

—¿Qué descubrió? —preguntó Nabinger inclinándose hacia adelante.

—¿Por qué quiere saberlo?

Nabinger buscó en su mochila y sacó su cuaderno de notas. Le mostró el dibujo y el borrador de la traducción.

—Esto procede de la pared en la cámara inferior de la gran pirámide.

Miró su reloj. En una hora y media tenía que tomar el avión de regreso a Miami. Empezó a contar rápidamente la historia de Kaji según la cual los alemanes habían abierto la cámara en 1942 y terminó enseñándole la daga de Von Seeckt. Luego describió sus esfuerzos para descifrar la runa superior y el mensaje que había obtenido de la pared de la cámara.

Slater lo había dejado hablar.

—Esa referencia a un lugar de origen, ¿cree que es una referencia a un lugar al otro lado del Atlántico?

—Sí. Y por eso estoy aquí. Porque los alemanes, si es verdad que entraron en la cámara en mil novecientos cuarenta y dos, algo de lo que todavía no estoy convencido a pesar de la daga, tuvieron que obtener información sobre la cámara en algún lugar. Tal vez los alemanes encontraran un texto que les permitió llegar hasta esa cámara, si es que usted me sigue.

—Lo sigo. —Slater le devolvió el dibujo—. A principios de la Segunda Guerra Mundial, los submarinos alemanes tuvieron mucha actividad en la costa este de los Estados Unidos y también aquí, en mi isla. Hundieron algunos barcos pero también llevaron a cabo otras misiones. Igual que usted ha hablado con ese tal Kaji de Egipto, yo lo he hecho con algunos viejos pescadores de las islas, que conocen las aguas y la historia. Dicen que en mil novecientos cuarenta y uno hubo muchos avistamientos de submarinos alemanes moviéndose por las islas. No parecían interesados en cazar barcos, aquí estamos alejados de todas las rutas marítimas principales, sino más bien en encontrar algo en las aguas que rodean las islas. —Slater se volvió, buscó detrás de ella y recogió algunas fotografías—. Creo que encontraron esto.

Se las pasó. Parecían las mismas fotografías que había presentado en el congreso. Grandes bloques de piedra, muy bien ensamblados entre sí, situados a unos quince metros bajo el agua.

Slater siguió hablando a Nabinger mientras éste miraba las fotografías.

—Es posible que correspondan a la muralla exterior de una ciudad o a un trozo de muelle. No hay modo de saberlo, pues muchas zonas están cubiertas con coral y otras formas de vida submarina y el fondo del mar cercano se pierde en profundidades sin explorar. Esta zona de las piedras podría ser sólo una pequeñísima parte de un yacimiento antiguo mayor, o bien sólo un yacimiento construido hace miles de años, cuando la zona se encontraba sobre las aguas. Erigido por gentes de las que no sabemos nada por algún motivo que no podemos adivinar.

»El patrón general de las piedras es el de una "J" alargada, es decir, tiene forma de herradura con un extremo abierto hacia el noreste. Tiene una longitud aproximada de medio kilómetro y unos quince metros de profundidad. Se calcula que algunas de las piedras pesan casi quince toneladas; por lo tanto, no llegaron aquí por accidente, y quien fuera que las colocó allí tenía una capacidad de construcción notable. Apenas es posible insertar una punta de cuchillo entre las junturas de las piedras. —Al decir esto, Slater se levantó, se inclinó sobre el hombro de Nabinder y señaló con el dedo—. Aquí.

Se veía una gran abolladura en una de las rocas.

—¿Y esto? —preguntó Nabinger.

Slater buscó entre las fotografías.

—Aquí —dijo mostrándole una ampliación de la fisura en el bloque.

Nabinger lo miró detenidamente. En los bordes de la abolladura se distinguían otras señales de escritura, muy débiles y viejas. Eran muy parecidas a lo que tenía en el cuaderno de notas, pero la abolladura había destruido toda posibilidad de descifrarlas.

—¿Qué pasó con esta piedra? —preguntó Nabinger.

—Por lo que sé —dijo Slater— fue un torpedo. —Tocó la fotografía, pasando los dedos sobre la runa superior—. He visto otras parecidas. Marcas antiguas destruidas en algún momento del siglo pasado por armas modernas.

—Son iguales a las que he descifrado en la cámara inferior —repuso Nabinger asintiendo con la cabeza—. No son jeroglíficos tradicionales, sino una escritura más antigua, una runa superior.

Slater fue hacia un escritorio oculto por pilas de carpetas y libros. Revolvió durante unos segundos y encontró lo que buscaba.

—Aquí —dijo mostrándole una carpeta a Nabinger—. Usted no es el único que se interesa por la runa superior.

La abrió. Estaba llena de fotografías de runas. Escritas en paredes, en tablillas de barro, grabadas en piedra, en casi todos los modos posibles en que las culturas antiguas dejaban constancia de sus acontecimientos.

—¿Dónde ha tomado usted estas fotografías? —preguntó Nabinger mientras su corazón latía aprisa ante el potencial de información que tenía entre los dedos. Reconoció algunas fotografías, como aquel lugar de Centroamérica que lo había ayudado en el descifrado de la runa superior.

—En la carpeta hay un índice donde se detalla dónde se tomó cada fotografía. Están numeradas. Se obtuvieron en varios lugares. Aquí, bajo las olas. En México, cerca de Veracruz. En Perú, en Tucume. En la isla de Pascua. En algunas islas de Polinesia, algunas en Oriente Medio, en Egipto y la Mesopotamia.

—¿Los mismos símbolos? —preguntó Nabinger mientras pasaba las fotografías. Muchas las había visto antes, pero había algunas que podría añadir a su base de datos sobre la runa superior.

—Hay algunas diferencias. De hecho, muchas —respondió Slater—. Pero, sí, creo que todas proceden de la misma lengua raíz y que están relacionadas entre sí. Es un lenguaje escrito que precede al idioma más antiguo conocido y aceptado por los historiadores.

—Llevo muchos años estudiando la runa superior —dijo Nabinger cerrando la carpeta—. Gran parte de lo que usted tiene ya lo había visto antes; de hecho, pude descifrar lo que hallé en la pared de la cámara en la gran pirámide utilizando para ello los símbolos de un lugar situado en Sudamérica. Pero la pregunta que me inquieta, y por la que nunca he dado a conocer mi descubrimiento, es ¿cómo es posible encontrar la misma escritura antigua en lugares tan separados?

—¿Conoce la teoría difusionista de la civilización? —preguntó Slater mientras volvía a sentarse.

—Sí —asintió Nabinger.

Sabía a qué se refería Slater, aunque la corriente de pensamiento predominante en esa década se decantaba más por la teoría aislacionista. Los aislacionistas creían que las civilizaciones antiguas se habían desarrollado de forma independiente entre sí. Mesopotamia, China, Egipto... todas esas civilizaciones habían cruzado el umbral de la civilización a la vez: aproximadamente tres o cuatro siglos antes de Cristo.

Nabinger había oído ese argumento muchas veces. Los aislacionistas se servían de la teoría de la evolución natural para explicar esa sincronicidad. Atribuían las similitudes entre los hallazgos arqueológicos de esas civilizaciones a los puntos en común genéticos entre los hombres. Por consiguiente, el hecho de que hubiera pirámides en Perú, Egipto, Indochina y América del Norte, algunas de piedra, otras de tierra, otras de fango, pero todas notablemente parecidas entre sí dadas las distancias entre esos lugares, se debía a una tendencia natural de todas las sociedades a hacer las mismas cosas durante su desarrollo.

Para Nabinger aquello era rizar el rizo. Sería realmente una sorpresa genética que todas aquellas civilizaciones hubieran desarrollado también la misma escritura en forma de runa superior y que luego la hubieran abandonado, antes de que se pintaran los primeros jeroglíficos en papiro.

Los difusionistas sostenían la otra cara de esa moneda llamada civilización, y Nabinger sentía mayor afinidad por esa postura. Creían que esas civilizaciones habían surgido aproximadamente en el mismo momento a escala cósmica y que todas sus similitudes, incluida la runa superior, se debían a que habían sido fundadas por seres pertenecientes a la misma civilización, más antigua.

Sin embargo, la teoría difusionista planteaba muchos problemas, problemas serios, y por ello Nabinger mantenía para sí mismo su punto de vista sobre el tema. El argumento más fuerte contra la teoría difusionista era que las gentes de esos diversos lugares no tenían modo alguno de comunicarse entre sí ni de tener relación social o cultural alguna. Según la teoría difusionista, esos primeros pueblos habrían cruzado el Atlántico o el Pacífico. Si ya tenían serios problemas para navegar a vela por el Mediterráneo en esa época, qué decir sobre cruzar océanos.

—Y usted ya sabe quién es el número uno de los difusionistas, ¿no? —El rostro de Slater se cubrió de arrugas al sonreír. No esperó la respuesta—. Leif Jorgenson. El hombre que navegó por el Atlántico con un barco vikingo para demostrar que los europeos ya estaban en América del Norte mucho antes que Cristóbal Colón. El mismo que fue en una balsa de madera desde Indonesia hasta las Islas Hawai para demostrar su teoría de que las islas fueron colonizadas desde el oeste. Sin embargo, en los últimos diez años, ha dado uno o más pasos hacia adelante. Actualmente está trabajado en unos yacimientos recién descubiertos de Mesoamérica, investigando las pirámides y el calendario maya y, ¿sabe?, ha encontrado runa superior.

»Hace cuatro años Jorgenson descubrió un yacimiento enorme en México, cerca de Jamiltepec. Más de veinte grandes pirámides de barro y piedra que cubrían más de doscientas ochenta hectáreas de la costa oeste de México, a menos de tres kilómetros del océano Pacífico. Había sido cubierto por la jungla y, a causa de unas montañas que lo rodeaban, sólo era accesible por mar. Allí descubrió más pruebas de comunicación intercultural en un período de tiempo anterior al que los historiadores consideran posible. Había joyas hechas con gemas que sólo podían haber sido extraídas a tres mil kilómetros de ahí, en Sudamérica. Esculturas de piedra muy parecidas a las de otros lugares, algunos situados al otro lado del Pacífico, en Oceanía. Jorgenson dispone de pruebas concluyentes de cierto grado de interacción muchos siglos atrás entre pueblos muy alejados entre sí. Sin embargo, la comunidad científica no le hace el menor caso, simplemente, porque no cree que eso sea posible.

Nabinger conocía ese hallazgo, pero no quería ofender a Slater. Al fin y al cabo, él había acudido a ella.

—¿Cómo cree Jorgenson que se originó la civilización?

—Cree que hubo una cultura original de individuos de piel blanca y orejas grandes, capaces de construir pirámides y que escribían en runa. Vivieron y se desarrollaron en lo que él denomina «punto cero» —contestó Slater—, y que la civilización se dispersó a partir de ese punto cero en la que él llama «hora cero», es decir, el momento en que la civilización comenzó a desarrollarse de forma simultánea en todos esos lugares que ahora estamos estudiando. La civilización procede del punto cero.

—¿Y dónde está el punto cero? —preguntó Nabinger conociendo la respuesta.

—Es el lugar que muchas leyendas llaman la Atlántida.

—¿Por eso usted conoce tan bien sus teorías? —preguntó Nabinger.

—Sí. Y es que efectivamente hay conexiones que no han

podido aclararse de forma adecuada. —Slater hizo una pausa—. Permítame que se lo explique. Hay mucha gente que no cree en la teoría del punto cero de Jorgenson debido a la imposibilidad física. Dicen que no es posible que los hombres de aquel tiempo, aproximadamente cuatro mil años antes de Cristo, pudieran partir del punto cero a otros lugares del globo, independientemente de dónde se hallase ese punto cero. Tendrían que haber cruzado los océanos.

»La respuesta de Jorgenson es que si bien no hay una prueba científica que apoye de forma convincente su teoría, tampoco la hay para refutarla. Si admitimos un modo en que el hombre antiguo pudiera atravesar océanos y haberse dispersado, entonces la prueba es concluyente. Por eso Jorgenson ha realizado todos los trayectos marinos en réplicas de antiguos barcos a vela. —Slater dio un golpecito sobre la hoja que contenía la traducción que Nabinger le había dado—. Tengo que felicitarlo, joven, por perseverar en el estudio de puntos en común entre las runas superiores a pesar de las teorías habituales. Obviamente, esto le ha dado un fruto que otros científicos e investigadores no han podido conseguir porque han aceptado las teorías habituales y no han sabido ver las grandes posibilidades que da pensar de forma distinta. Yo intenté traducir las runas superiores, pero ésa no es mi especialidad.

—Volvamos a la idea de la Atlántida —dijo Nabinger mirando de nuevo el reloj.

—Jorgenson cree, y como usted sabrá hay suficientes datos científicos que así lo avalan, que a mediados del año tres mil cuatrocientos antes de Cristo se produjo un gran movimiento geológico en el océano Atlántico. Se podría decir que todas las culturas del mundo relatan una gran inundación ocurrida en aquel tiempo. Incluso el *Libro de la muerte* tibetano habla de una gran masa de tierra hundiéndose en el mar en aquella época, y quienes lo escribieron se encontraban en el otro lado del Atlántico. Muchas leyendas que remiten a lo mismo: una gran civilización en el medio del océano, destrui-da por el fuego o el agua. Los mayas la llamaron Atlantis Mu, los noreuropeos, Thule. También existió el país de Lemuria, que una tal madame Blavatsky rescató para crear su propio culto de Thule, que es la pregunta que usted me formuló al iniciar esta conversación.

»Lemuria fue un país que los científicos del siglo diecinue-ve creyeron que había existido por la presencia en Madagas-car de cierto tipo de mono, el lemur, que también se encontra-ba en la India. Creían que Lemuria se hallaba en el océano índico. Con la punta de sus bolígrafos, los seguidores de Bla-vatsky desplazaron Lemuria al Pacífico de forma que vincula-ron la leyenda a las estatuas de la isla de Pascua, con lo que volvemos a la raza de hombres de orejas largas postulada por Jorgenson. Las estatuas de la isla de Pascua representan, como ya sabrá, personas de grandes orejas. —Slater se rió—. Co-nozco otros mitos e historias mejores. En mil novecientos veintidós otro alemán publicó un libro sobre la Atlántida. De-cía que en sus orígenes había estado ocupada por un pueblo genéticamente perfecto. Pero la perfección se vino abajo cuando llegó una mujer del exterior y les enseñó a fermentar alcohol. Adiós a la sociedad perfecta. Y a causa de esta imper-fección, la Atlántida fue destruida por la cola de un cometa. El continente ardió y sólo lograron salvarse un puñado de per-sonas.

—¿Y de dónde sacó esta gente esas ideas? —preguntó Na-binger.

—¡Ah! ¡Ya está el científico! —exclamó Slater—. ¿Quie-re materiales de referencia? —Fue hacia el escritorio, que se hallaba abarrotado de cosas, y durante un minuto buscó hasta encontrar un libro manoseado de tapa dura—. Ésta es la cita original de la Atlántida procedente del *Timeo,* un tratado so-bre filosofía pitagoriana escrito por Platón. Está escrito en griego original. Permítame un poco de libertad en la traduc-ción, no acostumbro a hablar muy a menudo en ese idioma.

—Pasó varias páginas y luego deslizó el dedo sobre el texto—. Como pasa con los griegos, este documento tiene la forma de un diálogo entre varias personas, una de las cuales es Sócrates. Aquí Solón está narrando la historia de algunas leyendas griegas, por ejemplo, la del diluvio del que se libraron Deucalión y Pirra. Un viejo sacerdote lo censura y dice:

»"¡Oh, Solón! Vosotros los griegos sois como niños. Ha habido y habrá muchos destructores de sociedades, de los cuales los mayores son el fuego y el agua. —Slater pasó algunas páginas y prosiguió—: Muchas son las verdades y grandes son los logros de los griegos. Pero hay uno que reluce frente a los demás. Nuestra historia cuenta que hace muchos años nuestro país logró detener el avance de un poderoso intruso procedente de un punto remoto en un océano distante, que vino para atacar toda Europa y Asia. Como, en aquellos lejanos días, el océano era navegable allende los llamados Pilares de Hércules, allí, justo allí, había una isla mayor que el norte de África y Asia Menor juntas y los viajeros podían cruzar de ahí a nuestro país." —Slater levantó la vista del libro y a continuación dijo—: Muchos creen que Platón se refiere a América del Norte y del Sur, pero chocan con el mismo problema que Jorgenson. La tecnología de entonces excluye la posibilidad de cruzar el Atlántico, por lo que, sea lo que fuere el lugar al que Platón se refiera, si es real, tiene que estar más cerca de Europa.

»Naturalmente, Platón también dice algo que va contra el pensamiento convencional: que el océano fuera del Pilar de Hércules, es decir, el estrecho de Gibraltar, era navegable para las gentes de aquel tiempo. —Pasó otra página y leyó—: "La isla de la Atlántida, como otras islas y países, estaba gobernada por una confederación de reyes muy poderosos. Aquí, desde los Pilares de Hércules, regían el norte de África hasta Egipto y en Europa hasta la Toscana. Los reyes de la Atlántida una vez intentaron someter a los pueblos griego y egipcio, pero los griegos, en una noble lucha, detuvieron a los invasores. Luego se produjeron terremotos e inundaciones y un día terrible toda la isla de la Atlántida fue engullida por el mar y desapareció". Ahora hay un dato especialmente interesante —dijo Slater, y reanudó la lectura—: "La Atlántida desapareció, y en aquel momento el océano se volvió infranqueable en aquel sitio pues resultó impedido por el fango que la isla dejó al quedar sumergida en el océano". —Slater sonrió—. Seguro que usted ha oído hablar sobre el mar de los Sargazos, que se halla situado al este de aquí. Y ocurre que en muchos puntos de dicho mar el agua alrededor de las islas es relativamente poco profunda. En caso de que el nivel del océano fuera un poco inferior, resultaría prácticamente impenetrable para muchos barcos.

—¿Así que usted cree hallarse sobre el emplazamiento de la Atlántida? —preguntó Nabinger.

—No lo puedo afirmar con seguridad —admitió Slater con franqueza. Sacó un libro de una estantería.—. Tome, lléveselo, también las fotografías de las runas. Este libro habla sobre la leyenda de la Atlántida, posiblemente haya algo que le interese saber. Espero haberle dado toda la información que quería.

—Ésa y mucho más —le aseguró Nabinger, pese a que muy poco de lo que le había dicho le había resultado nuevo y ya tenía catalogadas la mayoría de las fotografías de runas superiores. Tenía el tiempo justo para llegar al aeropuerto, tomar el avión hacia Miami y continuar el viaje. Confiaba en que Von Seeckt tuviera más.

—Una cosa —dijo Slater mientras iban hacia la puerta—. ¿Qué cree que había en la caja negra que sacaron de la pirámide?

Nabinger se detuvo y dijo:

—Ni idea.

—Cuando le hablé de los datos de los campos de concentración, no lo hice porque sí. Ese hombre al que busca, ese alemán, Von Seeckt, si forma parte de lo que me imagino, usted debe ir con mucho cuidado de saber dónde se mete.

—¿De qué se trata? —Nabinger sentía cómo pasaban los minutos para su vuelo.

—Pregúnteselo cuando lo vea —dijo Slater—. Si intenta evadir la respuesta, pregúntele específicamente sobre la Operación Paperclip.

—¿Qué es eso?

—Algo de lo que yo sólo oí rumores cuando trabajaba en Washington.

—¿Hay algo más que deba saber? —preguntó Nabinger apostado en la entrada.

—Sé que me ha estado complaciendo —dijo Slater—. Ya sabía casi todo lo que le he contado pero, de todos modos, ha pasado por aquí. ¿Por qué?

—Venía de camino —respondió Nabinger con sinceridad—. Además, esperaba que usted tuviera alguna información nueva, pues todavía está investigando este campo. Su información sobre Von Seeckt puede resultar útil.

Slater estaba a la sombra, protegida por el tejado en punta de la casa.

—Hace ocho meses, encontraron algo poco usual en el yacimiento de Jamiltepec en México.

Era una noticia para Nabinger.

—¿Qué descubrió Jorgenson?

—No fue Jorgenson —repuso Slater—. Sólo he oído rumores. Jorgenson estaba dando conferencias lejos de allí. Su gente, que se encontraba a bastante profundidad debajo de la pirámide principal, encontró un pasillo que conducía hacia abajo. Al hacer los preparativos para abrirlo los obligaron a detener la investigación. El ejército mexicano tomó cartas en el asunto y alegó que aquello era un yacimiento histórico, pero, en realidad, cualquiera con dinero suficiente pudo haber conseguido que detuvieran las excavaciones.

—¿Qué ocurrió? —preguntó Nabinger.

—Por lo que he oído, parece que el equipo de Jorgenson tenía un infiltrado. Unos dicen que era del gobierno mexicano, pues fue su ejército el que clausuró la excavación; otros dicen que era de la CIA. Hay rumores de que, después de que el equipo de Jorgenson se hubiera marchado, los norteamericanos trabajaron en el yacimiento. Jorgenson armó un gran revuelo pero, como el gobierno mexicano le había retirado la autorización, no podía hacer mucho más.

—¿Tiene alguna idea de lo que podía haber ahí dentro?

—Ni la más remota, hijito. Nada. Pero tal vez Von Seeckt lo sepa.

15

Turcotte conducía, Kelly llevaba los mapas y Von Seeckt estaba sentado en el asiento de atrás contemplando el paisaje. Iban en el coche alquilado por Kelly, hacia el suroeste de Las Vegas, en la dirección aproximada de Dulce, Nuevo México, con parada en Phoenix.

Como la única carretera de Las Vegas que iba en aquella dirección era la autopista 93 a Kingman, Arizona, la mente de Kelly no se ocupaba mucho del mapa que tenía en su regazo. Había unos ciento treinta kilómetros hasta Kingman, sin ningún desvío por el camino.

—Usted dijo que encontraron la nave nodriza en el hangar, pero no ha dicho si también encontraron los agitadores ahí —dijo Kelly volviéndose sobre el asiento y mirando a Von Seeckt.

—¡Ah! ¡Los agitadores! —exclamó Von Seeckt—. Sí, la nave nodriza fue el primer hallazgo de los americanos. En la misma cámara que la nave nodriza se encontraron también dos agitadores.

—¿Y los demás? —preguntó Kelly.

—No estaban ahí. Se encontraron y se transportaron al Área 51.

—¿Dónde se encontraron? —quiso saber Kelly.

—En otro lugar. —La atención de Von Seeckt estaba centrada en el desierto que atravesaban.

En el asiento delantero Kelly cruzó una mirada con Turcotte y luego se volvió hacia el asiento trasero.

—¿Otro lugar? ¿Dónde? Recuerde que usted me ha contratado y que el pago a cambio es información.

—Pensé que su pago a cambio era encontrar a su amigo —repuso Von Seeckt volviendo a centrar la atención en el interior del coche.

—Johnny Simmons no está en este coche —dijo Kelly—. Espero y rezo para que encontremos a Johnny en Dulce y que podamos sacarlo de ahí sin incidentes. Usted, en cambio, está en este coche, y cuanta más información tengamos, mayores serán las oportunidades de sacar a Johnny de ahí.

—Los agitadores están ahora en el Área 51 —repuso Von Seeckt—. ¿Por qué le interesa su historia?

—Usted dijo que íbamos a Dulce para encontrar unas tablas que están relacionadas con ellos —arguyó Kelly.

Kelly se sorprendió cuando Turcotte dio un golpe contra el volante.

—Mire, Von Seeckt. Yo no quiero estar aquí. Desde el principio no he querido esta mierda de misión. Pero estoy aquí y los estoy ayudando. Así que usted colabora. ¿Queda claro?

—¿Una misión? —preguntó Kelly con su instinto de periodista aguzado. Los dos hombres hicieron caso omiso de la pregunta.

—Hice la promesa de guardar el secreto —dijo Von Seeckt a Turcotte—. Sólo violo esa promesa para impedir una catástrofe.

—Pues ahora es un poco tarde para eso —le advirtió Turcotte—. Y lo estamos ayudando. Yo también hice algunas promesas y he violado una de ellas cuando salvé su vida y la de esa pareja de Nebraska. Usted ha pasado una línea y no puede volverse atrás. Entiéndalo. Ahora estamos metidos en esto. Los tres. Le guste o no. Le garantizo que personalmente a mí no me hace una mierda de gracia, pero estoy aquí y acepto lo que ello significa.

—Sé que he cruzado una línea —contestó Von Seeckt después de reflexionar unos segundos en todo aquello—. Supongo que mucho de lo que siento no es más que costumbre. Estoy acostumbrado a permanecer quieto y callado. Desde que fui reclutado en mil novecientos cuarenta y dos, no he hablado con nadie ajeno al programa. Me resulta bastante extraño hablar de esto de un modo abierto. —Hizo una pausa y luego prosiguió—: Existen nueve agitadores atmosféricos. Sabemos que están relacionados con la nave nodriza por su tecnología, por el material de que están hechos y porque encontramos dos, que se conocen como agitador número uno y número dos, enterrados junto a la nave nodriza.

»También sabemos que los demás agitadores están relacionados con la nave nodriza porque gracias al material que descubrimos en el hangar de la nave nodriza pudimos encontrarlos otros siete agitadores. Cuando en mil novecientos cuarenta y dos se encontró la nave nodriza no sólo había los dos platillos primeros, también se hallaron algunas de las tablas de las que ya hemos hablado. A pesar de que la gente del programa no podía descifrar los símbolos que contenían, había también planos y mapas que sí podían entenderse.

—Un momento —lo interrumpió Kelly—. ¿Me está diciendo que los mejores cerebros que el gobierno consiguió reunir no pudieron descifrar esas runas superiores? Tenemos ordenadores capaces de descifrar códigos en segundos.

—En primer lugar —repuso Von Seeckt—, ha de saber que es extraordinariamente difícil descifrar un lenguaje o un sistema de escritura si se dispone de poco material con el que contrastar. Eso obliga a descartar el empleo de ordenadores, pues no hay suficientes datos. En segundo lugar, no necesariamente teníamos los mejores cerebros, como usted dice, trabajando en ello. Sólo había los que podían ser reclutados, pasaban una prueba de seguridad y firmaban además un juramento de confidencialidad. De hecho, eso hizo descartar a muchos de nuestros mejores cerebros. Por otra parte, a causa del secretismo del programa, esos científicos jamás accedieron por completo a la información. En tercer lugar, los que trabajaban en la descodificación de las runas estaban limitados por las convenciones de su disciplina. No entendían que las runas encontradas cerca de la nave nodriza pudieran estar relacionadas con las halladas en cualquier otro lugar. Por último, a causa del secretismo, la información con la que trabajaban estaba muy compartimentada. No tenían acceso a todos los datos disponibles.

—¿Dónde había más runas de ésas? —preguntó Turcotte.

—Ya se lo explicaré en otro momento —contestó Von Seeckt—, mañana, cuando el profesor Nabinger se encuentre con nosotros.

Turcotte agarró el volante con tanta fuerza que en los nudillos se le vieron puntos blancos. Kelly se dio cuenta e intentó mantener el flujo de información.

—¿Así que a pesar de no poder descifrar las runas —continuó Kelly—, sí lograron encontrar los demás agitadores?

—Sí —asintió Von Seeckt—. Como ya he dicho, había planos y mapas. No parecía haber duda de que se prestaba gran atención a la Antártida, a pesar de que no se indicaba un punto concreto. Era sólo una aproximación general al continente. No obstante, logramos definir un área de ochocientos kilómetros cuadrados. Desafortunadamente, las pocas expediciones a la Antártida que se hicieron durante los años de la guerra no pudieron ser equipadas por completo pues había otras necesidades más apremiantes para los hombres, además de los barcos necesarios para vencer a Alemania y también al Japón.

»En mil novecientos cuarenta y seis, en cuanto se dispuso de material y personal, el gobierno de los Estados Unidos montó lo que se dio en llamar Operación High Jump. Puede investigar sobre ella. Está muy bien documentada. Sin embargo, nadie se preguntó por qué en mil novecientos cuarenta y seis el gobierno se interesó tanto por la Antártida. ¿Por qué enviaban docenas de barcos y aviones al continente situado más al sur, inmediatamente después de la guerra? Fue una operación de gran alcance. La mayor en la historia de la humanidad dirigida hacia ese punto. High Jump hizo tantas fotografías de la Antártida que todavía hoy, al cabo de cincuenta años, no han podido verse todas. La expedición supervisó más del sesenta por ciento de la línea de la costa y miles de hectáreas de territorio que nunca antes había sido visto por el hombre.

»Pero el verdadero éxito de High Jump fue que se captaron señales de un objeto metálico enterrado bajo el hielo de una zona cuadrada de ciento treinta mil hectáreas a la que se otorgó especial atención, puesto que era lo que de forma secreta se estaba buscando en primer lugar. —Von Seeckt se inclinó hacia adelante—. ¿Saben cuál es el grosor del hielo allí? En algunos puntos alcanza los cinco kilómetros de profundidad. La línea de tierra que se encuentra debajo del hielo está, en realidad, debajo del nivel del mar, pero eso se debe a que el peso del hielo acumulado hunde el continente. Si se quitara el hielo, el terreno se elevaría kilómetros y kilómetros. Contando todas las expediciones habidas, incluida la de High Jump, el hombre sólo ha atravesado el uno por ciento de la superficie de ese continente.

»La Antártida contiene el noventa por ciento de todo el hielo y la nieve del mundo y es un temible enemigo, como pronto descubrieron los hombres que trabajaban en secreto amparados en la operación High Jump. Un avión equipado con esquís aterrizó en el lugar donde se había captado la señal metálica. Dicho sea de paso, a pesar de la ayuda de los planos de las tablas, fueron necesarios cinco meses de búsqueda por parte de miles y miles de hombres para encontrar dicho lugar.

»La climatología allí abajo es impredecible y brutal. Pues bien, se produjo una tormenta que destruyó el avión, y la tripulación murió congelada antes de poder ser rescatada. Se organizó una segunda misión en el lugar. Se determinó que la señal captada se encontraba a dos kilómetros y medio debajo del hielo. En ese momento no teníamos la tecnología para hacer ninguna de las dos cosas necesarias para continuar explorando: sobrevivir en el hielo el tiempo suficiente y hacer una perforación suficientemente profunda. Así pues, durante nueve años aprovechamos bien el tiempo y nos preparamos. Teníamos, además, los dos agitadores de Nevada en que trabajar. No estábamos seguros de lo que había allá abajo, en la Antártida, pero, por los símbolos de las tablas, parecía que serían más agitadores, así que la prioridad del esfuerzo de recuperarlos no era tan alta como podría haber sido.

—¿Quiere decir que había otros lugares y otros símbolos y otros niveles de prioridad? —preguntó Kelly.

—Es usted muy astuta, jovencita —dijo Von Seeckt mirándola a los ojos—, pero dejemos ese tema a un lado. En mil novecientos cincuenta y cinco la Armada puso en marcha la Operación Deep Freeze, liderada por el almirante Byrd, un experto en la Antártida. Para aquella operación se establecieron cinco estaciones en la costa y tres en el interior. Por lo menos, eso fue lo que se dijo a la prensa y se registró en los libros de historia. Pues bien, también se creó una novena estación, secreta. Una que jamás se indicó en ningún mapa. A principios de lo que se considera verano en la Antártida de mil novecientos cincuenta y seis fui allí en avión. La estación Scorpion, éste era su nombre, se encontraba a más de mil trescientos kilómetros de la costa, en el centro de... —Von Seeckt iba a decir algo, pero luego se encogió de hombros—, bueno, en realidad, en el centro de nada. Sólo había kilómetros y kilómetros de hielo, una de las razones por la que fue tan difícil encontrar el punto. Me enseñaron el lugar en el mapa pero no importa. En aquel punto, la capa de hielo era de cuatro kilómetros.

»Les llevó todo el verano del cincuenta y cinco transportar

todo el equipo necesario. En mil novecientos cincuenta y seis empezaron la perforación. Al cabo de cuatro meses llegaron a unos dos kilómetros y medio del objetivo. Por suerte, al fin toparon con una cavidad en el hielo. Temíamos que los agitadores, si realmente estaban allí abajo, estuvieran cubiertos por hielo y congelados dentro de la capa de hielo. En ese caso, no habríamos tenido ninguna posibilidad de recuperarlos. Pero no fue así, la perforadora topó con aire. Enviaron cámaras abajo y buscaron. Y sí, en aquella cavidad había más agitadores.

»Tuvieron que ampliar el orificio, hacerlo suficientemente grande para que una persona pudiera ir abajo y mirar. ¡Era increíble! Se trataba de una cámara excavada en el hielo. No era tan grande como el hangar dos, pero muy grande. Allí estaban los otros siete agitadores. Alineados y perfectamente conservados. Cualquier cosa dejada en la Antártida se conserva perfectamente —agregó Von Seeckt—. ¿Sabían que se encontraron alimentos en los campos de la costa que habían sido abandonados hacía más de cien años y que todavía podían comerse?

—¿Por eso se dejaron esos agitadores en aquel lugar? —preguntó Kelly—. ¿Para que se conservaran perfectamente?

—No lo creo —dijo Von Seeckt—. Los dos que había aquí, en Nevada, eran operativos. El aire del desierto también es muy bueno para conservar cosas; en la caverna con la nave nodriza estaban resguardados de los elementos.

—Entonces, ¿por qué la Antártida? —interrogó ella.

—No estoy seguro.

—¿Una suposición, tal vez? —apuntó Turcotte—. Seguro que usted tiene algunas ideas.

—Creo que los dejaron allí porque es, probablemente, el lugar más inaccesible de la Tierra.

—¿Así que quien fuera que los dejó allí no quería que los encontraran? —preguntó Turcotte.

—Así parece. O, al menos, quería que los que los encontraran tuvieran la tecnología adecuada para afrontar las condiciones del Antártico —dijo Von Seeckt.

—Sin embargo, dejaron la nave nodriza y dos agitadores en Nevada —señaló Kelly—, que es un lugar más accesible que la Antártida.

—El terreno y el clima de Nevada son más accesibles para el hombre —corroboró Von Seeckt—, pero la caverna donde se escondía la nave nodriza no lo era. Tuvieron mucha suerte en tropezar con ellos, y hubo que hacer un gran esfuerzo para entrar en el lugar. No; yo creo que las naves estaban escondidas con la intención de que no se encontraran.

—¿Por qué siete en la Antártida y dos en Nevada? —se preguntó en voz alta Kelly.

—No lo sé —dijo Von Seeckt—. Eso deberíamos preguntárselo a quien los dejó allí.

—Continúe explicando lo que ocurrió en la Antártida —instó Turcotte.

—Tardaron tres años en subir los agitadores. Primero los ingenieros tuvieron que ampliar el orificio a doce metros de circunferencia. Recuerden que sólo podían trabajar seis meses del año. Luego tuvieron que perforar ocho puntos intermedios de parada en el camino, para así levantarlos por fases. Después fue necesario llevar los agitadores a la costa y cargarlos en un barco de la Armada para transportarlos a los Estados Unidos. Todo aquello fue un fabuloso trabajo de ingeniería. A continuación empezó la verdadera tarea en el Área 51, esto es, intentar descubrir cómo volaban. Habíamos estado trabajando en los dos primeros, pero al tener nueve, nos podíamos permitir desmontar alguno. Al cabo de todos estos años, ahora podemos volar con ellos, pero todavía no sabemos cómo funcionan los motores. Y a pesar de que efectivamente es posible pilotarlos, no creo que podamos emplearlos más que al mínimo de su capacidad. Todavía hay instrumental a bordo de la nave que no sabemos cómo funciona ni para qué sirve.

Von Seeckt contó luego a Kelly la historia del accidente del motor del agitador. Opinó que era una historia fabulosa. Si no hubiera sido por Johnny, ya habría telefoneado para hacer pública la historia. Pero sabía que, si ella hubiera desaparecido, Johnny también lo haría por ella.

—¿Qué más decían las tablas? —preguntó Turcotte.

—Algunos otros lugares. Otros símbolos. Todo era muy incompleto —dijo Von Seeckt.

—¿Por ejemplo? —preguntó Kelly

—No me acuerdo de todo. El trabajo se compartimentó muy pronto. No se me permitió tener acceso completo a las tablas, las cuales al principio del proyecto fueron trasladadas a la instalación de Dulce. Tampoco tenía autorización para ver los resultados de la investigación en Dulce. La última vez que estuve ahí fue en el cuarenta y seis. No me acuerdo muy bien. No creo que tuvieran mucha suerte con las tablas, si no, los del Área 51 habríamos visto los resultados.

Kelly pensó que todo aquello era muy extraño. Su instinto periodístico se agitaba. ¿Acaso habían excluido a Von Seeckt del círculo más estrecho hacía años? ¿O Von Seeckt escondía algo más?

—Por eso es preciso contactar con ese Nabinger —prosiguió Von Seeckt—. Si él sabe descifrar la runa superior, entonces se resolverá el misterio no sólo de cómo funciona el equipo, sino también de quién lo dejó ahí y por qué.

Kelly tuvo que contenerse para que las palabras no se le escaparan de la boca. Eso no era lo que Von Seeckt había dicho en la habitación del hotel. Unas horas antes su principal preocupación era parar la nave nodriza. Maldito Johnny. Estaba metida en ese coche con esos dos por culpa de él. Kelly se hundió en el asiento de copiloto y los kilómetros transcurrieron en silencio.

16

A sólo quince minutos de su vuelo, Peter Nabinger se debatía entre comprobar o no su buzón de voz; su impaciencia lo venció. Marcó el código de larga distancia y luego, su número. Al cabo de dos llamadas, el aparato se activó. Tras oír el saludo, introdujo su código de acceso y activó la recuperación de mensajes. «Profesor Nabinger, le habla Werner von Seeckt en respuesta a su llamada. Su mensaje me resulta muy interesante. Sé algo sobre el poder del sol pero necesito saber más sobre el resto del mensaje. Tanto lo que usted tiene como lo que yo tengo. Voy a ir a un lugar donde hay más runas. Acompáñeme. Estaré en Phoenix. Calle veintisiete, sesenta y cinco veinticuatro. Apartamento B doce. El día doce por la mañana.»

Allí acababa el mensaje. Nabinger se quedó mirando el auricular por un momento y luego se encaminó hacia la puerta con aire satisfecho.

Las Vegas, Nevada

Lisa Duncan se encontraba en una habitación de hotel de Las Vegas. El motivo aducido por Gullick sobre su alojamiento fue que no había habitaciones adecuadas para ella en el Área 51. Lisa creía que aquello era una mentira asquerosa, como mucho de lo que había visto y oído sobre Majestic-12, conocido más popularmente como Majic-12.

Lisa Duncan tenía toda la información disponible sobre Majestic-12 en los archivos oficiales y era una carpeta bastante delgada y fácil de leer. Majestic-12 se había iniciado en 1942, cuando el presidente Roosvelt firmó una orden presidencial secreta que puso en marcha el proyecto. Al principio nadie entendió por completo los extraños sucesos que quedaron al descubierto cuando a finales de 1942 los británicos traspasaron a un físico alemán, Werner von Seeckt, y una pieza de una maquinaria sofisticada escondida en una caja negra.

Como no podían abrirla, los británicos nunca supieron exactamente qué contenía aquella caja, sólo sabían que era radiactiva. En aquellos días del Proyecto Manhattan, las cuestiones atómicas eran competencia de los Estados Unidos, razón por la cual Von Seeckt y la caja fueron enviados al otro lado del océano.

Al principio se creía que la caja había sido desarrollada por los alemanes. Pero era evidente que Von Seeckt lo desconocía, y el contenido de la caja, una vez abierta, levantó una serie de nuevos interrogantes. Si hubieran sido de los alemanes, ciertamente éstos habrían ganado la guerra. En el interior de la caja había unos símbolos, que ahora se sabía correspondían a un lenguaje llamado runa superior, que confundieron por completo a los científicos. Sin embargo, algo estaba claro: había un mapa que esbozaba América del Norte y en él había un punto marcado, que situaron en algún lugar del sur de Nevada.

Se envió hacia allí una expedición provista de un equipo de detección y, tras varios meses de búsqueda, descubrieron la caverna de la nave nodriza. Los hombres de Majestic-12 identificaron rápidamente el metal oscuro de la caja con el metal empleado en la nave nodriza. Ahora tenían más información, pero distaban mucho de saber quién había dejado ese equipo y por qué la caja se había encontrado en la pirámide, y las naves, abandonadas en el desierto. Los demás agitadores se descubrieron en la Antártida gracias a los mapas que se encontraron en el hangar dos. De ese modo pudieron concluir que los alemanes probablemente habían llegado a la cámara inferior de la gran pirámide gracias a mapas hallados en algún otro lugar.

El programa Magic-12 continuó siendo el proyecto más secreto de los Estados Unidos durante los últimos cincuenta y cinco años, sobre todo a causa de la información atómica. Después de que los soviéticos hicieran estallar su propia bomba, gracias a la información robada a Estados Unidos, la existencia de la nave nodriza y de los agitadores se mantuvo en secreto por varias razones.

La doctora Duncan pasó a la página siguiente del informe y leyó las razones oficiales. Una era la incertidumbre sobre la reacción pública ante la emisión de aquella información, un tema que el doctor Slayden trataría en la reunión informativa.

Una segunda razón fue que, en cuanto se logró dominar el vuelo con los agitadores, a mediados de los cincuenta, las naves se incorporaron a la Comandancia Estratégica del Aire para ser empleadas sólo en caso de emergencia. Todos los agitadores estaban equipados con soportes externos para cargas nucleares que se emplearían en caso de emergencia nacional. Se creía que, merced a su velocidad, su agilidad y la imposibilidad de ser detectados por radar, los agitadores podrían constituir un último recurso para entrar en el corazón de la Unión Soviética y suministrar un golpe fatal en caso de guerra total.

Otro motivo, derivado de la guerra fría, fue simplemente, la seguridad. Los rusos habían sido capaces de desarrollar sus propias armas atómicas a partir de planos robados a los Estados Unidos. Aunque los científicos norteamericanos no habían descubierto el sistema de propulsión de los agitadores ni tampoco cómo entrar en la nave nodriza, temían que los rusos tuvieran más suerte. Ese temor se incrementó especialmente después de que los rusos lanzaran el Sputnik al espacio, lo cual constituyó un gran golpe para los Estados Unidos.

No obstante, una cosa que el informe no indicaba y que la doctora Duncan sabía, era la existencia de la operación Paperclip y su efecto en el proyecto Majic-12. Oficialmente, Paperclip se había creado en 1944, cuando la guerra en Europa tocaba a su fin. Para la doctora Duncan, Paperclip había comenzado realmente el día en que Von Seeckt fue enviado en barco desde Inglaterra a los Estados Unidos.

Paperclip era un nombre inocente para una operación fraudulenta. Cuando la guerra en Europa estaba terminando, el gobierno de los Estados Unidos ya miraba hacia adelante. Había un tesoro de científicos alemanes esperando ser rescatados de entre las cenizas del Tercer Reich. El hecho de que la mayoría de los científicos fueran nazis importaba muy poco a los que idearon Paperclip.

La primera vez que la doctora Duncan leyó algo sobre Paperclip quedó asombrada por la incongruencia aplastante de la situación. La idea de que el fin justificaba los medios había movido a quienes se encargaron de reclutar y permitieron la entrada de científicos en los Estados Unidos de forma ilegal. Simultáneamente, algunos colegas de esos científicos eran juzgados por crímenes de guerra allí donde se consideraba inmoral que la defensa de un fin justificara los medios. En muchos casos, una unidad especial de espionaje secuestró científicos nazis a las unidades del ejército para crímenes de guerra. Ambos grupos iban a la caza de los mismos hombres si bien con objetivos muy dispares.

A pesar de que el presidente Truman firmó una orden que prohibía la inmigración de nazis a los Estados Unidos, esta práctica no disminuyó, pues se hacía en nombre de la seguridad nacional.

Majestic-12 comenzó con Werner von Seeckt, un nazi indiscutible, y prosiguió durante años, utilizando para ello todo tipo de sistemas. Varios científicos empleados para los primeros trabajos en los agitadores y la nave nodriza eran nazis reclutados por Paperclip. Si bien los nombres de varios antiguos nazis que trabajaban en el proyecto espacial de la NASA se difundieron ampliamente, la mayor parte del trabajo llevado a cabo por Paperclip pasó inadvertido. Cuando surgieron noticias sobre ese proyecto, se adujo que Paperclip se había cancelado en 1947. Sin embargo, la doctora Duncan tenía declaraciones juradas procedentes de la oficina de un senador interesado de que el proyecto se prolongó durante varias décadas tras esa fecha.

Una de las cosas que más inquietaban a la doctora Duncan sobre el estado de las cosas en ese momento no era tanto el trabajo que se llevaba a cabo en el Área 51 con la nave nodriza y los agitadores, sino saber qué era lo que el general Gullick estaba ocultando. Estaba convencida de que se guardaba algo para sí. Tenía la impresión de que eso estaba relacionado con algunos aspectos del programa Majic-12 de los que no había sido informada.

El senador que había facilitado a la doctora Duncan la información sobre Paperclip estaba presionado por varios grupos judíos empeñados en hacer pública la historia del proyecto y en perseguir a algunos de los implicados. A la doctora Duncan le preocupaba el pasado, pero más le inquietaba el futuro.

Mientras que los físicos alemanes habían ido a parar a Majic-12, y los científicos alemanes expertos en cohetes a la NASA, todavía no se había descubierto el mayor grupo de científicos nazis involucrado en Paperclip: los especialistas en armas biológicas y químicas. Por muy avanzada que estuviera la industria alemana de cohetes al final de la guerra con el V-2 y el avión a reacción, sus avances en el ámbito de las armas químicas y biológicas habían sido escalofriantes.

Con la cantidad de seres humanos de que los alemanes

disponían para experimentar, habían avanzado mucho más de lo que los Aliados podían imaginar. Mientras que los norteamericanos todavía acumulaban gas mostaza como primera arma química, al final de la guerra los alemanes disponían de tres mucho más eficaces y mortíferas: el tabún, el somán y el sarín; del último de ellos, al acabar la guerra, los militares norteamericanos inmediatamente hicieron acopio para su uso.

¿Dónde estaban todos aquellos científicos expertos en biología y química a los que Paperclip salvó de ser perseguidos por la justicia?, se preguntaba la doctora Duncan. ¿Qué habían estado haciendo durante todos esos años?

Irritada, dejó la carpeta a un lado. Había demasiadas preguntas y todo iba demasiado rápido. El problema no sólo era la cuestión de Paperclip, también se interrogaba sobre la prueba de la nave nodriza. ¿Acaso Gullick iba tan rápido con aquel vuelo por razones que no eran evidentes y, al hacerlo, dejaba de ver los problemas de la nave nodriza y su sistema de propulsión? Recordó además la sensación de mareo que la invadió en el hangar durante la prueba.

Había sido enviada a esa misión por los asesores del Presidente para comprobar la situación y analizar las posibles consecuencias de dar a conocer a la opinión pública la existencia del proyecto Majic-12. Al fin y al cabo, el Presidente llevaba ya tres años en el cargo y su administración podría verse afectada por cualquier encubrimiento.

Desplegó la pantalla de su ordenador portátil y se dispuso a informar de sus descubrimientos hasta el momento.

«Clasificación: confidencial
»Acreditación Q, sólo destinatario
»A: Jefe de Personal, Casa Blanca
»DE: Lisa Duncan, Observadora Presidencial en Majic-12
»TEMA: Investigación Área 51

»He estudiado la información oficial, me han conducido por las instalaciones del Área 51 y he asistido a una reunión de Majic-12. Según estos precedentes, mi impresiones son las siguientes:

»1. La tecnología que se encuentra en el Área 51, en particular, la nave nodriza, va más allá de lo imaginable a través de la documentación y el informe en vídeo.

»2. La seguridad del recinto es excesiva dada la actual situación mundial.

»3. La preocupación del Presidente por los efectos psicológicos y sociológicos de la revelación del proyecto se tratará en una reunión mañana por la mañana.

»4. Ante la prueba de vuelo de la nave nodriza prevista, aconsejo que el Presidente retire su autorización y se efectúen más investigaciones. En el consejo de Majic-12 existe cierta disensión ante la prueba y, aunque es posible que no tenga importancia, me inclino a pensar que hace falta más tiempo.

»5. Como era previsible, el general Gullick y los demás miembros de la plantilla se muestran muy evasivos con respecto a los primeros tiempos del programa y a cualquier relación con la operación Paperclip. Quien más sabe es Werner von Seeckt, pero no he vuelto a verlo desde la reunión de presentación y tampoco ha contestado a mis llamadas. Intentaré hablar con él mañana, después de la reunión sobre psicología.

»6. No he recibido información alguna del capitán Turcotte. Imagino que no ha encontrado nada importante para informar.

»Fin
»Clasificación: confidencial,
»Acreditación Q, sólo destinatario»

Conectó un cable de su ordenador portátil a una caja negra del tamaño de una rebanada de pan que le había dado en Washington el agente de los servicios secretos cuando fue informada de su nueva misión. Por lo que sabía, aquella caja codificaba su mensaje de modo que sólo el destinatario podía leerlo. Enchufó el cable de la caja al enchufe del teléfono y esperó hasta que a un lado brilló una luz verde; por lo visto, el aparato marcaba el número por sí solo.

La doctora Duncan esperó hasta que la luz verde se apagó y luego desconectó todos los aparatos. Fue hacia la ventana de su hotel y observó a la gente que iba de un lado para otro, entrando y saliendo de los casinos. ¿Cómo reaccionarían si supieran lo que había escondido en el desierto? ¿Si supieran que, por lo menos, en una época la humanidad no había estado sola en el universo? ¿Si se les explicara que, mientras sus antepasados todavía vivían en cavernas y se esforzaban por hacer cabezas de flecha, los alienígenas visitaron la Tierra en naves que todavía hoy no podían comprenderse?

Eran grandes cuestiones teóricas. La preocupación más inmediata para la doctora Duncan era seguir las instrucciones que había recibido del jefe de personal de la Casa Blanca. Al Presidente le preocupaba lo que no se le había dicho en los informes semestrales sobre Majic-12. Como aquella organización llevaba mucho tiempo en marcha y tenía miembros de casi todos los departamentos del gobierno, no confiaba en los canales habituales para comprobarlo; por eso, encargó la misión a la doctora Duncan. El asesor de seguridad nacional del Presidente había recomendado la participación de Turcotte. Por lo visto, aquel capitán era una especie de héroe por acciones en misiones secretas realizadas al otro lado del océano. Había contactado con él personalmente, pero hasta el momento no había recibido ninguna llamada.

La doctora Duncan se frotó la frente, fue hacia la cama y se tendió. Esperaba sinceramente que al día siguiente la gente del Área 51 le proporcionara buenas respuestas y que éstas tuvieran algo más de calidad que las que se le habían dado hasta el momento.

EL CUBO, ÁREA 51

El mayor Quinn vio la señal de aviso que parpadeaba en la esquina derecha superior de su monitor. Terminó la orden que estaba ejecutando y la envió; luego comprobó la señal que había causado el aviso.

Como el Cubo tenía acceso a todos los equipos punteros disponibles por el gobierno, y también a todos los códigos y técnicas de descodificación, el ordenador sólo precisó seis segundos para descifrar el mensaje de la doctora Duncan al jefe de personal de la Casa Blanca. Quinn leyó el texto. Vinculó el nombre «Turcotte» al del hombre herido en la misión Nightscape en Nebraska. Otra complicación que no lograba entender. Aquello era zona de Gullick.

Imprimió una copia en papel y fue al pasillo posterior con el mensaje. Gullick no se encontraba en su oficina. El código en la empuñadura de las habitaciones privadas de Gullick indicaba: «No molestar». Quinn permaneció unos segundos pensativo, con la mano a punto para llamar. Luego se dio la vuelta y regresó a la oficina de Gullick. Puso el mensaje dentro de una cubierta confidencial y la colocó en la bandeja de lectura del general Gulllick.

17

—Ya os he contado mis razones para estar aquí y ayudaros. ¿Por qué no me contáis las vuestras? —preguntó Kelly.

Se habían refugiado en el apartamento de Johnny Simmons. A Turcotte no le hacía mucha gracia estar ahí puesto que, al parecer, Simmons había sido interceptado por la gente de Gullick. Pero Kelly adujo que nadie conocía su relación con Johnny, por lo que no había razón para que alguien fuera a buscarlos allí, en Phoenix. Por otra parte, en su trayecto hasta Dulce tenían que parar en algún lugar, y un motel estaba descartado. El apartamento se encontraba en el segundo piso de un edificio moderno, y parecía que nadie había entrado en él durante varios días.

Turcotte había expresado sus recelos sobre detenerse en el camino. Quería continuar hasta Dulce e intentar infiltrarse aquella misma noche. Pero Von Seeckt les refirió su posible reunión con el profesor Nabinger la mañana siguiente en aquel lugar y Kelly estuvo de acuerdo en esperar. Turcotte aceptó la decisión de mala gana.

Turcotte iba aceptando poco a poco que todos se necesitaban. Von Seeckt tenía los conocimientos para sacarlos de aquel apuro, Kelly sería la voz ante la opinión pública, lo cual les garantizaría su seguridad en cuanto obtuviesen la información que estaban buscando, y él tenía la experiencia para mantenerlos a salvo y obtener más información.

—Mi historia tendrá que esperar hasta mañana —dijo Von Seeckt. Estaba sentado cerca de la ventana y miraba dos tiendas situadas junto a la zona de aparcamiento—. El profesor Nabinger planteará las mismas preguntas y no quiero explicarme dos veces. Resulta difícil de contar y abarca varios años.

—¿Bien, y tú? —dijo Kelly mirando a Turcotte.

—Ya os he dicho lo que ocurrió. Me incorporé para realizar la misión Nightscape.

—Sí, pero antes de eso no estarías escondido dentro de una cáscara —dijo Kelly—. ¿Cómo llegaste a trabajar en aquel lugar? Antes has dicho algo sobre una misión.

—Estaba en el ejército y me dieron órdenes de realizar una misión allí. —Turcotte se puso en pie—. Voy a ir a la tienda. ¿Alguien quiere algo?

Salió y fue hacia la escalera sin esperar respuesta. Kelly lo seguía a dos pasos.

—No te librarás tan fácilmente. Hay algo que no cuentas. ¿Por qué ayudaste a Von Seeckt? Tú eras uno de los malos, ¿por qué cambiaste de bando?

Turcotte bajó la escalera y Kelly bajó a su lado.

—Ya te lo he dicho. Mi comandante me ordenó detener unos civiles en Nebraska. Eso no me gustó. Además intentaron matar a Von Seeckt. No estoy a favor de secuestros y asesinatos, incluso si el gobierno los autoriza.

—Sí, claro, y los cerdos tienen alas —dijo Kelly—. No me lo trago. Tú...

Turcotte se giró bruscamente y le clavó la mirada de tal forma que Kelly dio un paso atrás, sobrecogida.

—Me importa una mierda que te lo tragues o no, guapa —espetó—. Preguntas demasiado. Has permitido que Von Seeckt se guarde sus secretos. ¿Por qué no me dejas con los míos?

—Von Seeckt nos los contará en cuanto Nabinger esté aquí —replicó Kelly, acercándose a Turcotte—. Venga. No decidiste sin más ir en contra de tus órdenes y tu adiestramiento. Debes tener alguna razón. Yo tengo un motivo para preguntar. Una vez fui la cabeza de turco del gobierno y no voy a creerme que me estás diciendo la verdad. Sólo tenemos tu palabra sobre lo que ocurrió en Nebraska. Por lo que sé, podría no haber ocurrido.

Turcotte miró por detrás de ella, hacia el oeste, donde el sol estaba ya pendido del extremo del planeta.

—Vale. ¿Quieres información acerca de mí? No perderé nada y, si salimos de ésta, tal vez puedas publicarlo en algún sitio y la gente sepa la verdad. Bueno pues, antes de regresar a los Estados Unidos en mi última misión, estuve implicado en un incidente. Así es como lo llaman: incidente. Sin embargo, hubo gente que murió en él. —Bajó la vista hacia ella, su mirada no era agradable—. Eres periodista. Te va a gustar. Es una buena historia. Cuando esto ocurrió yo estaba asignado a una unidad antiterrorista en Berlín. Todo el mundo cree que desde que cayó el muro todo va bien por ahí, pero lo cierto es que todavía hay problemas con el terrorismo. El mismo que hubo en los setenta y a principios de los ochenta. En cierto modo es peor, porque ahora hay mayores y mejores armas para la delincuencia y proceden del arsenal del antiguo Pacto de Varsovia. En esos países hay mucha gente que vendería cualquier cosa por conseguir divisas occidentales.

»La única diferencia entre los ochenta y la actualidad es que aprendimos la lección de aquella época y ahora prevenimos el terrorismo. Por eso ahora no se oye hablar del tema, pero no es porque esos cabrones hayan desaparecido. La gente es muy inocente.

—¿Prevenir? —preguntó Kelly.

—Sí —asintió Turcotte tras proferir una risotada—. En la época en que todo terrorista de tres al cuarto secuestraba a alguien o un chalado tiraba una bomba, alguien en las alturas de la OTAN tuvo la brillante idea de, en lugar de estar sentados y permitir que los terroristas nos atacaran, buscarlos antes y atacarlos primero. El único problema residía en que eso no era muy legal. —Miró hacia la calle y vio una cafetería—. Vamos a tomar un café.

Cruzaron la calle y tomaron un asiento en un rincón del local. Turcotte se sentó y se reclinó contra la pared mientras miraba la calle. En el local el constante chasquido de los platos y otros utensilios se sobreponía al murmullo de conversaciones procedentes de los demás clientes. Después de que la camarera les trajera una taza a cada uno, continuó hablando en voz baja.

—Así pues, combatimos el fuego con fuego. Para parar los pies a los delincuentes, nosotros nos convertimos en delincuentes. Yo formaba parte de un equipo conjunto norteamericano y alemán. Eran hombres escogidos de los cuerpos de elite DET-A de los Estados Unidos de las afueras de Berlín y la fuerza antiterrorista alemana GSG-9. —Turcotte, emocionado, vertió un montón de azúcar en el café—. ¿Has oído alguna vez el eslogan «Mataremos por la paz»? —Kelly asintió—. Bueno, pues eso era lo que hacíamos.

»A mí no me importaba gran cosa. Nos cargábamos personas que habían puesto una bomba en una estación de tren sin importarles quién resultaría afectado. En menos de seis meses nos habíamos cargado los restos de la banda Baader-Meinhof. Participé en seis operaciones. —La voz de Turcotte sonaba abatida—. En el transcurso de esas operaciones maté a cuatro personas.

»Entonces nos llegó el soplo de que algunos tipos del IRA estaban en la ciudad con la intención de comprar armamento procedente de la antigua Alemania del Este, que algunos ex miembros del ejército habían acumulado cuando el muro cayó por si algún día venían vacas flacas. Se decía que esos irlandeses intentaban conseguir misiles antiaéreos SAM-7, que son unos que se disparan apoyándolos en el hombro.

»No sabíamos qué pensaban hacer con ellos, aunque era de suponer que se apostarían a las afueras de Heathrow y abatirían el Concorde en cuanto despegara. Sería un gran titular, que es lo único que esos cabronazos quieren. Ya sé que firmaron un acuerdo de paz, un alto al fuego y toda esa mierda, pero eso no detiene a los tipos que aprietan el gatillo. Tienen que estar al filo de la navaja. Mucha de esa gente hace lo que hace porque le gusta. Les importa una mierda lo que llaman objetivos, ellos disparan a las cámaras. Es sólo una excusa para ser un sociópata. —Cuando la camarera se acercó para tomar el pedido, se calló. Kelly pidió un bocadillo y, Turcotte, un zumo de naranja. Luego prosiguió—: En fin. El caso es que la misión tuvo que hacerse a toda prisa porque los agentes del servicio secreto llegaron tarde. Cuando fuimos alertados, el IRA ya había comprado los misiles y los llevaba en un coche en dirección a Francia. Nos transportaron en avión hasta un punto que quedaba por delante del camino que ellos seguían y tomamos algunos coches. Los terroristas circulaban por carreteras secundarias, siempre alejados de las autopistas alemanas, lo cual también nos convenía mucho. —La rabia interna se coló en la voz de Turcotte—. Lo que deberíamos haber hecho era simplemente detenerlos y ponerlos bajo custodia. Pero, verás, no pudo ser. Eso habría causado una gran controversia, el juicio y todo eso. Y eso dificulta el problema de meterlos en la cárcel, porque entonces cada pariente tiene un motivo para tomar algunos rehenes y solicitar la excarcelación. Y entonces comienza de nuevo el ciclo.

»Así que se suponía que había que matarlos. Hacer ver que éramos terroristas y así nadie, con excepción de los policías locales, pondría mala cara. —Turcotte cogió aire para calmar su voz—. Nos dispusimos a atacarlos a las afueras de una pequeña ciudad en el centro de Alemania. Los terroristas iban en dirección a Kiel para cargar las armas en un buque de carga y enviarlas a Inglaterra. Pero esos tipos del IRA, al fin y al cabo, eran irlandeses, tuvieron que parar en un hostal típico alemán para tomar unas cervezas y cenar antes de llevar eso al puerto. Yo era el oficial al mando del equipo. Mi comandante era alemán. Nos dirigimos a la parte norte de la ciudad, en la dirección hacia la que debían partir. Había una curva en la carretera desde la que teníamos una buena vista.

»Cuando, al cabo de una hora, el coche no apareció, mi comandante, llamémoslo Rolf, se puso nervioso. Los de vigilancia nos dijeron que se habían detenido en la ciudad. Era posible que se hubieran marchado por otro camino. Rolf me preguntó qué pensaba. ¿Cómo coño podía saberlo? Así que Rolf y yo fuimos a la ciudad y encontramos el coche esperando fuera del bar. Nos habían dicho que eran tres. Entonces Rolf me dijo: «Vamos, echémoslos de aquí ahora. Tú y yo». Le preocupaba que hubieran reconocido el equipo de vigilancia que los había estado siguiendo y que hubieran tomado una ruta distinta fuera de la ciudad para despistar y zafarse de la emboscada que nuestro equipo les había preparado. También podía ocurrir que se deshicieran de los misiles en la ciudad y que perdiésemos el rastro de la artillería.

»Así es que acepté su propuesta. Bajo nuestros largos abrigos llevábamos una MP-5 con silenciador y pistolas en los portapistolas del hombro. Rolf ordenó que la gente de seguridad rodeara bien el bar para asegurarse de que nadie escapara y para que nos recogieran en cuanto hubiésemos acabado. —La camarera llevó el bocadillo y el zumo de naranja. Turcotte tomó aire profundamente y fue soltándolo cuando ella se fue—. Entramos por la puerta principal. El lugar estaba a tope de gente cenando y bebiendo. Habría unas veinte o veinticinco personas. Pero distinguimos a nuestros sospechosos inmediatamente y ¿sabes qué? En la mesa sólo había dos de los tipos sentados bebiendo. Rolf se me queda mirando como diciendo: ¡eh!, ¿dónde se ha metido el tercero? Y otra vez, ¿cómo iba yo a saberlo? Probablemente estaría meando. Fui a la barra para pedir una cerveza y, de paso, echar un vistazo a la sala. Pero Rolf dudó.

»No puedo culparlo demasiado. Mierda, bajo los abrigos llevábamos metralletas silenciosas y habíamos ido a matar. —Turcotte lanzó una mueca a Kelly—. Contrariamente a lo que la gente piensa, no éramos asesinos fríos. Éramos buenos en nuestro trabajo, pero también estábamos asustados. Mucha gente lo está en una situación así. Si no lo estás, es que estás loco, he conocido locos de ésos. En fin, uno de los tipos del IRA de la mesa miró a Rolf, que estaba de pie, y lo reconoció. Rolf no era precisamente el mejor actor del mundo y seguro que no estaba en su mejor ambiente.

»El tipo buscó algo bajo su abrigo, y entonces Rolf y yo lo cosimos a tiros, a él y a su compañero. Ambos disparamos medio cargador, quince balas cada uno, y en las sillas no quedó más que un amasijo de carne. Lo más extraño de todo es que tras el primer disparo no se oyó otro ruido que el de los casquillos cayendo al suelo. La gente estaba petrificada y nos miraba pensando quién sería el siguiente. Luego alguien tuvo que chillar y todo se fue a la mierda. —Turcotte entornó la mirada mientras recordaba aquel lugar—. Rolf y yo les ordenamos en alemán que se tiraran al suelo, pero la mitad de la gente se agolpó contra las puertas. Entonces vimos al tercer tipo. Se encontraba en el centro de un grupo de cuatro, yendo también hacia la puerta. Es posible que estuviera meando o que estuviera en un rincón del bar. No lo sé. El caso es que ahí estaba. —Turcotte negó con la cabeza—. Y entonces Rolf, ese jodido, les disparó a todos. No sé qué se le cruzó por la cabeza. El tercer tipo no podía ir a ningún lado. La gente de seguridad estaría ya con un coche fuera y podría haberlo atrapado en cuanto lo tuviera a tiro fuera de aquel bar. Pero Rolf perdió el control. —La voz de Turcotte se rompió—. Lo único bueno es que sólo tenía quince balas en la recámara. Mató al del IRA, pero también hirió a varios civiles. En aquel momento no lo sabía. Sólo se veía un montón de cuerpos; por lo menos las tres personas que estaban junto al tipo del IRA más otros que estarían en la línea de fuego. Rolf ya estaba a punto de poner más balas cuando le arrebaté el arma de las manos. —Turcotte extendió su mano derecha y se la mostró a Kelly. La piel de la palma tenía la señal de la cicatriz de una quemadura—. Todavía puede verse el lugar donde el supresor del cañón de la metralleta de Rolf me quemó la mano. En aquel momento no noté nada, estaba demasiado impresionado.

»Le cogí el arma, lo tomé por el cuello y lo saqué por la puerta. Una cosa es cierta, esta vez, la gente nos dejó pasar. Seguridad tenía un coche esperándonos, tiré a Rolf adentro y nos largamos. —Turcotte tomó un sorbo de café—. Luego supe que aquella noche Rolf había matado a cuatro civiles, incluida una chica de diecinueve años embarazada, y que había herido a tres personas más. Los informativos de la televisión lo explicaron como una reyerta interna del IRA, y todo el país estaba en estado de alerta para cazar a los asesinos. Pero no podían cazarlos ¿verdad? El asesino era el propio país.

»Durante un tiempo pensé que podrían entregarnos a Rolf y a mí, como chivos expiatorios, pero entonces se impuso el sentido común. Fui un estúpido al pensarlo. Si nos hubieran entregado, toda la operación antiterrorista habría salido a la luz, y los del poder no querían eso. Podrían haber perdido votos en las urnas. Así que ¿sabes qué hicieron? —Turcotte miró a Kelly con ojos rojizos. Ella respondió que no con la cabeza—. Hicieron una investigación, por supuesto. Es lo que corresponde entre militares. El general Gullick que vi en el Cubo fue uno de los militares nombrados para investigar el asunto. Por razones de seguridad, nunca vimos quién nos interrogaba, ni supimos sus nombres. Nos hablaron y luego hablaron entre ellos y ¿sabes qué decidieron? Nos dieron dos asquerosas medallas. Sí, una a Rolf y otra a mí. ¿Fabuloso verdad? Una medalla por asesinar a una mujer embarazada.

—Tú no la mataste —dijo Kelly suavemente.

—¿Y eso importa? Formaba parte de aquello. Podría haberle dicho a Rolf que esperase. Podría haber hecho muchas cosas.

—Él era el comandante. Era su responsabilidad —arguyó Kelly recordando lo que su padre le había contado sobre el ejército y las operaciones secretas.

—Sí, ya sé. Yo sólo obedecía órdenes ¿verdad? —Kelly no supo qué decir a eso. Él prosiguió—: Así fue como finalizó mi carrera en el ejército regular y en el cuerpo de elite. Me dirigí hacia el comandante norteamericano y le dije dónde podía meterse aquella medalla y, acto seguido, me devolvieron a los Estados Unidos. Pero primero tuve que apearme en Washington para entrevistarme con alguien.

A continuación Turcotte explicó a Kelly el encuentro con la doctora Duncan, las órdenes que le dio y la línea de teléfono desactivada.

—¿Por qué te escogieron a ti?

—La persona apropiada en el momento oportuno —repuso Turcotte encogiéndose de hombros—. No hay muchos tipos como yo con acreditación de confidencialidad y que saben disparar un arma.

—No —repuso Kelly moviendo la cabeza en un gesto de negación—, te escogieron porque no aceptaste la medalla. A alguien le pareció, en algún lugar, que eras honrado. Y eso es todavía más raro que una acreditación de confidencialidad. —Kelly pasó la mano por encima de la mesa y le acarició la carne áspera de la palma—. Te jodieron, Turcotte.

—No —Turcotte negó con la cabeza—. Me jodí yo mismo en el momento en que empecé a creerme Dios con un arma. Pensé que yo tenía el control, pero sólo era un peón y me emplearon como a tal. Ahora ya sabes por qué me alcé contra mi comandante en Nebraska y lo maté, y por qué salvé a Von Seeckt, y no me importa si lo crees o no. Porque eso es algo entre yo y todos esos hijos de puta que manejan los hilos y permiten que la gente muera. Si me joden una vez, es culpa mía; si me joden dos, me rebelo.

18

96 horas

—Estado —ordenó Gullick.

—Agitador número tres listo para despegar —informó Quinn—. Agitador número ocho también preparado y dispuesto. El Aurora está en estado de alerta. Nuestro enlace a la montaña Cheyene es directo y seguro. Si algo se mueve, podremos captarlo, señor.

—¿General Brown? —preguntó Gullick.

El vicedirector de personal de las Fuerzas Aéreas tenía el entrecejo fruncido. Su conversación con el jefe en Washington no había tenido nada de divertido.

—He hablado con el jefe de personal y ha dado luz verde a los avisos, pero no estaba muy contento de ello.

—No me importa nada si estaba contento o no —repuso Gullick—. Lo único importante es que la misión está preparada.

Brown dirigió la mirada a la pantalla de su ordenador.

—Tenemos todas las bases y los aviones en estado de alerta para la persecución. Las zonas de peligro primarias y alternativas están dispuestas.

—¿Almirante Coakley?

—El carguero *Abraham Lincoln* navega hacia el lugar donde el caza Fu se hundió. Tiene aviones en estado de alerta.

—Entonces estamos dispuestos —anunció Gullick—. Vamos a empezar.

Las puertas del hangar número dos se abrieron lentamente. Dentro del agitador número tres, el mayor Paul Terrent verificaba el panel de control, que era una combinación de los mandos originales y la tecnología humana añadida e incluía un enlace de comunicación vía satélite con el general Gullick y el Cubo.

—Todo listo —anunció.

—No me gusta hacer de cebo —indicó su copiloto, el capitán Kevin Scheuler.

Los dos estaban recostados en unas depresiones que había en el suelo del disco. La cabina tenía forma ovalada y medía unos tres metros y medio de diámetro. Podían ver el exterior desde todas las direcciones, pues las paredes internas dejaban ver lo que había fuera, como si no estuvieran ahí, otra característica del sistema que podían emplear y que no lograban comprender. Si bien este efecto resultaba muy práctico, era extraordinariamente desorientador y tal vez fuera el segundo gran obstáculo que los pilotos de prueba de agitadores habían tenido que salvar. Concretamente, mirar hacia abajo cuando la nave había ganado altura y parecía que el piloto estuviera suspendido en el aire, daba mucha impresión hasta que uno se acostumbraba a ella. Para esa misión los dos hombres llevaban unas gafas de visión nocturna en los cascos de vuelo, y el interior del hangar estaba iluminado con luces rojas para que la diferencia de luz con respecto al cielo nocturno fuera mínima.

Sin embargo, el gran obstáculo para pilotar aquella nave residía en las limitaciones físicas de los pilotos. El agitador era capaz de maniobras que la fisiología de los pilotos no podía soportar. En los primeros días del proyecto se produjeron desmayos, huesos rotos y otras lesiones, incluso una caída mortal. El disco quedó intacto mientras que al hacer impacto contra el suelo los pilotos, ya inconscientes, se convirtieron en protoplasma. El disco se recuperó, se limpió y quedó listo para volar. Los dos pilotos fueron enterrados con todos los honores; a sus viudas les dijeron que habían muerto al pilotar una nave experimental y les hicieron entrega de unas medallas postreras durante el funeral.

A los lados de las depresiones todavía había instrumental que los científicos no sabían qué era. Se creía que había un mecanismo incorporado para que las depresiones-asientos del piloto resultasen protegidas del efecto de las fuerzas gravitatorias, pero aún no se había descubierto. Era como si a un niño capaz de montar en bicicleta se le permitiera conducir un coche. Podría entender para qué era el volante, pero no sabría para qué era la pequeña ranura situada por detrás, sobre todo si al niño no se le habían dado llaves.

Lo más que habían conseguido era permitir a los pilotos de pruebas el tiempo de vuelo suficiente para que comprendieran sus propias limitaciones y no forzaran la máquina más de lo que ellos podían soportar. Además, los arneses del hombro y la cintura anudados en la depresión tenían su utilidad.

—No hay nada que nos pueda alcanzar —dijo el mayor Terrent.

—Nada humano —corrigió Scheuler—. Pero ese caza Fu fue construido por los mismos que crearon esto o, si no, por seres iguales a los que hicieron esto, por lo tanto...

—Por lo tanto, nada —cortó Terrent—. Esta nave tiene por lo menos diez mil años de antigüedad. Por lo menos, esto los intelectuales lo saben. Quien fuera que lo dejó aquí se ha marchado. Y probablemente no se tratase de personas.

—Entonces, ¿por qué hacemos esta misión de intentar hacer picar el anzuelo al caza Fu? ¿Quién lo construyó?

—Porque el general Gullick lo ha ordenado —dijo Terrent. Miró a Scheuler—. Si tienes más preguntas, será mejor que se las dirijas a él.

—No, gracias —repuso Scheuler negando con la cabeza.

Terrent pulsó un pequeño botón rojo en el extremo del mando en forma de Y que había delante de él y tecleó la radio SATCOM.

—Cubo Seis, aquí agitador número tres. Todos los sistemas preparados. Cambio.

Respondió la voz grave de Gullick.

—Aquí Cubo Seis. Adelante. Fuera.

La pista de despegue en el exterior estaba a oscuras. Con la mano izquierda Terrent levantó una palanca que había a su lado y el disco se elevó. El sistema de control era muy simple. Se levantaba la palanca y el disco se elevaba. Si se dejaba, la palanca volvía al centro y el disco se mantenía a esa altura. Al pulsar la palanca hacia abajo, el disco bajaba.

Terrent llevó hacia adelante el mando con la mano derecha y avanzaron. Aquel mando funcionaba igual que una palanca de altura. Si se soltaba, el disco se detenía. Una presión constante equivalía a una velocidad constante en cualquier dirección hacia la que se pulsara el mando.

Scheuler miraba el visor de navegación, un dispositivo humano conectado al sistema de posicionamiento vía satélite. Una imagen rectangular de ordenador perfilada en negro para resaltarla mostraba su posición actual en forma de un punto rojo brillante, con las fronteras de los estados indicadas en líneas de color verde claro. Era el modo más simple de orientar a los pilotos con respecto a su localización.

—Vamos allá —dijo Terrent. Pulsó hacia adelante y salieron del hangar.

Tras ellos, el agitador número ocho se quedó suspendido en el aire a la espera, todavía en el hangar. En el extremo de la pista el Aurora estaba listo para despegar, con los motores en marcha. En las pistas de Estados Unidos y de Panamá y a bordo del *Abraham Lincoln* en el mar, había pilotos sentados en sus cabinas esperando algo que nadie les había explicado. Lo único que sabían era que aquello no era un juego. Las alas de los aviones llevaban misiles prendidos debajo y las armas Gatling iban cargadas de balas.

—Todo despejado —dijo Quinn.

Era una constatación innecesaria, pues todos los presentes en la sala podían ver el pequeño punto rojo que mostraba al agitador número tres dirigiéndose hacia el noroeste, fuera del estado. El ordenador ya había sacado de pantalla todos los vuelos comerciales.

—¡Contacto! —anunció Quinn. Un pequeño punto verde acababa de aparecer en pantalla, justo detrás del agitador número tres—. La lectura es igual al primero.

—Tres, aquí Seis —dijo Gullick a través de casco—. Diríjanse a Checkpoint Alfa. Cambio.

A bordo del agitador número tres, el mayor Terrent movió lentamente el mando hacia la derecha y el disco empezó a describir una larga curva por encima de la parte sur de Idaho, en dirección al gran lago Salado. La diferencia con respecto a una nave normal era que, al girar el disco no se ladeaba. Cambiaba de dirección, sin más, manteniéndose plano y estable. Durante el giro, los cuerpos de los dos hombres que viajaban en su interior se estiraron dentro de los arneses que los sujetaban y luego volvieron a la posición inicial en las despresiones en que estaban sentados.

—Dame una lectura —indicó Terrent.

—El duende se encuentra aproximadamente a quinientos kilómetros detrás de nosotros —respondió el capitán Scheuler. En la pequeña pantalla tenían la misma información que los del Cubo, en su pantalla grande.

—¿Ha girado hacia nosotros? —preguntó Terrent.

—Todavía no.

—Ponga el Aurora en el aire —ordenó Gullick—. Alerta a las fuerzas de reacción de la zona de peligro Alfa, que despeguen también. ¿Ha indicado las coordenadas del duende a Teal Amber?

Quinn trabajaba a toda prisa.

—Sí, señor.

En la base aérea de Hill, en las afueras de Salt Lake City, dos Fighting Falcons F-16 aceleraron sobre la pista de despegue y se lanzaron al cielo de la noche. En cuanto alcanzaron una altura suficiente, giraron hacia el oeste pasando sobre la superficie del lago y luego se dirigieron hacia el territorio desértico que se encontraba más adelante.

—Aquí está el lago —anunció Terrent, y torció el mando un poco hacia la derecha.

—En curso —dijo Scheuler, comprobando la dirección planeada.

—¿Ha girado ya el duende?

—Sí —respondió Scheuler—. Ya ha picado. Justo detrás de nosotros, a unos doscientos cincuenta kilómetros.

Terrent activó el intercomunicador.

—Seis, aquí Tres. Zona de peligro Alfa en un minuto cuarenta segundos. Cambio.

—Roger —respondió Gullick.

En la pantalla se veían varios puntos más. El rojo señalaba el agitador número tres que se encaminaba directamente hacia un pequeño rectángulo naranja, la zona de peligro Alfa, situada directamente encima del centro de la base aérea de Hill. Allí, en tierra, esperaban un helicóptero y la tripulación de salvamento. El punto verde era el duende que perseguía al agitador número tres. Las dos siluetas de avión indicaban los dos F-16 en la ruta de interceptación. Un triángulo rojo representaba al Aurora, en ruta procedente del Área 51.

—Interceptación en cuarenta y cinco segundos —anunció Quinn.

El agitador número tres entró en el rectángulo naranja.

—¿Qué coño es eso? —exclamó el piloto del F-16 que iba a la cabeza cuando vio el agitador número tres.

—Wolfhound Uno, aquí Seis. Permanezca en el blanco. —La voz del general Gullick en el casco cayó como una bofetada en la cara del piloto—. ¿Tienes un hueco sobre el objetivo?

El piloto comprobó el instrumental.

—Roger, Seis.

—Prepare los misiles.

El piloto dispuso los misiles aire-aire que llevaba debajo de las alas. Todavía estremecido por la imagen del agitador número tres, preparó su cañón de múltiples tambores de 20 milímetros. Su compañero de escuadrilla hizo lo mismo.

—Este hijo de puta se está moviendo rápido —dijo el compañero por el canal de seguridad que había entre los dos aviones.

—No lo suficiente —dijo el piloto.

Eso mismo preocupaba al general Gullick en el Cubo:

—¿A qué velocidad va el duende?

—El ordenador calcula unos trescientos veinte kilómetros por hora —respondió Quinn—. La misma que el agitador número tres.

Por esta razón el disco volaba tan lentamente, pues intentaba llevar al duende en la zona de peligro a una velocidad lo bastante lenta como para ser alcanzado por un avión convencional. Gullick estaba muy familiarizado con el armamento de los F-16, tenía buena información sobre esas naves. Podían mantener aquella velocidad.

—Seis, aquí Wolfhound Uno. El objetivo estará a nuestro alcance en diez segundos. Solicito autorización final. Cambio.

—Aquí Seis. Disparen en cuanto el objetivo esté al alcance. Cambio.

El piloto tomó aire profundamente.

—¿Este tipo va en serio? —preguntó su compañero de escuadrilla.

—No hay tiempo de preguntas —repuso bruscamente el piloto. Su indicador le decía que el objetivo estaba a su alcance—. ¡Fuego! —exclamó.

Un misil Sidewinder salió por debajo de las alas de los dos aviones.

Aunque, en teoría, sabían de qué eran capaces los agitadores y, por consiguiente, también qué podían hacer los cazas Fu, la sorpresa fue mayúscula cuando el duende abandonó sin más el cuadrado naranja y, en el momento en que los Sidewinders recorrieron los tres kilómetros que había entre los F-16 y el duende, éste ya se había alejado unos ochenta kilómetros.

—¿Qué coño ha sido eso? —dijo por segunda vez en menos de dos minutos el piloto del F-16. En su visor todo estaba despejado. Los Sidewinder que acababa de disparar formaban un arco que desaparecía más allá de la base, mientras perdía carburante y descendía. Fuera lo que fuese contra lo que había disparado, había desaparecido.

Gullick fue el primero en reaccionar.

—Que el Aurora lo persiga. Lanzamiento del agitador número ocho —tecleó sobre su radio—. Agitador número tres, aquí Seis. En dirección a zona de peligro Bravo. Cambio.

—Aquí Tres, Roger.

Gullick cambió la frecuencia.

—Wolfhound Uno, aquí Seis. Regresen a la base para informar. Corto.

Cuando los dos F-16 regresaban a Salt Lake City y a la base aérea de Hill, el piloto de la nave delantera miró en el cielo a su compañero.

—Será una noche muy larga —dijo por el canal de seguridad—. No sé exactamente qué es lo que acabamos de ver, o no ver, pero hay algo claro, esos idiotas de seguridad nos caerán encima en cuanto aterricemos.

El mayor Terrent alineó el agitador número tres en una coordenada que los llevaría directamente hacia las cuatro esquinas, allí donde Colorado, Utah, Arizona y Nuevo México confluyen, el único lugar en los Estados Unidos en que se juntan cuatro estados.

La zona de peligro Bravo se hallaba a varios cientos de kilómetros por delante en aquella misma dirección. La zona de misiles de White Sands.

—¿Dónde está el duende? —preguntó Terrent.

—Se mantiene a unos ochenta kilómetros detrás de nosotros —notificó Scheuler.

—Esperemos que en Bravo estén mejor preparados.

El general Gullick dirigía la situación para asegurarse justamente de ello. Tenía al Aurora y al agitador número ocho de camino hacia la zona de peligro. En cuatro minutos alcanzarían al número tres.

Cuatro F-15 de la escuadrilla táctica de cazas 49 de la base aérea de Holloman ya estaban en el aire. No confiaba en que tuvieran más suerte que los dos F-16; la única diferencia es que ahora tenían la sorpresa de contar con el platillo ocho en el aire. Gullick planeaba emplear éste y el agitador número tres para acorralar el duende en una posición donde los F-15 pudieran disparar bien. El Aurora debía estar en alerta por si volvía a escaparse de nuevo y se movía fuera de los Estados Unidos. Era una norma que ni siquiera el general Gullick podía saltarse por iniciativa propia: los agitadores no podían cruzar el océano o pasar sobre un territorio extranjero por la remota posibilidad de que se hundieran en las aguas.

La imagen de la pared estaba ahora muy concurrida. El agitador número tres se dirigía del lago Salado directamente a White Sands con el duende detrás. El agitador número ocho y Aurora volaban en línea desde Nevada. Las cuatro siluetas de avión estaban a la espera sobre White Sands.

—Amber Teal tiene al duende —anunció Quinn—. Estamos recibiendo algunas imágenes.

A Gullick ni le impresionaron ni le interesaron. Ya tenían fotografías de los cazas Fu. Él quería el objeto real. Tecleó en su enlace SATCOM con el comandante de los F-15.

—Eagle Leader, aquí Cubo Seis. Hora de llegada al blanco, cinco minutos y veinte segundos. Sólo dispone de un disparo contra él. Hágalo bien. Corto.

—Aquí Eagle Leader. Roger. Cambio. —El oficial al mando de la escuadrilla, el Eagle Leader, miró desde su cabina los otros tres aviones—. Escuadrilla Eagle, tomen posiciones. Tomen posición de la primera nave en cuanto pase. Se detendrá en un extremo de la zona de peligro. Una segunda nave muy similar a la primera está también en ruta procedente del oeste y se detendrá también en el lado oeste de la zona de peligro. Disparen al duende en cuanto cruce la fase Línea Feliz. Cambio.

Los cuatro aviones se desplegaron en formación de hoja de trébol; en cuanto activaron los radares de detección, el cielo de la zona de peligro se convirtió en una gran bolsa de aire vacía atravesada por energía electrónica.

Desde el agitador número tres, el capitán Scheuler podía ver los F-15 vigilantes en su pantalla.

—Tiempo previsto de llegada, treinta segundos —dijo.

—Reduciendo. —El mayor Terrent soltó levemente el mando.

—Éste es el primero —exclamó el jefe de escuadrilla de los Eagle cuando el agitador número tres pasó ante ellos reduciendo la marcha.

Sus hombres eran disciplinados. Nadie preguntó qué era aquello. Para eso había que esperar al vestuario, después de la misión. Incluso entonces todos sabían que nadie podría hablar abiertamente de aquella misión nocturna.

—Listos para disparar —confirmó el jefe de escuadrilla de los Eagle.

—Listos —repitieron Eagle Dos y los otros dos pilotos.

—¡Fuego!

En la pantalla frontal del Cubo el caza Fu parecía haberse quedado de repente sin movimiento mientras una fina línea roja salía de cada uno de los cazas hacia el punto verde.

—¡Dios mío! —exclamó el jefe de escuadrilla de los Eagle. El duende había desaparecido ¡hacia arriba! Entonces la realidad se impuso.

—¡Maniobras de evasión! —gritó el jefe de escuadrilla cuando el misil Sidewinder lanzado por el F-15 opuesto a él le iba a dar caza.

Durante cuatro segundos reinó la confusión más absoluta mientras los pilotos y los aviones se abrían paso para escapar del fuego amigo.

El general Gullick no miró siquiera la refriega autoinducida.

—¡Agitador número tres! ¡Fuera! Directo el ángulo de interceptación. Corto. Ocho, diríjase hacia el sur y atrápelo si va en la misma dirección que el otro. Aurora, indique altura. ¡Muévanse, gente, muévanse! Cambio.

—Veinte mil metros y subiendo —informó Quinn—. Veintitrés mil.

—¡Te lo ruego, Dios mío! —dijo para sí el jefe de escuadrilla de los Eagle mientras salía del vuelo en picado en el que se había metido. Un Sidewinder pasó ruidoso por la izquierda. Tecleó en la radio.

—Escuadrilla Eagle, informen. Cambio.

—Uno, Roger. Cambio.

—Dos, Roger. Cambio.

—Tres. Me dio un mordisco, pero todavía estoy vivo. Cambio.

El jefe de escuadrilla de los Eagle miró el cielo hacia arriba, más allá del punto de donde se había marchado el duende.

—Gracias, Señor.

—Veintiocho mil y todavía ascendiendo —informó Scheuler al mayor Terrent. Sus dedos golpeaban el teclado que tenía delante, mientras sus brazos se debatían contra las fuerzas de la gravedad que lo obligaban a estar dentro del asiento.

—Treinta mil y todavía en ascenso —dijo el mayor Quinn—. Los F-15 están todos a salvo y de regreso a Holloman —agregó—. Treinta y seis mil.

Había subido más de treinta kilómetros hacia arriba y todavía iba en vertical.

—Treinta y ocho mil. Está llegando al máximo —dijo Scheuler.

El mayor Terrent emitió un suspiro de alivio. Los controles empezaban a ir más lentamente. La altura máxima alcanzada por un agitador había sido de cincuenta mil trescientos metros; cuatro años antes aquello había sido un paseo salvaje. Por algún motivo, seguramente relacionado con el sistema de propulsión magnético que todavía no se había descubierto, a más de trescientos mil metros los discos empezaban a perder potencia.

La tripulación del disco que había llegado a la altura máxima experimentó la terrible experiencia de llegar al máximo mientras todavía intentaban ascender y luego sufrir una caída descontrolada antes de que el disco recuperase la energía.

—¿Dirección? —preguntó Terrent concentrado en mantener el control.

—Suroeste —respondió Scheuler —Dirección dos, uno, cero grados.

—¿Qué está haciendo? —preguntó Gullick.

—Duende en dirección dos, uno, cero grados —dijo Quinn—. En descenso en ruta de planeo, bajando a trescientos treinta mil metros. El número tres lo persigue de cerca. El número ocho está... —Quinn calló—. ¡El duende está cambiando de dirección!

—¡Vaya! —exclamó el capitán Schleuder cuando las cosas cambiaron en su visor.

—¿Qué? —Los controles en manos del mayor Terrent eran cada vez más firmes. Ya estaban casi por debajo de los trescientos mil metros.

Scheuler se puso en acción.

—¡Peligro de colisión!

—Indíqueme la dirección —exclamó Terrent.

—Giro a la derecha —se aventuró a decir Scheuler.

En la pantalla grande, los puntos rojo y verde describieron una curva en la misma dirección y se fundieron. Gullick se puso en pie clavando los dientes en el puro.

Scheuler vio cómo el caza Fu se colocaba directamente sobre sus cabezas, a menos de tres metros. Un haz de luz blanca se desprendió de la pequeña bola brillante, alcanzó el disco y lo atravesó.

—¡Fallo del motor! ¡Sin control! —informó Terrent. Ambos sintieron cómo su peso se volvía más ligero al ser agitados hacia arriba y luego despedidos hacia abajo.

—Veintisiete mil metros y en caída libre —dijo Scheuler mirando el visor.

La palanca y el mando se movían sin control en las manos de Terrent.

—Nada. No hay energía.

Miró a Scheuler. Ambos hombres mantenían su disciplina externa pero sus voces revelaban su miedo.

—Veintiséis mil —dijo Scheuler.

—El agitador número tres va en descenso sin control —informó Quinn—. No tiene energía. El platillo número ocho y el Aurora prosiguen todavía la caza.

El punto verde que representaba el caza Fu se desplazó bruscamente en dirección al suroeste.

—Veintiún mil —informó Scheuler.

Terrent soltó los mandos, que ya no servían para nada.

—Diecisiete mil.

El duende atravesará la frontera mexicana en dos minutos —informó Quinn.

—Agitador número ocho, aquí Cubo Seis —dijo Gullick por el micrófono que llevaba—. ¡Atrapen a ese hijo de puta!

Con la gravedad de la Tierra como única energía, el agitador número tres se desplomaba a una velocidad terminal. Habían volcado hacia un lado, y los cuerpos de los dos hombres se inclinaron bruscamente hacia abajo.

En realidad, bajaban más lentamente de lo que habían subido, pensó Scheuler, mientras miraba el contador del visor digital que tenía ante sí. Se sintió extrañamente indiferente; sus años de entrenamiento como piloto mantenían a raya el pánico. Por lo menos, no daban volteretas en el aire.

Scheuler dirigió una mirada interrogante a Terrent.

—Catorce mil. —Terrent comprobó de nuevo los controles—. Todavía, nada.

—Treinta segundos para la frontera —dijo Quinn.

Confirmó las malas noticias que mostraba la pantalla. La distancia entre el duende y el agitador número ocho aumentaba en lugar de disminuir, a pesar de que la tripulación del disco lo estaba forzando hasta el máximo que podía soportar.

Gullick escupió los restos de su puro.

—Agitador número ocho, aquí Cubo Seis. Se cancela la operación. Repito. Se cancela la operación, regrese a casa. Aurora, prosiga la caza. Cambio.

—Aquí agitador número ocho, Roger. Cambio.

—Aquí Aurora, Roger. Cambio.

En la pantalla, el platillo número ocho desaceleró rápidamente y volvió de nuevo hacia el espacio aéreo sobre los Estados Unidos. El Aurora continuó persiguiendo al duende.

—Alerte al *Abraham Lincoln* para proseguir la persecución —ordenó el general Gullick al almirante Coakley. Por fin el general fijó su mirada en la parte superior de la pantalla. El punto verde que representaba el agitador número tres todavía estaba quieto.

—¿Altura? —preguntó.

Quinn supo a lo que se refería.

—Nueve mil metros. Todavía sin energía. Caída sin control.

—¿Situación del equipo de recuperación Nightscape? —preguntó Gullick.

—En el aire, hacia el área de impacto prevista —respondió Quinn.

—Voy a inicializar a los seis mil —dijo Terrent con la mano de nuevo en la palanca roja—. Todo despejado.

Scheuler apartó el teclado y la pantalla de sus rodillas mientras Terrent hacía lo mismo.

—Despejado.

—Cable arriba —ordenó Terrent.

Scheuler pulsó un botón al lado de su asiento. Por detrás de ambos se tensó un cable sujeto del techo y su punto de anclaje se deslizó por un canal fijado en el suelo hasta detenerse exactamente entre las dos depresiones en las que los hombres estaban sentados.

—Enganche —ordenó Terrent.

Scheuler buscó en el bolsillo del cinturón de su traje de aviador y sacó una llave de bloqueo y la hizo pasar por el cable de acero, justo encima de donde Terrent había colocado la suya. Se aseguró de que estuviera activada y la enroscó con fuerza. A continuación hizo pasar la banda de nilón al arnés que tenía en el torso, asegurándose de que no estuviera obstruido.

—Enganchado —confirmó. Miró a su visor—. Siete mil.

Terrent tocó los controles una última vez y los probó. No respondían. Miró a Scheuler.

—¿Estás listo, Kevin?

—Listo.

—Abriendo escotilla en Tres. Uno. Dos. Tres. —Terrent bajó la palanca roja y los pernos explosivos de la escotilla situados en el otro extremo del cable abrieron la escotilla. Ésta salió rodando y el aire frío de la noche penetró en un silbido.

—¡Fuera! —gritó Terrent.

El capitán Scheuler se desabrochó los tirantes del hombro e, impulsándose, se deslizó hacia arriba por el cable y se golpeó contra el techo del disco. Una vez que se orientó, miró a Terrent abajo, que todavía estaba en su asiento. Luego se soltó y fue engullido por la escotilla; entonces la tira de nilón llegó a su final y abrió el paracaídas sobre el que había estado sentado. Cuando el paracaídas terminó de abrirse, el disco ya se había perdido en la oscuridad de la noche.

Miró alrededor, pero no vio el brillo de una tela blanca más abajo.

Las manos del mayor Terrent estaban a punto de desabrochar los tirantes del hombro cuando su instinto de piloto lo obligó a una última comprobación. Se inclinó y tocó los controles. Había algo, una respuesta muy débil. Entonces centró de nuevo el interés en la nave y empezó a luchar con los controles.

—Tres mil metros —dijo Quinn. Miró la pantalla del ordenador y pulsó varias teclas—. Se advierte un ligero cambio en la velocidad de bajada del agitador número tres.

—Creía que había dicho que las lecturas indicaban que se había hecho explotar la escotilla y que los pilotos habían iniciado la huida —dijo Gullick.

—Sí, señor, ya no hay escotilla, pero... —Quinn comprobó los datos que le enviaban los satélites y el propio agitador número tres—. ¡Señor! Se está deteniendo.

Gullick asintió pero de nuevo dirigió su atención a la pantalla y a aquel punto verde, que ahora se encontraba en el Pacífico, en el extremo oeste de Panamá.

Sin Scheuler, Terrent no podía saber la altura a la que se encontraba. Al abrir la escotilla se había quitado el visor propio. La energía iba volviendo muy lentamente.

—Mil quinientos metros —informó Quinn—. Sigue desacelerando.

—¿Por qué no veo los F-14 del *Abraham Lincoln* en la pantalla? —preguntó el general Gullick.

—Yo..., bueno... —Los dedos de Quinn volaron sobre el tablero.

En la pantalla se dibujó un grupo de pequeñas siluetas de avión que se encaminaban hacia un círculo naranja el cual indicaba el lugar donde el caza Fu anterior se había hundido en el océano. Los símbolos del duende y del Aurora también se encaminaban hacia allí.

—¡Creo que lo he conseguido! —exclamó Terrent. Había pulsado la palanca de altura tanto como era posible y podía sentir que la potencia volvía. —¡Lo conseguiré! ¡Lo conse...

—¡Ha caído! —dijo Quinn en voz baja—. El agitador número tres ha caído. Toda la telemetría se ha cortado.

—Asegúrese de que el equipo de rescate de Nightscape tiene la posición exacta a partir de la última lectura —ordenó Gullick—. ¿Tiempo para la interceptación del duende por parte de los Tomcats?

Quinn se quedó mirando al general Gullick durante unos segundos y luego se volvió hacia su terminal.

—Seis minutos.

—No veo qué conseguiremos con la interceptación —protestó el almirante Coakley —. Lo hemos intentado dos veces. Está sobre el océano. Incluso si abatiésemos el duende, no sería...

—Yo soy quien está al mando —dijo en un silbido el general Gullick—. No se atreva nunca más...

—El duende ha desaparecido, señor —anunció Quinn—. Se ha hundido.

19

Los datos eran muy complejos y muchos no se encontraban en el archivo histórico. Contó por lo menos seis tipos distintos de naves atmosféricas y sólo dos de ellas estaban catalogadas. Por otra parte, las dos veces anteriores no se había despertado por una acción de ese tipo. Sin embargo, este nuevo acontecimiento constituía una amenaza porque estaba vinculado al lugar donde se encontraba la nave nodriza.

Se diversificó una energía valiosa y el procesador principal aumentó al cuarenta por ciento de capacidad para poder evaluar las entradas masivas que se habían producido en aquel planeta en la última vuelta del planeta alrededor de su estrella. Había habido conflictos, pero eso no era su asunto. En este caso había en juego cuestiones más importantes.

20

CERCANÍAS DE DULCE, NUEVO MÉXICO
93 horas, 30 minutos

Le habían introducido algo en los brazos y en los muslos. Johnny Simmons sintió también tubos entre las piernas; eran sondas colocadas en todos sus orificios. También tenía un dispositivo en la parte derecha de la boca que emitía un ligero vaho. Otro tubo salía por el lado izquierdo de la boca y eso le permitía respirar. Había algo sobre su rostro que lo obligaba a tener los ojos cerrados y le obstruía la nariz. Aparte de eso, Simmons no sabía cuál era su situación. Esos descubrimientos los había hecho durante las breves pausas que había entre los períodos de dolor intenso.

Supuso que por lo menos uno de los tubos que llevaba era suero. No sabía cuánto tiempo había transcurrido, pero le parecía que toda su existencia la había pasado en aquella oscuridad.

Si no hubiera sido por las agujas y los tubos, Johnny se habría creído muerto, y su alma, enviada al infierno. Pero aquello era un infierno en vida, una vida física.

Notó un sabor a cobre en la boca. No se molestó en esperar el dolor. Su boca se abrió y chilló en silencio.

21

ZONA DE MISILES DE WHITE SANDS, NUEVO MÉXICO
93 horas, 30 minutos

Lo primero que hizo el coronel Dickerson cuando su helicóptero de comando y control se dirigía a la baliza del personal del agitador número tres, fue ordenar a su ayudante de campo, el capitán Travers, que le quitara las águilas de plata del cuello y las sustituyera por dos estrellas. Lo hacía por si encontraban a cualquier militar. Los militares consideraban a los generales como dioses, y así era como Dickerson quería que su gente respondiera a sus órdenes aquella noche.

—Tiempo aproximado de llegada a la baliza, dos minutos —anunció el piloto del Blackhawk UH-60 por el intercomunicador.

Dickerson miró por la ventana. Los otros tres Blackhawk iban detrás, desplegados en el cielo de la noche, con sus luces apagadas. Pulsó el botón de transmisión de su aparato de radio.

—Roller, aquí Hawk. Denme buenas noticias. Cambio.

La respuesta de su segundo-al-mando en el complejo principal de White Sands fue inmediata.

—Aquí Roller. Tengo a la gente en alerta. El oficial de guardia nos ha reunido para hacer un transporte. Tenemos dos camiones de plataforma baja que podemos utilizar y una grúa adecuada para lo que hemos de recuperar. Cambio.

—¿Cuánto tiempo hace falta para sacarlos de la zona? Cambio.

—Una hora y media, como máximo. Cambio.

—Roger. Corto.

La voz del piloto se oyó en el intercomunicador en cuanto Dickerson cortó.

—Ahí está, señor.

Dickerson se inclinó hacia adelante y miró hacia fuera.

—Recójalo —ordenó

El Blackhawk bajó y aterrizó. El hombre en tierra estaba sentado sobre su paracaídas para impedir que se hinchara con el vaivén de las aspas del rotor. Los hombres descendieron de la parte trasera de la nave de Dickerson, se dirigieron corriendo hacia el capitán Scheuler y lo escoltaron hasta el helicóptero mientras ponían el paracaídas a buen recaudo.

Tan pronto como estuvo a bordo, Scheuler se colocó unos cascos.

—¿Ha captado alguna señal del mayor Terrent? —preguntó.

—No —repuso Dickerson después de dar la orden al piloto de despegar—. Nosotros nos dirigimos hacia la señal del disco.

—Es posible que su equipo se dañara al salir del disco —dijo Scheuler.

Dickerson miró al piloto, éste le devolvió la mirada y luego se centró en pilotar. No había tiempo para contarle a Scheuler la leve ralentización de la caída del agitador número tres justo antes del impacto.

—¿Tiempo estimado de llegada a la señal del disco? —preguntó Dickerson.

—Treinta segundos. —El piloto señaló con un dedo y dijo—: Allí está, señor. Mierda.

Dickerson oyó lo que dijo el copiloto en voz baja. Era un comentario bastante apropiado sobre el estado actual del agitador número tres. Tecleó en su aparato de radio.

—Roller, vamos a necesitar un tractor oruga y posiblemente también un aparato para mover la tierra. Cambio.

Su auxiliar de campo en la base principal estaba dispuesto.

—Roger.

El piloto dejó la nave suspendida en el aire, mientras el foco de búsqueda situado en la parte inferior del helicóptero examinaba de un lado a otro el lugar del impacto. El agitador número tres había caído de lado. Sólo se veía un extremo que sobresalía en el montículo de tierra contra el que había chocado. Dickerson, que conocía las dimensiones del disco, calculó que habría quedado enterrado por lo menos a unos seis metros.

—¿Qué hay de la señal de la escotilla? —preguntó al capitán Travers.

—Nightscape Dos la tiene en pantalla y va hacia ella. Aproximadamente, a seis kilómetros y medio al suroeste de nuestra situación —respondió Travers.

Tenían que eliminar todas las piezas del aparato y el equipo. Siempre existía la posibilidad de que alguna de las personas contratadas para ayudar, como los conductores de los camiones de plataforma baja o el operador de la grúa, se fuera de la lengua, por lo que, cuanto menos pruebas físicas, tanto mejor.

—Aterricemos —ordenó Dickerson.

EL CUBO, ÁREA 51

El general Gullick miraba fijamente los rostros ojerosos que había en torno a la mesa de reuniones. Había dos asientos vacíos. La doctora Duncan no había sido informada, o invitada, a las actividades nocturnas y Von Seeckt, naturalmente, no estaba. El mayor Quinn, en calidad de técnico para la presentación de información, estaba sentado en un lugar separado de la mesa, frente a una consola de ordenador situada a la izquierda de Gullick.

—Caballeros —empezó Gullick—, tenemos un problema justo en un momento muy delicado. El agitador número tres ha caído con una baja en White Sands. Tenemos también seis tripulaciones de avión que están presentando informes sobre los acontecimientos de esta noche. Y todo lo que hemos conseguido a cambio de estas posibles fisuras en seguridad es una repetición de los acontecimientos de la noche pasada. Ahora disponemos de más fotografías de ese caza Fu para añadir a nuestros archivos y tenemos casi exactamente la misma localización en el océano Pacífico en que desapareció.

Gullick hizo una pausa y se reclinó en su butaca, mientras jugaba con los dedos.

—Esa cosa, esa nave, ha superado lo mejor que tenemos para hacerle frente, incluso los sistemas propios de aquí. —Miró al doctor Underhill—. ¿Tiene alguna idea de lo que provocó en el agitador número tres?

El representante del laboratorio de propulsión de naves sostenía un amasijo de papeles telemétricos.

—No hasta que tenga la oportunidad de ver el registrador de vuelo y hablar con la tripulación superviviente. Todo lo que puedo concluir a partir de esto —dijo agitando los papeles— es que se produjo una pérdida total de energía en el agitador número tres vinculada a una colisión inminente con el caza Fu. La pérdida de potencia duró un minuto y cuarenta y seis segundos. Luego recuperó un poco de energía, pero resultó insuficiente para que el piloto lograra compensar la velocidad terminal de la nave.

El doctor Ferrell, el físico, se aclaró la garganta antes de intervenir:

—Como no comprendemos el funcionamiento exacto del sistema de propulsión de los discos, resulta doblemente difícil para nosotros intentar averiguar qué hizo el caza Fu para provocar el impacto en el agitador número tres.

—¿Qué tal si hablamos de algo que sí entendemos? —preguntó Gullick—. Ciertamente sabemos cómo funcionan los helicópteros.

—Así es —asintió Underhill—. He estudiado los restos del AH-6 que se estrelló en Nebraska y lo único que he podido constatar es que sufrió una avería completa del motor. No hubo avería en la transmisión, ni en el sistema hidráulico, puesto que, en ese caso, nadie habría sobrevivido al siniestro. El motor dejó de funcionar, sin más. Tal vez a causa de algún tipo de interferencia eléctrica o magnética. El piloto todavía está en coma y no he podido hablar con él. Tengo algunas teorías, pero por el momento no tengo ni idea de cómo el caza Fu pudo causar el cese de funcionamiento del motor de la nave.

—¿Alguien —dijo Gullick con énfasis— tiene alguna idea de qué son esos cazas Fu y quién hay detrás de ellos?

Un largo silencio sobrevino en la mesa de reuniones.

—¿Alienígenas?

Las diez cabezas se giraron y miraron al único hombre que no ocupaba una butaca de piel. El mayor Quinn parecía querer hundirse detrás del ordenador portátil.

—¿Puede repetirlo, por favor? —dijo Gullick con su tono grave de voz.

—Podrían ser alienígenas, señor —volvió a decir Quinn.

—¿Está usted diciendo que los cazas Fu son ovnis? —dijo el general Brown con desdén.

—Por supuesto que son ovnis —interrumpió el general Gullick con una aspereza en la voz que sorprendió a los presentes en la sala—. Son objetos reales, ¿no? Vuelan, ¿verdad? No sabemos qué coño son, ¿eh? Pues eso los convierte en objetos voladores no identificados. —Dio un golpe en la mesa con la palma de la mano—. Caballeros, para el resto del mundo, aquí cada semana hacemos volar ovnis. La pregunta que quiero que me respondan es quién pilota los ovnis que nosotros no pilotamos. —Volvió el rostro hacia Quinn—. ¿Y usted cree que son alienígenas?

—No tenemos indicios de que nadie en la Tierra disponga de la tecnología necesaria para fabricar esos cazas Fu, señor —repuso Quinn.

—Sí, mayor, pero me juego lo que quiera a que los rusos tampoco creen que disponemos de la tecnología para fabricar los agitadores. Y, de hecho, así es —susurró Gullick—. Mi pregunta es ¿hay alguien más que haya descubierto alguna tecnología como la que tenemos aquí?

—Si no recuerdo mal —intervino Kennedy, el representante de la CIA, inclinándose hacia adelante—, en los informes se decía que en las tablas había otros emplazamientos que nunca hemos podido investigar.

—La mayoría de esos lugares eran yacimientos antiguos —dijo Quinn rápidamente—, pero el hecho es que en ellos hay más runas superiores. ¿Quién sabe lo que podría estar escrito allí? No hemos podido descifrar esa escritura. Sabemos que los alemanes lograron descifrar alguno, pero aquello se perdió durante la Segunda Guerra Mundial.

—Está perdido para nosotros —corrigió Gullick—. Y tampoco es cierto que los alemanes hayan sido capaces de comprender las runas superiores. Es posible que hayan utilizado un mapa, como cuando fuimos a la Antártida y descubrimos los otros siete agitadores. Recuerden —añadió— que sólo hace ocho meses que descubrimos lo que había en Jamiltepec.

Aquello llamó la atención del mayor Quinn. Nunca había oído hablar de Jamiltepec ni de un descubrimiento relacionado con el proyecto Majic-12. Pero ése no era el momento de sacar a relucir el tema.

—Hemos de tener en cuenta —dijo Kennedy inclinándose hacia adelante— que los rusos obtuvieron bastante información a finales de la Segunda Guerra Mundial. Al fin y al cabo, ellos pudieron examinar todos los archivos de Berlín. También sabían lo que estaban haciendo cuando ocuparon Alemania. Si la gente supiera la lucha que se libró entre nosotros y los rusos por el personal científico del Tercer Reich...

El último comentario le costó al representante de la CIA una mirada servera del general Gullick, y Kennedy cambió enseguida de tema.

—Lo que quiero decir —dijo Kennedy rápidamente— es que tal vez los rusos descubrieron su propia tecnología en la forma de esos cazas Fu. En fin de cuentas, no disponemos de informes de que la aviación rusa tropezara con ellos durante la guerra. Y resulta bastante sospechoso que el *Enola Gay* fuera escoltado durante su trayecto hasta Hiroshima. Truman informó a Stalin de que se iba a lanzar la bomba. Tal vez quisieron saber qué estaba ocurriendo e intentaron averiguar todo lo que podían sobre ella.

—Piensen que en mil novecientos cincuenta y siete lograron poner en órbita el Sputnik. —El general Brown estaba convencido de la teoría de Kennedy—. Mientras nosotros nos partíamos los huevos con los agitadores y no nos esforzábamos en nuestro propio programa espacial con la agresividad que deberíamos haberlo hecho, tal vez ellos estuvieran trabajando en esos cazas Fu y lograron rediseñarlos con algo más de éxito que nosotros. Mierda, esos malditos Sputniks eran muy parecidos a estos cazas Fu.

—¿Dispone de información que pudiera estar vinculada con esto? —preguntó Gullick volviéndose hacia Kennedy.

—Hay varias cosas que podrían ser significativas —repuso Kennedy frotándose la barbilla—. Sabemos que llevan varias décadas efectuando pruebas secretas de vuelo en su base de Tiuratam, al sur de Siberia, y nunca hemos podido vencer su seguridad y penetrar allí. Lo hacen todo por la noche e incluso con imágenes infrarrojas de satélite colocados encima. No hemos podido averiguar lo que tienen. Así que podrían hacer volar cazas Fu.

—Pero esas cosas se hundieron en el Pacífico —apuntó el general Brown.

—Es posible que los lancen y luego los recuperen con un submarino —dijo el almirante Coakley—. Sus submarinos de la clase delta son los mayores del mundo. Estoy seguro de que pueden haber modificado uno para tratar este tipo de cosas.

—¿Hay algún signo de actividad submarina de los rusos en el lugar? —preguntó el general Gullick.

—Ninguno. El último informe que tengo es que nuestros barcos se encontraban en posición y que se estaban preparando para enviar un submarino ahí abajo —respondió Coakley.

El mayor Quinn tuvo que asir con fuerza su ordenador para recordarse a sí mismo que estaba despierto. Le costaba creer que los hombres de la mesa de reuniones hablasen así. Parecía como si hubieran reducido a la mitad su coeficiente intelectual y hubieran añadido una dosis de paranoia.

Gullick volvió a dirigir su atención hacia Kennedy y le hizo una señal para que continuase.

—Es posible que esto no tenga nada que ver con esta situación, pero es lo último que hemos descubierto —dijo Kennedy—. Sabemos que los rusos están trabajando con cerebros humanos conectados directamente a un *hardware* informático. No sabemos de dónde han obtenido la tecnología para hacerlo. Va mucho más allá de lo que se ha hecho en Occidente. Esos cazas Fu, evidentemente, son demasiado pequeños para llevar una persona, pero es posible que los rusos hayan colocado uno de esos bioordenadores empleando para ello un sistema de vuelo magnético semejante al que tenemos en los discos. O, una posibilidad más sencilla, que esas naves puedan ser controladas de forma remota desde una sala como la que tenemos aquí.

—No hemos captado ningún enlace de radio con los cazas Fu —dijo el mayor Quinn intentando reconducir la discusión a una base de mayor sensatez—. Lo habríamos captado, a no ser que se tratase de un enlace láser vía satélite con haz limitado. Sin embargo, este tipo de haz hubiera sido muy difícil de mantener sobre el caza Fu dada su velocidad y su rapidez de maniobra.

—¿Von Seeckt podría haberse cambiado de bando? —preguntó de repente Gullick—. Sé que ha estado aquí desde el principio, pero recordemos de dónde procede. Tal vez por fin los rusos lo ganaron para su causa o podría haber estado trabajando para ellos durante todo este tiempo.

—Lo dudo —repuso Kennedy frunciendo el entrecejo—. Hemos aplicado la seguridad más estricta sobre todo el personal de Majic-12.

—Bien. ¿Y qué hay de ese tipo, Turcotte, y de la periodista? ¿Alguno de los dos podría estar trabajando para el otro lado?

Quinn se sobresaltó al recordar el mensaje interceptado de la doctora Duncan al jefe de personal de la Casa Blanca. Posiblemente Gullick no lo habría leído. De nuevo decidió mantenerse quieto, para evitarse una bronca.

—Tengo a mi gente trabajando en ello —dijo Kennedy—. Pero hasta ahora no hemos encontrado nada.

—Veremos lo que el almirante Coakley encuentra en el Pacífico. Tal vez eso logre resolver el misterio —dijo Gullick—. Por el momento, nuestras prioridades son esterilizar el punto de impacto en White Sands y continuar la cuenta atrás para la nave nodriza.

El mayor Quinn se había puesto a trabajar en su ordenador, donde podía leer los datos de los distintos miembros del proyecto diseminados por los Estados Unidos y el mundo. Se tranquilizó cuando empezó a aparecer información.

—Señor, tenemos algunas noticias de Von Seeckt —dijo el mayor a Gullick, quien le hizo un gesto para que continuase—. La vigilancia en Phoenix ha localizado a Von Seeckt, a Turcotte y a Reynolds, esa periodista.

—¿Phoenix? —preguntó Gullick.

—Sí, señor. Cuando supe que Reynolds había preguntado por el periodista que intentó infiltrarse la noche anterior, ordené vigilar su apartamento. El equipo de vigilancia se puso en marcha este atardecer. Han descubierto ya a los tres objetivos en el apartamento y solicitan instrucciones.

—Que los atrapen a los tres y los lleven a Dulce —ordenó Gullick.

Quinn hizo una pausa antes de enviar la orden.

—Hay algo más, señor. Los hombres que enviamos a comprobar las habitaciones de Von Seeckt han encontrado un mensaje en su buzón de voz que podría ser importante. Era del profesor Nabinger.

—¿Y qué era ese mensaje? —preguntó el general Gullick.

—«Profesor Von Seeckt —leyó Quinn en la pantalla—, me llamo Peter Nabinger. Trabajo en el departamento de egiptología del museo de Brooklyn. Me gustaría hablar con usted sobre la gran pirámide, en la que creo ambos tenemos interés. Acabo de descifrar algunas palabras de la cámara inferior en la que me parece que usted estuvo hace tiempo. Son las siguientes: poder sol; prohibido; lugar origen, nave, nunca más; muerte a todos los seres vivientes. Es posible que usted pueda ayudarme con la traducción. Le ruego me deje un mensaje en mi buzón de voz para saber cómo contactar con usted. Mi número de teléfono es dos uno dos, cinco cinco cinco, uno cuatro siete cuatro.»

—Si ese Nabinger sabe algo sobre Von Seeckt y la gran pirámide... —empezó a decir Kennedy. Un gesto de la mano de Gullick lo detuvo.

—Estoy de acuerdo en que podría ser peligroso. —Gullick estaba excitado—. Pero puede ser de gran importancia el hecho de que Nabinger sea capaz de descifrar las runas superiores. Si es así, tal vez nosotros podríamos... —Gullick se detuvo—. ¿Su gente comprobó si Von Seeckt había contactado con Nabinger?

—Sí, señor —asintió Quinn—. Von Seeckt llamó al buzón de voz de Nabinger a las ocho y treinta y seis y dejó un mensaje indicándole un lugar donde encontrarse al día siguiente, es decir, esta mañana —se corrigió al ver el reloj digital de la pared.

—¿El lugar?

—El apartamento de Phoenix —respondió Quinn.

Gullick sonrió por vez primera en veinticuatro horas.

—Así que en unas pocas horas habremos cazado a nuestros pajaritos en un nido. Excelente. Póngame en línea directa con el jefe de Nightscape en la base de Phoenix.

ZONA DE MISILES DE WHITE SANDS, NUEVO MÉXICO

El motor de la grúa crujía como si protestase, pero la tierra cedía con el cable y, palmo a palmo, el agitador número tres iba saliendo del agujero. En cuanto quedó despejado, el operador de la grúa lo hizo girar hacia la derecha de forma que colocó el disco en la plataforma plana que aguardaba. Bajo la luz del arco de focos que se había erigido rápidamente, el coronel Dickerson comprobó que el revestimiento externo del disco no parecía haber sufrido siquiera un rasguño.

En cuanto el agitador número tres estuvo sobre el camión, Dickerson se asió a un lado de la plataforma y trepó por la cubierta de madera y luego, por el lado inclinado de la nave. Su ayudante de campo y el capitán Scheuler lo seguían. Balanceándose con cuidado, Dickerson subió lentamente hasta llegar a la escotilla que Scheuler había tirado a tres kilómetros por encima de sus cabezas.

El interior estaba oscuro y el motor desconectado. Con una linterna halógena que llevaba en el cinturón, Dickerson iluminó el interior. A pesar de haber participado en dos guerras y haber visto sangre, la escena que vio lo estremeció.

—¡Dios mío! —musitó Scheuler, que se hallaba situado detrás del coronel.

La sangre y los restos del mayor Terrent estaban esparcidos por todo el interior. Dickerson se sentó con la espalda contra la escotilla e intentó controlar su respiración mientras Scheuler vomitaba. Dickerson había sido controlador aéreo en la avanzada durante la operación Tormenta del Desierto y había visto la destrucción causada en la autopista norte a la salida de Kuwait al final de la guerra. Pero aquello era guerra y los cuerpos eran los del enemigo. «Maldito Gullick», pensó. Dickerson asió los extremos de la escotilla y empezó a entrar.

—Vamos —ordenó a Scheuler, quien lo siguió con cautela—. Compruebe si todavía funciona. —Dickerson prefería mil veces volar con eso de regreso a Nevada que tener que cubrirlo y llevarlo por carreteras secundarias de noche.

Scheuler miró a la depresión cubierta de sangre y vísceras que había ocupado Terrent.

—Más tarde podrá darse una ducha —se forzó a decir Dickerson—. Ahora necesito saber si disponemos de energía y no tenemos tiempo para limpiar esto.

—Señor, yo...

—¡Capitán! —lo interrumpió Dickerson con brusquedad.

—Sí, señor.

Scheuler se deslizó hacia el asiento con una expresión de horror en el rostro. Llevó sus manos al panel de control. Las luces se encendieron por un momento y, en cuanto el revestimiento de la nave se volvió transparente, se apagaron. Desde ahí podían ver las luces colocadas en el exterior.

—Tenemos energía —Scheuler constató algo obvio. Bajó la mirada hacia la palanca del control de altura y se quedó aterrado. La mano de Terrent todavía estaba asida a él y del extremo de su antebrazo pendían huesos y carne destrozados. Lanzó un chillido y volvió el rostro.

El coronel Dickerson se arrodilló y quitó aquel resto inerte. «Maldito Gullick, maldito Gullick.» Era una cantinela a la que su cerebro se aferraba para permanecer en la cordura.

—Compruebe si tiene control de vuelo —le ordenó en un tono más amable.

Scheuler tomó la palanca. El espacio se abrió bajo sus pies.

—Tenemos control de vuelo —respondió como un autómata.

—De acuerdo —dijo Dickerson—. El capitán Travers volará con usted de vuelta a Groom Lake. Una nave volará a modo de escolta. ¿Lo ha entendido, capitán?

No obtuvo respuesta.

—¿Me ha comprendido?

—Sí, señor —dijo Scheuler con voz débil.

Dickerson salió fuera del disco y dio las órdenes apropiadas. Cuando hubo acabado se apartó de las luces y fue detrás del montículo de arena contra el que el disco había chocado. Se puso de rodillas y vomitó.

EL CUBO, ÁREA 51

En la sala de reuniones las luces estaban bajas y Gullick permanecía completamente en la sombra. Los demás miembros de Majic-12 se habían retirado para tomarse un merecido descanso o para supervisar sus propios departamentos, con excepción de Kennedy, el subdirector de operaciones de la CIA, que se había quedado esperando a que los demás se fueran.

—Estamos sentados sobre un polvorín —empezó a decir Kennedy.

—Lo sé —dijo Gullick. Tenía la carpeta que contenía el mensaje interceptado de la doctora Duncan. Aquello confirmaba que Turcotte era un infiltrado; sin embargo, lo más importante era la amenaza de que la doctora Duncan consiguiera que el Presidente atrasara la prueba de vuelo. Eso era, simplemente, intolerable.

—Los demás no saben lo que Von Seeckt, usted y yo sabemos sobre la historia de este proyecto —continuó Kennedy.

—Llevan demasiado tiempo ya. Incluso si lo supieran sería demasiado tarde para todos —dijo Gullick—. Ya sólo el asunto de Majestic-12 es suficiente para hundirlos a todos.

—Pero si descubren lo de Paperclip... —empezó a decir Kennedy.

—Nosotros heredamos Paperclip —interrumpió Gullick—.

Igual que heredamos Majic. Y la gente sabe cosas sobre Paperclip. Ya no es un gran secreto.

—Sí, pero nosotros los mantenemos en marcha —remarcó Kennedy—. Y lo que la mayoría de la gente sabe sólo es la punta del iceberg.

—Von Seeckt no sabe que Paperclip todavía funciona, y en los años cuarenta, él sólo estaba en la superficie del proyecto.

—Sabe lo de Dulce —replicó Kennedy.

—Sabe que Dulce existe y que de algún modo está conectado con nosotros, pero nunca ha tenido acceso a lo que allí ocurre —dijo Gullick—. No tiene ni idea de lo que ocurre.

El lado derecho del rostro de Gullick se contrajo y levantó una mano para aplacar el dolor que sentía en su cabeza. Incluso pensar en Dulce dolía. No quería volver a hablar de ello jamás. Había cosas más importantes que tratar. Gullick contó sus problemas con los dedos.

—Mañana o, mejor dicho, esta mañana nos encargaremos de Von Seeckt y de los otros en Phoenix. Así esta fuga quedará cerrada.

—Al amanecer tendremos el follón de White Sands limpio y las tripulaciones interrogadas y listas.

—Tenemos la reunión de las ocho con Slayden, que debe distraer la atención de la doctora Duncan durante un tiempo suficiente.

—El almirante Coakley pronto nos podrá dar noticias sobre esos cazas Fu.

—Y, por último, aunque no menos importante, por supuesto, en noventa y tres horas haremos volar la nave nodriza. Eso es lo más importante. —El general Gullick se volvió y dejó de mirar a Kennedy a fin de poner punto final a la conversación. Oyó cómo Kennedy se marchaba, luego buscó en sus bolsillos y sacó dos pastillas especiales que el doctor Cruise le había dado. Necesitaba algo que le calmara el dolor de cabeza.

Al comprobar las pocas fotografías que no había visto antes, el profesor Nabinger completó el vocabulario de runa superior con una o dos frases. Había fotografías desparramadas sobre los asientos a ambos lados, que estaban desocupados. Se tomó la tercera taza de café que la azafata le había llevado y sonrió satisfecho. Sin embargo, esa sonrisa desapareció rápidamente en cuanto su mente regresó al mismo problema.

¿Cómo se había difundido la runa superior por todo el mundo en una fecha tan temprana de la historia del hombre, cuando incluso comerciar por el mar Mediterráneo era una aventura que entrañaba grandes peligros? Nabinger no lo sabía, pero esperaba que las fotografías le proporcionaran la respuesta. De hecho, había dos problemas. Uno era que muchas fotografías mostraban lugares que habían resultado dañados de algún modo. En muchos casos esos desperfectos parecían haber sido infligidos deforma deliberada, como ocurría en la costa de Bimini. El segundo y principal problema era que la mayoría de las fotografías pertenecían a runas superiores que, a falta de un término mejor, podrían considerarse dialectos. Era un problema que durante años había frustrado a Nabinger.

Había diferencias sutiles y, en ocasiones, no tanto, en la escritura de las runas superiores de un lugar y otro que revelaban que, a pesar de que evidentemente todas derivaban del mismo idioma, se habían desarrollado de forma distinta en lugares apartados. Era como si el lenguaje madre hubiera surgido en un lugar, se hubiera trasladado en cierto momento a otros sitios y luego se hubiera desarrollado de forma distinta en cada uno de ellos. Eso tenía sentido, pensó Nabinger. Era la forma en que se desarrolla el lenguaje. Y se ajustaba también a la teoría difusionista de la evolución de la civilización.

El verdadero problema de Nabinger, aparte de que los dialectos dificultaban la traducción, era que el contenido de los mensajes, una vez traducidos, resultaba difícil de entender. La mayoría de las palabras y frases parciales que había ido traduciendo se referían a la mitología, a la religión, a los dioses, a la muerte y a grandes calamidades. Pero había muy poca información específica. Casi todas las runas superiores de las fotografías parecían estar relacionadas con algún tipo de culto existente en los puntos donde fueron halladas.

No había más información sobre las pirámides o sobre la existencia o ubicación de la Atlántida. Se hacía referencia a un gran desastre natural acaecido en algún momento siglos antes de Cristo, pero eso no era nada nuevo. También se daba mucha importancia a la observación del cielo, pero Nabinger sabía que la mayoría de las religiones miraban el cielo, ya fuera el sol, las estrellas o la luna. La gente tendía a mirar hacia arriba cuando pensaba en Dios.

¿Cuál era la conexión? ¿Cómo se había difundido la runa superior? ¿Qué había encontrado Von Seeckt en la cámara inferior de la gran pirámide? Nabinger recogió las fotografías y volvió a colocarlas en su mochila gastada. Demasiadas piezas sin conexión. Sin un porqué. Y Nabinger quería ese porqué.

22

—¿Dio a Nabinger esta dirección? —preguntó Turcotte por tercera vez.

—Sí —respondió Von Seeckt desde la comodidad del sofá. La sala de estar del apartamento estaba a oscuras.

—¿La dejó grabada en su buzón de voz?

—Sí

—¿Y él dejó el primer mensaje en su buzón de voz? —insistió Turcotte.

—Sí

—Déjalo de una vez —dijo Kelly entre dientes, rebujada bajo una manta en una silla—. Pareces un fiscal. Ya hemos hablado de eso en el coche. ¿Hay algún problema?

Turcotte miró a través del centímetro que separaba la cortina y la ventana. Se había pasado allí la última hora, sin moverse mientras los otros dos dormían; el único signo de que estaba despierto era el parpadeo de sus ojos mientras observaba el exterior.

Hacía unos minutos había despertado a sus compañeros. Todavía estaba oscuro y en la calle no se movía nada bajo la luz de las farolas.

—Sí. Tenemos un problema.

Kelly apartó la manta y fue a encender la lámpara.

—No hagas eso —la voz de Turcotte dejó helada la mano en el interruptor.

—¿Por qué?

—Si tengo que explicar todo lo que digo —repuso Turcotte volviendo la mirada hacia la habitación— vamos a cubrirnos de mierda cuando no haya tiempo para explicaciones. Me gustaría que te limitaras a hacer lo que digo cuando lo digo.

La ropa de Kelly estaba arrugada y no había tenido un sueño muy confortable en la silla.

—¿Acaso nos encontramos en medio de una crisis sobre la cual no puedes explicar nada?

—No, por el momento —dijo Turcotte—. Os estoy preparando a los dos para cuando se produzca. Y eso —dijo señalando con su pulgar la ventana— se producirá en algún momento de la mañana.

—¿Quién hay ahí fuera? —preguntó Von Seeckt levantándose del sofá e intentando arreglar su barba para que pareciera en orden.

—Hace menos de una hora, una camioneta atravesó la calle arriba y abajo —Turcotte señaló hacia la izquierda—, a unos sesenta metros. Durante quince minutos nadie se apeó. Luego salió un hombre, se dirigió hacia nuestro coche y colocó algo en la parte posterior derecha. Luego regresó, entró en la camioneta y ya no ha habido más movimiento. Imagino que han puesto vigilancia en la parte trasera del edificio.

—¿A qué esperan? —preguntó Kelly, sacándose la manta de encima. Se puso en pie y empezó a recoger sus pocas pertenencias personales.

—Si han recibido los mensajes del buzón de voz de Von Seeckt, probablemente, lo mismo que nosotros. Están esperando a que Nabinger aparezca.

Kelly se quedó quieta al ver que Turcotte permanecía de pie, inmóvil.

—¿Acaso habrán puesto vigilancia en este lugar tras secuestrar a Johnny?

—Tal vez —dijo Turcotte—. Pero esta camioneta no estaba ahí cuando llegamos por la noche. Cuando tú y yo salimos, examiné el lugar y no vi señales de que hubiera vigilancia. Creo que han aparecido en escena esta mañana. Esto me hace pensar que verificaron el sistema de buzón de voz del buen profesor.

—Sí —asintió Von Seeck—. Son capaces. He cometido un error ¿no?

—Sí. Y, por cierto, la próxima vez dígame lo que va a hacer antes de hacerlo. —Turcotte buscó en su chaqueta. Sacó una pistola, extrajo el cargador, lo comprobó y volvió a colocarlo y luego hizo deslizar una bala en la recámara.

—¿Cuál es el plan? —preguntó Kelly.

—¿Has leído el libro *The Killer Angels*? —preguntó Turcotte mientras se colocaba contra la pared y volvía a observar a través de la delgada rendija.

—¿Aquel sobre la batalla de Gettysburg? —preguntó Kelly.

—Muy bien —dijo Turcotte, mirándola—. ¿Recuerdas qué hizo Chamberlain, del Veinte de Maine, cuando se encontraba en el flanco izquierdo de la línea de la Unión y a punto de quedarse sin municiones después de los ataques continuos de los confederados?

—Ordenó una carga —repuso Kelly.

—Eso es.

—¿Vamos a hacer una carga?

—Justo cuando la vayan a hacer ellos —asintió Turcotte, sonriendo—. Estarán muy confiados y pensarán que ellos llevan la iniciativa. El tiempo lo es todo.

—¡Joder! —musitó el mayor a los demás hombres de la camioneta. Miró con enojo el sofisticado aparato de comunicaciones instalado en el vehículo y luego activó el micrófono que colgaba del techo.

—Roger, señor. ¿Algo más? Cambio.

—No la jodan. —La voz del general Gullick era inconfundible, incluso después de ser digitalizada y codificada y luego descodificada e interpretada por el instrumental—. Corto.

La radio enmudeció.

El mayor apartó de un golpe el micrófono y miró a los demás hombres.

—Esperaremos hasta que el otro objetivo se reúna en el apartamento. Hay que cogerlos con vida. A todos.

—Cuando el otro tipo llegue aquí ya será de día —dijo uno de los hombres en tono de protesta.

—Lo sé —repuso el mayor en un tono que no admitía discusión—. Lo arreglaré con la policía local y la mantendré fuera de la zona. —Levantó un objeto semejante a un arma sofisticada—. Recuerden, hay que cogerlos a todos con vida, utilicen sólo las armas paralizantes.

—¿Y qué hay de Turcotte? —preguntó uno de los hombres—. Va a ser un problema.

—Es el objetivo prioritario cuando atravesemos la puerta. Con los demás resultará más fácil —dijo el mayor.

—No creo que Turcotte se tome la molestia de dejarnos a todos con vida —musitó uno de los hombres.

Pese a la larga noche, con una parada prolongada en Dallas-Fort Worth International, el profesor Nabinger se sentía muy despierto y alerta cuando el taxi tomó la curva y apareció el edificio de apartamentos. En el aire había sólo un pequeño amago del amanecer por el este.

Tras sacar su maleta, Nabinger pagó al taxista. Dejó la maleta en la acera y, mientras buscaba el apartamento, se colocó bajo el brazo el maletín de piel con las fotografías que Slater le había dado. Dio un golpe en la puerta y esperó. La puerta pareció abrirse sola, porque allí no había nadie.

—¿Hola? —dijo Nabinger.

—Entre. —Se oyó una voz de mujer que provenía del interior de la habitación a oscuras.

Nabinger dio un paso hacia adelante y un brazo de hombre que surgió por detrás de la puerta lo cogió por el cuello y lo condujo a la sala. La puerta se cerró tras él.

—Pero ¿qué...? —empezó a decir Nabinger.

—Silencio —ordenó Turcotte—. En unos segundos nos van a atacar. Vaya con ella. —En la mano llevaba una granada de explosión y destello que conservaba de la misión Nightscape. Retiró la lengüeta y se apoyó contra la puerta escuchando.

Kelly tomó a Nabinger del brazo y lo condujo a la esquina más alejada de la habitación, donde Von Seeckt estaba también esperando. Le dio un trozo de tela oscura tomado de las cortinas.

—Póngase esto en los ojos.

—¿Para qué? —preguntó Nabinger.

—Hágalo y ya está.

La puerta explotó con el impacto de un ariete de mano y entraron unos hombres que buscaban a sus objetivos con la vista. Fueron recibidos por el enorme estruendo y el fulgor de una luz blanca que los cegó a todos por completo.

Turcotte se quitó la tela oscura que había sostenido para proteger sus ojos y se lanzó sobre los cuatro hombres dando golpes con los puños. En menos de un segundo dos de ellos quedaron inconscientes. Tomó un arma paralizante de una de las manos inertes y disparó a los otros dos con ella cuando intentaban recobrar sus sentidos.

—¡Vámonos! —gritó Turcotte.

Kelly cogió a Nabinger y salieron corriendo por la puerta.

En la camioneta el mayor se quitó con rabia el auricular y lo lanzó contra la pared; todavía tenía los oídos taponados a causa de la transmisión de la granada de explosión y destello que había salido del apartamento a la calle.

—¡Están saliendo! —exclamó el vigía en el asiento delantero de la camioneta.

El mayor abrió la puerta lateral y saltó a la calle con una metralleta con silenciador.

Turcotte se quedó inmóvil, y los otros tres miembros de su grupo se mantuvieron detrás de él. El oficial de la metralleta estaba acompañado por el hombre del asiento delantero, ambos apuntando con sus pistolas a Turcotte.

—¡No se mueva ni un centímetro! —ordenó el oficial.

—¿Qué piensa hacer? ¿Dispararme? —dijo Turcotte mientras calibraba el arma paralizante—. Entonces, ¿para qué va a emplear eso? Nos tenéis que capturar vivos ¿no? —Dio otro paso hacia los dos hombres—. Ésas son vuestras órdenes ¿verdad?

—Quédese exactamente donde está. —El oficial apoyó la empuñadura del arma en el hombro.

—El general Gullick se cabreará mucho si nos coses a balazos —dijo Turcotte.

—Él se cabreará, pero vosotros estaréis muertos —replicó el mayor centrando su visor en el pecho de Turcotte—. Me importa una mierda...

La boca del mayor se quedó a media frase y en su rostro se dibujó la sorpresa.

Turcotte disparó al conductor; la bala paralizante le dio en el pecho, y aquél cayó al suelo junto a su jefe. Turcotte miró hacia atrás. Kelly bajó lentamente el arma paralizante que había cogido al salir.

—Ya era hora —dijo Turcotte mientras hacía un gesto para que entrasen en la camioneta.

—La conversación era interesante —dijo Kelly—. Era tan... de machos

Ayudaron a subir a Von Seeckt y al confuso Nabinger en la parte trasera de la furgoneta. La calle estaba desierta.

—Tú conduces —dijo Turcotte, de pie entre la abertura de los dos asientos delanteros. —Quiero jugar un poco con los chismes de la parte de atrás.

—Próxima parada, Dulce —dijo Kelly mientras ponía en marcha la camioneta y partía dejando atrás el chirriar de los neumáticos.

EL CUBO

—Señor, el jefe del equipo de Arizona informa que han perdido a los sujetos. —Por precaución, Quinn mantuvo los ojos bajos, clavados en la pantalla del ordenador.

Parecía que al general Gullick le bastaban tres horas de sueño para funcionar. Lucía un uniforme recién planchado; el final almidonado de la camisa de color azul que llevaba debajo de su americana color marino se le clavó contra el cuello al apartar su atención de los informes de la nave nodriza.

—¿Perdido?

—Cuando el profesor Nabinger apareció, el equipo de Nightscape se dispuso a atrapar a todos los sujetos. —Quinn recitaba los hechos de forma monótona—. Parece que Turcotte estaba preparado. Empleó una granada de explosión y destello para desorientar al equipo de entrada. Luego, con las armas paralizantes del equipo de entrada él y los demás doblegaron al equipo de la camioneta y luego se marcharon con ella.

—¿Tienen la furgoneta? —El general Gullick se reclinó en su butaca—. ¿Podemos seguir su pista?

Quinn cerró un momento los ojos. Aquel día había empezado muy mal y no parecía que fuera a mejorar dada la información que mostraba la pantalla.

—No, señor.

—¿Me está usted diciendo que no disponemos de un detector en nuestros propios vehículos?

—No, señor.

—¿Por qué no? —Gullick levantó la mano—. Olvídelo. Ya trataremos más tarde sobre esto. Envíe una orden para que se notifique su avistamiento a las autoridades locales. Deles una descripción de la camioneta y de la gente. —Levantó la vista hacia la pantalla grande situada en la parte frontal de la sala. En aquel momento se veía un mapa de los Estados Unidos—. Quiero saber hacia dónde van. Tenemos que impedir que acudan a la prensa. Avise al señor Kennedy para que tenga preparada a su gente en la zona para controlar las líneas telefónicas. Si tenemos el menor indicio de que Von Seeckt ha recurrido a alguien, quiero que Nightscape esté ahí. —Los ojos de Gullick resiguieron ávidamente el mapa—. Diga a todos los de Phoenix que permanezcan ahí. Quiero ver cubiertos también Tucson y Albuquerque. Se mantendrán alejados de los aeropuertos, así que los tendremos en tierra. Cuanto más tiempo estén por ahí fuera, mayor será el círculo.

Quinn se decidió.

—Señor, hay algo más.

—¿Sí?

—La fuerza operativa del *Abraham Lincoln* informa que es negativa la presencia del caza Fu. Han explorado con el escáner el fondo del océano en un área de veinte kilómetros a la redonda de donde cayó el primer caza y no han encontrado nada. El minisubmarino del USS Pigeon ha peinado el fondo y...

—Que permanezcan allí y que continúen buscando —ordenó Gullick.

—Sí, señor. —Quinn cerró la tapa de su ordenador portátil y luego volvió a abrirla con nerviosismo.

—Señor, mmm. —Se humedeció los labios.

—¿Qué? —gruñó Gullick.

—Señor, es mi deber, mm, bueno... —Quinn se restregó las manos y sintió la protuberancia de su anillo West Point en la mano derecha. Aquellas preguntas llevaban demasiado tiempo—. Señor, esta misión va en una dirección que yo no acierto a comprender. Nuestro cometido consiste en trabajar en el equipo alienígena. No sé cómo Nightscape y...

—¡Mayor Quinn! —gritó el general Gullick, golpeando con el puño sobre la mesa.

—¿Sí, señor? —Quinn tragó saliva.

Gullick se puso en pie.

—Voy a tomar algo para desayunar y luego tengo que asistir a una reunión. Quiero que envíe un mensaje a todo nuestro personal de campo y también a todos los que trabajan con nosotros.

Gullick se inclinó sobre la mesa y acercó el rostro a treinta centímetros del de Quinn.

—Tenemos tres malditos días antes de hacer volar la nave nodriza. Estoy harto de oír hablar de errores, fallos y otras jodidas. Quiero respuestas y resultados. He dedicado mi vida y mi carrera a este proyecto. No voy a consentir que quede empañada o destruida por la incompetencia de otros. No quiero que se me cuestione. Nadie me debe cuestionar. ¿Ha quedado claro?

—Sí, señor.

23

87 horas, 15 minutos

—Creo que me quedaré aquí —dijo Nabinger.

Se habían detenido en una pequeña área de descanso de la autopista 60, en la altiplanicie del Colorado. Soplaba un viento fuerte del noroeste. Turcotte preparaba café instantáneo para todos en un microondas que había dentro de la camioneta, con las provisiones que había encontrado en un armario. Estaban sentados en las butacas del interior del vehículo pero con la puerta lateral abierta.

—Eso no podemos permitirlo —dijo Turcotte.

—¡Éste es un país libre! —repuso Nabinger—. Puedo hacer lo que me parezca. Yo no planeé meterme en medio de una batalla.

—Nosotros tampoco —dio Kelly—, también nos hemos visto implicados. Aquí están ocurriendo más cosas de las que ninguno de nosotros puede adivinar.

—Yo sólo quería algunas respuestas —dijo Nabinger.

—Las tendrá —aseguró Kelly—. Pero si las quiere, tendrá que acompañarnos.

Nabinger no había reaccionado muy mal ante el hecho de haber sido prácticamente secuestrado y llevado en una camioneta. Kelly conocía a ese tipo de personas, pues había entrevistado a científicos como él. Muchas veces la conquista del conocimiento resultaba más importante que cualquier otra cosa que ocurriera alrededor, incluida la seguridad personal.

—Todo esto resulta increíble —dijo Nabinger. Miró a Von Seeckt—. Así que usted cree que este mensaje se refiere a la nave nodriza.

—Así es —asintió Von Seeckt—. Creo que es un aviso para que no hagamos volar la nave nodriza. Creo que, sin duda, la «nave» es la nave nodriza y, francamente, yo me tomaría muy en serio lo de «nunca más», así como lo de «muerte a todos los seres vivientes».

—Si eso fuera cierto —razonó Nabinger—, significaría que los antiguos humanos fueron influidos por los alienígenas que abandonaron estas naves. Ello explicaría la cantidad de puntos en común en mitología y arqueología.

—Un momento —dijo Kelly—. Si esos escritos de la gran pirámide de Egipto se refieren a la nave nodriza y ésta fue abandonada en este continente, entonces seguramente habrá volado alguna vez.

—Claro que voló en algún momento —contestó Von Seeckt—. La pregunta es: ¿por qué dejaron de volar con ella? ¿Cuál es la amenaza?

—Yo tengo una pregunta mejor para ahora mismo. —Turcotte pasó una taza de café humeante a Von Seeckt—. En el avión, al salir del Área 51, me dijo que usted fue reclutado por los militares norteamericanos durante la Segunda Guerra Mundial. Ahora el profesor Nabinger nos explica que usted estuvo con los nazis en la pirámide. Me gustaría que nos diera una explicación, ahora.

—Estoy de acuerdo —dijo Kelly.

—No creo que... —Von Seeckt se quedó callado al ver que Nabinger abría su mochila y sacaba una daga.

—Me la dio el árabe que entonces los guió por la pirámide.

Von Seeckt cogió la daga, hizo una mueca de disgusto y luego la colocó sobre la mesa. Tomó la taza con las manos nudosas y miró al inhóspito terreno de la reserva india.

—Nací en Friburgo en mil novecientos dieciocho. Es una ciudad situada al noroeste de Alemania, no muy lejos de la frontera con Francia. La época en que crecí no corrían buenos tiempos para Alemania. En los años veinte todo el mundo era pobre y estaba disgustado por la forma en que había terminado la guerra. ¿Sabían que al final de la Primera Guerra Mundial ninguna tropa extranjera había puesto pie en territorio alemán? ¿Y que todavía ocupábamos territorio francés cuando el gobierno se rindió?

—Ahórrenos la clase de historia —dijo Turcotte. Había cogido la daga y miraba los símbolos grabados en el mango. Sabía lo que eran las SS—. Eso ya lo hemos oído antes.

—Pero lo ha preguntado —repuso Von Seeckt—. Como he dicho, en los años veinte todos éramos pobres y estábamos descontentos. En los años treinta, la gente seguía descontenta puesto que llevaba mucho tiempo en la miseria. Como dice el capitán Turcotte, todos saben lo que ocurrió. Yo estudiaba física en la Universidad de Munich cuando cayó Checoslovaquia. Entonces yo era joven y tenía..., ¿cómo decirlo?, la visión miope y egocéntrica propia de la juventud. Para mí era más importante aprobar los exámenes y obtener el título que el mundo que se estaba gestando alrededor.

»Mientras estudiaba en la universidad, no sabía que me estaban espiando. Las SS habían creado ya en esa época una sección especial para controlar las cuestiones científicas. Sus comandantes informaban directamente a Himmler. Hicieron una lista de científicos y técnicos que pudieran ser de utilidad para el partido y mi nombre se encontraba en ella. Fueron a verme en el verano de mil novecientos cuarenta y uno. Había que hacer un trabajo especial, me dijeron, y yo debía colaborar. —Por primera vez, Von Seeckt apartó su mirada del desierto y miró a cada uno de los presentes, uno por uno—. Una de las ventajas de ser un viejo moribundo es que puedo decir la verdad. No voy a mentir ni gimotear, como hicieron muchos colegas míos al final de la guerra, ni diré, por lo tanto, que trabajé contra mi voluntad. Alemania era mi país y estábamos en guerra. Hice lo que consideré que era mi deber y colaboré porque así lo quise.

»La cuestión que siempre se pregunta es: ¿Y los campos de concentración? —Von Seeckt se encogió de hombros—. En un nivel superficial de la verdad diría que no sabía nada cierto sobre ellos. La verdad profunda es que no me preocupé por saberlo. Había rumores, pero no me ocupé de comprobarlos. Repito, mi interés era yo y mi trabajo. Sin embargo, esto no excusa lo ocurrido ni mi participación en la guerra. Es, simplemente, lo que ocurrió.

»Yo trabajaba cerca de Peenemünde. Los mejores trabajaban en cohetes. Yo estaba en otro grupo, haciendo un trabajo teórico con la esperanza de que se le encontrara una aplicación futura. Tenía algo que ver con la posibilidad de crear un arma atómica. Podrán obtener detalles al respecto en otras fuentes. El problema residía en que nuestro trabajo era fundamentalmente teórico, se encontraba en la fase de establecer fundamentos, y los que estaban al mando no tenían mucha paciencia. Alemania estaba luchando en dos frentes e imperaba el sentimiento de que cuanto antes terminara la guerra, mejor, y de que necesitábamos las armas en la práctica, no en teoría.

—¿Ha dicho que trabajaba en Peenemünde? —interrumpió Kelly con un tono brusco de voz.

—Sí.

—Pero ha dicho también que no intentó saber nada sobre los campos. —Como Von Seeckt permaneció callado, Kelly continuó—: No venga ahora con mentiras. ¿Qué hay del campo de concentración Dora?

Una ráfaga de viento procedente del desierto entró en la camioneta y dejó helado a todo el grupo.

—¿Qué era Dora? —preguntó Turcotte.

—Un campo que facilitaba trabajadores a Peenemünde —explicó Kelly—. Los prisioneros fueron tratados allí con la misma crueldad y brutalidad que en otros campos más famosos. Cuando el ejército norteamericano lo liberó, por cierto, la víspera de la muerte de Roosevelt, encontraron más de seis mil muertos. Y los supervivientes no estaban muy lejos de morir. Trabajaban para gente como él —señaló con la barbilla la espalda de Von Seeckt—. Mi padre trabajó para la OSS y estuvo en Dora. Fue enviado para obtener información sobre el destino que habían corrido algunos miembros de la OSS y del EOE que habían intentado infiltrarse en Peenemünde durante la guerra para impedir la producción de V-2.

»Me explicó cómo era el campo y el modo en que entraron los Aliados. Aparecieron los agentes del servicio secreto y el personal que se encargaba de los crímenes de guerra y se pelearon entre ellos por los prisioneros alemanes. Así, algunos de los peores fueron rescatados por el servicio secreto y nunca fueron a juicio. Los del servicio secreto trataron mejor a los científicos alemanes que a los supervivientes de los campos a causa de los conocimientos que esos hombres tenían. Fue como si pasaran por encima de los cadáveres.

—Ahora sí sé lo que ocurrió en Dora —intervino Von Seeckt cuando Kelly se detuvo para tomar aire—, pero entonces no lo sabía. Abandoné Peenemünde en la primavera del cuarenta y dos. Eso fue antes —su voz se rasgó— de que todo se viniera abajo. —Alzó una mano para hacer callar a Kelly, que iba a empezar a hablar otra vez—. En estos años me he preguntado qué habría ocurrido si no hubiera sido enviado fuera de Alemania. ¿Qué habría hecho? —Se volvió hacia los otros tres—. Me gustaría creer que habría actuado de forma distinta a la mayoría de mis colegas. Pero antes ya he hablado de la honestidad que debe tener un anciano. Honestidad para hacer las paces con uno mismo y con Dios, si es que se cree en Dios. Y la respuesta más cierta a la que he llegado tras muchos años es que no, que no hubiera reaccionado de un modo distinto. No me habría rebelado ni habría dicho nada contra la maldad.

»Lo sé seguro porque tampoco lo hice aquí, en este país, cuando vi las cosas que ocurrían en el Área 51. Ni cuando oí rumores sobre lo que ocurría en Dulce. —Von Seeckt dio un golpe con la mano contra la mesa—. Pero ahora estoy intentando reconciliarme y ser sincero. Por esto estoy aquí.

—Todos estamos intentando reconciliarnos —dijo Turcotte—. Continúe con su historia. ¿Dijo que dejó Peenemünde en la primavera del cuarenta y dos?

—En efecto —asintió Von Seeck—, fue en la primavera del cuarenta y dos. Lo recuerdo bien. Fue la última primavera que pasé en Alemania. Mi jefe de sección apareció un día con una orden por la que me asignaban a otra misión. Por aquel entonces yo era el miembro más joven del equipo de investigación y no me iban a echar de menos. Por eso fui seleccionado. Cuando pregunté a mi jefe cuál era mi destino, se rió y dijo que iría a cualquier lugar que dictara la clarividencia del Jesuita Negro. —Al notar las miradas de incomprensión, Von Seeckt explicó—: Así era como los de ahí dentro llamaban a Himmler, el Jesuita Negro. —Calló y cerró los ojos—. Las SS se parecían mucho a una secta religiosa. Tenían sus propias ceremonias, ritos y dichos secretos. Si un oficial de las SS me preguntaba por qué obedecía, mi respuesta literal debía ser: Por convicción íntima, por mi fe en Alemania, en el Führer, en el Movimiento y en las SS. Ése era nuestro catecismo.

»Se rumoreaban muchas cosas de Himmler y de los otros que se encontraban en los puestos importantes. Sobre cómo creían en cosas en que la mayoría de nosotros no creíamos. ¿Sabían que en el invierno del cuarenta y uno nuestras tropas fueron enviadas contra Rusia sin estar provistas del equipo adecuado contra el frío? Y no fue porque no dispusiésemos de ese material en los almacenes de Alemania, sino porque un vidente le dijo a Hitler que el invierno sería suave y él se lo creyó. Resultó ser uno de los más duros jamás registrados, y miles de soldados perecieron congelados únicamente debido a una visión.

»Así pues, mis colegas científicos vieron una tarea ridícula y enviaron al hombre más joven. Sin embargo, los hombres con los que trabajé para llevar a cabo esa misión no la creían ridícula. Tenían información que no compartieron conmigo. La seriedad con que me enviaron a llevar a cabo la misión era inequívoca. —Von Seeckt sonrió—. Yo mismo me puse muy serio cuando supe hacia dónde nos llevaba aquella misión: a El Cairo, tras las líneas enemigas. Me dijeron que debía estar preparado para encontrar y guardar algo que podría ser radiactivo.

»Fuimos en tren hasta el sur de Italia. Allí, un submarino nos condujo por el Mediterráneo hasta Tobruk, donde nos facilitaron camiones y guías locales. El Octavo Regimiento Británico estaba en una situación confusa y en retirada, así que infiltrarse en sus líneas y pasar a El Cairo no resultó tan difícil como temía, a pesar de que durante el trayecto se produjeron algunos contratiempos.

Turcotte tomó un sorbo de café, que ya estaba frío. La historia era interesante, pero no sabía de qué manera podría ayudarlos en la situación actual. Además, advertía que Kelly estaba muy molesta por las revelaciones que había hecho Von Seeckt sobre su pasado. Por su parte, a Turcotte no le hacia la menor gracia la conexión con las SS. Von Seeckt podía admitir lo que quisiera, pero eso no lo hacía mejor ante los ojos de Turcotte. La confesión no hace que un crimen desaparezca.

—El mayor Klein estaba al mando del grupo —prosiguió Von Seeckt—. No compartía su información con nosotros. Nos dirigimos a la orilla occidental del Nilo y entonces supimos cuál era nuestro destino: la gran pirámide. Todavía me sentí más confundido cuando penetramos por el túnel de la pirámide en medio de la noche, yo con mi detector de radiactividad. ¿Por qué estábamos allí?

»Fuimos bajando mientras Klein se dirigía una y otra vez a un hombre que llevaba un trozo de papel al que consultaba. El hombre señaló un punto, y Klein ordenó a sus hombres, un escuadrón de las tropas del desierto de las SS, que echaran abajo una pared. Nos colamos por una abertura hasta otro túnel que también iba hacia abajo. Todavía tuvimos que atravesar dos paredes más antes de acceder a una cámara.

—La cámara inferior —intervino Nabinger—. Donde yo encontré estas palabras.

—Donde usted encontró estas palabras —repitió Von Seeckt, al tiempo que por la carretera pasaba un camión cargado con ganado.

—¿Qué encontró en la cámara? —preguntó Nabinger.

—Bajamos y rompimos las últimas paredes que llevaban a la cámara. Allí había un sarcófago intacto. Klein me ordenó utilizar mi aparato. Lo hice y me sorprendí al detectar un nivel elevado de radiación dentro de la cámara. No era peligroso para los humanos, pero aun así, no había razón para que hubiera radiactividad. Era mucho más elevada de lo que sería normal en el caso de una radiación de fondo. Klein no se inmutó. Tomó un pico y levantó la tapa.

»Al mirar por encima de su hombro me sorprendí. Allí dentro había una caja de metal negra. El metal estaba cuidadosamente labrado; no podía ser obra de los antiguos egipcios. Me preguntaba a mí mismo cómo habría llegado allí. No tuve tiempo para pensar más en ello. Klein me ordenó coger la caja, lo hice y la cargué en la mochila. Era muy grande, pero no excesivamente pesada. Tal vez unos dieciocho kilos. En aquella época yo era mucho más fuerte.

»Abandonamos la pirámide del mismo modo en que habíamos entrado. Fuimos hacia nuestros camiones y nos dirigimos hacia el oeste aprovechando que la oscuridad todavía ocultaba nuestros movimientos. Durante el día estuvimos escondidos en las dunas. Teníamos dos guías árabes que se habían quedado en los camiones para mostrarnos el camino y nos condujeron hacia el oeste.

»A la tercera noche nos tendieron una emboscada. —Von Seeckt se encogió de hombros—. No sé si fue deliberadamente. Los árabes trabajaban para quien más les pagara. No era raro que los mismos guías trabajasen para los dos bandos. Realmente no importa. El camión que iba delante recibió un impacto directo de un tanque británico. Las balas atravesaron las cubiertas de lona de la parte trasera del camión donde yo me encontraba. Salté encima de la caja para protegerla. Aquélla era mi tarea: proteger la caja. Klein estaba a mi lado. Sacó una granada, pero seguramente le dispararon antes de que pudiera tirarla puesto que, al hacerlo, cayó a mi lado. La aparté de mi lado y la tiré a la parte de atrás, a la arena y allí explotó. Aparecieron militares británicos por todas partes. Klein todavía estaba con vida. Intentó luchar pero le dispararon varias veces. A mí me cogieron, y también la caja.

—Klein no dejó caer aquella granada —interrumpió Turcotte.

—¿Cómo dice? —Por un momento Von Seeckt se quedó fuera de su historia.

Desde la puerta Turcotte miraba la carretera, donde el camión de ganado era ya un punto que desaparecía en el horizonte.

—Klein tenía órdenes de matarlo a usted y destruir la caja.

—¿Cómo puede saber eso? —preguntó Von Seeckt.

—Puede que ocurriera hace cincuenta años, pero hay muchas cosas que no cambian. Si no podían llevarse la caja con seguridad, no querían que el otro bando la consiguiera y se llevara además el conocimiento que usted tenía. Éste es el modo en que hubiera ido una misión como ésa. Los británicos hicieron lo mismo cuando enviaron especialistas a controlar los puntos de radar alemanes a lo largo de la costa francesa durante la guerra. Sus hombres tenían órdenes de matar a los especialistas antes de que fueran capturados por su conocimiento sobre los sistemas de radar británicos.

—¿Sabe que después de tantos años no se me había ocurrido? —dijo Von Seeckt—. Y debería haberlo hecho después de todo lo que he visto desde entonces.

—Bueno, eso está muy bien —dijo Nabinger con impaciencia—, pero hasta ahora no es importante. Lo que importa es lo que había en la caja.

—La caja estaba sellada cuando la encontramos y Klein no me permitió abrirla. Como mi amigo el capitán Turcotte ha señalado tan acertadamente, Klein quería cumplir las normas a rajatabla. Así que los británicos nos cogieron, a mí y la caja, y nos sacaron de ahí rápidamente. Primero regresé al Cairo. Luego, en un avión... —Von Seeckt hizo una pausa—. Baste con decir que finalmente acabé en Inglaterra, en las manos del EOE.

—¿EOE? —preguntó Nabinger.

—Ejecutivo de Operaciones Especiales —dijo Kelly.

—Así es —asintió Von Seeckt—. Me interrogaron y les dije lo que sabía, que no era mucho. Comprobaron también la caja para ver si era radiactiva. Tuvieron una lectura positiva. —Miró a Kelly y se dio cuenta de que su estado de ánimo cambiaba—. ¿Sabe algo del EOE?

—Como dije antes, mi padre estuvo en la OSS. La versión norteamericana del EOE.

—Esto es lo más curioso —dijo Von Seeckt frotándose la barba—. El EOE me cedió a la OSS. Por lo visto, la radiactividad era una especialidad norteamericana.

—¿Los británicos tampoco abrieron la caja? —Nabinger se esforzaba por no perder la paciencia.

—No pudieron hacerlo —puntualizó Von Seeckt—. Así que, me enviaron a los Estados Unidos. La caja iba en el mismo avión. Al fin y al cabo, los británicos tenían una guerra en la que combatir y, por lo visto, había cosas más importantes que atender. Además, como luego se vería, la radiactividad era ciertamente la especialidad de los norteamericanos.

—¿Se consiguió abrir alguna vez la caja? —gimió casi Nabinger.

—Sí, sí, se abrió —afirmó Von Seeckt—. Los norteamericanos lo consiguieron. Me retuvieron en un lugar a las afueras de Washington, en algún punto del campo. Todavía hoy no puedo decir dónde estuve. A la caja la enviaron a otro lugar y a mí me interrogaron. Luego pareció que se olvidaban de mí durante algunas semanas. Un día dos hombres aparecieron en la celda de mi prisión. Uno era un teniente coronel, y el otro, un civil. Me llevaron a otro lugar —Von Seeckt indicó hacia el noreste, a la carretera—. A Dulce.

—¿Y la caja? —Nabinger estaba exhausto.

—En la caja había una pequeña arma nuclear —dijo Von Seeckt.

—¡Oh mierda! —exclamó Turcotte—. ¿Dónde nos hemos metido?

—¿Enterrada bajo la gran pirámide durante diez mil años? —preguntó Nabinger reclinándose lentamente en su asiento.

—Enterrada bajo la gran pirámide durante unos diez mil años —confirmó Von Seeckt—. Naturalmente, al principio sólo pudimos adivinar lo que era. Los norteamericanos estaban sólo al inicio del proyecto Manhattan, por lo que nuestros conocimientos eran bastante primitivos comparados con los de la actualidad. Diez años antes probablemente no habríamos sabido lo que había en la caja.

»Sacamos la bomba con mucho cuidado. —Von Seeckt soltó una risita—. Los norteamericanos pensaron siempre que yo sabía más de lo que en realidad sabía. Al fin y al cabo, me habían encontrado a mí con esa maldita cosa. La verdad es que a medida que trabajábamos, cuanto más estuve ahí, más aprendí. Sin embargo, aun con la tecnología de hoy no creo que seamos capaces de hacer una bomba tan pequeña, liviana y eficaz como la que estudiamos. Era extraña. Hay cosas que todavía hoy no entiendo. Pero fuimos capaces de aprender lo suficiente para, junto con el trabajo realizado en otros lugares, construir las bombas que empleamos para poner fin a aquella guerra.

—Así que, ¿la bomba de la pirámide era de la misma gente que construyó esos discos y la nave nodriza? —La pregunta de Nabinger era puramente retórica—. Esto resuelve muchas preguntas y problemas sobre la pirámide y el porqué de su construcción. Tal vez...

—Profesor. —La voz de Turcotte irrumpió igual que el viento frío que soplaba desde la puerta—. Esas preguntas pueden esperar. Ahora necesitamos avanzar por la carretera. No estamos lejos de Dulce y tenemos que esperar a que anochezca para intentar lo que sea, pero me gustaría echar un vistazo por ahí a la luz del día. Pueden continuar con esto durante el camino.

Mientras Von Seeckt y Nabinger subían a la parte trasera de la camioneta, Kelly agarró a Turcotte por el brazo y se acercó a él.

—¿Viste alguna vez esa nave nodriza que tanto preocupa a Von Seeckt?

—No. Sólo vi los agitadores pequeños. —Turcotte la miró—. ¿Por qué?

—Porque sólo tenemos la palabra de Von Seeckt de que eso existe. Y esa historia en la que admite las cosas que hizo durante la Segunda Guerra Mundial no me ha conmovido. ¿Qué pasaría si hubiera algo más que no nos cuenta? ¡Por Dios, era de las SS!

—¿Hay alguna cosa en concreto que te haga dudar de su historia y de lo que está ocurriendo ahora? —preguntó Turcotte.

—He aprendido a cuestionar las cosas. Mi razonamiento es: si la nave nodriza no existe, entonces tal vez todo esto sea una trampa. Y si existe, también todo esto puede ser una trampa.

—¿Una trampa para qué? —preguntó Turcotte.

—Si lo supiera, sabría que es una trampa —repuso Kelly.

—Me gusta eso: pensamiento paranoico. —Una pequeña sonrisa asomó en los labios de Turcotte—. Me hace sentir casi cuerdo.

—En cuanto podamos, te contaré mi historia y entenderás el porqué de la paranoia.

—General. —El doctor Slayden inclinó su cabeza en dirección a Gullick y luego saludó a las demás personas que había en la sala—. Caballeros, señora.

Slayden era un hombre de edad avanzada, el segundo de mayor edad del comité después de Von Seeckt; en vista de la butaca desocupada en el lado derecho de la mesa, ahora era el más anciano. Calvo y con la frente llena de arrugas, su rasgo sobresaliente lo constituían sus cejas blancas y pobladas, que contrastaban con su cabeza despoblada.

El general Gullick siempre había considerado al doctor Slayden como un miembro sin valor de Majic-12, pero la visita de la doctora Duncan lo había forzado a encontrar algún modo de ganar tiempo. Aquel psicólogo había sido la respuesta.

El doctor Slayden empezó.

—En el campo de la ciencia ficción se han hecho muchas películas y se han publicado muchos libros sobre la reacción de la gente de la Tierra ante los alienígenas, tanto si éstos nos visitaran aquí en la Tierra como si en el futuro nos expandiéramos hacia las estrellas. De hecho, en las últimas décadas ha habido varios grupos de trabajo del gobierno que se han dedicado a analizar posibles reacciones de la gente ante el contacto con formas de vida extraterrestre.

»Mientras el Proyecto Libro Azul fue el guardián oficial de las Fuerzas Aéreas para objetos voladores no identificados, se creó un grupo de estudio secreto formado por psicólogos sociales y representantes militares con el objeto de preparar planes de contingencia ante el contacto con alienígenas. Estos proyectos formaron parte del ámbito de la Agencia de Proyectos de Investigación Avanzada de Defensa. Yo fui uno de los miembros fundadores del comité de contactos de la agencia.

»Inicialmente, el problema que teníamos era teórico. —El doctor Slayden sonrió—. Por aquel entonces, los del comité no sabíamos de la existencia de esta instalación. También estábamos muy limitados por consideraciones éticas y de seguridad. Trabajábamos en el campo de dinámicas de grupos amplios: ¿cómo respondería la gente de la Tierra ante una entidad exterior? La posibilidad de efectuar experimentos realistas era prácticamente nula. De hecho, nuestros datos de investigación más válidos proceden de la reacción del público ante la película *La guerra de los mundos*, de Orson Welles, en 1978.

»El resultado más relevante ante esa película fue la histeria en masa y el miedo. Como muestra esta tabla...

Mientras el doctor Slayden proseguía su actuación, el general Gullick fijaba su atención en la pantalla del ordenador incorporada a la mesa que tenía delante. Todos los presentes ya sabían que lo que el doctor Slayden dijera no era importante. Todos menos uno, la doctora Duncan, y éste era el objetivo principal de esa reunión informativa.

No había nada nuevo de las fuerzas operativas *Lincoln* sobre los cazas Fu ni tampoco sobre Von Seeckt y los otros tres objetivos. Gullick volvió a dirigir de mala gana su atención a la reunión.

—Sin embargo —estaba diciendo el doctor Slayden—, nadie había considerado la posibilidad de que nuestra exposición a la vida alienígena se produjera con el descubrimiento de los discos y la nave nodriza, una especie de descubrimiento arqueológico de vida extraterrestre. Ha habido personas, la mayoría de ellas majaderas, que señalaron distintos artefactos y símbolos del planeta como señales de que en el pasado habíamos sido visitados por formas de vida alienígenas. Los agitadores y la nave nodriza son una prueba irrefutable de lo que ocurrió. Esto nos brinda varios retos y también una gran oportunidad.

El doctor Slayden se había olvidado de que se trataba fundamentalmente de una sesión informativa de propaganda dirigida a la doctora Duncan y estaba totalmente inmerso en el tema.

—Verán, una de las variables incontrolables en la teoría del contacto era que éste se produjese a discreción de los propios extraterrestres, es decir, que ellos vinieran a nosotros. O bien que el hallazgo de pruebas de que el planeta había sido visitado en el pasado por alienígenas llegase a la prensa de forma incontrolada. Sin embargo, aquí, en el Área 51, esta variable está controlada. Tenemos las pruebas y depende de nosotros revelar esa información. Al controlar la variable podemos preparar, tanto al público como a nosotros mismos, para el momento de dar a conocer la noticia. —El doctor Slayden miró a la doctora Duncan y siguió hablando—: Es posible que en los últimos años haya advertido un aumento de informes en la prensa sobre el Área 51. Estas informaciones no han surgido de la nada. Hemos hecho muchas cosas premeditadamente a fin de crear un fundamento para que el público acepte la revelación de lo que tenemos aquí.

»Contrariamente a lo que la prensa ha dicho, la seguridad que tenemos no se ha diseñado para mantener alejados a los observadores, sino para que éstos vean lo que nosotros queremos que vean. Podríamos haber impedido el acceso a todos los puntos de avistamiento del área de Groom Lake. En cambio, en algunos momentos y lugares hemos dejado fisuras en nuestra red de seguridad para permitir que se observaran y consignaran estímulos visuales y auditivos diseñados.

»También utilizamos agentes de desinformación. Un ejemplo famoso es un hombre llamado Steve Jarvis, que dice haber trabajado durante años aquí, en el Área 51. En realidad, Jarvis es un agente de los nuestros encargado de revelar información a la prensa. Algunos de los datos que da son ciertos, y otros, falsos. Todo esto está diseñado específicamente para preparar a la gente a aceptar sin temor lo que tenemos aquí. Hace años efectuamos una prueba de información pública, cuando las Fuerzas Aéreas presentaron el caza Stealth F-117 y lo mostraron públicamente. No había una razón militar o de seguridad válida para revelar la existencia del caza Stealth.

De hecho, las fuerzas armadas se opusieron enérgicamente a la presentación en público. En cualquier caso, la operación se llevó a cabo para calibrar la reacción de los medios de comunicación y de la gente ante algo que previamente el gobierno mantuvo en secreto. Como pueden ver en los datos de...

Gullick se acordaba muy bien del acontecimiento. El ejército organizó un buen revuelo por hacer público el F-117. Pero para Gullick lo interesante era que Slayden y sus majaderos doctores emplearon las tablas del personal general de las Fuerzas Aéreas para mostrar los efectos beneficiosos que la publicación tendría en el momento de negociar el presupuesto en el Congreso. Al final las Fuerzas Aéreas se mostraron entusiastas ante el acontecimiento. No obstante, Gullick no era tan tonto como para creer que el anuncio del F-117 se asemejaba a anunciar la existencia de la nave nodriza. Pero, de todos modos, eso sonaba muy bien.

Naturalmente, Slayden mostraba a la doctora Duncan sólo la punta del iceberg. Slayden y su gente ya había presentado antes una de las verdades de la preparación psicológica: la sobreestimulación. Hacer creer a la gente que la verdad era mucho peor de lo que en realidad era, constituía uno de los principales objetivos de las misiones Nightscape.

Nightscape había efectuado numerosas mutilaciones a animales, vuelos de los discos sobre zonas rurales e incluso secuestros de personas. No se podía permitir que la doctora Duncan supiera todo eso. El propio Slayden no conocía el alcance real de Nightscape; ignoraba para qué se llevaban las personas secuestradas o las partes de los animales a Dulce. Gullick se frotó el lado derecho de la cabeza, molesto por el timbre de voz de Slayden. «Malditos cabrones académicos», pensó Gullick mientras comprobaba su pantalla de nuevo, buscando una actualización de la búsqueda de los cazas Fu y del grupo de Von Seeckt.

Gullick observó a la doctora Duncan en la mesa de reuniones. Le molestaban los extraños que se lamentaban y se que-

jaban del secretismo y la seguridad del gobierno. Lo consideraba una paradoja extraña; le resultaba incomprensible que
los demás no vieran las cosas del modo en que él las veía. Si el
público fuera capaz de saberlo todo, entonces no habría necesidad de secretos porque el mundo viviría en armonía. La
misma gente que desacreditaba al gobierno era la que lo convertía en necesario. Si todos tuvieran la autodisciplina que él
o sus militares tenían, el mundo sería un lugar mejor, pensó
Gullick mientras esperaba con impaciencia el final de la reunión para volver al trabajo de verdad.

24

CARRETERA 666, NOROESTE DE NUEVO MÉXICO
81 horas

Todavía iban en la misma camioneta. Kelly creía que era mejor librarse de ella, pero Turcotte insistió en que era posible que necesitaran el equipo. Por fin llegaron al acuerdo de cambiar la placa de matrícula del gobierno por una privada.

Kelly conducía; por el retrovisor observó a Turcotte sentado en una de las cuatro butacas de la parte trasera, al lado de la consola de comunicación y del ordenador que ocupaba la mayor parte del lado izquierdo. Ambos escuchaban cómo Von Seeckt y Nabinger ponían en común lo que tenían e intentaban postular alguna teoría razonable que explicase todo aquello.

—Hay que partir de la base de que la bomba que usted encontró en la pirámide tenía la misma tecnología que el disco y la nave nodriza —dijo Nabinger.

—Sí, es razonable —asintió Von Seeckt.

—Teniendo en cuenta esto, creo que ahora es posible explicar muchos de los puntos en común entre las civilizaciones antiguas.

Nabinger sacó de su mochila algunos de los papeles que Slater le había dado.

—El idioma de la runa superior encontrado en varios puntos del globo seguramente se originó con esos alienígenas. De hecho, yo diría que esos alienígenas afectaron sin duda la evolución natural del desarrollo de la humanidad.

A continuación procedió a explicar la teoría difusionista sobre el origen de la civilización. Cuando hubo terminado, Von Seeckt se quedó pensativo.

—Llevo años pensado en todo esto y me pregunto quién fue capaz de dejar esa tecnología maravillosa y por qué. Hace diez mil años había un puesto avanzado alienígena en este planeta. Era...

—¿Por qué alienígenas? —preguntó de repente Turcotte como si se hiciera eco de la pregunta que había asomado en la mente de Kelly.

—¿Perdone? —dijo Von Seeckt.

—¿Por qué tenían que ser alienígenas? Desde el principio todos han creído que esas naves fueron abandonadas por otra especie, pero ¿por qué no podrían haber sido creadas por alguna civilización antigua que luego se extinguió y de la que nosotros procedemos?

—Ya lo he pensado —repuso Nabinger sonriendo—, pero los hechos se oponen a que eso sea ni siquiera una posibilidad remota. El nivel de civilización necesario para desarrollar naves como las que tienen en el Área 51 hubiera dejado otros vestigios además de las naves y la bomba que se encontró en la gran pirámide. Llevamos mucho tiempo examinando la superficie del planeta. Una civilización humana avanzada había dejado más de una huella. No; estas cosas tienen que proceder de una cultura alienígena.

Por el espejo retrovisor Kelly vio que Turcotte levantaba los brazos aceptando el punto de vista.

—De todos modos, es bueno no cerrar nuestras mentes a otras posibilidades —dijo Von Seeckt—. Como decía, parece que hemos vuelto al problema original. Estamos muy lejos de entender por qué los alienígenas abandonaron las naves.

—Es posible que no tuvieran un lugar adonde ir —propuso Kelly—. Tal vez el mundo del que procedían se destruyó y vinieron aquí en misión de colonización para quedarse. Por eso la nave nodriza estaba escondida en aquella caverna... así no podrían regresar.

—¿Y qué hay de los agitadores? —preguntó Turcotte—. Todavía pueden volar. Bueno, el caso es que ahora los utilizamos nosotros. Seguro que no los hubieran escondido de este modo.

—¿Y por qué la bomba estaba escondida en la pirámide? —preguntó Kelly.

Aquella cuestión parecía haber sido ya considerada por Nabinger.

—Nadie ha podido determinar todavía para qué fueron construidas las pirámides. En principio, se creyó que habían sido edificios funerarios, pero esa teoría se descartó al no encontrarse ningún cuerpo en las cámaras del interior. Luego se pensó que eran cenotafios, o sea, monumentos en honor a los faraones fallecidos, cuyo lugar de entierro real fue ocultado para salvaguardarlo de los ladrones de tumbas.

»Sin embargo, ante esta nueva información existe otra teoría que tenemos que considerar. Es un poco extraña pero, como ha dicho el doctor Von Seeckt, hay que considerar todas las posibilidades. Permítanme que les cuente un poco sobre la construcción de la gran pirámide.

»En ella hay dos pequeños túneles que parten de la cámara superior, conocida también como la cámara del faraón. El propósito exacto de esos túneles no está muy claro, pues son demasiado estrechos para que pase una persona. Sin embargo, lo interesante es que si se consideran sus coordenadas con respecto a las estrellas, uno está alineado con Alfa Centauro y el otro, con Alfa Draconis, dos sistemas estelares cercanos.

—Quizá nuestros alienígenas procedían de uno de esos sistemas —sugirió Von Seeckt.

—Otra teoría interesante, pero considerada ya en principio escandalosa —dijo Nabinger— es que las pirámides sean balizas espaciales. Originariamente, todo el exterior de las tres pirámides de Gizeh estaba cubierto por piedra caliza muy bien labrada. —Miró a los otros dos hombres situados en la parte trasera de la camioneta—. ¿Se imaginan el aspecto que habrán tenido?

—Imagino que probablemente se verían desde el espacio —admitió Turcotte.

—Ópticamente así sería, cuando la luz del sol se reflejara en ellas —dijo Nabinger—. Pero lo más importante es que, dado el ángulo de los lados de las pirámides, si se miraran por encima de los treinta y ocho grados del horizonte, es decir, desde el espacio, habrían dibujado una imagen de radar con un factor de dirección de más de seiscientos millones por una amplitud de onda de dos centímetros.

—No es exactamente el bombardero Stealth —apuntó Turcotte.

—No. Una imagen de radar así podría ser vista desde muy lejos del planeta. —Nabinger se inclinó hacia adelante—. La primera pregunta que me hice al ver por primera vez las pirámides hace muchos años fue la más básica. ¿Por qué los antiguos egipcios escogieron esa forma? Nadie ha sido capaz jamás de dar una razón convincente. Dada la capacidad constructiva de la época, si el objetivo era construir una estructura grande que pudiera verse desde el espacio, la pirámide era la mejor opción. —El arqueólogo se iba acercando a su tema—. Bueno, ahora piensen en todos los demás símbolos que el hombre antiguo dejó en la Tierra. Los enormes pájaros gigantes en las altiplanicies de Sudamérica. Los símbolos en tiza de Inglaterra. Siempre nos hemos preguntado por qué el hombre antiguo intentó dibujar símbolos que sólo podían verse desde arriba a pesar de que él nunca podría verlos desde aquella perspectiva.

—De todos modos, esto no responde a las preguntas para las que necesitamos respuesta —dijo Turcotte—. Si no tenemos algo que apoye el argumento de Von Seeckt de que la nave nodriza no debe volar, todo lo que habremos hecho es meternos en un pozo de mierda del que no podremos salir.

—Eso es lo que encontraremos en Dulce —afirmó Von Seeckt.

—Bueno, pues ya casi estamos ahí —dijo Kelly—. Espero que alguien tenga un plan.

—Tendré uno en cuanto lleguemos allí —dijo Turcotte mientras inspeccionaba los cajones que había bajo la consola y comprobaba el equipo que allí se guardaba. Miró a Von Seeckt.

»¿Le importaría contarnos lo que hay en Dulce?

Kelly asintió con la cabeza para sí misma. Turcotte le gustaba cada vez más. La situación era muy confusa: las distintas prioridades de las cuatro personas de la camioneta, objetivos del gobierno poco claros, secretos ocultos bajo secretos. Ella sólo quería a Johnny y luego explicaría esa historia a todo el mundo. Sin embargo, para llegar a Johnny tendría que confiar en la capacidad de Turcotte. Y sabía que Turcotte, a su vez, tendría que confiar en Von Seeckt en el mismo grado, pero era evidente que no lo conseguía. Tampoco ella. Su sexto sentido coma periodista le decía que aquel hombre ocultaba alguna cosa.

—Ya se lo dije antes —replicó Von Seeckt—. Se trata de otra instalación del gobierno, una sucursal de la instalación del Área 51.

—¿Ha estado alguna vez ahí? —preguntó Turcotte.

—Ya se lo dije. Una vez. Justo después de terminar la Segunda Guerra Mundial. Hace mucho tiempo y mi memoria no es tan buena.

—Ya sé que lo dijo —respondió Turcotte—. Se lo pregunto de nuevo porque no entiendo por qué nunca regresó allí si ese lugar es una parte tan importante de Majic-12 y usted era uno de los miembros fundadores del consejo, por así decirlo.

El ruido del motor de la camioneta y de los neumáticos mientras rodaban sonó anormalmente fuerte en aquel silencio. Kelly decidió ver si podía mantener en juego la pelota.

—Me gustaría saber qué se supone que ocurre ahí —dijo en voz alta.

—Agradecería cualquier información, incluso rumores sobre ese lugar —añadió Turcotte.

—Entre la comunidad relacionada con los ovnis —dijo Kelly, recordando de repente algo de su investigación— se dice que Dulce es el lugar donde se encuentra el laboratorio de bioingeniería. Un lugar donde nuestro gobierno cede personas a los alienígenas cuyas naves vuelan en el Área 51. Sabemos que la primera parte es cierta.

—Y sabemos que eso de ceder personas a los alienígenas no es cierto —apuntó Turcotte.

—¿Estás seguro? —preguntó Kelly.

—¡No, no puede ser! —exclamó Von Seeckt—. Si hubiésemos tenido contacto con quien fuera que dejó los agitadores y la nave nodriza, yo lo sabría. No hubiésemos tenido que esforzarnos tanto durante tantos años. El año pasado por fin pudimos entrar en la nave nodriza. Era un rompecabezas que no podíamos acabar.

—Tal vez algo cambió durante este año —sugirió Kelly. Advirtió que Von Seeckt estaba desorientado. Sabía por experiencia que tenía que continuar presionando—. He oído decir que el gobierno realiza pruebas de control mental en Dulce. Se supone que emplean fármacos que afectan la memoria y la DEM.

—¿Que es la DEM? —preguntó Turcotte.

—Significa disolución electrónica de la memoria —dijo Kelly—. Hace unos años escribí un artículo sobre este tema. Naturalmente, las personas a quienes entrevisté sólo hablaban de forma teórica, pero siempre he tenido la impresión de que a nuestro gobierno le gusta coger la teoría y ver si funciona. La DEM se emplea para causar amnesia selectiva. Genera una sustancia que obstruye la transmisión de impulsos nerviosos y el cerebro detiene la transmisión del pensamiento en el área afectada.

—¿Ha oído alguna vez algo sobre eso? —preguntó Turcotte a Von Seeckt.

—Oí que... —Von Seeckt empezó a hablar y se detuvo.

Cuando volvió a hacerlo su voz era nerviosa—. Les diré la verdad. Les contaré por qué nunca he regresado a Dulce desde mi última visita en mil novecientos cuarenta y seis.

Todos estaban expectantes.

—Porque sabía quién estaba trabajando ahí. —La voz de Von Seeckt rezumaba disgusto—. Los conocía. Mis colegas alemanes. Los expertos en armas biológicas y químicas. Y ellos continuaban las tareas experimentales que habían iniciado en los campos de concentración. No podía ir allí. No podía soportar lo que estaban haciendo. —Entonces Von Seeckt les habló de Paperclip.

—Seguramente, la mayoría de la gente está muerta ahora —dijo Kelly cuando él terminó—. Pero imagino que el trabajo todavía continúa allí y eso explica muchas cosas sobre el asunto de Nightscape y por qué todo es secreto. Pero ¿cuál es la conexión de todo esto con la nave nodriza?

—De verdad que no he estado allí —dijo Von Seeckt—. En cambio, Gullick y los demás hombres de su confianza iban a menudo a Dulce. Algo cambió este año. Ellos cambiaron.

Kelly intuyó que había algo más.

—¿Cambiaron? ¿Cómo cambiaron? —preguntó.

—Empezaron a actuar de una forma irracional —contestó Von Seeckt—. En Majic-12 siempre nos sometimos a mucho secretismo. Y, como dice el capitán Turcotte, Dulce lleva muchos años existiendo. Sin embargo, algo ahora es distinto. Esa urgencia por hacer volar la nave nodriza. ¿Para qué tanta prisa? Incluso para entrar en ella. Durante muchos años no pudimos pasar del revestimiento, pasamos décadas intentándolo y de repente ellos extraen una muestra, ensayan una nueva técnica y lo consiguen. También está la rapidez con que aprendieron a manejar los mandos y el instrumental. Parece que supieran más de lo que deberían.

—¿Es posible que por fin hayan podido descifrar la runa superior? —preguntó Nabinger—. Esto explicaría, en parte, la situación.

—En parte, sí —corroboró Von Seeckt—. Pero no creo que hayan descifrado el código y, aunque lo hayan hecho, eso no explica por qué actúan de un modo tan extraño y con tanta prisa. —Von Seeckt levantó sus manos—. No lo entiendo.

—¿Sabe dónde se encuentra la instalación? —preguntó Turcotte.

—No exactamente. En las afueras de la ciudad de Dulce. Recuerdo una gran montaña situada detrás de la ciudad y que íbamos por la montaña por un camino de piedras. Luego entrábamos en un túnel y todo estaba bajo tierra.

Turcotte se frotó la frente.

—Así que no sabe exactamente dónde está ni lo que ocurre ahí.

—No.

Kelly miró por el retrovisor y cruzó una mirada con Turcotte, quien luego dijo:

—Bueno, pronto estaremos ahí y sabremos lo que ocurre y conseguiremos sacar a Johnny Simmons de ahí.

Kelly abrió la boca para decir algo pero la cerró. Volvió a fijar la vista en el camino y continuó conduciendo.

CERCANÍAS, DULCE, NUEVO MÉXICO

Johnny Simmons veía. No sabía desde cuándo, pero había empezado con un suave matiz gris que se infiltraba en la oscuridad que lo rodeaba. Luego la diferencia entre la luz y la oscuridad se hizo mayor y ya fue capaz de distinguir algunas formas que se movían en la periferia de su visión. No podía mover la cabeza ni los ojos.

Pero más adelante deseó que aquella ligera mejoría no hubiera ocurrido. Y es que había algo extraño en la formas que vislumbraba. Tenían forma humana, pero no lo eran y eso le asustaba. Todas las siluetas eran deformes: cabezas demasiado grandes, brazos demasiado largos, torsos demasiado cortos. Una vez creyó ver la forma de una mano, pero tenía seis dedos en lugar de cinco, y los dedos eran demasiado largos.

Johnny se concentró tanto en la vista que transcurrió un tiempo hasta que percibió otros cambios en su entorno. Había un olor en el aire. Un olor muy desagradable. Y podía oír algo, si bien parecía muy distante. Era un sonido seco, pero no mecánico. Parecía al chasquido que hacen algunos insectos.

Un gusto a cobre invadió la boca de Johnny y su mundo de nuevo se volvió negro. Pero esta vez podía oír sus propios chillidos, que sonaban como si fueran los de otra persona allí fuera. Pero el dolor estaba cerca.

25

CARRETERA 64, NOROESTE DE NUEVO MÉXICO
79 horas

La carretera rodeó un pequeño lago a la izquierda y luego pasó entre colinas cubiertas de árboles. Turcotte comprobó el mapa. Estaban cerca de Dulce. Según el mapa, la ciudad estaba al sur de la frontera con el Colorado, hundida entre el Parque Nacional de Carson y el Parque Nacional de Río Grande. El terreno era rocoso y montañoso, con grupos de abetos diseminados que adornaban los lados de la colina. Era el tipo de zona relativamente poco poblada donde al gobierno le gustaba situar sus instalaciones secretas.

La carretera describió un trayecto recto y ante ellos apareció una extensa panorámica. Von Seeckt se inclinó hacia adelante entre los asientos.

—Allí. Aquella montaña de la izquierda —señaló—. Me acuerdo. La instalación se encuentra detrás de ella.

Una larga cadena de montañas se extendía de izquierda a derecha a unos dieciséis kilómetros por delante y terminaba en una cumbre levemente separada del cuerpo principal de la cadena.

—¿Hacia dónde vamos? —preguntó Kelly.

—Continúa por la carretera —le indicó Turcotte—. Ya te diré dónde debes parar.

Cuando estuvieron más cerca, distinguieron la ciudad de

Dulce al pie de la cadena de montañas. Era un conjunto de edificios esparcidos por el valle, que llegaban hasta la base de la montaña.

La carretera 64 pasaba por el lado sur del municipio, y Kelly mantuvo con cuidado la velocidad mientras la atravesaban. En cuanto hubieron dejado la ciudad atrás, Turcotte dijo que tomara una carretera de piedras y se detuviera.

—¿Dice que la instalación se encuentra detrás de la montaña? —preguntó a Von Seeckt.

—Sí. Era de noche cuando vine y han pasado más de cincuenta años. Por aquel entonces no había mucha cosa. No recuerdo todos esos edificios.

—Bien —dijo Turcotte mirando hacia el norte—. Nos quedan unas dos horas de luz. Vamos a comprobar qué podemos ver desde la camioneta.

Señaló de nuevo la ciudad y Kelly se dirigió hacia allí.

Pasaron la señal que indicaba el comienzo de la ciudad y giraron a la derecha, pasando delante de la escuela elemental. Poco a poco la carretera iba ascendiendo. Al cabo de unos quinientos metros llegaron a la base de la sierra. Turcotte hizo que Kelly tomara las curvas que los conducían hacia la derecha. Era el único modo de que él pudiera observar la montaña. A la izquiera sólo veían el lado sur de la línea de la montaña.

Una cabeza de flecha con un número 2 en su interior indicó que había una carretera que llevaba al noreste. Las demás parecían ser calles de la zona residencial de la localidad. Kelly tomó la carretera señalada con la punta de flecha y empezaron a ascender por la ladera de la montaña. Luego otra señal les indicó que se encontraban en la reserva india de Jicarilla Apache. Un Ford Bronco de color blanco, con dos hombres sentados en el interior, los adelantó y Turcotte giró su cabeza para verlos pasar.

—Matrículas del gobierno —señaló.

—Bien —dijo Kelly.

—Probablemente sean de la instalación.

—No quisiera ahogaros la fiesta —dijo Kelly—. Pero por aquí se ven muchas matrículas del gobierno. Estamos en territorio federal, de hecho, en territorio indio, y la oficina para asuntos indios, que ayuda a gestionar las reservas, es federal.

—Pero podrían ser de la base —dijo Turcotte.

—¡Ah! ¡El optimismo! —exclamó Kelly imitando el acento canadiense de Turcotte—. Me gusta eso.

—Allí. —Turcotte señaló a la derecha—. Párate aquí.

La carretera se dividía. A la derecha descendía hacia el valle. A la izquierda, una carretera de grava ancha y bien cuidada dibujaba una curva hacia la parte posterior de la base de la sierra y desaparecía.

—Está por ahí —anunció Turcotte con un tono seguro.

—¿Por qué no hacia la derecha? —preguntó ella.

—Von Seeckt dijo que se encontraba detrás de la montaña. La derecha no va hacia atrás de la montaña. —Se volvió y miró hacia atrás—. ¿Es así? —Von Seeckt asintió—. Creo que es hacia la izquierda —continuó Turcotte—. De hecho, desde que dejamos Phoenix, ésta es la mejor carretera de grava, y la más ancha que he visto. —Sonrió—. Aparte de la opinión de Von Seeckt, creo que la instalación está al final de esta carretera debido a esas pequeñas líneas sobre la carretera que parecen humo. —Señaló hacia la carretera de grava—. ¿Lo veis? ¿Allí y allí?

—Sí. ¿Qué son?

—Es polvo captado por un haz de rayos láser. Un coche baja por la carretera, el haz se interrumpe y envía una señal. Hay dos haces, de forma que pueden saber si un vehículo está entrando o saliendo según el orden en que se interrumpan los haces de luz. No creo que la oficina para asuntos indios salvaguarde la reserva de forma tan estricta, ¿no os parece?

—¿Y ahora qué? —preguntó Kelly mirando sobre su hombro a los otros dos hombres que había en la parte posterior.

—No creo que este lugar esté tan bien protegido como el

Área 51 —dijo Turcotte—. Aquí todas las tareas se realizan en el interior, por lo que obviamente no llaman tanto la atención como en la otra instalación. Ésta es una ventaja para nosotros. Otra cosa que hay que recordar es algo común a la mayoría de las instalaciones vigiladas. El objetivo de la seguridad no es, como podría creerse, impedir que alguien entre. El primer fin es la disuasión: impedir que alguien considere la posibilidad de entrar.

—No lo entiendo —dijo Nabinger desde atrás.

—Piense en las cámaras de seguridad de los bancos —dijo Turcotte—. Funcionan como elemento disuasorio. Hacen que muchos no roben porque saben que su imagen se grabaría y la policía podría pillarlos. Lo mismo ocurre con la mayoría de los sistemas de seguridad. Por ejemplo, si quisiera matar al Presidente, seguro que podría hacerlo. El problema está en matarlo y luego poder huir.

—¿Así que estás diciendo que podremos penetrar en la instalación pero que no podremos salir? —preguntó Kelly.

—Bueno, creo que podremos salir. Lo único es que sabrán quién lo hizo.

—Bueno —repuso Kelly encogiéndose de hombros—, eso no será un problema. Ya van tras nosotros. Sacaremos a Johnny y luego iremos a la prensa. Es el único modo de hacerlo.

—Bien —apoyó Turcotte.

—Volvamos a mi pregunta inicial —dijo Kelly—. ¿Y ahora qué?

—De vuelta a la ciudad —dijo Turcotte—. Necesitamos un pase para entrar. Una vez dentro iremos en busca de Johnny.

—Y de las tablas con runa superior —agregó Nabinger—. Von Seeckt me dijo que en Dulce guardan las que tiene el gobierno.

—Y de las tablas con runa superior —aceptó Turcotte— o de lo que sea que encontremos.

—¿Algún lugar en especial en la ciudad? —preguntó Kelly mientras hacía un cambio de sentido y los llevaba en dirección sur.

—¿Sabes que los policías siempre se paran en la tienda donde venden bollos? —preguntó Turcotte.

—Sí.

—Necesitamos saber dónde compran los bollos los trabajadores de la base.

73 horas, 15 minutos

—Ése —dijo Turcotte.

En las últimas horas habían observado una docena más o menos de coches con pequeños adhesivos verdes colocados en el centro del parabrisas entrar o salir del aparcamiento de una tienda de comidas preparadas. Turcotte señaló los pases y explicó que eran pegatinas empleadas para identificar a los vehículos que tenían acceso a instalaciones del gobierno. Cuando cayó la noche, las luces se encendieron e iluminaron el aparcamiento. Aparcaron su vehículo en la oscuridad de la calle.

—Lo tengo. —Kelly puso en marcha el motor de la camioneta y siguió a la otra camioneta que salía del aparcamiento del Minit Mart.

Siguieron al vehículo; éste se dirigió hacia el norte de la ciudad y luego tomó la ruta de la reserva número 2. Estaban a unos quinientos metros de la bifurcación de la carretera.

—Ahora —ordenó Turcotte.

Kelly encendió los faros y aceleró hasta colocarse justo detrás de la otra furgoneta. La adelantó mientras Turcotte sacaba el cuerpo por la ventana. Hizo un gesto obsceno al conductor del otro vehículo y le chilló algunas groserías.

Kelly frenó bruscamente y derraparon para parar en la intersección con la carretera de grava. El conductor de la otra camioneta se detuvo en la carretera de grava con los focos apuntando al otro vehículo.

—¿Qué coño te pasa, cabronazo? —preguntó el corpulento conductor al apearse y dirigirse hacia la camioneta.

Turcotte saltó por el lado del copiloto de la camioneta y se dirigió a su encuentro a mitad de camino entre los dos vehículos en medio del resplandor de los focos.

—¿Eres imbécil o qué? —preguntó el conductor—. Me has adelantado y...

Sin mediar palabra Turcotte disparó el arma paralizante y el hombre cayó al suelo. Le enmanilló con las esposas de plástico que llevaba en la cazadora y colocó el cuerpo en la parte trasera de la camioneta.

—Entrad en el otro vehículo —ordenó a Von Seeckt y a Nabinger. Los dos hombres pasaron al asiento trasero de la otra camioneta.

Kelly llevó la camioneta a unos cien metros por la carretera asfaltada, donde la curva la escondía de la intersección. No había un lugar donde esconder la camioneta así que simplemente la acercó a la cuneta. Turcotte se aseguró de que el hombre estuviera bien atado y lo registró rápidamente.

—Esto no tiene nada de plan —dijo Kelly en voz baja mientras cerraba la camioneta y se guardaba las llaves—. No estoy segura de tu teoría fácil de entrar y salir.

—Uno de mis comandantes en infantería decía que ningún plan era mejor que tener a Rommel pegado al culo en una zona de descenso —dijo Turcotte mientras iban corriendo por la carretera hacia la nueva camioneta.

—No lo pillo —dijo Kelly.

—Yo tampoco, pero sonaba bien. Lo interesante —dijo él parándose un segundo y mirándola bajo la luz de las estrellas— es que eres la primera persona que ante esta cita me dice esto. Nunca le dije a mi comandante que no la entendía.

—¿Y? —dijo Kelly.

Él empezó a correr de nuevo.

—Significa que escuchas y piensas.

Esta vez Turcotte se encargó del volante. Miró el interior y tocó encima del parasol, había una tarjeta electrónica como las de los hoteles para abrir puertas. Comprobó el nombre: Spencer.

—Este plan mejora por minutos. —Colocó la tarjeta entre las piernas, junto a la pistola paralizante—. Todos al suelo. Vamos a aparecer en las cámaras en unos segundos.

Puso el motor en marcha, cruzó la carretera de grava y pasó los sensores láser. No había manera de saberlo, pero estaba seguro de que el vehículo era comprobado por cámaras infrarrojas que revisaban la pegatina y se aseguraban de que tenía el acceso autorizado. Sabía que la pegatina estaba cubierta por un revestimiento fosforescente que podía ser visto fácilmente por un aparato de ese tipo. Miró cuidadosamente la carretera con la esperanza de que no hubiera más intersecciones en las que tomar una decisión.

Una señal en el camino le avisó que estaba entrando en un área federal de acceso restringido; la letra pequeña reseñaba las temibles consecuencias que el personal no autorizado debería afrontar y todos los derechos constitucionales que ya no tenía. A unos cuatrocientos metros de la señal una barra de acero cruzaba la carretera. En el lado izquierdo había una máquina como las que se emplean en los aeropuertos para introducir los tickets de aparcamiento. Turcotte insertó la tarjeta clave en la ranura. La barra de acero se elevó.

Continuó y vio que la carretera se bifurcaba. Turcotte tenía tres segundos para decidirse. La izquierda rodeaba la montaña, y la derecha iba hacia el valle. Tomó la izquierda e inmediatamente se encontró en un valle estrecho. Los lados se estrecharon y una red de camuflaje, prendida en las paredes de roca, le confirmó que había tomado una buena decisión. Vio entonces una abertura de unos nueve metros de ancho cavada en la base de la montaña. Una luz roja salía de su interior.

Un guarda de seguridad aburrido, dentro de una cabina situada en la abertura de la caverna, apenas miró la camioneta mientras le hacía un gesto para que entrara. A la derecha se abría un gran aparcamiento y Turcotte se dirigió hacia allí. La caverna estaba iluminada con luces rojas a fin de evitar la detección desde el exterior y permitir a la gente acostumbrarse a la visión nocturna al salir.

Los aparcamientos estaban numerados, pero Turcotte se arriesgó y fue hacia el extremo más alejado, fuera de la vista del guarda y aparcó. Había otros diez coches en el garaje. Unos cincuenta espacios estaban desocupados, lo que significaba que había poca gente en el turno de noche, algo que Turcotte agradeció íntimamente.

A unos seis metros de donde había aparcado había unas puertas correderas incrustadas en la roca.

—Vamos.

Turcotte miró a las tres personas que lo seguían: Kelly, pequeña y robusta; Von Seeckt, apoyado en su bastón y Nabinger a la cola. Kelly le sonrió.

—Tú, que no tienes miedo, diriges.

Introdujo la tarjeta en la ranura del ascensor. Las puertas se abrieron. Entraron y Turcotte examinó los botones. Indicaban HP, garaje y subniveles numerados del 4 al 1.

—Diría que HP significa helipuerto. Probablemente tendrán uno en el lado de la montaña o incluso en la cima, sobre nosotros. ¿Alguna idea de adónde ir? —preguntó a Von Seeckt.

El anciano se encogió de hombros.

—La última vez que estuve aquí tenían escaleras, pero fuimos hacia abajo.

—Yo sugiero el nivel más inferior —propuso Kelly—. Cuanto mayor es el secreto, más abajo hay que ir.

—Muy científico —dijo en voz baja Turcotte.

Pulsó el subnivel 1. El ascensor descendió mientras las luces de la pared parpadeaban y se detuvo en el subnivel 2. Un mensaje apareció en el visor digital: «ACCESO A SUBNIVEL 1 LI-MITADO SÓLO A PERSONAL AUTORIZADO. ES PRECISO TENER ACREDITACIÓN Q. ACCESO DUAL OBLIGATORIO. INSERTAR LLAVES DE ACCESO».

Turcotte observó las dos pequeñas aberturas destinadas a insertar un objeto redondo; una estaba junto debajo del visor digital y la otra en la pared más alejada. Se encontraban lo suficientemente apartadas para que una persona no pudiera accionar las dos llaves, igual que los sistemas de lanzamiento de ICBM.

—No tengo llaves para eso, y nuestro señor Spencer tampoco.

Turcotte pulsó el botón de abertura y las puertas se abrieron dejando ver un pequeño vestíbulo, otra puerta y un cartel aviso: «SUBNIVEL 2. SÓLO PERSONAL AUTORIZADO. AUTORIZA-CIÓN ROJA NECESARIA».

Justo debajo de la señal había una ranura para insertar la llave de acceso. Turcotte sacó la tarjeta que había cogido en la furgoneta. Era de color naranja.

—Todavía estamos debajo del margen de seguridad del señor Spencer —dijo. Dio un paso hacia adelante y buscó en la pequeña mochila que llevaba—. Pero creo que podremos solventar ese pequeño inconveniente. —Extrajo una pequeña caja negra.

—¿Qué es eso? —preguntó Kelly.

—Algo que encontré en la camioneta. Allí tenían muchos tesoros. —Había una tarjeta de acceso conectada a la caja con varios cables. Turcotte la insertó en la ranura en la dirección opuesta a la que indicaba la flecha—. Lee el código de la puerta al revés, lo memoriza y luego invierte el código. Usé aparatos semejantes en otras misiones.

La insertó en la dirección adecuada y las dos puertas se abrieron dejando ver un guarda sentado en una recepción a unos diez pasos.

—¡Oigan! —exclamó el guarda poniéndose de pie.

Turcotte dejó caer la caja y cogió la pistola paralizante, pero ésta quedó trabada en el bolsillo, por lo que desistió y avanzó. El guarda acababa de desenfundar su arma cuando Turcotte dio un salto con los pies hacia adelante en dirección a la mesa. El tacón de las botas golpeó el pecho del guarda y éste fue a parar contra la pared.

Turcotte había quedado de espaldas al guarda y, girándose bruscamente dio un golpe contra la cabeza del guarda dejándolo inconsciente. Se volvió hacia el escritorio y miró a la pantalla del ordenador que llevaba incorporado. Mostraba un esquema de habitaciones con etiquetas y luces verdes en cada uno de los pequeños compartimientos. Los demás se arremolinaron rápidamente alrededor.

—Archivos —dijo Turcotte mientras colocaba un dedo en una habitación. Miró a Nabinger y a Von Seeckt—. Todo suyo, señores. —Buscó en los bolsillos y sacó un arma paralizante—. Si encuentran a alguien, pueden usar esto. Basta con apuntar y darle al gatillo, el arma se encarga del resto. Tendrán cinco minutos. Luego tendrán que regresar aquí, hayan encontrado o no lo que buscaban.

Nabinger se orientó con el diagrama y miró hacia el pasillo.

—De acuerdo, vámonos. —Y se marchó con Von Seeckt.

—Diría que tu amigo ha de estar en uno de esos dos lugares —dijo Turcotte señalando con el dedo. En uno se leía «ZONA DE MANTENIMIENTO», y en el otro, «LABORATORIO BIOLÓGICO».

—Laboratorio biológico —se aventuró Kelly.

Salieron corriendo en la dirección opuesta a la que habían tomado Von Seeckt y Nabinger. La zona estaba en silencio. Pasaron varias puertas con rótulos que indicaban nombres, sin duda, las oficinas de la gente que trabajaba durante el día.

—A la izquierda —dijo Kelly. Unas puertas dobles basculantes los esperaban al final de un pasillo corto. Se detuvieron y Kelly arqueó las cejas en señal de pregunta al oír que alguien tosía al otro lado.

—A la carga —susurró Turcotte.

—No tienes un gran repertorio de tácticas —respondió Kelly en voz baja.

Turcotte abrió de un golpe las puertas y entró. Una mujer de mediana edad vestida con una bata blanca estaba inclinada sobre un objeto negro rectangular que le llegaba a la altura del pecho. Llevaba el pelo atado en un moño y miraba a través de unas gafas.

—¿Quiénes son ustedes? —preguntó.

—¿Johnny Simmons? —preguntó Turcotte.

—¿Qué? —respondió la mujer, desviando luego los ojos hacia el objeto negro.

Turcotte avanzó hacia ella y miró hacia abajo. Parecía un ataúd de gran tamaño. Había un panel en la parte superior, y eso era lo que la mujer había mirado.

—¿Qué es esto? —preguntó.

—¿Quiénes son ustedes? —La mujer los miró—. ¿Qué están haciendo aquí?

Unos cuantos cables caían del techo y entraban en la parte superior de la caja negra. Algunos de los cables eran transparentes y por ellos corrían fluidos. Se dirigió hacia la mujer.

—Sáquelo de ahí.

—¿Johnny está ahí? —dijo Kelly mirando fijamente la caja. Se acercó y tomó un portapapeles que colgaba de un clavo. Comprobó los papeles.

—Ahí hay alguien —dijo Turcotte—. Éstos son tubos de suero. No sé qué llevan, pero ahí dentro hay alguien.

—Es Johnny —afirmó Kelly sujetando el portapapeles.

—Sáquelo de aquí —repitió Turcotte.

—No sé quiénes son ustedes —empezó a decir la mujer—, pero...

Turcotte desenfundó su Browning High Power Pulsó el gatillo con el pulgar.

—Tiene cinco segundos o le meteré una bala en su pierna izquierda.

La mujer se quedó mirándolo.

—No se atreverá.

—Lo hará —dijo Kelly—. Y si él no lo hace, lo haré yo. ¡Abra eso ahora mismo!

—Uno, dos, tres. —Turcotte bajó el cañón apuntando hacia la pierna de la mujer.

—¡De acuerdo! ¡De acuerdo! —La mujer levantó las manos—. Pero no puedo abrirlo así como así. El shock mataría el obj... —calló—, el paciente. Tengo que hacerlo de la forma apropiada.

—¿Cuánto tiempo? —preguntó Turcotte.

—Quince minutos para...

—Hágalo en cinco.

En el otro extremo de aquel piso de las instalaciones, Von Seeckt y el profesor Nabinger se encontraban frente a un tesoro intelectual. Los archivos estaban a oscuras cuando abrieron la puerta. Cuando Nabinger encontró el pulsador de la luz, iluminó una sala llena de grandes archivadores. Al abrir los cajones encontraron fotografías. Los cajones estaban etiquetados con números que no significaban nada para ninguno de ambos. En el extremo de la habitación había una puerta acorazada con una pequeña ventana de cristal. Von Seeckt miró a su través.

—Ahí dentro están las tablas originales de piedra de la caverna de la nave nodriza —dijo—. Pero en estos archivos tiene que haber fotografías de ellas.

Nabinger ya estaba abriendo cajones.

—Aquí hay la misma runa superior del lugar de México que Slater me mostró —dijo Nabinger mostrando unas copias en papel satinado de veinticinco por cuarenta centímetros.

—Sí, sí —respondió Von Seeckt en tono ausente, abriendo un cajón tras otro—. Pero tenemos que encontrar la que ella no le mostró, la de la caverna de la nave nodriza. No creo que nuestro capitán Turcotte tenga mucha paciencia en cuanta hayamos rebasado el límite de los cinco minutos.

Nabinger empezó a registrar los cajones deprisa.

Las manos de la mujer temblaban mientras trabajaba en el panel. Ya había desconectado la mayoría de los cables y realizaba algunas comprobaciones.

—¿Qué le han hecho? —preguntó Kelly.

—Es complicado —dijo la mujer.

—¿D-E-M? —dijo Kelly deletrando las letras.

—¿Cómo sabe eso? —repuso la mujer, rígida.

—Termine el trabajo.

La mujer pulsó una tecla y la caja empezó a hacer ruido.

—Podrá abrirse con seguridad en treinta segundos.

Von Seeckt permanecía inmóvil delante de un cajón, mirando detenidamente unas fotografías. Al final del pasillo, Nabinger se disponía a abrir el archivo siguiente cuando advirtió algo en la vitrina de cristal de la pared. Se acercó y miró el objeto que había dentro.

Von Seeckt sacó una gran cantidad de fotografías.

—Éstas son las fotografías de la caverna de la nave nodriza. Vayamos a reunirnos con el capitán.

El pitido paró y la mujer señaló una palanca en un lado de la caja.

—Levántela.

Turcotte cogió la palanca roja y tiró de ella. La tapa salió de golpe y dejó ver el cuerpo desnudo de Johnny Simmons sumergido en una piscina con un líquido de color oscuro. Tenía agujas clavadas en los dos brazos y unos tubos salían de la parte inferior del cuerpo. Otro tubo colocado en la boca llevaba incorporado un material de plástico transparente para evitar que el fluido penetrara en la boca.

—Hay que quitar el tubo de oxígeno, los catéteres y el suero —dijo la mujer.

—Hágalo —ordenó Turcotte. Se volvió y vio a Von Seeckt

y Nabinger en la puerta. Nabinger tenía las manos ensangrentadas y sostenía algo en su chaqueta.

—No estabais en ... —Von Seeckt se interrumpio al ver el cuerpo dentro de la caja negra—. ¡Esta gente! Nunca paran. Nunca paran.

—Basta ya —ordenó Turcotte. La mujer ya había acabado. Él se inclinó y levantó a Johnny.

—Vamos.

—¿Qué hago con ella? —preguntó Kelly.

—Mátala —dijo bruscamente Turcotte mientras se encaminaba hacia la puerta.

Kelly miró a la mujer.

—Por favor, no... —suplicó la mujer.

—Aquí empieza el cambio —dijo Kelly y disparó a la mujer con el arma paralizante.

Se apresuró a reunirse con los demás, que estaban ya dentro del ascensor. Turcotte apoyó a Johnny contra la pared y Kelly lo ayudó a sostenerlo con la rodilla.

Turcotte pulsó el botón con la letra G y el ascensor subió. Luego dio un golpecito a Nabinger en el pecho.

—Usted y Kelly lo llevarán a la camioneta.

—¿Qué haces? —preguntó Kelly.

—Mi trabajo —respondió Turcotte—. Me reuniré con vosotros en Utah. En el Parque Nacional Capitol Reef. Es pequeño. Os encontraré.

—¿Por qué no vienes con nosotros? —preguntó Kelly, sorprendida por la decisión de Turcotte.

—Quiero saber qué hay en el subnivel uno —repuso Turcotte—. Además, haré una maniobra de distracción para que podáis huir.

Los empujó hacia el aparcamiento y luego volvió a entrar en el ascensor.

—Pero... —Las puertas al cerrarse apagaron las palabras de Kelly.

Turcotte pulsó el botón del subnivel 2 y el ascensor regresó al lugar que acababa de dejar. Corriendo, se dirigió al cuerpo del guarda y comprobó su estado. Arrastró el cuerpo hasta la puerta del ascensor para impedir que se cerrara. Luego abrió la mochila que contenía el instrumental que había cogido de la camioneta. Sabía que disponía de poco tiempo hasta que sonara alguna alarma. Seguro que había algún tipo de control interno de los guardas, y cuando el guarda del subnivel 2 no respondiera... bueno, la cosa se estaba poniendo realmente emocionante.

Colocó sobre el suelo enmoquetado del ascensor dos cargas de aproximadamente medio kilo de explosivo C-6 que había encontrado en la furgoneta. Moldeó el material, semejante a la plastilina, en dos semicírculos de medio metro de largo y los colocó en el centro del suelo, a unos siete centímetros de distancia entre sí. Insertó una cápsula explosiva no eléctrica en cada una de las cargas. En la camioneta ya había colocado hilo detonante dentro de cada fusible. Así pues, todo lo que debía hacer era atar los extremos del hilo detonante en un nudo y dejar suficiente espacio para luego poner el fusible de ignición M60. Este aparato medía unos quince centímetros de largo por dos y medio de diámetro y constaba de un anillo metálico colocado en el extremo opuesto del hilo detonante. Éste medía lo suficiente como para darle tiempo a entrar en el ascensor. Retiró al guarda inconsciente de las puertas y mantuvo abierta una de ellas con sus propias manos. Luego comprobó el reloj, habían transcurrido ya casi cinco minutos desde que había dejado a los demás en el aparcamiento. Tenían que estar cerca de la barrera metálica. Les daría dos minutos más y luego comenzaría el espectáculo. Los segundos pasaban muy lentamente.

Era el momento. Turcotte se colocó el M60 en la boca y lo mantuvo sujeto entre los dientes. Luego extrajo la anilla metálica con la mano derecha. El hilo detonante ardía con rapidez, y Turcotte aún estaba tirando cuando estallaron las cargas. Tiró al suelo el dispositivo de ignición y entró en el ascensor. En el suelo había un orificio de un metro aproximadamente. Turcotte se deslizó por él y fue a caer tres metros más abajo, aterrizando en el fondo de hormigón de la caja del ascensor. Oyó alarmas que sonaban a lo lejos.

Las puertas del ascensor del subnivel se encontraban a la altura de la cintura. Turcotte extendió los brazos, introdujo los dedos entre ellas y empujó. Sintió cómo saltaban algunos de los puntos que Cruise le había cosido en el costado. Las puertas cedieron unos quince centímetros, luego el sistema de alarma se activó y se abrieron solas.

Turcotte tenía la Browning en la mano derecha. Había dos guardas de pie en el pasillo, en alerta a causa de la explosión. Unas balas pasaron por encima de la cabeza de Turcotte. Éste se agachó y oyó cómo las balas chocaban contra la pared, a la altura de la cabeza. Sacó una granada de explosión y destello del bolsillo, quitó la lengüeta y la arrojó hacia donde procedía el ruido de las armas. Cerró los ojos y se cubrió los oídos con las manos.

En cuanto oyó el estruendo, saltó. En su última misión, Turcotte había disparado cientos de balas cada día. La pistola era una extensión de su cuerpo y era capaz de meter una bala en un círculo del tamaño de una moneda a siete metros de distancia.

Uno de los guardas estaba de rodillas, con la metralleta colgada de su portafusil, y se frotaba los ojos con las manos. El otro tenía todavía el arma preparada pero estaba desorientado, miraba la pared, parpadeando y moviendo la cabeza. Turcotte disparó dos veces y dio en el centro de la frente del primer hombre, que cayó sobre la espalda. En la segunda vuelta hirió al segundo hombre en la sien. Cuando cayó de rodillas, con el dedo muerto le dio al gatillo enviando una ráfaga de balas contra la pared.

Turcotte se arrastró lentamente por el pasillo y luego se puso en pie manteniéndose agachado. La sala tenía unos dieciocho metros y terminaba en un extremo muerto. Había varias puertas a la izquierda y otro pasillo que conducía a la derecha. Había luces rojas encendidas y sonaba una sirena de baja frecuencia que hacía temblar los dientes. Una de las puertas de la izquierda se abrió y Turcotte lanzó un disparo en aquella dirección, de modo que el que la había abierto la cerró de golpe. En cada puerta de la izquierda había una placa con un nombre escrito en ella, y Turcotte imaginó que aquellas habitaciones eran las oficinas destinadas al personal del primer subnivel.

Abandonando su actitud cauta, se lanzó a la carrera tomando la esquina que doblaba hacia la derecha. El pasillo con que se encontró medía unos tres metros y finalizaba en unas puertas dobles abatibles con avisos en rojo. Turcotte abrió las puertas de un golpe y entró. El vasto suelo de hormigón lo condujo a una gran caverna excavada dentro de la montaña. El techo estaba a unos seis metros de altura y la pared más lejana a unos cien metros. Varias docenas de grandes cubas verticales llenas de un líquido de color ámbar llamaron la atención de Turcotte. Todas ellas contenían algo en su interior. Turcotte se acercó a la más cercana y miró. Dio un paso atrás al ver que se trataba de un ser humano. Varios tubos entraban y salían del cuerpo, y la cabeza estaba incrustada en una especie de casco negro con numerosos cables. Turcotte pensó que se parecía a lo que le habían hecho a Johnny Simmons, sólo que con mayor grado de complejidad.

Un destello dorado a la derecha llamó la atención de Turcotte. Corrió en esa dirección y se detuvo sorprendido al pasar la última cuba. El destello procedía de la superficie de una pequeña pirámide de unos dos metros y medio de altura y un metro de largo en cada lado de la base.

Varios cables que pendían del techo estaban conectados a ella, pero lo que llamó la atención de Turcotte fue la textura de su superficie, perfectamente pulida y, al parecer, sólida. Parecía estar hecha de algún tipo de metal. Cuando Turcotte la tocó la encontró fría y rígida como si se tratara del acero más duro. Sin embargo, el resplandor parecía proceder del material.

Había marcas por todas partes. Turcotte reconoció la escritura de la runa superior que Nabinger le había enseñado en fotografías.

Oyó un ruido. Turcotte se volvió y disparó. Un guarda entrando a todo correr por las puertas abatibles le devolvió el disparo con una metralleta, de modo que las balas dañaron varias cubas, se rompieron varios cristales y el líquido se derramó. El hombre había disparado de forma instintiva ante el disparo de Turcotte, y estaba desorientado ante la disposición de la sala.

Turcotte volvió a disparar dos veces al hombre y éste cayó muerto. Turcotte no sintió nada. Estaba en acción, haciendo lo que debía hacer. Necesitaba información y, con lo que acababa de ver en aquella sala, tenía mucha. No esperaba encontrarse con más guardas. Una de las paradojas de un lugar como aquél era que cuantos más guardas tuviera, mayor era el número de personas que podían poner en peligro la seguridad. A aquella hora de la noche no creía que hubiera un pelotón de hombres disponibles por si acaso.

Un zumbido atrajo su atención de nuevo a la pirámide. Un fulgor dorado salía de su vértice creando un círculo de un metro de diámetro en el aire. Turcotte retrocedió. Sintió como si su cabeza hubiera sido cortada en dos con un hacha. Se volvió y corrió en dirección al pasillo por el que había llegado. Al entrar por vez primera en la sala había pensado que era imposible que hubieran llevado todo ese material por el ascensor que había destrozado. Tenía que haber otro camino. Luchó por mantener la lucidez a pesar del intenso dolor que sentía en la cabeza.

El suelo empezó a ascender. Turcotte vio una gran puerta vertical y se dirigió a ella. Cogió la correa que había debajo y tiró hacia arriba. Se trataba de un montacargas. Se introdujo en él, volvió a bajar la puerta y observó el panel de control.

Tenía el mismo sistema de dos llaves, pero éstas eran necesarias sólo para bajar. Pulsó el botón que indicaba HP y el suelo se sacudió.

A medida que se alejaba del subnivel 1, el dolor de cabeza remitía. Pasó los niveles 2, 3 y 4, luego el aparcamiento y, al cabo de diez segundos, llegó al helipuerto. El ascensor se detuvo. Turcotte levantó la correa del interior y la puerta se abrió en una gran nave excavada en la montaña. Una tela de camuflaje tapaba el extremo descubierto. El recinto estaba muy poco iluminado, con luces rojas. Había jaulas y cajas apiladas. Si había un guarda ahí arriba, seguramente había respondido a la alarma del nivel inferior pues el lugar estaba desierto. Turcotte corrió por la red y miró hacia fuera. Allí había una plataforma de acero suficientemente grande para dar cabida al helicóptero más grande que había. Salió fuera. La ladera de la montaña era muy empinada allí. Miró hacia abajo. El valle que había a sus pies estaba a oscuras, por lo que no podía saber hasta dónde llegaba. A unos doscientos cincuenta metros más arriba, la cima de la montaña se recortaba con la luz de la luna. Turcotte se deslizó por el extremo de la plataforma a la ladera rocosa de la montaña y luego empezó a trepar.

Al cabo de unos minutos vio luces que se movían por la parte baja del valle. Refuerzos. Confió en que les llevase un tiempo conseguir refuerzos por aire. Tras varios años en las fuerzas de elite, Turcotte sabía que no había grupos de hombres sentados con helicópteros de gran velocidad esperando en cada esquina.

Se deslizaba de una roca a otra y de vez en cuando se agarraba a los arbustos. Había aprendido a escalar en Alemania y ese lugar no era técnicamente muy difícil. La oscuridad resultaba un problema pero su vista se iba adaptando.

Al cabo de cuarenta y cinco minutos alcanzó la cima de la montaña. Luego se dirigió hacia el oeste, siguiendo la línea de la cadena de montañas que había visto horas antes al llegar a la ciudad. Ahora se movía más rápidamente pues el camino era en bajada. Todavía le dolía la cabeza y sentía como si un terrible dolor le perforara el cerebro, yendo de un lado para otro. ¿Qué era aquella pirámide? Estaba claro que no era obra del hombre. Sabía que estaba relacionada con los agitadores y la nave nodriza. ¿Por qué estaba conectada a los cuerpos de las cubas? ¿Qué demonios estaba ocurriendo ahí abajo?

Vio las luces de Dulce a su izquierda y hacia allí se dirigió, ladera abajo, para alcanzar el extremo oeste de la ciudad. Cuando la sierra llegó al valle pasó por delante de las primeras casas. De vez en cuando un perro ladraba pero Turcotte se movía rápidamente, sin preocuparse de los civiles.

Atisbó una cabina telefónica en la parte exterior de una bolera cerrada y corrió hacia ella. Descolgó el auricular y marcó el número que la doctora Duncan le había dado. Tras el segundo tono, una voz mecánica le informó de que el número no estaba en servicio. Turcotte pulsó hacia abajo la palanca metálica para colgar y luego marcó otro número con un código de zona 910. Fort Bragg, California del Norte.

—Coronel Mickell —respondió una voz dormida.

—Señor, aquí Mike Turcotte.

—Dios mío, Turc. —La voz se despertó—. ¿Qué coño has hecho?

—No lo sé, señor. No sé qué está pasando. ¿Qué ha oído usted?

—No sé una mierda, sólo que alguien te quiere dar por culo. Una de esas instituciones de muchas letras, ha puesto una orden de «Atrapar y Detener» contra ti. Casi me da algo cuando apareció eso en mis archivos de lectura.

Mickell era el subcomandante de la Comandancia de Entrenamiento del Cuerpo de Elite en Front Bragg y, además, un viejo amigo.

—¿Puede usted ayudarme, señor?

—¿Qué necesitas?

—Necesito saber si alguien existe de verdad y, si lo es, quiero contactar con ella.

—Dame su nombre.

—Duncan. Doctora Lisa Duncan. Me dijo que era la asesora presidencial de una cosa llamada Majic-12.

Mickell lanzó un silbido.

—Tío, estás en un buen lío. ¿Cómo puedo ponerme en contacto contigo?

—No lo sé, señor. Estaré en contacto con usted.

—Vigila la espalda, Turc.

—Sí, señor.

Turcotte colgó lentamente el teléfono. No estaba del todo seguro de que Mickell lo protegiera. No sabía por qué el teléfono de la doctora Duncan no funcionaba. Era el único modo de comunicación que le habían dado al infiltrarse y ya se encontraba fuera de servicio al cabo de un par de días. Eso no era bueno. Nada bueno. Además, esa noche acababa de matar a tres hombres.

—Mierda —dijo Turcotte en voz baja y se preguntó qué demonios era aquella pirámide.

Se frotó la frente. Había jugado sus últimas cartas. Al pensarlo, tuvo que admitir que las únicas personas en quienes podía confiar iban de camino hacia Utah, al encuentro que había preparado. No quería ir allí, pero era el único lugar donde podía ir.

Miró alrededor. Había un camioneta de reparto aparcada en la calle. La cabeza le dolía mucho. Turcotte buscó profundamente en su interior, confiando en los años de duro entrenamiento. Sabía sacar fuerzas de donde la mayoría no encontraba nada. Y se encaminó hacia la camioneta de reparto.

26

CARRETERA 64, NOROESTE DE NUEVO MÉXICO
70 horas, 40 minutos

Johnny Simmons empezó a chillar y, por más que Kelly se esforzaba, no lograba hacerlo callar. Decidió abrazarlo y lo mantuvo quieto mientras le susurraba palabras de consuelo al oído.

La salida de la instalación fue más sencilla que la entrada. Volvieron a la camioneta, pasaron por delante del guarda confiado y luego cambiaron de furgoneta. Después de devolver al conductor todavía inconsciente a su propio vehículo, entraron en su camioneta y volvieron a la ciudad sobre sus pasos para luego girar a la izquierda, hacia la carretera 64.

—¿No puede hacer que se calle? —preguntó Von Seeckt desde el asiento del conductor, mirando por el espejo retrovisor.

—Yo también chillaría —respondió Kelly, molesta— si hubiera permanecido encerrada en aquella cosa durante cuatro largos días. Limítese a conducir. Nadie puede oírlo excepto nosotros.

Johnny se calmó y pareció caer en un letargo o, Kelly pensó, en la inconsciencia. Se volvió hacia Nabinger, que tenía sus manos envueltas en una toalla teñida de sangre. Kelly sacó el botiquín de primeros auxilios.

—¿Qué le ha ocurrido, profesor?

—Había algo que quería tener y se encontraba en una urna de cristal. No pude encontrar la llave, así que rompí el cristal —respondió Nabinger.

—¿No podía haber empleado otra cosa que no fuera su mano para romper el cristal? —preguntó Kelly mientras cubría la herida con gasa y esparadrapo.

—Tenía prisa —respondió Nabinger. Al cabo de un momento, añadió—: No pensé en mis manos.

—¿Qué era eso tan importante? —quiso saber Kelly.

Nabinger desenvolvió con cuidado algo que llevaba en su chaqueta. Sostenía una pieza de madera, levemente curvada, de medio metro de largo, treinta centímetros de altura y dos centímetros de grosor. Incluso con la escasa luz de la parte trasera de la camioneta, Kelly vio que en ella había pequeños caracteres grabados.

—Es una tabla «rongorongo» de la isla de Pascua —dijo Nabinger—. Hay muy pocas ¿sabe? Sólo se conoce la existencia de veintiuna. Ésta debe ser una que había escondida.

—¿Y esto qué es? —preguntó Kelly señalando con el dedo las fotografías en papel satinado que los dos hombres habían cogido.

De mala gana, Nabinger dejó de mirar la tabla para observar las fotografías apiladas.

—Von Seeckt dice que éstas son las fotografías que fueron tomadas por el primer equipo que entró en la caverna de la nave nodriza. Encontraron piedras planas grabadas con runa superior.

—¿Y qué dicen? —preguntó Kelly mientras terminaba con una mano y empezaba a trabajar en la otra.

—Bueno, verá —repuso Nabinger mirando las fotografías—, esto no es como leer el periódico. Necesita su tiempo.

—Bien, pues ahora tiene un poco, así que a trabajar —dijo Kelly al terminar con la otra mano. Luego cogió un mapa de carreteras y localizó el lugar donde tenían que encontrarse con Turcotte.

—Tiene toda la noche —le informó—. Creo que deberíamos salir de esta carretera principal y tomar carreteras secundarias por las montañas en dirección hacia el oeste hasta que encontremos el punto de encuentro.

—¿En cuánto tiempo estarán detrás de nosotros? —preguntó Nabinger.

—Ya están detrás de nosotros —comunicó Kelly—. Usted quiere decir, cuánto tiempo después de esta última aventura. Creo que nos irá bien. Sólo espero que Turcotte no haya tenido problemas.

—A mí no me preocupa que vayan detrás de nosotros —dijo Von Seeckt—. Lo que me importa es que sólo tenemos setenta y dos horas antes de que la nave nodriza emprenda el vuelo.

EL CUBO, ÁREA 51

El general Gullick no parecía un hombre que había sido despertado hacía cinco minutos. Su uniforme estaba bien planchado y su cara perfectamente afeitada. El mayor Quinn se preguntó si Gullick se afeitaba la cara y la cabeza antes de acostarse cada noche por si se daba una situación como la que se había producido aquella noche y así estar siempre listo para la acción. De repente, a Quinn se le ocurrió que tal vez el general no durmiera nunca. Tal vez simplemente descansara en la oscuridad, totalmente despierto, esperando la próxima crisis.

—Déjeme oírlo desde el principio —ordenó Gullick mientras los demás miembros de Majic-12, con excepción de la doctora Duncan, iban llegando.

No había mucho que contar. Quinn resumió la información que un jefe de seguridad nervioso de Dulce le había comunicado por teléfono. Mientras recitaba la breve lista de hechos referentes a la intrusión, la liberación del periodista

Johnny Simmons y el robo de fotografías de los archivos, Quinn se dio cuenta de que en el Cubo se sabía más porque, dada la descripción que habían hecho los guardas y la mujer científica que estaba de guardia, era evidente que habían sido Von Seeckt, Turcotte, Reynolds y Nabinger actuando en común.

—Los subestimé —admitió Gullick cuando Quinn acabó—. Especialmente, a Von Seeckt y a Turcotte.

—Tenemos un problema —dijo Kennedy, inclinándose hacia adelante—. Van a ir a la prensa con Simmons.

—¿En qué estado de acondicionamiento estaba Simmons? —preguntó Gullick.

Quinn estaba atónito. ¿De qué estaban hablando?

—Se encontraba a un sesenta por ciento de la fase cuatro —respondió Kennedy tras consultar su cuaderno de notas.

—¿Usted qué opina? —inquirió Gullick mirando al doctor Slayden.

—No puedo decirlo con certeza —repuso el doctor Slayden, pensativo.

—¡Mierda! —El puño de Gullick arremetió contra la mesa—. Estoy harto de que la gente me venga con chorradas cuando hago una pregunta.

La sala se quedó en silencio por un momento, luego Slayden habló.

—Desconectaron a Simmons antes de completar el tratamiento. Tiene que haber sido un shock para su sistema y nadie sabe cómo reaccionará su mente. Si no pasa nada más, el sesenta por ciento que tenía será suficiente para desacreditar a Simmons si habla ante el público. Por decirlo de un modo poco científico, se lo considerará un majadero.

—¿Qué hay de las fotografías que robaron? —preguntó el general Brown.

—Eran de las tablas con runas superiores —dijo Gullick—. Aunque Nabinger consiga descifrar ese lenguaje, pasará mucho tiempo hasta que los demás científicos den el visto bueno a su traducción. Las tablas no son un problema. Incluso si llegan a la prensa, será preciso que pase el tiempo para que alguien crea la historia. De hecho, no tienen ninguna prueba. —La voz de Gullick apenas denotaba emoción, pero en cambio una vena latía en su frente—. Muy bien. Entonces volvemos al problema original: Von Seeckt y Turcotte. Ellos son la amenaza, pero creo que a estas alturas podremos manejarlos durante un tiempo. Por lo menos, el suficiente para finalizar la cuenta atrás. Y eso es lo importante.

A Quinn le pareció difícil de creer. ¿Y luego qué? quiso preguntar, pero mantuvo la boca cerrada. Sabía que con aquella pregunta sólo obtendría un fracaso, así que optó por otra pregunta.

—¿Y los cazas Fu?

—También nos encargaremos de eso y de este nuevo problema —dijo Gullick con brusquedad—. Que todo esté dispuesto en veinticuatro horas.

—Pero... —empezó a decir Quinn. De nuevo el general lo interrumpió con una mirada de odio.

—Quiero que el hangar esté al descubierto mañana —dijo Gullick—. Y quiero que el vuelo sea mañana por la noche. —Dirigió su vista a la mesa—. Creo que todos tienen mucho trabajo, así que les sugiero que se pongan en marcha. —Cuando todos estaban en pie, su voz los detuvo—. Por cierto, quiero cambiar las órdenes de captura de Von Seeckt y de sus amigos. Ya no se trata de capturarlos a cualquier precio. Se trata de terminar con ellos con la sanción más alta.

27

PARQUE NACIONAL CAPITOL REEF, UTAH
44 horas tras la modificación

El Parque Nacional Capitol Reef se encontraba al norte del Monument Valley, en el centro de las Rocosas. En aquella época del año estaba completamente desierto. De hecho, en pocas semanas, las puertas se cerrarían ante la llegada de las nieves del invierno. La falta de gente y la soledad del lugar eran los dos motivos por los que Turcotte lo había escogido como punto de encuentro. Aquel punto ponía una separación bastante grande entre ellos y Dulce.

Pasó por delante de la oficina del responsable del parque nacional y prosiguió el camino. En el primer lugar de acampada distinguió una camioneta. Kelly estaba fuera, con un arma paralizante en la mano vigilando la furgoneta. Se relajó al verlo bajar. Al final de la zona de acampada había un camino de hormigón que bordeaba la parte superior de un precipicio. Proporcionaba una bonita vista panorámica de las montañas circundantes, o lo habría hecho si el sol hubiera salido ya.

—¡Qué alegría verte! —exclamó Kelly.

—¿Qué tal están todos? —preguntó Turcotte estirando los brazos.

—Johnny está seminconsciente. Cuando está consciente tiene delirios. No sé qué le hizo esa gente, pero no fue nada bueno. Von Seeckt está durmiendo ahí dentro. Nabinger examina las fotografías del hangar de la nave nodriza.

—¿Ha conseguido algo? —preguntó Turcotte.

—¿Y tú qué tal? —preguntó Kelly como respuesta—. ¿Qué ocurrió? ¿Qué había en el subnivel uno?

—Realmente no lo sé —respondió Turcotte con sinceridad y de forma vaga. Fue a la puerta lateral y entró, seguido por Kelly.

—¿Qué ha conseguido? —preguntó al arqueólogo.

—Será mejor despertar a Von Seeckt —repuso Nabinger—. Querrá oír esto.

Von Seeckt necesitó varios minutos para despertar del todo, luego todos se arremolinaron alrededor del profesor Nabinger, que sostenía una libreta repleta de señales escritas en lápiz.

—Lo primero que tienen que tener en cuenta es que mis conocimientos sobre la runa superior son muy rudimentarios. Tengo un vocabulario muy pequeño sobre el que trabajar y, además, aquí hay símbolos que, aunque creo que significan lo mismo que otros símbolos semejantes procedentes de otras fuentes, presentan algunas diferencias en su modo de marcación. El otro problema es que los símbolos que representan lo que llamamos verbos son muy difíciles de adivinar a causa de las variaciones de tiempo verbal, lo cual modifica el símbolo básico.

»Además del simple descifrado de los símbolos y lo que las palabras pueden significar —prosiguió Nabinger—, el trabajo con escrituras ideográficas plantea un problema adicional. Los antiguos egipcios llamaban a los jeroglíficos *medu metcher*, que significa "palabras de los dioses". La misma palabra jeroglífico, que es de origen griego, se refiere especialmente a las pinturas en los templos. A nosotros, hoy en día, nos resulta difícil comprender un idioma que fue desarrollado para explicar hechos religiosos y míticos...

—Espere un segundo. —Turcotte estaba cansado y había

tenido una noche muy larga—. Ahora está hablando de jeroglíficos. Céntrese en la runa superior y lo que dicen.

Nabinger también estaba cansado.

—Explico todo esto para que podáis situar las traducciones
en el contexto adecuado. Sería erróneo por nuestra parte im-
poner nuestra propia cultura e ideas a algo que fue escrito por
una cultura con unos valores y unas ideas totalmente distintas. —Señaló las fotografías—. Y en este caso se trata de algo
que parece corresponder a una cultura alienígena. No sabemos si su percepción de la realidad es la misma que la nuestra.

—Estamos volando en sus naves —apuntó Turcotte—.
No podemos estar tan lejos. —Pensó en la pirámide y en
aquel resplandor dorado y mentalmente reconsideró su última afirmación.

—Pero no es sólo esto —agregó Kelly—. ¿No nos dijo antes que la runa superior fue, al parecer, la precursora de todos
los lenguajes escritos de la humanidad y probablemente sirvió de punto de inicio de ellos? Por lo tanto, si las raíces son
comunes, tenemos que ser capaces de entenderlo mejor que si
fueran totalmente alienígenas.

—Sí, sí —convino Nabinger—. Pero se trata sólo de una
raíz común para que yo pueda descifrar algo de este texto.
Esto es...

—Profesor, es tarde —dijo Turcotte, poniendo una mano
en el hombro de Nabinger—. Todos necesitamos dormir.
Pero antes de hacerlo hemos de decidir cuál será nuestro próximo paso. Para hacerlo hemos de conocer lo que usted tiene,
tan bien como usted haya sido capaz de obtenerlo.

—De acuerdo —asintió Nabinger—. En la caverna había
dos piedras principales. Son las dos en las que me he centrado
hasta el momento. Hay otras que estudiaré mañana. Esto es
lo que tengo. Observen que he escrito signos de interrogación
junto a ciertas palabras. Eso significa que no estoy totalmente
seguro de...

—¡Limítese a mostrárnoslo! —dijo Turcotte.

Nabinger mostró la primera página y la colocó bajo una lámpara de poca luz. Leyó:

«El jefe (?), nave/barco negativo (?), volar; motor/potencia (?), peligroso; todas las señales negativas/malas (?) y tiene que ser; negativo/paradas (?); ha de ser pronto.»

—Esto tiene que hacer referencia a la nave nodriza —dijo Von Seeckt—. La palabra «negativo» con el signo de interrogación de la primera línea... ¿no sabe con seguridad qué significa esa palabra?

—Es un verbo —dijo Nabinger—. Podría ser «no puede», «no debe» o «no podrá».

—Eso no es muy importante —apuntó Turcotte—. Quiero decir, ¿qué pasa si esa maldita cosa se rompe? ¿No se podría decir «no podrá»? ¿Y si los alienígenas se quedaron y su triple plan A no contemplaba la Tierra? Tal vez por eso esa cosa no debería ponerse en marcha.

Kelly puso una mano en el hombro de Turcotte.

—¿Lo ves? Has dicho «no debería».

—Difícil, ¿verdad? —dijo Nabinger.

—Sí —admitió Turcotte, rascándose la barba de tres días que llevaba—. Ya lo veo. De acuerdo, continúe.

«Los demás (a) ??? no quieren estar; salir antes de llegada (b) ??? (c) ???; se mantiene firme; no contaminación/interferencia (?) con (palabra igual a *humanos*); hay que permitir el curso natural.»

—¿Alguna idea de lo que iba a llegar? —preguntó Kelly. Todavía tenía la mano en el hombro de Turcotte.

—Es un símbolo especial. Uno que no había visto antes —dijo Nabinger—. Por el conjunto básico del símbolo diría que representa un nombre propio: un nombre concreto. He asignado a cada símbolo no identificado una letra distinta, que he colocado delante de los signos de interrogación, para mostrar que no se trata de la misma palabra. Como verán en la próxima página, uno de los símbolos de nombre se repite.

—Así que decidieron dejarnos solos —dijo Kelly.

—Pero evidentemente eso no ocurrió —dijo Von Seeckt—. La bomba tuvo que entrar en la pirámide de algún modo.

—Sí —corroboró Nabinger—. Y también la runa superior tuvo que dispersarse por el planeta. De alguna forma los hombres captaron algo de aquello. Probablemente porque no funcionó del modo en que lo habían planificado. Por lo visto, no todos estuvieron de acuerdo en quedarse en la Tierra. —Nabinger pasó la última página, y luego leyó—: «Decisión tomada en reunión (c) ¿???; se prepara para implementar; desacuerdo; batalla; otros (d) ??? vuelan y huyen; cambio ha llegado; ha terminado; deber es (e) ????».

—¿Así que lucharon entre ellos? —sugirió Kelly.

—Eso parece —dijo Nabinger.

—Y al final cumplieron su deber —dijo Turcotte.

—Pero no del todo —corrigió Von Seeckt —. Todavía hoy nos enfrentamos a las repercusiones.

—Tal vez sea una pregunta idiota —dijo Turcotte—. Pero, ¿por qué la gente que construyó la nave nodriza dejó sus mensajes en tablas de piedra?

—Porque quien fuera que fue abandonado aquí sólo tenía eso para trabajar.

—Esto es fabuloso —dijo Kelly—. Más fabuloso incluso que lo que hay en el Área 51. Esto significa que la historia no es la que pensamos que fue. Vaya, la evolución no es lo que pensamos. ¿Sabéis cómo puede afectar esto a la gente? ¿Y la religión? Y...

—No. —Von Seeckt no estaba de acuerdo—. Esto no es más fabuloso que lo que está ocurriendo en el Área 51. Ése es el problema principal. Porque en tres días intentarán hacer volar la nave nodriza, y la advertencia de la gente que abandonó la nave nodriza es que no hay que hacerlo. Tenemos que pararlo.

—Tengo otra pregunta tonta —dijo Turcotte. Los otros tres esperaron—. ¿Por qué Gullick tiene esa maldita prisa por volar la nave nodriza? Esto es lo que me intriga desde el principio.

—No lo sé —admitió Von Seeckt—. También me preocupó desde que se le ocurrió la idea de la cuenta atrás para hacerla volar. Era ridículo. Quería hacerla volar incluso antes de efectuar una serie de pruebas básicas en ella.

Turcotte notó un martilleo en el lado derecho de la cabeza.

—Hay algo que no funciona bien en todo esto.

—Desde que estuvieron en Dulce a principios de este año —dijo Von Seeckt—, todo cambió.

Turcotte pensó en la pirámide, en las cubas, en el resplandor dorado, en la pequeña esfera que destruyó el helicóptero en el que viajaba en Nebraska. Demasiadas piezas que no encajaban. La única cosa que tenía por cierta era que todo aquello lo sobrepasaba.

—Primero durmamos un poco —sugirió Turcotte—. Todos estamos cansados y después de unas horas de descanso podremos pensar mejor. Decidiremos qué hacer por la mañana. Todavía tenemos cuarenta y ocho horas.

28

42 horas tras la modificación

El mayor Quinn parpadeó con fuerza en un intento por mantener sus ojos abiertos, que se cerraban por falta de descanso. Se subió el cuello de su chaqueta de Gore-Tex y se estremeció. Por la noche en el desierto hacía frío, y el viento que entraba por las ventanas abiertas del coche no ayudaba. El general Gullick iba al volante, y él en el asiento de copiloto; hacía diez minutos que habían abandonado el hangar uno y ahora se aproximaban a la base de Groom Mountain. Se preguntaba por qué el general había escogido precisamente el único vehículo del parque de coches que no tenía techo en lugar de uno de los otros. Pero sabía que era mejor no preguntar.

No había carretera. Nunca hubo alguna. Las carreteras podían distinguirse en las fotografías por satélite. Se habían mantenido a cierta distancia del camino hasta que giraron y se encaminaron directamente hacia la ladera. Ahora cruzaban el desierto y la suspensión del vehículo soportaba muy bien el terreno abrupto. Gullick se inclinó hacia adelante y comprobó su GPS, el sistema de localización en tierra, que estaba conectado a los satélites que tenían sobre sus cabezas. Este sistema les indicaba su localización en un radio de un metro y medio, incluso al desplazarse. Los faros del vehículo, muy semejante a un todoterreno, estaban apagados y Gullick empleaba las gafas de visión nocturna, un aparato que les permitía desplazarse sin que la vista normal pudiera distinguirlos. La red externa de seguridad era estricta: esa noche no se querían observadores indeseables en White Sides Mountain. Todos los espacios aéreos estaban siendo controlados minuciosamente por los dedos invisibles del radar para alejar los vuelos indeseables. Unos helicópteros armados estaban dispuestos en la línea de vuelo en la parte exterior del hangar uno.

Aun así, Gullick no quería correr riesgos. Frenó cuando una figura surgió de la oscuridad. El hombre avanzó hacia el vehículo con un arma dispuesta. Al reconocer al general Gullick, hizo el saludo militar. Aun con las gafas de visión nocturna, el general era inconfundible.

—Señor, los ingenieros están ahí delante, debajo de aquella red de camuflaje.

Gullick aceleró. Quinn quedó aliviado cuando finalmente se detuvieron cerca de varios camiones aparcados debajo de la red de camuflaje del desierto. Un oficial se acercó al vehículo y saludó rápidamente.

—Señor, soy el capitán Henson, del cuarenta y cinco de ingeniería.

Gullick devolvió el saludo y se apeó mientras Quinn lo seguía a poca distancia.

—¿Cuál es la situación? —preguntó Gullick.

—Todas las cargas están en su sitio. Estamos completando el cableado final. Todo estará dispuesto al amanecer. —Sostenía un detonador por control remoto del tamaño de un teléfono móvil—. Luego todo lo que tendrá que hacer será activar esto. Va conectado al ordenador que controla la secuencia de fuego. —Henson mostró el camino hacia otro vehículo que estaba aparcado bajo la red de camuflaje y mostró al general un ordenador portátil—. La secuencia es muy importante para que la roca en la pared de salida ceda de un modo controlado. Es muy parecido a lo que ocurre cuando se echan abajo edificios altos en una zona muy edificada: hacer que los escombros caigan pero que no dañen la nave.

El general tomó el mando a distancia y luego lo pasó por sus manos, como si lo acariciara.

—Vaya con cuidado, señor —dijo el capitán Henson.

Gullick bajó la mano y sacó la pistola.

—No vuelva a atreverse a hablarme de esa manera, señor. ¿Lo ha entenido? —dijo Gullick, hundiendo el cañón debajo de la mandíbula de Henson. Con el pulgar quitó el seguro. El sonido sonó fuerte en el aire limpio de la noche.

—Sí, señor —logró decir Henson.

—He tenido que tragarme esa mierda de los asquerosos civiles durante treinta años —casi gritó Gullick—. Sería un maldito si ahora tuviera que aceptar la mínima señal de falta de respeto de un hombre vestido con uniforme. ¿Queda claro?

—Sí, señor.

Quinn estaba petrificado, estupefacto ante aquel estallido.

—Cabrones. —La voz de Gullick era ahora un murmullo y, aunque todavía mantenía el arma contra el cuello de Henson, su mirada se había vuelto confusa—. He dado mi vida por vosotros —dijo Gullick en voz baja—. Todo lo he hecho... —La mirada del general volvió a ser la normal. Rápidamente guardó el arma y se volvió hacia el lado de la montaña tras el cual estaba la nave nodriza. Con un tono normal dijo—: Muéstreme las cargas.

PARQUE NACIONAL CAPITOL REEF, UTAH

—¡Están aquí! ¡Están aquí! —chilló una voz estridente.

Turcotte tenía su arma dispuesta, con el seguro bajado cuando abrió de una patada la puerta del conductor de la camioneta y bajó en cuclillas, mirando en la oscuridad en busca de un objetivo. Los chillidos continuaban y Turcotte se relajó un poco. Reconoció la voz y se levantó. Fue hacia el lado derecho y abrió la puerta.

Kelly sostenía a Johnny, fuertemente agarrado por los hombros.

—No es cierto, Johnny. Esto no es real.

Simmons estaba agazapado en la esquina izquierda trasera, mirando fijamente con los ojos abiertos.

—¡Los veo! ¡Los veo! No voy a dejar que me cojan de nuevo. No voy a regresar.

—¡Johnny! ¡Soy Kelly! Estoy aquí.

Por primera vez desde que lo habían rescatado, Johnny mostró cierta conciencia de lo que lo rodeaba.

—Kelly —Parpadeó intentando posar su vista en ella—. Kelly.

—Está bien, Johnny. Fui y te rescaté como tú querías. Fui y te rescaté.

—Kelly, son de verdad. Los vi. Ellos me cogieron. Me hicieron cosas.

—Está bien, Johnny. Ahora estás a salvo. Estás a salvo.

Johnny se volvió, se dobló como una bola y Kelly lo sostuvo. Turcotte miraba a Von Seeckt y a Nabinger.

—Duerman un poco. Pronto nos marcharemos. —Se volvió y fue hacia fuera, haciendo correr la puerta para que se cerrara.

Turcotte paseó en la oscuridad. Las estrellas brillaban por encima de las montañas que lo rodeaban por todos lados. Pronto amanecería. Podía notarlo en el pequeño cambio del cielo hacia el este. La mayoría de la gente no podría decirlo, pero Turcotte había pasado muchas noches esperando a que amaneciera.

Pensó en sus compañeros de la camioneta. Von Seeckt con sus demonios del pasado y los miedos del futuro. Johnny Simmons y los demonios que le habían introducido en su interior. Nabinger con sus preguntas del pasado y su búsqueda de respuestas. Y Kelly. Kelly parecía tener sus propios fantasmas.

Se giró al ver que la puerta de la camioneta se abría, Kelly salió y se dirigió hacia él.

—Johnny se ha dormido. O se ha desmayado. No lo sé.

—¿Qué crees que le han hecho?

—Le han lavado el cerebro —dijo ella con amargura—. Le han hecho creer que ha sido secuestrado por extraterrestres, conducido a bordo de una nave espacial y que lo han sometido a todo tipo de experimentos.

—¿Crees que se recuperará de esto? —preguntó Turcotte.

—¿Para qué debería hacerlo? Fue secuestrado por extraterrestres —dijo Kelly.

—¿Qué?

—Lo que sea que le hayan hecho en el cerebro, ha sido real. Para él, es real. Así que no, no creo que jamás se recupere de esto. La realidad nunca se puede superar. Lo único es continuar con la vida.

—¿Y qué realidad te ocurrió a ti? —preguntó Turcotte. Kelly se quedó mirándolo—. Me dijiste que me lo contarías en cuanto tuvieras un momento —dijo, y se quedó esperando.

Al cabo de un minuto Kelly habló.

—Yo trabajaba en una productora de películas independientes. En realidad, formaba parte de una productora de películas independientes. Tenía una participación. Nos iba muy bien. Hacíamos documentales y tareas de periodismo independiente. *National Geographic,* en sus primeros tiempos en televisión, nos encargó algunas de sus obras. Eso era antes de que hubiera tantos canales como el Discovery y otros similares. Estábamos por delante de los tiempos. Íbamos por el buen camino. Entonces recibí una carta. Todavía la tengo. Fue hace ocho años. Era de un capitán de las Fuerzas Aéreas de la base aérea de Nellis. La carta decía que las Fuerzas Aéreas estaban interesadas en hacer una serie de documentales. Algunos sobre el programa espacial, otros sobre sus actividades en medicina a gran altura y otras cosas.

»Parecía interesante, así que fui hacia Nellis a entrevistarme con aquel capitán. Hablamos de los distintos asuntos que él había indicado en la carta y luego, como si fuera algo intranscendente, me dijo que tenían algunas imágenes filmadas interesantes en la oficina de relaciones públicas.

»Le pregunté de qué eran esas imágenes y él me contestó que de un ovni aterrizando en aquella base aérea. Estuve a punto de tirarme el café encima. Lo dijo como uno hubiera dicho que el sol había salido esa mañana. Muy tranquilamente, casi con despreocupación. Sólo por eso tendría que haber adivinado que se trataba de un montaje. Pero yo tenía ambiciones. Todavía estábamos haciéndonos un sitio, y aquello era lo más grande con que nos habíamos topado.

»Entonces, naturalmente, me pasó la película. Eso despejó cualquier duda que pudiera haber. Se trataba de una filmación en blanco y negro. Me dijo que había sido hecha en mil novecientos setenta. Que habían captado un duende en el radar de Nellis. Pensaron primero que podía tratarse de un avión de civiles que se había extraviado. Enviaron un par de F-16 para comprobarlo. La primera mitad de la película que vi había sido grabada por las cámaras de los aviones. Empezaba con un cielo vacío, luego se captaba el brillo de algo que se movía a gran velocidad por el cielo. La cámara se centraba y se veía un objeto con forma de platillo. Resultaba difícil precisar el tamaño porque no había una escala de referencia. Pero podía ver el desierto y las montañas detrás, moviéndose. El disco atravesó una vasta extensión de terreno. Si sólo hubiera estado en el cielo lo habría cuestionado. Parecía medir unos nueve o diez metros de diámetro y era plateado. Se desplazaba en oscilaciones bruscas hacia adelante y hacia atrás.

»Si era un truco, estaba muy bien hecho. No era nadie con un tapacubos del coche colgado fuera de la ventana del coche y filmándolo con una cámara de vídeo. Créeme, he visto esas películas. —Kelly avanzó unos pasos hacia la vista panorámica y Turcotte la siguió—. Así que la cámara captó aquel platillo y luego descendió. Se veía una pista de aterrizaje situada en la base de alguna montaña. Entonces pensé que era la base aérea de Nellis, pero ahora sé que seguramente era la pista de Groom Lake. El platillo descendió casi hasta el suelo y el F-16 se marchó, y ahí terminaron las imágenes con aquella cámara. Entonces había un corte en la cinta y aparecía una vista en colores desde tierra. Prague me dijo que era una toma hecha desde la torre de control.

—Un momento —la interrumpió Turcotte—. Di otra vez ese nombre.

—Prague. Era el capitán de las Fuerzas Aéreas con el que me entrevisté y que me envió la carta. ¿Por qué?

—Te lo diré cuando hayas terminado —repuso Turcotte—. Sigue.

—Bueno, pues entonces el platillo se quedaba suspendido sobre la pista y permanecía así durante unos minutos. Se veía cómo se desplegaban los vehículos para emergencias, y los coches de bomberos con sus luces en marcha. Se distinguía el reflejo de las luces en el revestimiento del platillo, un efecto muy difícil de imitar, casi imposible de hacerlo con la tecnología de aquel momento. Entonces se desplegaban también vehículos policiales. Luego el platillo empezó a ascender, hasta superar la posibilidad de que el operador siguiera su recorrido con la cámara y desaparecer.

»Pregunté a Prague por qué quería darme esa película y me respondió que las Fuerzas Aéreas intentaban sacarse de encima a las personas relacionadas con el Proyecto Blue Book. Me dijo que querían mostrar que las Fuerzas Aéreas no escondían nada y que no había esa gran conspiración que muchos aficionados a los ovnis denunciaban. Así que me marché de Nellis y fui directamente a las dos mayores distribuidoras y les conté lo que acababa de ver. Evidentemente no me creyeron y, claro, Prague no me había entregado una copia de la película. Me dijo que primero tenía que obtener la autorización de sus superiores y para ello necesitaba saber a través de quién pensaba distribuirla.

»Cuando esas empresas llamaron a Nellis e intentaron contactar con Prague, les dijeron que no había nadie con ese nombre. Al mencionar la película se les rieron a la cara, lo cual no les cayó nada bien. Me despidieron. Me consideraron loca y nadie quiso hacer negocios conmigo. A los tres meses me encontraba en bancarrota.

—Describe de nuevo el platillo que viste —dijo Turcotte.

Kelly así lo hizo.

—La película era verdadera —dijo Turcotte—. Parece que describas uno de los que hay en el hangar. Realmente te tendieron una trampa.

—Lo sé —repuso Kelly—. No habría ido a las distribuidoras para solicitar una financiación si no hubiera creído que la película era auténtica. Eso es lo que realmente me jodió de todo el asunto. —Al este el cielo iba tomando color—. Es astuto lo que han estado haciendo en el Área 51. Es real, pero a la gente que podía explicar la verdad la hacen pasar por farsante o majara. También han destruido a Johnny —continuó Kelly, señalando hacia la camioneta, situada a unos nueve metros—. En su mente, después de lo que le han hecho en esa especie de cisterna, piensa que realmente ha sido secuestrado por alienígenas. Y la verdad es que ha sido realmente secuestrado. Probablemente vio cosas que no querían que viese. Pero si se presenta a la prensa así, se reirán de él. Ahora eso es cierto en su mente. Esto es casi lo peor que puedes hacerle a una persona aparte de matarlo físicamente. Puede volverlo loco. —Volvió el rostro hacia Turcotte—. Bueno, ahora ya sabes por qué no soy muy confiada.

—Lo entiendo.

—¿Qué había en el subnivel uno? —preguntó Kelly.

Turcotte se lo explicó brevemente, si bien no le contó lo de las dos llamadas después de escapar.

Kelly se estremeció.

—Hay que detener a esa gente.

—Estoy de acuerdo —dijo Turcotte—. Y ya hemos empe-

zado con eso. Seguramente te alegrará saber que Prague era...
—Calló al oír un ruido de golpes en el interior de la camioneta.

Los dos se volvieron al ver que la puerta del vehículo se abría y aparecía Johnny blandiendo con violencia el apoyabrazos de una butaca.

—¡No me atraparéis! —chillaba.

Turcotte y Kelly corrieron para cerrarle el paso, pero Johnny los esquivó y empezó a correr por el camino.

—¡Johnny, para! —gritó Kelly.

—¡No me atraparéis! —chillaba Johnny. Se detuvo blandiendo todavía el apoyabrazos—. No me atraparéis.

—Johnny. Soy Kelly —dijo ella dando un suave paso hacia adelante. Los demás salían ahora de la camioneta. Nabinger se frotaba la cabeza.

—No permitiré que me atrapéis. —Johnny se volvió y se subió encima de la barandilla.

—Baja, Johnny, baja, por favor —dijo Kelly—. Por favor, baja.

—No permitiré que me atrapen —dijo Johnny. Dio un paso en la oscuridad y desapareció.

—¡Oh, Dios mío! —chilló Kelly, corrió hacia el borde y miró hacia abajo. Turcotte estaba justo detrás de ella. Con las primeras luces de la mañana sólo podían distinguir el cuerpo de Johnny sobre las rocas, a sesenta metros más abajo—. Tenemos que rescatarlo —gritó.

Turcotte sabía que no había modo de bajar por el barranco sin equipo de escalada. También sabía que Johnny estaba muerto; no sólo era imposible sobrevivir a aquella caída, sino que el modo en que el cuerpo había caído y su quietud no dejaban lugar a dudas.

Puso sus brazos alrededor de Kelly y la abrazó.

Quince minutos más tarde, el aspecto del grupo sentado en la camioneta era bastante sombrío. Nabinger tenía un chichón donde Johnny le había dado un golpe con el apoyabrazos antes de salir de la camioneta. Turcotte había tenido que emplear diez de esos últimos quince minutos en convencer a Kelly de que no podían ir hasta Johnny y que debería permanecer ahí donde había caído.

—De acuerdo —empezó a decir Turcotte—. Tenemos que decidir qué hacer. Lo primero es acordar un objetivo. Creo...

—Atrapemos a esos bastardos —lo interrumpió Kelly—. Los atrapamos y los matamos. Quiero que cada uno de ellos, cada uno de los que hay en el Área 51 y en Dulce, sea llevado delante de la justicia.

—Primero tendremos que detener el vuelo de la nave nodriza —intervino Von Seeckt—. Ése debería ser nuestro objetivo prioritario. Entiendo el deseo de venganza, pero la nave nodriza es un peligro para el planeta, nos lo confirma la traducción de estas tablas. Primero tenemos que detener eso.

—Es lo más urgente —convino Turcotte—. Tenemos que detener lo que están haciendo ahí y en Dulce, pero esto puede hacerse después de detener la prueba de vuelo de la nave nodriza. —Miró a Kelly—. ¿Estás de acuerdo?

Ella asintió de mala gana, con los ojos rojizos de llorar.

—De acuerdo —dijo Turcotte—. En mi opinión, si ése es nuestro objetivo prioritario tenemos dos opciones. Una es ir .a la prensa. Dirigirnos a la ciudad más cercana, tal vez Salt Lake City, e intentar llamar la atención de los medios de comunicación para detener la prueba. La otra opción es tomar el asunto en nuestras manos, regresar al Área 51 y detener nosotros la prueba. —Se se volvió hacia Kelly—. Sé que esto es difícil pero necesitamos que nos ayudes. ¿Funcionará ir a la prensa?

Kelly cerró los ojos por un momento y luego los abrió.

—Para ser sincera, ir a la prensa es lo que habría que hacer. Es lo que me gustaría hacer a mí. El problema es que ir a la prensa no garantiza que la historia llegue a la opinión pública. No tenemos ninguna prueba de...

—Tenemos las fotografías de las tablas —la interrumpió Nabinger.

—Sí, profesor —dijo Kelly—. Pero usted es el único que puede traducirlas. Y, como va con nosotros, creo que la gente se lo mirará con cierto escepticismo. Una vez se encontró una piedra en Norteamérica, creo que fue en Nueva Inglaterra, cuyo descubridor decía que era la prueba de que los antiguos griegos ya estaban en el Nuevo Mundo un milenio antes que los vikingos. Por desgracia, la prueba de aquel hombre se basaba en su traducción de las señales encontradas en la piedra. En cuanto otros académicos estudiaron la piedra no estuvieron de acuerdo. Incluso en el caso de que encontrásemos académicos que aceptaran su traducción, eso tardaría demasiado. Sin duda más de dos días —Kelly miró a todos—. Lo mismo es válido para todos nosotros. Von Seeckt podría contar su historia, pero nadie se la creería así como así, sin pruebas. Los periodistas no publican todo lo que les llega porque muchas cosas que reciben son falsas, y nuestras historias, como mínimo, se salen de lo común. —Miró a través de la ventana—. Johnny ahora está muerto. Ni siquiera lo tenemos a él.

—Otra cosa que debemos tener en cuenta —dijo Turcotte al recordar la conversación que había mantenido por la mañana con el coronel Mickell— es que hemos cometido crímenes. Yo he matado personas. Todos entramos ilegalmente en las instalaciones de Dulce. Es posible que no tengamos ni siquiera la posibilidad de contar nuestra historia antes de ser arrestados y, en cuanto eso ocurra, estaremos bajo el control del gobierno.

—Entonces tenemos que hacerlo por nuestra cuenta —proclamó Von Seeckt—. Es lo que dije que tenía que ocurrir.

—No va a ser tan fácil como en Dulce —advirtió Turcotte—. No sólo tienen un mejor sistema de seguridad en el Área 51, sino que además van a estar preparados. Podemos estar seguros de que cuanto más cerca esté la prueba, más estrictas serán las medidas de seguridad del general Gullick.

—Usted conoce la zona y la instalación —dijo Nabinger volviéndose hacia Von Seeckt—. ¿Qué le parece?

—Creo que el capitán Turcotte tiene razón. Será casi imposible, pero creo que debemos intentarlo.

—Empecemos a hacer planes —dijo Turcotte.

29

33 horas tras la modificación

—Tengo que hacer una llamada por teléfono —dijo Turcotte. El ambiente había sido tranquilo durante la última hora a medida que se acercaban al Área 51. Nabinger y Von Seeckt estaban detrás, dormitando.

—¿A quién? —preguntó Kelly.

El asfalto negro transcurría por debajo de las ruedas con un ruido sordo tranquilizador y rítmico. Turcotte había estado pensando durante las últimas dos horas y había tomado una decisión. Le explicó rápidamente a Kelly lo de la doctora Duncan y los motivos por los que había sido enviado al Área 51. Le explicó que había intentado contactar dos veces y que la línea estaba desactivada y también le habló de la llamada al coronel Mickell de Fort Bragg.

—¿Intentarás de nuevo con el teléfono de ella o llamarás al coronel Mickell? —preguntó Kelly cuando él terminó de hablar.

—A Mickell. Si está legitimada necesitaremos a la doctora Duncan.

—¿Por qué «si está legitimada»? —preguntó Kelly.

—Es posible que haya cosas que se escapen a su control y conocimiento —explicó Turcotte. Vio una gasolinera que estaba abierta toda la noche y se detuvo. Se apeó, dejó el motor en marcha mientras y fue hacia una cabina de teléfono. Cuando terminó, volvió al asiento del conductor y le dio a Kelly una hoja de papel.

—El número de teléfono de la doctora Duncan en Las Vegas —dijo—. Mickell dice que, por lo que ha averiguado, ella está legitimada.

—¿Confías en Mickell? —preguntó Kelly.

—No estoy seguro de confiar en nadie —respondió Turcotte.

Después de haber recorrido varios kilómetros, Kelly habló con suavidad:

—Ésta es la carretera en la que, según se informó, Franklin murió en un accidente.

La carretera se extendía como un largo lazo negro delante de ellos y las luces de los faros reflejaban puntos de brillo.

—Esto puede ayudarte. ¿Te acuerdas de aquel tipo, Prague? ¿El que te tendió la trampa? Era mi comandante en Nebraska.

Kelly se irguió.

—El que mataste.

—Ese mismo.

—Bien.

EL CUBO, ÁREA 51
31 horas tras la modificación

—La policía de Utah ha informado hace treinta minutos de que han encontrado el cuerpo de Simmons —informó Quinn. Se encontraba trabajando en la sala de reuniones, alejado del ruido de la sala de control cuando el general Gullick entró.

—¿Dónde? —preguntó Gullick.

—En el Parque Nacional Capitol Reef. Se encuentra en la zona centro-sur del estado.

—¿Alguna señal de los demás?

—No, señor.

—¿Cómo murió?

—Parece que se tiró al despeñadero.

Gullick se quedó pensando durante unos momentos.

—Van en dirección hacia Salt Lake City. Envíe alguna gente de Nightscape ahí. Que controlen todos los puntos de prensa.

—Si enviamos gente ahí, señor, tendremos que reducir nuestra seguridad aquí —repuso Quinn. Al advertir la mirada feroz de Gullick se apresuró a decir—: Voy a encargarme inmediatamente de esto, señor.

—Quiero que vigilen el cuerpo —dijo Gullick.

—Sí, señor.

—Otro cabo que ya no está suelto —dijo Gullick en voz baja. Luego volvió su atención al ordenador y al informe de Dulce tras la acción que había estado leyendo—. ¿Qué es esa cosa «ronrorongo» que se llevaron?

—Proviene de la isla de Pascua, señor —contestó Quinn—. Es una de las fuentes de runa.

—¿Así que ellos saben leer esa maldita cosa y nosotros nunca lo logramos?

—Si Nabinger está en lo cierto, así es, señor. —Quinn había abierto el mismo archivo que el general estaba leyendo—. También se llevaron las fotografías de las tablas que había en el hangar dos.

Gullick golpeó suavemente con el dedo en la mesa.

—¿Nada en la prensa?

—No, señor.

—¿Nada en ninguna otra fuente?

—No, señor.

—¿Han desaparecido y dejado el cuerpo de Simmons sin más?

Por el tono se veía que era una pregunta teórica y el mayor Quinn no contestó.

—¿Dónde está Jarvis? ¿Ha salido de la ciudad?

La pregunta pilló a Quinn por sorpresa. Sus dedos se movieron ágiles por el teclado.

—Mmm..., está en Las Vegas, señor.

—Lo quiero a mano. Dígale que controle a los majaras del Buzón. Estamos demasiado cerca para sufrir algún fallo en el perímetro como la última misión de Nightscape, la que provocó toda esta mierda.

—Sí, señor. Me encargaré de ello.

—Contrólelo todo —ordenó Gullick poniéndose en pie—. Infórmeme en el momento que haya alguna señal de esa gente o de alguna de nuestras fuentes de información.

—Sí, señor.

Quinn esperó a que el general Gullick abandonara la sala. Entonces dejó su butaca a un lado y se sentó en la que había al final de la mesa: la butaca de Gullick. Sacó el teclado que estaba colocado inmediatamente debajo de la mesa y puso en marcha el ordenador del general.

Empezó a buscar archivos. Quería encontrar alguna clave para entender lo que estaba pasando. ¿Por qué tanta prisa por hacer volar la nave nodriza? ¿Por qué las misiones de Nightscape pasaron de ser relativamente benignas a incluir secuestros y mutilaciones? ¿Cuál era el objetivo de seguridad nacional implicado que Quinn ignoraba?

Quinn se concedió diez minutos pues sabía que Gullick era un animal de costumbres y luego apagó el ordenador. No había encontrado nada, pero la próxima vez que el general entrara y se marchara, volvería a buscar.

30

—¿Crees que funcionará? —preguntó Kelly.

Turcotte se estaba embadurnando la cara con corcho quemado de forma que el color de su rostro, ya de por sí oscuro, se volviera negro.

—Es un buen plan. El mejor que hemos tenido hasta el momento.

Kelly se quedó mirándolo.

—Apenas hemos tenido planes hasta ahora.

—Por eso es el mejor —repuso Turcotte—. Creo que tenemos una oportunidad. Es todo lo que se puede pedir. Tenemos dos oportunidades para ello. Una de las dos funcionará. No creo que nos estén esperando, lo cual, como ya he dicho antes, es nuestra ventaja. —Miró el cielo que estaba oscureciendo—. Es extraño, el general Gullick debería estar esperándonos, pero no lo hará.

—¿Por qué debería y no lo hace? —preguntó Kelly, algo confundida.

—Debería porque es lo que se espera que hará —dijo Turcotte comprobando la recámara de su pistola—. Pero no lo hará porque lleva demasiado tiempo con el culo metido en ese búnker subterráneo. Ha olvidado el sentimiento de estar en el campo y en acción.

Cerró el compartimiento de las balas, colocó una bala en la recámara y volvió a colocar el arma en la funda de pistola que llevaba al hombro.

—¿Lista?

—Lista —dijo Kelly. Miró a los demás. Von Seeckt estaba sentado en el asiento de copiloto, y Nabinger se hallaba detrás. La camioneta estaba aparcada en la cuneta de una carretera de tierra situada en el extremo del perímetro de la base. Por la parte oeste de la carretera, unas grandes señales advertían que a partir de allí era zona de acceso restringido. A seis kilómetros y medio, al oeste, una gran montaña se recortaba contra el sol poniente.

—Cuidaos —advirtió Turcotte.

—¿No deberíamos sincronizar los relojes o algo así? —preguntó Kelly—. Es lo que hacen en las películas. Y en este plan el tiempo es muy importante, por lo menos, lo que he captado de él.

—Buena idea. —Turcotte despegó el velcro que tapaba su reloj—. En dos minutos serán las ocho en punto.

Kelly comprobó su reloj.

—Muy bien, bueno, comprobado, o como se diga. —Levantó la mano y la apoyó en el hombro de Turcotte—. Puedes contar con nosotros. Estaremos allí.

—Lo sé —contestó Turcotte sonriendo—. Buena suerte.

Se dio la vuelta y se marchó atravesando la oscuridad, perdido en la sombra de la montaña.

—Vamos —ordenó Kelly.

Nabinger cambió de sentido la camioneta y se marcharon en dirección norte.

ÁREA 51

Después de media hora, los músculos de Turcotte habían cogido el ritmo de la carrera. Poco después de abandonar la camioneta había tenido que acomodarse algunas armas y equipo que llevaba en su chaqueta de combate, pero ahora todo lo que llevaba ya no hacía ruido, tal como le habían enseñado en la academia años antes. El único ruido que se oía era el de su propia respiración.

La rodilla iba aguantando bien; procuraba mantener su paso corto para reducir la carga. Se desplazaba por la base de la montaña hacia la que había partido. Examinó la colina con el rabillo del ojo. Por fin distinguió lo que buscaba. Una fina cola de animal se levantó y Turcotte se emocionó. Al cabo de quinientos metros volvió a la posición original. Turcotte se detuvo y tomó aliento. Miró hacia arriba. Tenía mucho camino por delante. Empezó a correr.

TEMPIUTE, NEVADA

En la salida del Alelnn, un bar de la ciudad de Tempiute, había un teléfono. Era la misma ciudad en que Johnny Simmons se había reunido con Franklin la semana anterior. El principal atractivo de la ciudad era su proximidad al Área 51, y el Alelnn era un punto de encuentro de todos los avistadores de ovnis deambulantes que pasaban continuamente por ahí.

Kelly aparcó la camioneta al lado del teléfono y se apeó, seguida por Von Seeckt, apoyado en su bastón. Se dirigieron al teléfono. Él comprobó sus bolsillos y luego miró a Kelly. Ésta negó con la cabeza.

—Utilice mi tarjeta de teléfono.

Kelly repitió rápidamente las instrucciones y el número que Turcotte le había dado antes.

Faltaba muy poco para las diez y Lisa Duncan estaba sentada ante el estrecho escritorio de su suite del hotel, mirando la cadena CNN, cuando el teléfono sonó. Lo tomó a la tercera llamada esperando oír la voz de su hijo al otro lado. En lugar de ello una voz con un acento muy particular, que ella reconoció inmediatamente, empezó a hablar.

—Doctora Duncan, soy Werner von Seeckt. El general Gullick le ha mentido con respecto a lo que ocurre en el Área 51 y en la instalación de Dulce en Nuevo México.

—Profesor Von Seeckt, yo...

—Oiga, no tenemos mucho tiempo. ¿Ha oído hablar alguna vez de la vinculación de Nightscape con el Área 51?

—Sí. Están llevando a cabo una tarea psicológic...

—Hacen mucho más que eso ahí —interrumpió Von Seeckt—. Secuestran gente y les lavan el cerebro y estoy seguro que hacen cosas peores. Llevan a cabo mutilaciones de ganado y muchas más cosas.

—¿Como cuáles?

—¿Qué le parecería la operación Paperclip? —preguntó Von Seeckt, omitiendo la respuesta a esa pregunta.

—¿Que sabe sobre Paperclip? —dijo Duncan mientras cogía su bolígrafo y un bloc de papel del hotel.

—¿Sabe qué está ocurriendo en el laboratorio de Dulce? ¿Los experimentos con memorias implantadas?

—Volvamos a Paperclip —indicó Duncan tras escribir «Dulce» en el bloc de notas—. Eso me interesa. ¿Hay alguna conexión entre Paperclip y lo que está ocurriendo en Dulce?

—No sé exactamente qué está ocurriendo en Dulce —dijo Von Seeckt—, pero acabo de rescatar a un periodista que había sido retenido prisionero ahí y se suicidó por lo que le hicieron.

—Yo no... —empezó a decir Duncan.

—Para contestar a sus preguntas... —Von Seeckt la interrumpió de nuevo—. ¿El nombre del general Karl Hemstadt le dice alguna cosa?

—Me parece que he oído ese nombre en algún sitio —dijo Duncan anotando el nombre.

—Hemstadt fue jefe de la Wa Pruf 9, la sección de armas químicas de la Wehrmacht. Fue reclutado para Paperclip. Lo vi en mil novecientos cuarenta y seis en Dulce. Durante la guerra fue el responsable del abastecimiento de gas a los campos de exterminio. También participó en muchos experimentos con nuevos gases y, evidentemente, ese tipo de experimentación tuvo que aplicarse a seres humanos para comprobar su eficacia.

»A partir de mil novecientos cuarenta y seis me fue denegado el acceso a Dulce y no volví a oír nada sobre Hemstadt. Sin embargo, no creo que desapareciera sin más. Aquel hombre era importante y esa gente no desaparece sin ayuda de gente poderosa, de gente del gobierno. —Von Seeckt hizo una pausa y luego dijo—: Aquí hay alguien más con quien debería hablar.

Al cabo de unos instantes, en la línea sonó una voz de mujer.

—Doctora Duncan, mi nombre es Kelly Reynolds. El capitán Mike Turcotte me dio su nombre. Ha intentado contactar dos veces con usted con el número que le dio. Pero las dos veces le dijeron que el número estaba desconectado. Me ha dicho que usted no debe fiarse de nadie.

—¿Dónde está ahora el capitán Turcotte? —preguntó la doctora Duncan.

—Va de camino al Área 51.

—¿Por qué me están contando todo esto? —preguntó Duncan.

—Porque queremos reunirnos con usted en el Cubo, en el Área 51, esta noche. No debe informar de su llegada al general Gullick ni a ningún miembro de Majic-12

—¿Qué es lo que está ocurriendo? —quiso saber la doctora Duncan.

—Vaya al Cubo esta noche. No más tarde de la medianoche. Entonces se lo explicaremos.

La línea se cortó.

La doctora Duncan colgó lentamente el auricular. Cogió otro papel. Éste tenía una cubierta que lo identificaba como procedente del departamento de justicia e indicaba que era la segunda copia de dos que se habían hecho. Lo abrió y lo examinó rápidamente. En la página sesenta y ocho encontró lo que buscaba: efectivamente, el general Karl Hemstadt figuraba como participante en la operación Paperclip.

Cogió toda la documentación y la tiró dentro de su cartera. A continuación se encaminó hacia la puerta. Tenía que tomar un taxi.

TEMPIUTE, NEVADA

Von Seeckt se dirigió con Kelly hacia la camioneta.

—¿Qué le parece? —preguntó ella.

—Picó en cuanto le mencioné Paperclip —dijo Von Seeckt.

—¿Cree que avisará a Gullick? —preguntó Kelly en cuanto se sentó en el asiento de conductor. Von Seeckt se sentó a su derecha. Nabinger estaba detrás, mirando la tabla rongorongo.

—No —dijo Von Seeckt—. Ella no es uno de ellos. El asesor presidencial generalmente se considera un elemento externo. Al fin y al cabo aquel asiento es un compromiso político que puede cambiar cada cuatro años. Estoy seguro de que ella no fue informada por completo.

—Bueno, pronto lo sabremos —dijo Kelly poniendo en marcha la camioneta y disponiéndose a abandonar el aparcamiento.

Turcotte hizo un agujero para la cabeza en el centro de la fina manta plateada de supervivencia y la dejó caer sobre sus hombros. Envolvió su cuerpo con la manta y la ajustó con una cuerda. Le colgaba hasta las rodillas de modo que parecía un poncho. Aunque estaba diseñada para mantener el calor durante una acción de emergencia, Turcotte confiaba en que le impidiera ser identificado por los sensores térmicos que formaban parte del perímetro externo de seguridad en el Área 51. Sin duda aparecería en ellos, especialmente el calor que se desprendía de su cabeza, pero confiaba en que la señal sería mucho más pequeña que la de un hombre y que los controladores creerían que era un conejo u otro animal pequeño y no le prestarían atención.

A lo que ya no podía dejar de prestar atención era al dolor en la rodilla. Se inclinó y sintió la hinchazón. Aquello no iba bien. Pero también sabía que no tenía otra opción. Comprobó la hora. Iba adelantado con respecto a lo programado, así que podía ir más despacio. No lo beneficiaría atravesar pronto la montaña con o sin manta térmica. Continuó ascendiendo por la montaña, a un ritmo que mantenía el dolor al mínimo.

BASE DE LAS FUERZAS AÉREAS DE NELLIS, NEVADA

—Quiero ver al oficial de guardia —dijo Lisa Duncan al sargento sentado tras el mostrador en el centro de operaciones de vuelo de la torre de la base de las fuerzas aéreas Nellis.

—¿Usted es? —preguntó el sargento sin mucho interés.

La doctora Duncan sacó su cartera y dejó ver la identificación especial que le habían entregado para su misión.

—Soy la asesora científica del Presidente.

—¿El presidente de...? —empezó a decir el sargento pero

luego se detuvo al comprobar el sello de la tarjeta—. Discúlpeme, señora. Voy a buscar al mayor inmediatamente.

El mayor estaba impresionado tanto por la tarjeta de identificación como por lo que ella quería.

—Lo siento, señora, pero el área Groom Lake está totalmente fuera de los límites de todos los vuelos. Aunque si yo pudiera llevarla en helicóptero a esta hora de la noche, ellos no me autorizarían a volar dentro de ese espacio aéreo.

—Mayor —dijo la doctora Duncan—, es imprescindible que yo vaya esta noche a Groom Lake.

—Podría llamar —propuso el oficial de guardia mientras se dirigía hacia el teléfono— y ver si autorizan un vuelo y luego...

—No —interrumpió la doctora Duncan—. No quiero que sepan que voy a ir.

—Entonces, lo siento —El mayor negó con la cabeza—. No puedo hacer nada.

—¿Para quién trabaja usted? —preguntó la doctora Duncan con voz fría.

—Mmm..., bueno, trabajo en la sección de operaciones del coronel Thomas.

La doctora Duncan negó con la cabeza.

—Más arriba.

—El comandante de la base es...

—Más arriba.

El oficial de guardia miró con nerviosismo al sargento que había hablado primero con la doctora Duncan.

—Esta base está bajo la comandancia de...

—¿Quién es su comandante en jefe? —preguntó la doctora Duncan.

—El Presidente, señora.

—¿Quiere hablar con él? —preguntó Duncan inclinándose sobre el mostrador y tomando un teléfono.

—Si yo quiero hablar con... —repitió el mayor con torpeza—. No, señora.

—Entonces le sugiero que me consiga un helicóptero inmediatamente para llevarme donde yo quiera ir.

El mayor miró de nuevo la tarjeta de identificación que yacía en el mostrador y luego se giró hacia el sargento:

—Consígame el PR de guardia.

—¿El PR? —preguntó Duncan.

—Pararrescate —le explicó el mayor—. Siempre tenemos una tripulación para casos de emergencia.

—¿Tienen helicóptero?

—Sí, señora, tienen un helicóptero. —El mayor miró al sargento que estaba al teléfono—. Y saben cómo conducirlo.

EL BUZÓN, CERCANÍAS DEL ÁREA 51

—Aquí es —dijo Von Seeckt —. El Buzón.

Había unos seis vehículos aparcados en la cuneta de la carretera de piedras y un grupo de gente esparcido. Algunos de ellos, bien pertrechados, estaban sentados en tumbonas, mientras que otros permanecían de pie, examinando el horizonte con una gran variedad de binoculares y aparatos de visión nocturna.

—Apague las luces —indicó Von Seeckt.

Kelly pulsó el botón y, con las luces de aparcamiento, se dirigió a la cuneta de la carretera. Puso el freno de mano y luego bajó. Von Seeckt se reunió con ella, mientras que Nabinger permaneció en la parte trasera de la camioneta.

Kelly se encaminó hacia una pareja que estaba cómodamente sentada frente a un par de telescopios con una nevera entre sus sillas.

—Disculpen —empezó a decir Kelly.

—¿Sí, cariño? —contestó la anciana.

—¿Conocen a un hombre conocido como el Capitán?

La mujer hizo un chasquido.

—Aquí todos le conocen. —Señaló a una camioneta aparcada a unos seis metros—. Está ahí.

Kelly se dirigió hacia allí con Von Seeckt. La furgoneta estaba aparcada de tal modo que el extremo posterior señalaba a las montañas que marcaban los confines del Área 51. Las puertas traseras estaban abiertas de par en par y de ellas sobresalía un telescopio muy grande. Tras él, un hombre sentado en una silla de ruedas oprimía su cara contra el visor. Se retiró en cuanto Kelly entró. Era un hombre negro, con las extremidades inferiores cubiertas con una manta sobre su regazo. Tenía el pelo cano y aparentaba tener unos sesenta años.

—Soy Kelly Reynolds.

El hombre se limitó a mirarlos.

—Soy una amiga de Johnny Simmons —continuó diciendo.

—Así que recibió la cinta —gruñó el hombre.

—Sí —dijo Kelly.

—Pues tardasteis bastante. ¿Dónde está Simmons?

—Ha muerto. —Kelly señaló hacia el oeste—. Intentó infiltrarse en el Área 51 y lo pillaron. Fue conducido a Dulce, en Nuevo México. Lo liberamos pero se suicidó.

El anciano no pareció sorprendido.

—He oído decir que en Dulce hacen cosas muy raras a la gente.

—Le voy a contar rápidamente toda la historia —dijo Kelly acercándose a él—. Luego necesitaremos su ayuda.

BASE AÉREA DE NELLIS, NEVADA

El oficial vestido con el traje de vuelo le tendió la mano.

—Teniente Hawerstaw a sus órdenes, señora.

—Llámame Lisa —dijo la doctora Duncan.

—Soy Debbie —dijo el oficial sonriendo. Señaló a la otra persona vestida con traje de piloto—. Éste es mi copiloto, el teniente Pete Jefferson; nuestros PR son el sargento Hancock y el sargento Murphy

Los dos hombres estaban colocando material en la parte trasera del Blackhawk UH-60.

—¿Qué están cargando? —preguntó la doctora Duncan.

—Nuestro equipo estándar de salvamento —repuso Hawerstaw.

—Sólo necesito que me llevéis hasta Groom Lake —dijo la doctora Duncan.

—Son procedimientos operativos estándares —explicó Hawerstaw—. Siempre llevamos nuestro equipo cuando volamos. Nuestra misión principal, aparte de llevar a los asesores científicos del Presidente, consiste en rescatar tripulaciones que han sufrido un accidente. Nunca se sabe si nos pueden dar la orden posterior de llevar a cabo una misión —sonrió—. Por cierto, por lo que me ha contado el oficial de guardia, vamos a llevar a cabo una misión secreta en el espacio aéreo del Área 51. ¿Quién sabe con lo que nos podemos topar? He oído historias muy extrañas sobre ese sitio.

—¿Tienes algún inconveniente en llevar a cabo esta misión? —preguntó la doctora Duncan poniéndose la máscara de la profesionalidad.

—Ninguno. He recibido órdenes de mi oficial de guardia, que representa al comandante del puesto, para conducirla a donde usted desee. —Hawerstaw se colocó su casco y luego dijo—: Tengo las espaldas cubiertas. —Abrió la puerta del lado del avión.

—Por cierto, odio ver esas grandes áreas en las que no se puede volar. Es un reto poder verlas. Tengo verdaderas ganas. —Abrió el brazo hacia la parte de atrás—. Suba a bordo.

Cercanías del Área 51

Kelly tomó aliento y luego dijo en voz alta:

—Discúlpenme, señores. Tengo algo que decir que creo que les interesará a todos.

Todos los avistadores de ovnis se giraron a mirarla, pero nadie se movió hasta que la voz del Capitán exclamó tras ella:

—Acercaos.

Se arremolinaron formando un círculo de figuras en la oscuridad.

—Esta gente necesita nuestra ayuda —comenzó a decir el Capitán—. Sabéis que llevo mucho tiempo aquí observando. Veintidós años, para ser exactos. Pues bien, esta noche haremos algo más que mirar.

Mientras el Capitán hablaba, explicando lo que Kelly le había pedido, una figura se separó del grupo y se marchó en la oscuridad. Cuando el coche se marchó con los faros apagados nadie se dio cuenta, cautivados por lo que el Capitán estaba diciendo.

ÁREA 51

Las luces de la parte superior del complejo Groom Lake no estaban encendidas a la derecha de Turcotte cuando dejó de bajar la montaña que acababa de atravesar. Ante él se extendía la pista y, detrás de ella, la ladera de la montaña bajo la que, según había dicho Von Seeckt, se encontraba la nave nodriza.

«Hasta aquí, todo perfecto», pensó Turcotte. Pero para el resto del camino iba a precisar ayuda. Comprobó su reloj. Quince minutos. Turcotte se dispuso a trabajar en su rodilla apretando los dientes; para ello tenía que hacerse unos masajes con los dedos para que los tendones no se volviesen rígidos.

BASE AÉREA DE NELLIS

El sargento Hancock enseñó a Lisa Duncan cómo colocarse el casco y hablar por la radio que llevaba incorporada.

—Listos para despegar —anunció la teniente Hawerstaw—. ¿Listos ahí detrás?

—Todo dispuesto —respondió Duncan.

—Vamos a volar a trescientos metros hasta que nos acerquemos al límite. Luego bajaré lentamente. Esto va a resultar un poco brusco, pero quiero permanecer fuera de sus pantallas el mayor tiempo posible. Así tendremos más posibilidades de llevarla a Groom Lake.

A continuación el Blackhawk se elevó y se dirigió hacia el norte.

CERCANÍAS DEL ÁREA 51

—He conseguido algo —dijo Nabinger con la tabla de madera que había sacado de los archivos de Dulce. Mientras los otros efectuaban las llamadas e iban y venían, no había dejado de trabajar en la traducción.

—Precisamente ahora no tenemos tiempo para ello —repuso Kelly. Señaló su reloj de pulsera—. Empieza el espectáculo.

Tomó la carretera de tierra y se volvió hacia el este. La camioneta del Capitán la seguía, y a continuación los restantes vehículos de los avistadores de ovnis. Avanzaban por la carretera. Pasaron las señales de aviso y luego cruzaron el primer par de detectores de láser.

31

EL CUBO, ÁREA 51
22 horas, 9 minutos tras la modificación

—¿Qué pasa?

El mayor Quinn había sido avisado por el oficial de guardia. Había cerrado rápidamente el ordenador de Gullick y se encaminaba hacia el centro principal de control del Cubo.

—Hay varios vehículos en el sector tres —anunció el operador señalando la pantalla del ordenador—. Van en dirección oeste a lo largo de la carretera.

—Múestreme la imagen del radar y otra imagen térmica desde las montañas —ordenó Quinn.

El operador pulsó los controles necesarios. Se vio una fila de vehículos avanzando por la carretera.

—¿Cómo está el Buzón? —preguntó Quinn.

En pantalla apareció otra escena: un buzón solitario, sin nada alrededor, lo cual le confirmó a Quinn el punto del que provenían los vehículos.

—Pero ¿qué coño están haciendo? —murmuró Quinn para sí mientras la cámara seguía la fila de vehículos.

—Avise a la policía aérea para que detenga a toda esa gente.

—Tengo a Jarvis al teléfono —exclamó otro hombre.

Quinn cogió el aparato y estuvo escuchando durante un minuto. Hizo una mueca de fastidio al colgar el auricular. Se giró y se dirigió rápidamente hacia la puerta de madera y llamó. La abrió sin esperar respuesta. Una figura estaba tendida sobre una cama plegable; Quinn se acercó y tocó al hombre por el hombro.

—Señor, tenemos penetraciones múltiples en la carretera del Buzón. Parece que nuestros avistadores de ovnis se están acercando para ver más de cerca. Jarvis acaba de llamar y dice que Von Seeckt y aquella periodista están con ellos, así que esto podría ser más de lo que parece.

Gullick puso los pies en el suelo. Iba ya vestido para la acción con un traje de camuflaje.

—Avise a Nightscape. Que los helicópteros estén dispuestos —ordenó.

En cuanto Quinn salió, Gullick rebuscó en los bolsillos y sacó otra pastilla analgésica. Los latidos del corazón se aceleraron de inmediato y el general se sintió listo para la acción. Luego siguió a Quinn a la sala de control.

—¡Están saliendo de la carretera! —exclamó el operador—. Por lo menos, un par de ellos lo están haciendo. —Se corrigió mientras intentaba seguir a los vehículos—. Se están dispersando por el desierto y continúan avanzando. —Colocó un dedo en el auricular que llevaba en el oído derecho—. La policía aérea no tiene suficientes vehículos en el área para capturarlos a todos de una vez. Algunos conseguirán romper el perímetro externo.

—Quiero Nightscape listo en un minuto —dijo Gullick mirando la visualización táctica por encima del hombro del hombre—. Tenga también alerta a la tripulación de guardia del platillo.

—Sí, señor.

Teinta y dos kilómetros más al sur, la teniente Hawerstaw activó el intercomunicador.

—Vamos allá. Agárrense.

El Blackhawk descendía hacia el suelo del desierto. Lisa Duncan miró por la ventana del lado derecho y observó que ahora subía junto a una línea rocosa de la cordillera, que estaba a menos de doce metros. Puso los dedos dentro de la malla que le rodeaba el pecho e hizo exactamente lo que Hawerstaw había sugerido: agarrarse.

—Tengo una fuente de calor en el radar procedente del sector seis —anunció Quinn—. Es algo bajo y rápido.

—¿Qué es? —preguntó Gullick.

—Un helicóptero. Está por debajo del radar pero lo captamos desde arriba.

—Compruebe la señal —ordenó Gullick refiriéndose a la señal que indicaba si una nave militar era amiga o enemiga.

—Es uno de los nuestros —informó Quinn. Tecleó rápidamente varios botones—. Es un Blackhawk asignado a la unidad 325 de pararrescates de Nellis.

—Dígales que hagan el puto favor de largarse de mi espacio aéreo —dijo bruscamente Gullick.

Volvió a la visualización táctica de tierra y vio que la policía aérea detenía siete de los trece vehículos que penetraban. Los otros seis se encontraban ahora en el perímetro interno. Habían pasado el cordón del la policía aérea y se habían dispersado por dos sectores de seguridad.

—Nos están llamando —anunció Hawerstaw—. Nos van a ordenar regresar.

—No les haga caso —ordenó Duncan.

—Sí, señora.

—El Blackhawk no responde, señor —informó Quinn.

Gullick se frotó la frente.

—¿Autorizo a Landscape a atacar cuando estén al alcance?
—preguntó Quinn.

—Dígales que lo sigan, pero que se abstengan de disparar hasta que yo dé la orden.

—Nightscape, listo para despegar —dijo Quinn.

Kelly dio un golpe brusco con el volante de la camioneta y levantó una nube de polvo detrás de las ruedas traseras. Podía ver las luces del complejo de Groom Lake a menos de tres kilómetros por delante.

—Lo conseguiremos —dijo Nabinger en el asiento situado al lado.

Unas luces intermitentes se alejaban de las luces fijas que señalaban los edificios. Las luces ascendían.

—Lo ha dicho demasiado pronto. Creo que vamos a tener compañía.

—Intentaré hacer algo para ayudar —dijo Von Seeckt desde atrás trabajando rápidamente en el teclado de la consola del ordenador que estaba conectada a la consola de comunicaciones.

Cuando Turcotte tocó con sus botas una superficie dura, empezó a deslizarse rápidamente por la pista. Se sentía desnudo y, por instinto, inclinó la barbilla contra el pecho y se agazapó, casi esperando que un disparo surgiera desde la oscuridad. En el extremo alejado de la pista, a unos quinientos metros, en la base de la ladera de la montaña, advirtió una masa oscura que se recortaba contra las rocas. Era una red de camuflaje que cubría alguna cosa. Al ver aquello, se animó. Por lo menos parecía que la sospecha de Von Seeckt era cierta.

—Hay alguien en la pista —anunció Quinn.

—Póngalo en la pantalla principal —dijo el general Gullick.

El campo de la imagen del radar de la montaña cercana tenía una resolución de 300 y mostraba claramente un hombre corriendo.

—¿Cómo es posible que no hayamos captado su señal térmica antes? —preguntó Gullick.

Quinn tecleó y cambió la imagen. La figura del hombre desapareció y mostró un pequeño punto rojo moviéndose por la pantalla.

—Es la imagen térmica del objetivo. Lleva una especie de protector térmico. —Quinn cambió la imagen y mostró un mapa del Área 51 vista desde arriba—. Va hacia la zona de ingeniería fuera del hangar dos.

—Separe una nave de Nightscape —ordenó Gullick—. Detener a ese hombre, prioridad número uno.

—Sí, señor. —Quinn habló por el micrófono y luego se giró de repente hacia el general—. Tenemos interferencias, señor. No puedo hablar con Nightscape. Alguien está interrumpiendo la radio.

En la parte trasera de la camioneta, Von Seeckt sonrió mientras oía las voces nerviosas de los pilotos de Nightscape que intentaban comunicarse con el Cubo y entre sí para coordinar sus acciones. Pulsó el botón de transmisión de la radio de alta frecuencia de la camioneta y luego lo dejó unos segundos. Luego volvió de nuevo a pulsarlo.

Gullick miraba el mapa del Área 51 e intentaba entender cada uno de los símbolos. Tenía tres amenazas: un hombre que se acercaba a la zona de ingeniería, el helicóptero que se aproximaba al interior y los vehículos que entraban desde el desierto. Era, sin duda, una acción coordinada y él no podía arriesgarse más. Incluso sin radio podía controlar todavía las cosas. Dio las órdenes en voz alta.

—Informen a los puntos antiaéreos de Landscape por línea de tierra de que se encuentran en un estado de libre de armas.

—Sí, señor.

—Avise al centro de ingeniería de la infiltración de un hombre en su posición. Tiene que detenerse con la sanción más alta.

—No tenemos línea de tierra con el centro de ingeniería —informó Quinn—. Su red de protección es la frecuencia de Nightscape. No podemos conectar con ellos.

—¡Maldita sea! —bramó Gullick en su frustración.

Una exclamación de sorpresa resonó en el auricular de la doctora Duncan. Arriba, delante de la cabina, brilló una luz roja en el panel de control.

—¡Lanzamiento de misil! —exclamó la teniente Hawerstaw—. ¡Maniobras de evasión! Hancock y Murphy, vigilad por detrás y preparaos si se trata de uno de los térmicos.

El Blackhawk se volvió sobre su lado izquierdo y luego adoptó de nuevo su posición. La doctora Duncan vio que los dos miembros de la tripulación de la parte trasera abrían las puertas de la nave y dejaban entrar aire frío. Llevaban unos arneses sobre sus cuerpos y se inclinaron fuera de la nave para mirar hacia abajo.

—Veo un lanzamiento —dijo Murphy—. En la posición horaria de las cuatro. Subiendo rápidamente.

Murphy sostuvo una bengala, la disparó hacia el exterior y hacia arriba con la esperanza de que el calor desviara el misil. Al mismo tiempo, Hawerstaw pulsó bruscamente los mandos hacia adelante y enseguida empezaron a perder algo de altura.

El misil pasó cerca del lado derecho del helicóptero y perdió el extremo exterior de las hojas de su rotor a menos tres metros.

—Esto es lo que se dice cerca —dijo Hawerstaw por el intercomunicador constatando algo obvio, mientras tiraba del paso de rotor y del mando y detenía el descenso casi sobre el suelo del desierto.

—Esto fue cerca —dijo la doctora Duncan mirando el suelo, a menos de seis metros por debajo.

—No creo que seamos bienvenidos aquí —dijo secamente Hawerstaw.

—Póngame con la radio de sus oficinas —indicó la doctora Duncan.

—Imposible —replicó Hawerstaw—. La frecuencia de Groom Lake está repleta de interferencias.

—¡Alto! —exclamó una voz en la oscuridad a la derecha de Turcotte. Distinguió a una figura con gafas de visión nocturna y una metralleta que le apuntaba.

Como respuesta, Turcotte disparó dos veces, los dos tiros hacia abajo, de forma que hirió al hombre en las piernas y lo hizo caer. No había necesidad de más muertes. Se arrepentía de lo ocurrido en el laboratorio. Las circunstancias y la rabia habían movido su mano en aquella ocasión. Se precipitó sobre él, le quitó la metralleta Calico y también las gafas.

—¡Mierda! —dijo el hombre, mientras buscaba su arma. Turcotte le dio un golpe en la cabeza con el cañón de la Calico y el hombre quedó inconsciente. Turcotte comprobó las heridas, ninguna arteria afectada. Rápidamente aplicó a cada muslo un vendaje para detener la hemorragia con la misma chaqueta de combate del hombre y luego continuó su camino.

Un helicóptero Little Bird AH-6 sobrevolaba justo por encima de sus cabezas. Kelly pulsó el acelerador a fondo. Las luces del complejo estaban a poco menos de un kilómetro.

—Las puertas del hangar están cerradas —dijo Nabinger.

—¿Qué piensas hacer?

—Sólo quiero salir de aquí de una sola pieza. Luego ya inventaré algo —respondió Kelly.

—El helicóptero todavía no ha sido abatido —informó Quinn—. Quienquiera que lo conduzca es muy bueno. Vuela por debajo del seguimiento de un radar de tierra. Todavía no podemos fiarnos del seguimiento de satélite a los puntos AA a causa de las interferencias.

—Lance el platillo de alerta —ordenó Gullick—. ¡Que obligue a bajar el helicóptero!

Hawerstaw miró fuera del parabrisas. Estaban pasando muchas cosas allí en tierra. Abajo veía vehículos que describían una especie de circo de luces. También había varios helicópteros en el aire. Uno de ellos se dirigía hacia ella.

—Tenemos compañía —anunció el teniente Jefferson.

Hawerstaw no respondió. Vio el AH-6 acercarse directamente a ellos a una distancia de un kilómetro.

—Estamos a punto de colisionar —dijo Jefferson.

Ahora había quinientos metros entre las dos naves. El piloto del AH-6 hacía intermitencias con sus faros.

—Creo que quiere que aterricemos —dijo Jefferson.

Hawerstaw se mantuvo en silencio con las manos bien firmes en los controles.

Lisa Duncan se revolvió en su asiento y miró hacia adelante mientras Jefferson volvía a hablar.

—¡Uy! Deb, está... ¡Dios mío! —exclamó el copiloto cuando el AH-6 llenó toda la vista delantera. En el último momento, al darse cuenta de que la colisión era inminente el otro helicóptero viró de golpe.

—Gallina —musitó Hawerstaw. Luego levantó la voz—. Estaré ahí en treinta segundos.

—Las puertas del hangar se están abriendo —exclamó Nabinger en cuanto vio un reflejo rojo delante de ellos.

—Voy para allá —dijo Kelly.

—¡Hey! —exclamó el sargento sentado dentro de un vehículo cuando vio por la puerta el morro de una metralleta.

—¡Ve con cuidado con ese chisme!

—No, mejor será que vayas tú con cuidado —dijo Turcotte apuntando al vehículo. Miró el ordenador y los cables que salían de la caja negra conectados a ella.

—¿Esto es para hacer explotar las cargas que abren el hangar dos?

El sargento sólo podía ver el extremo del morro, cuyo orificio negro parecía hacerse mayor cada segundo que lo miraba.

—Sí.

—Póngalo en marcha y active el programa de secuencia de disparo.

—¡Mirad aquello! —exclamó Hawerstaw cuando colocó el Blackhawk a doscientos metros de la gran puerta que se estaba abriendo en la montaña. Una luz roja se desparramaba sobre el asfalto y un disco se mantenía suspendido. Avanzó en cuanto la puerta se abrió suficientemente.

—¿Pero qué es eso?

—Gracias por traerme —dijo Duncan—. Es mejor que os quedéis aquí y esperéis a que las cosas se aclaren.

—Roger —dijo Hawerstaw—. Bienvenida.

Duncan se quitó el casco y bajó del helicóptero. Volvió la cabeza cuando una camioneta frenó entre ella y el disco con gran ruido de neumáticos.

Turcotte miró la pantalla. Las cargas estaban listadas con orden y hora de inicio. Empezó a teclear deprisa.

Unos guardas armados salieron corriendo del hangar en cuanto el agitador se levantó sobre sus cabezas iluminando la escena que se desarrollaba debajo.

—Fuera del vehículo con los brazos en alto —ordenó uno de los hombres apuntando con su arma el parabrisas de la camioneta.

—Vamos —dijo Kelly—. Hicimos todo lo que pudimos. Esperemos haber dado suficiente tiempo a Turcotte para que haya acabado.

Abrió la puerta del conductor y bajó con Nabinger, este último con la tabla rongorongo y con su mochila. Von Seeckt bajó por detrás.

—¡Boca abajo al suelo! —ordenó el hombre.

—¡Esperen un momento! —exclamó una voz de mujer. Todos los ojos se clavaron en la figura que salía del helicóptero Blackhawk—. Soy la doctora Duncan. —Mostró su tarjeta de identificación—. Soy la asesora presidencial de Majic-12.

El oficial de mayor rango en Nightscape se detuvo, confundido con aquella aparición repentina y aquel cambio en la cadena de comandancia. Los tres grupos se habían reunido en un círculo de diez metros delante de las puertas del hangar uno.

—Quiero aquí al general Gullick y lo quiero aquí ahora —exigió Duncan.

—Primero tenemos que poner a buen recaudo a estos prisioneros —dijo el guarda.

—Soy Kelly Reynolds —dijo Kelly dando un paso al frente y manteniendo los brazos en alto—. Ya conoce al profesor Von Seeckt, y este señor es el profesor Nabinger del museo de Brooklyn. La hemos llamado antes.

—Sí —asintió la doctora Duncan—. Por eso estoy aquí. Vamos a llegar al fondo de todo esto. Se volvió hacia el guardia y dijo—: Sus prisioneros no van a ir a ningún sitio. Ninguno de nosotros lo hará. Tráigame aquí al general Gullick.

—Señor —dijo Quinn con precaución mientras colgaba el teléfono.

La vista del general Gullick estaba clavada en la pantalla principal que mostraba la vista general del Área 51. Por fin todos los vehículos habían sido acorralados y los avistadores de ovnis se encontraban ya bajo arresto.

—¿Sí?

—La doctora Duncan se encontraba a bordo de aquel Blackhawk. Ahora está en el hangar número uno y exige verlo a usted. Von Seeckt, Nabinger y la periodista también están ahí.

Una arteria en la frente de Gullick empezó a palpitar.

—¿Tenemos ya comunicación? —preguntó Gullick.

—Sí, señor. La interferencia ha cesado.

—¿Tiene contacto con el centro de ingeniería?

—Sin respuesta, señor.

—Envíe el platillo cuatro a comprobarlo. ¡Rápido!

Gullick apartó la vista bruscamente de la pantalla y fue hacia el ascensor. Quinn se relajó levemente cuando las puertas se cerraron tras el general y pudo transmitir las órdenes.

De repente, el agitador salió disparado hacia el oeste, y el escenario del hangar permaneció inmóvil en un punto muerto entre las armas de los hombres de Nightscape y la protección provisional de la doctora Duncan.

Una gran silueta salió del hangar, precedida por una sombra larga provocada por la luz roja que tenía detrás. El general Gullick avanzaba y miraba a su lado.

—Muy bonito. Muy bonito. —Miró fijamente a Duncan—. Seguro que tendrá una explicación para todo el circo que ha organizado.

—Y yo estoy segura de que tendrá una respuesta ante el intento de abatir mi helicóptero —replicó.

—La ley me autoriza a utilizar la muerte si es preciso para salvaguardar esta instalación —dijo Gullick—. Usted es quien ha violado la ley al entrar en un espacio aéreo restringido y no haber respondido al ser requerida para ello.

—¿Y qué me dice de Dulce, general? —replicó Duncan—. ¿Qué hay del general Hemstadt, ex miembro de la Wehrmacht? ¿Y de Paperclip? ¿Dónde está el capitán Turcotte?

Kelly observó el cambio que sobrevenía a Gullick y se dispuso a detener el discurso de la doctora Duncan.

Cuando terminó de teclear, Turcotte vio una luz brillante que salía del este a través de la red de camuflaje. Aquella era la misma luz que había visto en su primera noche allí. El agitador se detenía a unos doce metros de altura y aterrizaba. Un hombre salió de la escotilla superior con un arma en mano.

Duncan y Gullick dejaron de discutir al oír una nueva voz.

—Ustedes dos no entienden nada —chilló Nabinger. Tenía un aspecto salvaje y mantenía en alto la tabla rongorongo—. Ninguno de los dos. —Señaló hacia el hangar—. No saben lo que tienen ahí dentro ni de dónde proviene. No entienden nada de todo esto.

Gullick cogió una metralleta de uno de los guardas de Nightscape.

—No, no lo entiendo, pero usted tampoco lo conseguirá jamás. —Apuntó con el cañón a la doctora Duncan.

—Ha ido demasiado lejos —dijo la doctora.

—Acaba de firmar su certificado de defunción, señora. Ha dicho demasiado y sabe ya demasiado.

Tenía ya el dedo en el gatillo cuando lo cegó el brillo de un foco de búsqueda brillante. El agitador número cuatro se había colocado detrás del grupo de Duncan sin hacer ningún ruido.

—¡Venid aquí! —exclamó Turcotte desde la escotilla que había en la parte superior del platillo.

—¡Vámonos! —dijo Kelly tomando a Duncan por los hombros y empujándola hacia el agitador. Los demás las siguieron.

Turcotte vio que Gullick levantaba el cañón de su metralleta y apuntaba hacia él.

—Hágalo y yo activaré las cargas —exclamó Turcotte mostrando en lo alto el detonador remoto del hangar dos.

Gullick se quedó helado.

—¿Qué ha hecho?

—Un pequeño ajuste en la secuencia, no creo que vaya a funcionar del modo en que le habría gustado a usted —dijo Turcotte controlando a su gente mientras avanzaban hacia él y subían por el lado del disco.

—¡No puede hacer eso! —chilló Gullick.

—No lo haré si nos permite marcharnos de aquí —prometió Turcotte.

—Váyanse —ordenó el general Gullick haciendo un gesto a sus hombres de seguridad.

Turcotte se hizo a un lado de modo que permitió que los demás pudieran pasar por la escotilla. Cuando estuvieron todos a bordo, entró en el interior y cerró la escotilla tras él.

—¡Despegamos! —chilló al piloto.

En tierra Gullick se agitó.

—Quiero que el Aurora esté listo para despegar ahora mismo.

Había dejado de confiar en la tecnología alienígena.

—Sí, señor.

—¿Adónde desean ir? —preguntó el capitán Scheuler desde la depresión que habían en el centro del disco. No se había opuesto en absoluto cuando en el centro de ingeniería Turcotte se había introducido por la escotilla, arma en mano y le había ordenado volar hasta el hangar uno. Los demás estaban sentados con miedo en el suelo del disco, arremolinados en el centro. Von Seeckt tenía los ojos cerrados, intentando no desorientarse por la vista exterior.

Turcotte todavía mantenía la metralleta apuntada hacia el piloto.

—A la derecha —ordenó al piloto.

—¿Qué estás haciendo? —preguntó Kelly.

Turcotte miraba el exterior, el revestimiento transparente del platillo, mientras rodeaban la montaña que escondía los complejos del hangar. Abrió la tapa del botón de ignición del control remoto y luego lo apretó.

—Le dijo a Gullick que no lo haría —dijo Lisa Duncan.

—Le mentí.

Afortunadamente, en el hangar dos no había nadie. La pared exterior se hundió sobre sí misma, pero no en el modo ordenado que había sido planeado sino en forma de una cascada de piedras y escombros que cayó por completo encima de la nave nodriza, de forma que quedó enterrada bajo toneladas de rocalla.

En el Cubo, el mayor Quinn oyó la serie de explosiones y vio cómo caían la primeras rocas en el hangar dos en las pantallas de vídeo remotas, antes de que éstas fueran destrozadas por aquel terremoto creado por el hombre.

—¡Mierda! —murmuró.

Gullick ya sabía lo que había ocurrido en cuanto cesó la última de las secuencias de explosión. Se tambaleó y luego cayó sobre sus rodillas. Apretó las manos contra las sienes. El dolor era todavía más intenso. Cruzaba de un lado a otro, aserrando su cerebro. Un lamento se escapó de sus labios.

—Lo siento —decía en voz baja—, lo siento.

—Señor, Aurora está lista para despegar —dijo un joven oficial con mucho nerviosismo.

Tal vez pueda salvarse, pensó Gullick, asiéndose a la sola idea. Se puso en pie lentamente. La forma de pez manta del avión de gran velocidad se recortaba contra las luces de la pista. Sí, todavía había un modo de salvar las cosas.

32

—¿Y ahora qué? —preguntó Kelly.

Los demás estaban alrededor, ahora en pie sobre el suelo del agitador, mientras intentaban acostumbrarse a la temible visión de ver directamente a través del revestimiento de la nave. En el interior había poco sitio con tanta gente. Se dirigían hacia el sur, fuera del Área 51, a trescientos kilómetros por hora y ganando altura lentamente.

—No lo sé. —Turcotte se volvió a los demás—. Os he sacado de ahí y la nave nodriza por lo menos no podrá volar durante varias semanas. Yo ya he cumplido mi parte. ¿Ahora hacia dónde?

—Nellis —dijo Duncan—. Podría...

—Las Vegas tiene un buen enganche con la prensa —dijo Kelly excitada—. Llevaremos esta maldita cosa al medio de la ciudad. Aterrizaremos en la fuente del Caesars Palace. Eso los despertará.

—No es un circo para la prensa —dijo Duncan—. Yo estoy...

—¡¡No!! —Nabinger mantenía la tabla de madera que había venido cargando durante toda aquella aventura en el Área 51—. Os estáis equivocando. Tenemos que ir al lugar donde están todas las respuestas.

—¿Y ese lugar es?

Nabinger señaló con su mano libre la tabla que tenía en la otra.

—La isla de Pascua.

—¿La isla de Pascua? —preguntó Duncan.

—La isla de Pascua —repitió Nabinger—. Por lo que he podido descifrar aquí, todas las respuestas están allí.

—De ningún modo —dijo Kelly—. Tenemos que ir a la prensa.

—De acuerdo —dijo Duncan—. En cuanto aterricemos, contactaré con el Presidente y detendré esta locura. —Dio un pequeño golpe en la espalda de Scheuler—. Aterrice en Las Vegas.

El piloto se puso a reír con cierto deje maníaco mientras las manos se desplazaban por los controles.

—Señora, si quiere puede dispararme, pero no creo que podamos aterrizar en Las Vegas.

—¿Por qué no? —Turcotte todavía tenía la metralleta lista para utilizarla.

—Porque ya no puedo pilotar esta cosa —repuso el piloto levantando las manos.

—¿Y quién lo está haciendo? —preguntó Turcotte.

—Vuela sola —dijo Scheuler.

—¿Y adónde vamos? —preguntó Turcotte.

—Simplemente, al sureste, en una dirección de ochenta y cuatro grados —dijo el piloto—. No puedo decirle más hasta que lleguemos.

—¿Funciona la radio? —preguntó Duncan —. Podría llamar y pedir ayuda.

Scheuler lo intentó.

—No, señora.

—Deme una dirección, Quinn —bramó Gullick por la radio cuando el Aurora se puso en marcha.

—Sur, señor. —La voz de Quinn se oyó a través del auricular.

—Ya lo ha oído —dijo Gullick al piloto mientras ocupaba el asiento del oficial de reconocimiento—, dirección sur.

El avión tomó velocidad y se elevó. Desde la pequeña ventana Gullick podía distinguir la silueta de la montaña que ocultaba la nave nodriza. Sintió que el dolor de su cabeza se intensificaba.

—Mantente ocupado —se dijo en voz baja a sí mismo. Sabía que no podrían atrapar al agitador pero, por lo menos podrían seguirlo. En algún momento aterrizaría. Ordenó colocar tanques de suministro a lo largo de la ruta de vuelo proyectada para poder reabastecerse de combustible durante el vuelo.

—¿Tiene algún plano del mundo? —preguntó Kelly sentándose junto al piloto.

Scheuler asintió. Abrió el mando de control y mostró una vista esquemática del mundo en pantalla.

—Enséñeme dónde está la isla de Pascua —dijo Kelly.

Scheuler tecleó.

—La isla de Pascua se encuentra en el Pacífico, delante de las costas de Chile. Diría que a unos ocho mil kilómetros de donde nos encontramos.

—¿Y en qué coordenadas con respecto a nosotros? —preguntó Kelly.

—Ochenta y cuatro grados —respondió Scheuler tras comprobarlo.

—Parece que vamos hacia la isla de Pascua, nos guste o no —anunció Kelly—. ¿Cuánto tiempo falta para llegar ahí?

Scheuler hizo algunos cálculos.

—No vamos a máxima potencia pero vamos bastante rápido. Creo que estaremos ahí en una hora y media.

—Bueno, tenemos tiempo —dijo Kelly—. Ahora que sabemos hacia dónde nos dirigimos, vamos a investigar todo lo que podamos. Explíqueme, profesor. ¿Qué dice la tabla sobre la isla de Pascua?

Nabinger estaba sentado con las piernas cruzadas en el suelo y la tabla rongorongo en su regazo.

—Sólo he conseguido descifrar una parte de todo esto, pero lo que tengo... —Miró un pequeño bloc de notas en su regazo.

—Un momento —dijo Turcotte—. No entremos de nuevo en ese juego de las adivinanzas. Díganos, simplemente, lo que usted cree que dice más que la traducción literal.

·Estaba claro que a Nabinger no le hacía gracia aquel método tan poco científico.

—Primero. Las tabla hace referencia a seres poderosos procedentes del cielo. Personas con pelo de fuego, me imagino, pelirrojos. Ellos, la gente del cabello rojo, vinieron y vivieron durante un tiempo en el lugar de «los ojos que miran al cielo». Así es como lo describen. Desde ahí gobernaron a partir del mes del cielo oscuro. Mucho después del mes del cielo negro, la gente del pelo de fuego se marchó en la gran nave estelar y abandonó el planeta para no volver jamás. Pero su... —Nabinger se detuvo—. No estoy totalmente seguro de lo que significa la siguiente palabra. Podría significar «padre» pero no parece ajustarse al contexto. Tal vez sea «guardián» o «protector» se quedó y gobernó.

»Sin embargo, después de que la gente del cabello de fuego se hubiera marchado —continuó Nabinger—, los pequeños soles llevaron las palabras del mmm... digámosle «guardián».

—¿Soles pequeños? —preguntó Von Seeckt.

Turcotte recordó el caza Fu de Nebraska y lo hizo notar a los demás.

—¿Así que esas cosas están efectivamente vinculadas a los agitadores y a la nave nodriza?

—Estoy totalmente convencido de ello —dijo Nabinger—. Todavía hay más aquí, pero tiene que ver con el culto al guardián. Solamente dispongo de esta tabla. Si tuviera las demás sabría más.

—¿Cuántas más hay? —preguntó Kelly.

—En la isla había miles —contestó Nabinger—, pero por

lo general se emplearon como leña o fueron destruidas por los misioneros, que las consideraban parte de los ritos paganos. En la actualidad se conoce la existencia de veintiuna o, por lo menos, se sospecha que existen veintiuna. No creo que ésta cuente, puesto que estaba escondida en Dulce.

—¿Cómo llegó a Dulce? —preguntó Kelly.

—Durante años, Majic-12 estudió las runas superiores —dijo Von Seeckt—. Nunca tuvieron tan buen tino como nuestro buen profesor para traducirlas, pero continuaron almacenando todo lo que podían.

—Así que es posible que miembros de Magic-12 ya hayan examinado la isla de Pascua —se aventuró a decir Kelly.

—Es posible —admitió Von Seeckt—, pero creo que si hubieran descubierto algo yo lo habría sabido.

—¿Qué sabe usted sobre la isla de Pascua? —preguntó Kelly.

—Es la isla más aislada de todo el planeta —dijo Nabinger recordando lo que había leído en las notas de Slater—. Es el lugar que está más alejado de cualquier otra recalada. Los europeos no la descubrieron hasta mil setecientos veintidós, el domingo de Pascua, de ahí su nombre. Los isleños llaman a su isla Rapa Nui.

—Este emplazamiento tan remoto también explica que los alienígenas tal vez lo hubieran querido emplear como campo base —agregó Von Seeckt—. Recuerden aquel trozo de la tabla del hangar dos que hablaba de no interferir a los habitantes locales.

—¿Cómo es la isla? —preguntó Turcotte, como siempre, más interesado en el futuro inmediato.

Para eso, Nabinger tuvo que consultar las notas que había llevado en la mochila a lo largo de todas sus aventuras.

—La isla tiene forma de triángulo, con un volcán en cada esquina. Tiene una superficie de unos cien kilómetros cuadrados. De hecho, no tiene playas, motivo por el cual los primeros visitantes tempranos tuvieron muchos problemas para llegar a la orilla. Es muy rocosa. Cuando se descubrió, apenas había árboles en la isla. Pero ahora hay algunos que han sido plantados. Y, naturalmente —añadió Nabinger—, están las estatuas esculpidas de roca dura como una cantera situada en la falda de uno de los volcanes. La mayor de ellas mide más de diez metros de alto y pesa más de noventa toneladas. En la isla hay dispersas más de mil.

—He visto fotografías de esas cosas —dijo Kelly—. ¿Cómo esa gente consiguió mover aquellos objetos tan grandes y pesados?

—Una buena pregunta —dijo Nabinger—. Hay varias teorías pero ninguna de ellas resulta del todo convincente.

—¡Ah! —dijo Von Seeckt—. Tal vez nuestros antepasados de pelo rojo tengan algo que ver con ello. O quizá dejaron algo ahí que los nativos emplearon para mover las estatuas. Tal vez se hiciera por transporte antigravitatorio o magnético o quizá...

—¿Hay alguna prueba de la existencia de ese guardián? —interrumpió Turcotte—. ¿Algo parecido a los agitadores o a la nave nodriza, o algo como lo que se encontró en la pirámide?

—No —Nabinger negó con la cabeza—, pero no se sabe tanto de la isla como a la gente le gustaría saber. No sabemos por qué se erigieron aquellas estatuas, ni tampoco cómo llegaron a ese lugar desde la costa. Hay muchas cosas ocultas acerca de la historia de la isla. Los arqueólogos todavía hacen hallazgos al explorarla. La isla es volcánica y está repleta de cavernas, como un panel de abejas.

Aquello llamó la atención de Turcotte.

—Así que es posible que todavía haya algo ahí.

—Tal vez el guardián todavía existe —sugirió Kelly.

—Espero que haya algo ahí abajo —indicó Turcotte mirando por encima del hombro de Scheuler en el visor táctico—, y digo esto porque creo que tenemos a alguien pegado en la cola. No creo que el general Gullick ya se haya dado por vencido.

33

—Para que las cosas vayan mejor, tendrán que ir primero peor —dijo Turcotte.

—¿Qué ocurre ahora? —preguntó Kelly.

—Nuestro enlace vía satélite indica que también tenemos compañía por arriba. Parece como si hubiera un grupo de interceptores esperando que entremos en su zona de peligro.

—¿Y cuál es la parte buena? —preguntó Kelly.

—Bueno, que siempre antes de que algo vaya a peor, mejora —dijo Turcotte —. O eso o estás muerto.

—Una buena filosofía —dio ella para sí.

Un grupo de F-16 del *Abraham Lincoln* esperaba en el Pacífico describiendo círculos por la ruta de vuelo prevista para el objetivo que había de seguirse. Eso fue así hasta que de repente surgieron pequeñas bolas incandescentes y todas las naves perdieron potencia en los motores.

El general Gullick cerró los ojos mientras escuchaba los informes de pánico de los pilotos cuando sus motores se incendiaban. Se quitó los auriculares y miró al piloto.

—¿Hacia dónde nos dirigimos?

—He proyectado la ruta de vuelo del agitador número cuatro —informó el piloto. Señaló la pantalla con la cabeza. Una línea cruzaba recta desde su emplazamiento actual a más de mil seiscientos kilómetros al este de Colombia, dirección sur.

—¿La Antártida? —preguntó Gullick—. No hay nada ahí.

—Mmm, de hecho, señor, ya lo he comprobado. Y hay una isla en esa ruta. La isla de Pascua.

—¿La isla de Pascua? —repitió el general Gullick—. ¿Y qué coño es la isla de Pascua?

No esperó una respuesta. Inmediatamente se puso en comunicación por radio con el almirante al cargo de la fuerza operativa del *Abraham Lincoln*. De ahí surgió una discusión que duró cinco minutos puesto que las prioridades del almirante eran algo distintas a las de Gullick. Él quería recuperar los aparatos hundidos. Finalmente llegaron a un acuerdo y la mayoría de la fuerzas operativas se dirigió hacia el sur a velocidad de ataque hacia la isla de Pascua, mientras varios destructores se quedaban detrás para recoger a las tripulaciones.

Turcotte vio que los puntos de las naves que esperaban desaparecieron de la pantalla. Sintió un nudo en el estómago a pesar de que aquello era algo, en apariencia, positivo.

—Dígame, profesor. Cuénteme más cosas sobre la isla de Pascua —dijo Turcotte.

—Hay dos grandes volcanes en la isla —informó Nabinger—. Rano Raraku al sureste y Rano Kao. Ambos tienen un lago en el cráter. En la falda del Raraku se encuentran las canteras donde se tallaban las estatuas de piedra y se esculpían en piedra dura. Ahí se han hallado algunas estatuas en varios estadios de creación. Los habitantes tallaban las estatuas tumbadas sobre la espalda. Luego continuaban tallando hasta llegar a la espina dorsal. A continuación las transportaban a sus emplazamientos, y las colocaban en una plataforma.

»Es importante resaltar —prosiguió— que la carretera principal que lleva de Raraku está flanqueada por estatuas, y hay quien piensa que era una ruta de procesión.

—¿Para culto a las cabezas de fuego? —preguntó Kelly.

—Es posible. Hay quien piensa que, simplemente, las estatuas fueron abandonadas cuando la gente se levantó contra los sacerdotes que dirigían su construcción. Emplearon un número enorme, casi increíble de recursos para la creación y al desplazamiento de las estatuas. Seguro que afectó gravemente la economía de la isla, y la teoría es que posiblemente el pueblo se levantara en contra.

—Así que Raraku es el lugar donde hay que ir —interrumpió Turcotte.

—Tal vez —Nabinger se encogió de hombros—. Pero en el borde del otro volcán importante, el Rano Kao, a unos mil seiscientos metros de altura, es donde los antiguos habitantes erigieron la ciudad de Orongo, su ciudad sagrada. El lago del cráter tiene, por lo menos, un kilómetro y medio de diámetro. Delante de la orilla de Kao hay una pequeña isla llamada Moto Nui donde anidan unos pájaros, las golondrinas de mar. En la antigüedad, cada año, en septiembre, se celebraba la fiesta del hombre-pájaro. Los hombres jóvenes saltaban desde la cima del volcán a los acantilados del mar, nadaban hasta Moto Nui, y cogían un huevo de golondrina de mar. El primero que llegaba se convertía en hombre-pájaro del año.

—Muy bien, muy bien —dijo Turcotte frotándose la frente—. Tenían hombres pájaro. Tenían volcanes. Y grandes estatuas. Tenían una escritura extraña en tablas de madera. ¿Pero qué es lo que buscamos? ¿Hay algo extraño que indique la presencia del guardián?

—No.

—Entonces, ¿qué estamos...? —Turcotte dejó de hablar cuando el piloto exclamó:

—¡Tenemos compañía!

Vieron que en el exterior seis cazas Fu escoltaban la nave.

—No me gusta esto —musitó Scheuler. Los cazas Fu no hacían ningún movimiento amenazador y, por lo contrario, se mantenían en posición mientras avanzaban hacia el sur.

—¿A qué distancia estamos? —preguntó Turcotte.

—Llegada prevista de aterrizaje a la isla de Pascua en dos minutos.

Los cazas Fu iban más despacio y se acercaban a la nave, formando una caja.

—No creo que tengamos opción sobre qué mirar en la isla —dijo Kelly —. Creo que el guardián ya lo ha decidido por nosotros.

—Estamos bajando —anunció innecesariamente el capitán Scheuler, pues todos los que estaban en el aparato podían ver que la isla que había bajo sus pies se iba haciendo mayor. El agitador estaba siendo detenido por algún tipo de fuerza que había tomado el mando.

—Nos dirigimos al cráter de Rano Kao —indicó Nabinger, señalando la superficie lunar del lago situado en el centro de aquel volcán enorme.

—¿Esta cosa es hermética? —preguntó Turcotte a Scheuler.

—Eso espero. —La respuesta fue optimista.

—¡Agarraos bien! —exclamó Turcotte al ver que descendían por el borde del cráter.

Se precipitaron al interior del lago sin que se produjera una gran sacudida y luego se encontraron sumidos en la oscuridad total. Durante medio minuto reinó el silencio, era imposible saber el camino que estaban tomando. Un punto de luz brilló delante de ellos, ligeramente por encima. Su tamaño era cada vez mayor.

La luz filtrada por el agua era cada vez más brillante e intensa. De repente, salieron del agua y se encontraron en una gran caverna. El agitador se levantó por encima de la superficie del agua que cubría la mitad del suelo y se colocó sobre una roca seca que había en la otra mitad.

—Estamos atrapados —anunció Scheuler cuando el revestimiento del disco volvió a ser opaco. Probó los controles—. No podrá ponerse en marcha.

A unos mil doscientos metros por encima de la isla de Pascua, el general Gullick contempló impotente cómo el agitador desaparecía en las aguas del cráter.

—¿Podría dejarnos en el aeropuerto de la isla? —preguntó al piloto.

—Señor, es una pista comercial. Si aterrizamos ahí, el secreto de este avión será descubierto.

—Mayor. —La risa de Gullick tenía un matiz de locura—. Hay muchas cosas que van a dejar de ser secretas en cuanto amanezca si no me pongo al mando de esto. Y eso no lo puedo hacer estando aquí arriba. Aterrice.

—Sí, señor.

—Veamos qué tenemos aquí —dijo Turcotte yendo hacia la escalera que llevaba a la escotilla superior. Subió por ella y abrió la escotilla. Se puso sobre la superficie del agitador y miró alrededor mientras los demás se arremolinaban alrededor—. Yo diría hacia allí —dijo señalando un túnel que había al final de la zona de tierra.

—Tú, primero —dijo Kelly acompañándose con un gesto de la mano.

Turcotte encabezó la marcha con Nabinger a su lado y los demás atrás, mientras Kelly se quedaba en la retaguardia. El túnel estaba iluminado con haces de luz que parecían formar parte del techo. El suelo primero subió dando falsas esperanzas de que tal vez llevara a la superficie, pero luego volvió a bajar y torció hacia la derecha.

Penetraron en una caverna algo mayor que el Cubo. Había tres paredes de piedra, pero la más alejada era de metal. En ella había una serie de paneles de control complejos con muchas palancas y botones. No obstante, lo que llamó la atención de todos fue una gran pirámide dorada de seis metros de altura que se encontraba en el centro de la caverna. Turcotte se detuvo. Se parecía a la que había en Dulce, pero ésta era de mayor tamaño. No brillaba como la otra y Turcotte no sintió las molestias que había experimentado en Dulce.

Siguió de mala gana a los demás, que avanzaban en silencio hacia la base de la pirámide contemplando con respeto la superficie pulida. En el metal había grabados débilmente caracteres en runa superior.

—¿Qué os parece? —preguntó Turcotte a nadie en particular—. Estoy seguro de que esta cosa controla lo que fuera que condujo al agitador hacia aquí y que nos impide marcharnos.

—¿Por qué tienes esta prisa en marcharte? —preguntó Kelly—. Vinimos para esto.

—He sido entrenado para tener siempre preparada una vía de escape —repuso Turcotte mirando con desconfianza la pirámide.

—Bueno, pues tranquiliza los ánimos —replicó Kelly.

—Mis ánimos están tranquilos —contestó Turcotte—. Tengo la sensación de que a la salida de esta caverna nos espera una gran cantidad de grandes armas.

—Éste tiene que ser el guardián —dijo Kelly.

Todos se quedaron quietos cuando Nabinger pasó las manos por encima de la runa superior.

—Es maravilloso. Es el hallazgo más maravilloso de la historia de la arqueología.

—Esto no es historia, profesor —dijo Turcotte mientras avanzaba por la sala—. Se trata de aquí y ahora y necesitamos saber qué es esa cosa.

—¿Puede leer? —preguntó Kelly.

—Puedo leer algo, sí.

—Pues manos a la obra —dijo Turcotte.

A los cinco minutos de que Nabinger empezara, todos se

asombraron al ver un resplandor dorado que salía del vértice de la pirámide. Turcotte se alegró de no tener la sensación de mareo que le produjo la otra pirámide. Sin embargo, se inquietó cuando vio que una especie de zarcillo dorado en estado gaseoso procedente de la esfera se abrazaba alrededor de la cabeza de Nabinger.

—Calma —dijo Kelly cuando Turcotte quiso avanzar—. Esta cosa, sea lo que fuere, está al mando. Deja que Nabinger averigüe lo que quiere.

El primer helicóptero del *Abraham Lincoln* llegó una hora y treinta minutos después de que Gullick hubiera aterrizado en el aeropuerto internacional de la isla de Pascua. Considerando que cada semana sólo había cuatro vuelos en el aeropuerto y aquél era uno de los días sin vuelo, no tuvieron problema en ocupar las instalaciones.

El hecho de que la isla fuera chilena y estuvieran violando las leyes internacionales no preocupaba en absoluto al general Gullick. Hizo caso omiso de las nerviosas solicitudes del almirante que estaba al frente de las fuerzas operativas del *Abraham Lincoln* y las transmisiones procedentes de Washington cuando la gente a cargo advirtió que estaba ocurriendo algo extraño.

—Quiero que se preparen para un ataque aéreo —ordenó Gullick—. El objetivo es el volcán Rano Kao. Todo lo que tengan. El objetivo está sumergido en las aguas del cráter.

El almirante hubiera hecho caso omiso a Gullick excepto por una cosa muy importante. Aquel general sabía las palabras del código para dar luz verde a aquel tipo de misión. En la cubierta del *Abraham Lincoln* se desplegaron los misiles inteligentes y las tripulaciones empezaron a colocarlos en las alas del avión.

Al cabo de dos horas, Nabinger tenía una mirada perdida en el rostro y el zarcillo salía de él y regresaba a la esfera dorada.

—¿Qué ha podido saber? —preguntó Kelly mientras todos se arremolinaban alrededor.

—¡Es increíble! ¡Increíble! —exclamó Nabinger agitando la cabeza mientras reposaba su vista lentamente sobre lo que le rodeaba—. Me habló de un modo que no podría explicarles. Tanta información. Tantas cosas que nunca entendí. Ahora todo encaja. Todas las ruinas y los descubrimientos, todas las runas, todos los mitos. No sé por dónde empezar.

—Por el principio —sugirió Von Seeckt—. ¿Cómo llegó ahí esa cosa? ¿De dónde vino la nave nodriza?

Nabinger cerró un momento los ojos, luego empezó a explicar.

—En la Tierra había una colonia alienígena, por lo que puedo adivinar, más que una colonia era un destacamento. Los alienígenas se llamaban a sí mismos los Airlia. Llegaron aquí hace unos diez mil años. Se asentaron en una isla. —El profesor levantó una mano cuando Turcotte hizo un ademán para empezar a hablar—. No era esta isla. Era una isla en el otro océano. En el Atlántico. Una isla que en una leyenda humana recibió el nombre de La Atlántida.

»Desde ahí exploraron todo el planeta, donde había una especie propia muy parecida a ellos. —Nabinger sonrió—. Nosotros. Intentaron evitar el contacto con los humanos. No estoy totalmente seguro del porqué estaban aquí. Tendría que tener más contacto. Me imagino que simplemente fue una expedición científica, aunque sin duda había un aspecto militar en todo aquello.

—¿Pretendían conquistar la Tierra? —preguntó Turcotte.

—No. Hace diez mil años nosotros no éramos precisamente un peligro interestelar. Los Airlia estaban en guerra con otras especies o, tal vez, entre ellos mismos. Por lo que me ha dicho no puedo saberlo muy bien, pero creo que se trataba de lo último. La palabra empleada para el enemigo era distinta. Si el enemigo hubiera sido uno de ellos creo que lo podría decir porque... —Nabinger se detuvo—. Me estoy yendo del tema.

»Los Airlia vivieron aquí durante varios milenios, cambiando el personal en turnos de trabajo. Entonces ocurrió algo, no aquí, en la Tierra, sino en su guerra interestelar. —Nabinger se pasó la mano por la barba—. La guerra no iba bien y ocurrió algún tipo de desastre de forma que los Airlia de aquí quedaron aislados. Parece que el enemigo podía hallar a los Airlia por sus naves interestelares —Miró a Von Seeckt—. Ahora ya sabemos el secreto de la nave nodriza. El comandante de la colonia tuvo que decidir: recogerlo todo y volver al sistema de donde provenían o bien quedarse. Naturalmente, la mayoría de los Airlia querían regresar, puesto que, incluso en el caso de que se quedaran y no fueran detectados, siempre existía la posibilidad de que el enemigo los descubriera.

»Evidentemente, si se marchaban serían detectados y habría una persecución por el espacio. Había también un factor adicional, uno que por lo visto el comandante de los Airlia consideró muy importante. Él era uno de los que había programado al guardián, por lo que la mayoría de las cosas que he aprendido son bajo su punto de vista. Se llamaba Aspasia. —Hizo una pausa y continuó—: Aspasia sabía que incluso si se marchaban, la señal de sus motores podría ser rastreada por el enemigo y entonces la Tierra sería descubierta por otros. Para él aquello equivalía a sentenciar el planeta a su destrucción. Le parecía que sólo ese factor excluía la huida. Por otra parte, las leyes por las que se regía decían que no podía poner en peligro este planeta ni la vida que contenía.

»Sin embargo, entre los Airlia había otros que no eran tan nobles ni tenían tanto respeto por las leyes. Querían regresar y no quedar atrapados en aquel planeta primitivo para el resto de sus vidas. Los Airlia lucharon entre sí y ganó el bando de Aspasia. Sin embargo, éste sabía que mientras hubiera una posibilidad de regresar, siempre existiría una amenaza. Sabía también que incluso su ubicación en la isla, la Atlántida, podía violar sus normas de no interferencia.

»Por lo tanto trasladó la nave nodriza y la escondió. Luego dispersó a sus hombres. Algunos, los rebeldes, ya lo habían hecho y se encontraban en distintas partes del planeta. Aspasia escondió siete agitadores en el Antártico y —Nabinger señaló detrás de su espalda— trasladó su ordenador central, el guardián, a la isla de Pascua, que por aquel entonces estaba deshabitada. A continuación condujo dos platillos más para que permanecieran con la nave nodriza. —Nabinger tomó aire—. Bueno, hizo eso antes de hacer una última cosa. Destruyó su destacamento en la Atlántida para que, si el enemigo penetraba en aquel sistema solar, no pudiera descubrir que los cabeza de fuego habían estado ahí. Borró por completo cualquier rastro de su existencia en la Tierra y escondió el resto. —Nabinger miró la pantalla—. Aspasia dejó activado el guardián con los caza Fu bajo su control por si cambiaba el curso de la guerra o si su propia gente regresaba a este sector del espacio. Evidentemente, eso nunca ocurrió. —El profesor volvió la vista del ordenador—. Otros entre los Airlia, los que no estaban de acuerdo con Aspasia, posiblemente intentaron dejar su propio mensaje a su gente al saber que el guardián estaba en marcha.

»Ahora ya sé el porqué y el cómo de las pirámides. Eran balizas espaciales construidas por los rebeldes con la tecnología limitada que encontraron y la mano de obra humana que pudieron emplear para intentar comunicarse con su gente si alguna vez llegaban lo suficientemente cerca. Y luego está lo de la bomba que los rebeldes robaron. Aspasia lo sabía, pero no podía entrar y robarla, pues era imposible hacerlo sin que los humanos vieran su poder y conocieran su existencia o sin que los rebeldes la hicieran estallar. Verán —prosiguió Nabinger—. Los rebeldes no eran muchos. Nunca fueron más de unos pocos miles entre todos los Airlia que había en el planeta. Y se marcharon a otros lugares y se labraron su propio camino entre los humanos. La teoría difusionista de Jorgenson es cierta. Existen, en efecto, conexiones entre esas civilizaciones antiguas y hay una razón por la que todos empezaron aproximadamente a la vez, si bien la razón no fue el que el hombre pudiera atravesar el océano. Se debió a que la Atlántida fue destruida y los Airlia tuvieron que dispersarse por el planeta.

—Vi una pirámide como el guardián pero más pequeña en el nivel inferior de Dulce —dijo Turcotte.

—Sí, ése era el ordenador que escondieron los rebeldes —explicó Nabinger—. No era tan potente como el guardián, pero aun así más evolucionado que cualquier cosa que podamos entender. Gullick y su gente seguramente lo consiguieron este año, cuando se hizo el hallazgo en Jamiltepec, México.

—Y que Gullick puso en marcha —dijo Turcotte pues todas las piezas encajaban

—Así es —dijo Nabinger—. Y no funcionó del modo en que Gullick pensaba. No pudo controlarlo y, de hecho, el ordenador de los rebeldes lo controlaba a él. Quería la nave nodriza. Aquello era lo que los rebeldes querían más que cualquier otra cosa: el único modo de regresar a su casa.

—Ya le dije —advirtió Von Seeckt volviéndose hacia la doctora Duncan— que no debíamos intentar hacer volar la nave nodriza. ¡El general Gullick y su gente podían haber lanzado la ira de aquel enemigo contra nuestro planeta!

—No creo que Gullick supiera exactamente lo que estaba haciendo —dijo Turcotte mientras se frotaba el lado derecho de la cabeza.

—La amenaza a la que los Airlia se enfrentaron ocurrió hace miles de años —apuntó la doctora Duncan—. Sin duda...

—Sin duda, nada —la interrumpió Von Seeckt. Y señaló la pantalla que había tras él—. Esa cosa todavía funciona. Los cazas Fu que este ordenador controla todavía funcionan. Los agitadores todavía vuelan. ¿Qué le hace creer que el equipo del enemigo no está funcionando en algún lugar, esperando a captar una señal y entrar y destruir la Tierra? Es evidente que los

Airlia desconectaron la nave nodriza porque estaban perdiendo la guerra.

—Esto nos sobrepasa —advirtió Lisa Duncan—. Tendremos que hacer que el Presidente venga aquí.

De repente el resplandor dorado se volvió blanco y luego apareció una imagen tridimensional. Mostraba un cielo de primeras horas de la mañana y una serie de pequeños puntos que se desplazaban por él.

—¿Qué es eso? —preguntó la doctora Duncan.

—Es posible que no tenga la oportunidad de hablar con el Presidente —dijo Turcotte—. Son los F-16 que vienen hacia aquí.

34

RAPA NUI (ISLA DE PASCUA)

Gullick estaba sentado en la parte trasera del gran helicóptero de la Marina aparcado en la pista de despegue mientras escuchaba por la frecuencia de comandancia cómo se desplegaban las fuerzas de combate. En aquellos aviones había suficiente artillería como para reducir aquel volcán a escombros. Y luego... Gullick agitó la cabeza intentando librarse de un dolor de cabeza martilleante y pensar con claridad. Luego desenterraría de nuevo la nave nodriza. Y luego, luego...

—¿Se encuentra bien, señor? —El teniente de la Marina estaba preocupado. No sabía qué estaba ocurriendo, pero algo era seguro, había un follón extraordinario.

—Estoy bien —dijo Gullick bruscamente.

—Tenemos Duendes —exclamó el hombre del radar—. Salen del volcán.

El jefe de vuelo vio cómo los cazas Fu ascendían para dar la bienvenida a sus aviones. Había estado en la sala de oficiales cuando el escuadrón que había sido enviado para hacer caer en la trampa se había hundido al bloquearse los motores ante estas mismas naves.

—¡Eagle Seis, aquí Eagle Seis! ¡Cancelen! ¡Cancelen!

Los F-16 ladearon de golpe y emprendieron la huida dejando a su paso una estela de combustible mientras los cazas Fu los perseguían.

En la caverna del guardián todos suspiraron tranquilos al ver que los aviones de combate cambiaban de dirección espoleados por los cazas Fu.

—Parece que este guardián sabe cuidar de sí mismo —dijo Turcotte.

—¿Existe algún modo de poder conectar con Washington? —preguntó Duncan—. Tengo que destituir a ese loco de Gullick.

—¿Puede pedir al guardián que nos permita utilizar la radio SATCOM del agitador? —preguntó Turcotte al profesor Nabinger.

—Lo intentaré —respondió Nabinger.

Gullick tenía un último as en la manga. Sabía que en el grupo de combate *Lincoln* había un crucero de la clase Aegis. Tomó el micrófono y llamó al almirante.

De repente, el resplandor tridimensional cambió de perspectiva y mostró cuatro estelas de fuego que salían de un buque de guerra.

—¿Qué coño es eso? —preguntó Kelly, mientras Turcotte y la doctora Duncan se quedaban petrificados.

Turcotte se volvió sobre sí mismo.

—Misiles de crucero Tomahawk.

—¿Y ahora le ha dado por lo nuclear? —La doctora Duncan estaba impresionada.

—No, probablemente éstos no son nucleares, pero llevan una buena carga —admitió Turcotte.

—¿Crees que los cazas Fu podrán detenerlos?

—No hay tiempo. Los cazas Fu están ahuyentando los aviones —dijo Turcotte—. Están fuera de posición.

410

Entonces vieron, pasmados, que pasaban cuatro misiles a menos de cinco kilómetros de distancia y, a velocidad supersónica, llegaban a la orilla de la isla de Pascua.

—Tenemos cuatro segundos —anunció Turcotte.

La imagen desapareció y volvió a mostrar la isla sin ningún cambio.

—¿Qué ha ocurrido? —preguntó Kelly.

En el *Lincoln*, el almirante estaba preguntando lo mismo a sus hombres en el puente de combate. Mientras hablaba con los oficiales que trabajaban ahí, no atendía las órdenes que el general Gullick daba de viva voz.

—Por lo que puedo saber, señor, existe una especie de campo de fuerza alrededor del volcán. Los Tomahawks fueron destruidos al chocar contra él.

El almirante se frotó la frente. No tenía ni idea de qué era lo que estaba ocurriendo. Acababa de perder ya cazas por un valor de seis mil millones de dólares, y ahora, cuatro Tomahawks.

—¡Le exijo que ordene otro ataque! —chillaba Gullick en una frecuencia.

—Señor, tengo comunicación con alguien que dice estar dentro del volcán —dijo uno de los oficiales.

—Pásemelo a esta frecuencia —dijo el almirante sin hacer caso a Gullick. Cogió el micrófono—. Aquí el almirante Springfield.

—Almirante, aquí Lisa Duncan, soy la asesora científica del Presidente. Escúcheme atentamente y bien. ¿Quién le ha autorizado a hacer este ataque?

—El general Gullick, señora.

—El general Gullick está loco.

—Tenía los códigos de autorización adecuados y...

—Almirante, quiero que ahora mismo me conceda línea directa con el Presidente. Le daré mis códigos de autorización para obtener esa llamada y luego lo arreglaremos todo. ¿Está claro?

El almirante dio un suspiro de alivio.

—Está claro, señora.

El zarcillo volvió a deshacerse alrededor de la cabeza de Nabinger y regresó a la esfera. Ésta parecía latir y aumentar su tamaño.

—¿Qué está ocurriendo? —preguntó Kelly.

—No lo sé —dijo Nabinger—. Cuanta más información obtengo del guardián, más información toma él de mí.

En la isla de Pascua, Gullick todavía chillaba por la radio en la parte trasera del helicóptero cuando el teniente de la Marina se quitó los auriculares y miró al general.

—Señor, tengo órdenes de detenerlo.

La expresión de Gullick se crespó y se arrancó sus propios auriculares.

—¿Qué? ¿Quién se ha creído que es usted?

—Tengo órdenes de detenerlo —repitió el teniente. Puso una mano sobre el brazo de Gullick y éste lo empujó.

—¡No se atreva! He servido a mi país durante más de treinta años. Esto no puede pasar. Tenemos que conseguirlo. Tenemos que hacer volar la nave.

El teniente había estado a punto de perder amigos en la misión de F-16 de la noche anterior y tenía sus órdenes. Entonces sacó su pistola.

—Señor, seguro que podemos hacer las cosas por el camino fácil o por el difícil.

Gullick sacó también su pistola. El teniente se quedó helado, sorprendido de que su farol hubiera sido descubierto.

ESPACIO AÉREO, DULCE, NUEVO MÉXICO

Desde su posición elevada sobre el hangar de la nave nodriza, el caza Fu partió del norte a más de ocho mil kilómetros por hora. Se detuvo de golpe y se mantuvo quieto a unos cinco mil metros por encima de la montaña donde se encontraba la instalación de Dulce. Emitía un haz muy localizado de luz dorada dirigido hacia abajo. Traspasó la montaña como si ésta no existiera.

En el nivel más inferior, la pequeña pirámide fue tocada por el haz de luz y explotó al instante. Los fundamentos de la instalación se vinieron abajo y toda la instalación quedó destruida en menos de dos segundos.

RAPA NUI (ISLA DE PASCUA)

Gullick se volvió hacia el norte. Abrió la boca y emitió un alarido agudo. Cayó al suelo del helicóptero dejando caer al suelo la pistola, mientras se apretaba las sienes con las manos. De los oídos y la nariz emanó una sangre oscura.

El teniente dio un paso atrás, impresionado por lo que estaba viendo. Gullick levantó una mano, con los dedos doblados de dolor, en un gesto de súplica. Luego se quedó inconsciente en posición fetal y no se movió más.

El teniente dio un paso adelante y puso el cuerpo boca arriba. Unos ojos sin vida miraban hacia el sol de la mañana.

35

RAPA NUI (ISLA DE PASCUA)

La vista desde el borde del Rano Kao era espectacular. Las olas chocaban contra las rocas a miles de metros por debajo y el mar se desplegaba hasta el horizonte, de forma que el sol que se ponía provocaba cientos de chispas en las crestas de las olas. Lo único que molestaba la vista era la silueta de un portaaviones situado a diez kilómetros de la costa.

Pasó un avión cargado con otro grupo de políticos. El grupo operativo del *Abraham Lincoln* se encontraba disperso por la isla y el aeropuerto local estaba repleto de aviones de llegada. Turcotte se agachó y tomó una piedra, que hizo saltar arriba y abajo en la mano. Kelly estaba a su lado.

Von Seeckt y Nabinger todavía estaban en la caverna, estudiando el ordenador del guardián. Poco después de explicarles la historia, Nabinger encontró el control que abría un pasillo que conducía al borde del cráter. Los demás empezaron a llegar y la doctora Duncan los conducía hacia abajo para mostrarles lo que habían encontrado.

Nabinger se había comunicado de nuevo con el guardián. Había tanta información... Teoría de la medicina, física, astronomía, también las instrucciones para pilotar la nave nodriza. Todo estaba ahí.

—¿Y ahora qué? —preguntó Turcotte.

—Estamos sentados sobre la historia más grande del siglo

415

—dijo Kelly—. ¡Qué diablos! La historia más grande de los últimos dos mil años.

Ella y Turcotte habían visto el cuerpo de Gullick. Turcotte le había explicado a Kelly su teoría de que Gullick había sido controlado por la pirámide descubierta de México. Que Gullick la había activado y la había puesto en marcha, pero luego la pirámide había tomado el control. Ahora todo cuadraba y Kelly pronto abandonaría el lugar para hacer su trabajo y contar al mundo la historia.

—Echo de menos a Johnny —dijo ella—. Esta historia es más suya que mía.

—Su muerte no fue en vano —dijo Turcotte.

—Ayudó a arrojar luz sobre el acontecimiento más importante de nuestra historia —corroboró Kelly.

Turcotte tiró la piedra hacia el océano y vio cómo desaparecía.

—Estoy pensando en aquel comandante alienígena de hace tantos años. Aspasia. Sobre la decisión que tuvo que tomar.

—¿Y? —preguntó Kelly

—Tuvo que tener un buen par de cojones. —Turcotte se puso en pie—. Y tomó la decisión correcta. Era la que tenía que ser.

—No conocía ese lado filosófico tuyo —dijo Kelly.

—Todo esto tenía que ocurrir. Te lo aseguro. Sin embargo —Turcotte miró hacia el mar— ... no sé si hemos tomado la decisión acertada de continuar ahí abajo con el guardián. No sé si todo esto es para nosotros; este conocimiento, esta tecnología están por delante de nuestros tiempos. He estado hablando con Von Seeckt. Dice que todavía le están dando más poder al guardián, lo están poniendo totalmente al día.

—Pareces... —Kelly dudó.

—¿Asustado? —dijo Turcotte mirándola. Ella asintió—. Lo estoy.

Epílogo

RAPA NUI (ISLA DE PASCUA)

Sentía el poder que entraba como si fuera un disparo de adrenalina. Por primera vez en más de cinco mil años podía ya poner en línea todos los sistemas. Inmediatamente procedió a activar el último programa que había sido cargado.

Luego contactó con los sensores que apuntaban fuera del planeta. Empezó a transmitir en la dirección desde la que había venido hacía más de diez mil milenios exclamando: «¡Venid! ¡Venid a rescatarnos!».

Había otras máquinas ahí y estaban escuchando.